HELENA HUN

My One and Only

HELENA HUNTING

MY ONE & ONLY

Roman

Ins Deutsche übertragen
von Beate Bauer

LYX

LYX in der Bastei Lübbe AG
Dieser Titel ist auch als E-Book erschienen.

Die Bastei Lübbe AG verfolgt eine nachhaltige Buchproduktion. Wir verwenden Papiere aus nachhaltiger Forstwirtschaft und verzichten darauf, Bücher einzeln in Folie zu verpacken. Wir stellen unsere Bücher in Deutschland und Europa (EU) her und arbeiten mit den Druckereien kontinuierlich an einer positiven Ökobilanz.

MIX
Papier aus verantwortungsvollen Quellen
FSC® C014496

Die Originalausgabe erschien 2020
unter dem Titel »Little Lies«.

Textredaktion: Ulrike Gerstner
Umschlaggestaltung: © Zero unter Verwendung von Motiven von
© Igisheva Maria/Shutterstock; © CTRd/GettyImages
Satz: Greiner & Reichel, Köln
Gesetzt aus der Adobe Caslon
Druck und Verarbeitung: GGP Media GmbH, Pößneck
Printed in Germany
ISBN 978-3-7363-1765-9

1 3 5 7 6 4 2

Sie finden uns im Internet unter lyx-verlag.de
Bitte beachten Sie auch: luebbe.de und lesejury.de

Liebe Leser:innen,

dieses Buch enthält Elemente, die potenziell triggern können.
Diese sind:

Beschreibungen von traumatisierenden Ereignissen, Schilderung von Panikattacken, Erwähnung von Selbstverletzung, Darstellung von Beziehungen mit toxischen Zügen.

Wir wünschen uns für euch alle das bestmögliche Leseerlebnis.

Euer LYX-Verlag

PROLOG

Lass nicht zu, dass die Monster dich kriegen

Lavender
Sechs Jahre alt

»Es ist total lustig da drin, Lavender. Es wird dir gefallen!«, versichert mir mein großer Bruder Maverick mit einem Lächeln und einem Zwinkern.

Ich erwidere sein Lächeln. Er findet fast alles lustig, und meistens hat er recht damit.

»Die Spiegel sind das Beste!«, verkündet Kodiak. Er ist Mavericks bester Freund, doch er ist auch mein Freund. »Wir sorgen dafür, dass du Spaß hast.«

Ich nicke und schlinge die Arme um meinen Körper, um mir mein ängstliches Zittern nicht anmerken zu lassen, aber es funktioniert nicht.

»Lavender, Schatz, ist dir kalt?«, fragt Daddy. »Wo ist deine Jacke?«

Mommy sieht in ihrer Tasche nach. »Wir haben sie wohl im Auto vergessen. Ich laufe zurück und hole sie. Ich bin gleich wieder da.«

»Ach, menno«, murrt Maverick. Es ist zu leise, als dass unsere Eltern es hören könnten, aber ich schon. Seine Frustration ist eine dicke Decke, die schwer auf meinen Schultern lastet. Maverick wartet nicht gern, und sie haben bereits minutenlang versucht, mich zum Mitkommen zu überreden.

»Schon okay. Sie kann meinen Hoodie haben.« Kodiak löst ihn von seiner Taille und reicht ihn mir.

Ich nehme ihn mit einem kleinen Lächeln und lasse meine Arme in den weichen Stoff der Ärmel gleiten. Er ist warm und riecht nach Waschmittel. Der Hoodie trägt das Eishockey-Logo von dem Team, das mein Daddy trainiert und für das Kodiaks Daddy spielt. Ich lasse die Hände in die Taschen gleiten, und meine Finger berühren Bonbons und leeres Einwickelpapier. Kodiak hat immer Jolly Ranchers dabei. Die mag er am liebsten. Ich mag am liebsten die Marshmallows in den Lucky Charms, obwohl es eigentlich Frühstücksflocken sind und keine Süßigkeit.

»Willst du wirklich mitgehen?«, fragt Mommy leise, als sie mir hilft, die Ärmel aufzurollen.

Ich nicke, spreche es aber nicht aus. Ich traue meiner Stimme gerade nicht. Außerdem hat Mommy gesagt, dass wir nach dem Gruselkabinett Trichterkuchen haben können, und ich will nicht der Grund dafür sein, dass wir ihn nicht bekommen.

Mommy und Daddy schauen einander an. Sie reden die ganze Zeit ohne Worte miteinander. River und ich tun das auch. Es ist anders, denn River ist mein Zwillingsbruder und in vielerlei Hinsicht gleich. Wir brauchen nicht immer Worte, um zu wissen, wie sich der andere fühlt, was gut ist, denn manchmal kommen mir die Worte nicht über die Lippen.

»River, du hältst Lavenders Hand schön fest, ja? Das ist deine Aufgabe«, sagt Daddy mit strenger Stimme. »Du hältst ihre Hand die ganze Zeit.«

Das ist die Stimme, die er häufig bei River benutzt, aber nie bei mir.

»Ich halte Lavenders Hand. Ich lasse nicht los. Ich passe auf sie auf«, wiederholt River.

Daddy nickt ernst und wendet sich mir zu, wobei sich sein Ausdruck verändert. Sein Gesicht ist wie ein fluffiger Marshmallow, es wird weich und viel freundlicher. »Du sagst River, wenn es dir da drin nicht gefällt, ja? Robbie, Mav und Kody sind bei dir.«

Ich nicke und flüstere *Okay*. Daddy küsst mich auf die Stirn und packt Rivers Schulter. »Pass auf deine Schwester auf, und bleib bei deinen Brüdern.«

River nickt und hält meine Hand so fest, dass es sich beinahe anfühlt, als würden sich meine Knochen biegen. Ich will ihm sagen, dass es wehtut, aber alle laufen auf das Gruselkabinett zu, und ich will ihnen den Spaß nicht verderben, obwohl ich jetzt schon Angst habe.

Mir macht alles Angst.

Zu viel Lärm. Zu viele Menschen. Vor allem, wenn ich sie nicht kenne. Es gibt nur wenige Menschen und Dinge, die mir ein Gefühl von Sicherheit geben.

Meistens gehört River dazu, aber heute Abend fühle ich mich wie auf einem Karussell, von dem man nicht herunterkann. Ich will, dass River Spaß hat. Doch der Lärm und die Leute sind zu viel.

Ich bleibe dicht bei ihm und umklammere seine Hand. Meine Handfläche ist feucht und glitschig. Mir ist kalt und heiß.

Ich sollte ihm sagen, dass ich zurückgehen und bei Mommy und Daddy bleiben will, aber es ist zu laut, und ich kriege kein Wort heraus. Ich sage mir, dass es danach etwas Süßes gibt, und ich wieder dort sein werde, wo ich mich am sichersten fühle. Und ich mochte, wie stolz Daddy aussah, als ich sagte, dass ich ins Gruselkabinett gehen wollte.

Robbie, Maverick und Kodiak gehen voraus und bewegen sich durch ein Gewirr von Spiegeln.

Kodiak blickt mit zusammengezogenen Brauen über seine Schulter. Er packt Mav am Hemd, damit er langsamer macht, während River sich beeilt, um mit ihnen Schritt zu halten. Maverick lacht und verschwindet um die Ecke. Kodiak zögert, sieht sich noch einmal um, bevor er ebenfalls verschwindet, und River drängt mich, schneller zu gehen.

Ich stoße mit meinem eigenen Spiegelbild zusammen und umklammere Rivers Hand noch fester. Unsere Spiegelbilder sind überall. Rivers Augen glänzen vor Aufregung, und er lächelt breit. »Dir geht's gut, ja?«, fragt er, den Blick noch immer nach vorn gerichtet auf das, was da um die Ecke sein mag.

Ich nicke, weil laute Musik spielt, und er mich nicht hören würde. Als wir uns von den Spiegeln entfernen, verschwindet ein Teil der Angst, aber dann müssen wir zwischen etwas hindurchlaufen, was aussieht wie Daddys Sandsäcke in unserem Gym zu Hause, nur dass sie Clownsgesichter haben. Ich mag sie nicht, weshalb ich die Augen schließe und mich von River hinterherziehen lasse. Ich stoße mit Gegenständen zusammen, und jemand läuft von hinten in mich hinein. Ich stolpere, Rivers Hand entgleitet mir, und ich falle auf die Knie. Jemand stolpert über mich, und ein Fuß trifft mich an der Seite, also krieche ich beiseite.

Es gibt Blitzlichter hier drin, und nach jedem Aufblitzen ist es schwer herauszufinden, in welche Richtung ich muss. Die hängenden Clowns schwingen über mir hin und her und werfen mich wieder um, wenn ich aufzustehen versuche.

River ruft nach mir, aber meine Angst macht die Welt trüb und verschwommen, und ich fühle mich wie unter Wasser. Ich kann nicht mehr atmen oder sehen oder sprechen.

Aus diesem Grund wollte Daddy, dass River *die ganze Zeit*

meine Hand hält. Wenn ich Angst bekomme, kriege ich kein Wort heraus und fühle mich wie erstarrt. Das macht es schwer, mich zu finden, vor allem an einem Ort wie diesem. Das Panikungeheuer in meinem Kopf wird immer größer, und ich kann nur flach atmen. Ich versuche, mich an all die Handlungen zu erinnern, die mir meine Kunstlehrerin Queenie beigebracht hat, aber mein Verstand rast und rast, und ich will nur noch zu meiner Mommy und nicht mehr hier sein.

Ich krieche von den Füßen weg, und die größeren Kinder schieben sich mit stampfenden Schritten zwischen den herabhängenden Clowns hindurch. Ich stoße mir die Wange an etwas Hartem, und meine Augen füllen sich mit Tränen, aber als ich aufblicke, sehe ich eine Tür mit einem Schild, auf dem NUR FÜR PERSONAL steht. Ich weiß nicht, was das bedeutet, doch ich bekomme lieber Ärger, als hierzubleiben. Ich drehe den Knauf und spähe durch den Türspalt. Es ist ein Flur mit Treppen. Ich blicke über die Schulter zu den hängenden Clowns. Ich kann da nicht noch einmal durch.

Ich trete hinaus in den Flur. Ich fühle mich gleichzeitig besser und schlechter. Ich will einfach nur zu meiner Mommy. Ich will nach Hause und mich zu ihr und Daddy ins Bett kuscheln, wo es am sichersten ist.

Die Wände im Flur sind gelb und schmutzig. Leute haben mit Filzstiften darauf herumgekritzelt. Ich eile auf die Treppen zu und stolpere erneut, falle auf den Hintern und rutsche ein paar Stufen hinab. Sie sind schmutzig und nass, und meine Sachen jetzt auch. Ich habe auf einmal Tränen in den Augen, denn meine Mommy hat das Kleid genäht, und ich will nicht, dass es kaputtgeht.

Am Fuß der Treppe ist eine große Tür. Sie ist rot, aber die Farbe ist abgeblättert und darunter ist sie braun. Es sieht aus wie getrocknetes und frisches Blut. In der Ecke ist ein

Streifenhörnchen und kratzt an der Tür, um durch einen schmalen Spalt zu kommen. Es gibt Streifenhörnchen bei der Hütte, wo wir im Sommer hinfahren. Wir füttern sie mit Erdnüssen, und sie sind zutraulich und klettern einem in den Schoß, um nach den Erdnüssen zu greifen. Aber unsere Mommy passt auf, dass wir nicht unser Gesicht berühren und uns die Hände waschen, nachdem wir sie gefüttert haben. Ich glaube, das hier ist zu ängstlich, um zutraulich zu sein. Es will raus, genau wie ich.

»Hi, mein Kleiner.« Meine Stimme ist kaum ein Flüstern. »Ich kann dir die Tür aufmachen.«

Ich drücke gegen die Stange, doch sie ist schwer, und meine Arme zittern. Das Streifenhörnchen kauert sich in die Ecke, und jetzt laufen die Tränen, weil ich Angst habe, nicht rauszukommen, und ich will nicht wieder in das Gruselkabinett, wo die hängenden Clowns sind.

Wenn wir nur die Tür aufbekommen, dann kann ich zurück zu meiner Mommy und meinem Daddy, und dann bin ich in Sicherheit. Die Tür klickt schließlich, aber eine dicke Kette verhindert, dass sie ganz aufgeht. Das Streifenhörnchen huscht hinaus, und ich quetschte mich durch den schmalen Spalt. Mein Kleid verheddert sich, und der Rock spannt. Oh nein. Ich will nicht, dass Mommy böse mit mir ist.

Es ist laut hier draußen, Lichter blitzen und Leute schreien und lachen. Ich hole tief Luft, die nach Zigarettenrauch schmeckt. Die Tür hinter mir fällt mit einem lauten Klicken zu.

Ich bin wie erstarrt und rühre mich nicht vom Fleck. Ich weiß nicht, wo ich bin oder wie ich zu den anderen zurückkomme. Mein Daddy sagt immer, wenn ich mich verlaufe, soll ich bleiben, wo ich bin, oder jemanden suchen, dem ich vertraue, wie einen Polizisten, nur dass hier niemand ist außer mir.

Ich weiß nicht, in welche Richtung ich muss, um meine Eltern zu finden, und ich frage mich, ob River noch immer im Gruselkabinett ist, um mich zu suchen.

Ich versuche es mit ein paar von den Beruhigungsübungen, die Queenie mir gezeigt hat, aber in meinem Kopf herrscht Durcheinander, und ich habe Angst.

»Cali, bist du das?« Ein großer Mann taucht aus der Dunkelheit auf.

Ich taumle einen Schritt zurück, stolpere über einen Stein und lande auf dem Hintern. Der Mann geht in die Hocke. Seine Augen sind leere Brunnen, stumpf und dunkel. Er riecht komisch, wie das Zeug, das mir meine Mommy auf meine Schürfwunden streicht und das brennt.

»Hast du dich verlaufen, Kleine?« Seine Worte klingen verwaschen. »Du siehst aus wie meine Cali.« Er wirft eine leere Flasche weg, die mit einem dumpfen Geräusch auf dem Gras landet.

Er ist angsteinflößender als die hängenden Clowns. Und meine Eltern sagen mir immer, dass ich nicht mit Fremden reden soll. Ich taste nach meiner Brille, aber ich kann sie nicht finden.

Er streckt die Hand nach mir aus, und ich krabble rückwärts, doch da ist eine Mülltonne hinter mir, und ich schlage mir den Kopf so fest an, dass Sterne hinter meinen Augen explodieren. Ich will nach meiner Mommy rufen, nur meine Kehle ist wie zugeschnürt.

»Bist du allein? Wo ist deine Familie?« Er rückt mir auf die Pelle. »Du siehst aus wie sie. Du könntest sie sein.« Sein Atem brennt mir in den Augen. »Ich kann dich nach Hause bringen.«

In meinem Bauch rumort es.

»Komm schon, du bist bei mir sicher.« Sein Lächeln zeigt Zahnlücken, so wie bei mir.

Ich will nicht mit ihm gehen, doch ich habe Angst hier draußen im Dunkeln.

Er lässt seine Hände unter meine Arme gleiten und zieht mich hoch. Meine Knie zittern, und mir gefällt nicht, wie trocken mein Mund ist.

»Hab keine Angst. Ich tu dir nichts.« Er nimmt meine Hand. »Du bist genau wie meine Cali.« Er zerrt mich mit sich, und ich stolpere, als ich über die Schulter blicke. Ich glaube, meinen Namen zu hören, aber ich weiß nicht, ob das stimmt. Anstatt auf die Rufe und Fahrgeschäfte zuzulaufen, bewegen wir uns von ihnen weg. Ich schiebe vorsichtig die Hand in die Tasche von Kodiaks Hoodie, greife nach einem Bonbon und lasse es zu Boden fallen. Wie bei Hänsel und Gretel mit den Brotkrümeln.

Ich versuche, meine Fersen in den Boden zu stemmen, aber er reißt an meinem Arm und bewegt sich schneller. Ich stolpere über etwas und verliere den Halt. Er zieht mich wieder hoch. Er lächelt jetzt nicht mehr, und seine leeren Augen erinnern mich an Kodiaks Hund Brutus, wenn er ein Eichhörnchen im Garten entdeckt, das er jagen möchte.

»Keinen Laut. Nicht einen«, sagt er, als er die Tür zu einer Hütte öffnet.

Ich lasse ein weiteres Bonbon zu Boden fallen, und er stößt mich ins Dunkle. Ich stolpere und stürze nach vorn, wobei ich auf Händen und Knien lande. Der Boden ist hart und kalt.

»Du bleibst hier und hältst den Mund, Cali, oder du siehst deine Mommy nie wieder«, knurrt er.

Die Tür schließt sich und klickt.

Ich will dem Mann sagen, dass ich nicht Cali heiße, aber ich habe Angst, dass ich meine Mommy wirklich nie mehr sehe, wenn ich etwas sage. Es ist dunkel wie in einer bewölkten, sternenlosen Nacht in der Hütte, und es riecht nach dem Zeug, das mein Daddy ins Boot füllt, damit es fährt. Ich lasse meine

Hand erneut in meine Tasche gleiten und taste nach den Bonbons. Es sind nur noch zwei übrig.

Ich wünschte, ich hätte nicht versucht, mutig zu sein.

Ich fange an zu weinen, und es ist schwer, die Geräusche zu unterdrücken. Ich kneife den Mund fest zu und bohre mir die Fingernägel in die Handflächen. Sie schneiden in die Haut, wie kleine, leise Schreie.

Ich vergrabe mein Gesicht in Kodiaks Hoodie und versuche, den Geruch von Waschmittel und Wassermelonenbonbons zu atmen.

Ich habe Angst, der Mann kommt zurück, wenn ich mich bewege und dabei Geräusche mache.

Ich taste auf dem Boden umher. Er ist hart und kalt, und meine Zähne beginnen zu klappern. Mein Hintern ist nass vom Hinfallen, und vom Geruch hier drin wird mir übel.

Ich strecke die Hände aus und gleite mit den Fingern über die Gegenstände um mich herum. Ich weiß nicht, was das alles ist.

Ich spüre etwas Weiches neben mir. Es fühlt sich an wie ein ausgestopftes Tier. Ich drücke es an meine Brust und stehe auf. Meine Beine sind wacklig, als wären sie aus Götterspeise. Ich bewege mich vorwärts und halte eine Hand ausgestreckt, bis meine Finger etwas Kaltes berühren. Ich kann die Geräusche des Rummelplatzes hören, aber nur ganz entfernt. Hier drin gibt es einen lauten Ventilator, der alles draußen weit weg erscheinen lässt.

Ich taste über die kalte Oberfläche, bis ich eine Schwelle berühre. Wahrscheinlich die Tür. Ich verstehe nicht, weshalb mich der Mann hier drin zurückgelassen hat. Ich drehe den Knauf und versuche zu drücken, aber sie rührt sich nicht.

Ich will nach Hause.

Ich will zu Mommy und Daddy.

Ich will, dass River weiß, ich bin okay.

Ich will Kodiak seinen Hoodie zurückgeben können.

Ich hoffe, ihm ist nicht so kalt wie mir.

Ich probiere noch mal die Tür, aber sie lässt sich noch immer nicht bewegen, und ich bin noch immer ganz allein hier.

Ich weiß nicht, wie lange ich in dieser Dunkelheit verharre, aber nach einer Weile meine ich zu hören, wie jemand meinen Namen ruft. Und wieder, diesmal mehr als einmal, und es klingt näher. Ich presse mein Ohr an das kalte Metall.

Ich glaube, ich höre Kodiak und meinen Daddy.

Jemand schlägt gegen die Tür, und ich falle zurück auf den Boden.

»Lavender?« Es wird weiter gegen die Tür geschlagen, wieder und wieder, und plötzlich schwingt die Tür auf, und Daddy und Kodiak sind bei mir.

Ich weiß nicht, wo Mommy ist, und meine Kehle ist wie zugeschnürt vor Angst.

»Oh mein Gott. Gott sei Dank. Was ist passiert, Schätzchen?« Daddy hebt mich hoch, und Kodiaks Augen sind riesig. Er hält die Bonbons, die ich habe fallen lassen, und meine Brille in der Hand. »Ich hab sie! Ich hab sie gefunden!« Daddy beginnt zu laufen, was mir beinahe den Magen umdreht. Kodiak läuft hinter uns her, und wir brechen aus der Dunkelheit hervor in den Lärm und die Lichter des Rummelplatzes.

»Oh, Gott sei Dank!« Mommy schlingt ihre Arme so fest um mich, dass ich mich wie ein Pfannkuchen fühle, der platt gedrückt wird. »Was ist passiert, Schätzchen? Wo warst du?«

Daddy erzählt ihr, wo er mich gefunden hat, und schließlich bringe ich zwei Worte heraus, »ein Mann«, bevor meine Kehle wieder wie zugeschnürt ist.

»Ein Mann hat dich mitgenommen?« Mommys Stimme klingt wie eine Sirene.

Ich nicke, und daraufhin folgen noch mehr Fragen, und mein Kopf ist voll. Ich habe noch immer Angst, dass er zurückkommt. Und ich kann nicht aufhören zu weinen.

Daddy findet jemanden vom Wachschutz, und sie rufen die Polizei.

Kodiaks Daddy kommt und nimmt ihn und meinen Bruder mit.

Eine Polizistin ist mit mir im Raum, und ihre Augen sind sanft und freundlich und traurig. Mommy muss ihr erklären, dass ich schüchtern bin und es mir schwerfällt, in Anwesenheit Fremder zu reden. Ich will nur nach Hause, aber sie stellen mir Fragen über den Mann, und ich versuche sie zu beantworten.

Sie geben mir eine Decke, doch sie kratzt mich an den Beinen.

Ich habe ein Trinkpäckchen mit Apfelsaft, einen gezuckerten Donut und einen Apfel. Ich mag keinen Apfelsaft, weil er nach Metall schmeckt, aber ich bin durstig, also trinke ich ihn.

Die Polizistin stellt mir Fragen, von denen ich Bauchschmerzen bekomme.

Ich erbreche den Donut wieder, weshalb ich noch mehr weinen muss.

Mommy sagt zu mir, das sei nicht schlimm, aber es fühlt sich nicht so an.

Schließlich hören sie auf, Fragen zu stellen. Ich bin froh, denn sie gefallen mir nicht. Dann macht jemand Fotos von meinen blauen Flecken. Ich weiß gar nicht, woher sie alle kommen. Daddy ist aufgebracht, und Mommy versucht zu verbergen, wie traurig sie ist.

Ich bin froh, als sie schließlich sagen, dass wir nach Hause gehen können.

Daddy bringt mich zum Wagen hinaus, und Mommy setzt sich zu mir auf den Rücksitz. Ich schmiege mich an ihr Haar, atme ihr Shampoo ein und versuche zu verhindern, dass die Erinnerungen und Gerüche zurückkommen. Ich möchte meinen Lieblingspyjama anziehen und meinen Plüschbiber umarmen und nie wieder das Haus verlassen.

Ich möchte mich sicher fühlen.

Daddy trägt mich nach oben, und Mommy lässt ein Bad für mich ein. Daddy setzt mich auf den Hocker neben der Badewanne und kniet sich vor mir hin. Ich habe nur einen Schuh an. Ich weiß nicht, was mit dem anderen passiert ist.

Mein Kleid ist voller Schmutzflecken. Kodiaks Hoodie hat einen Riss auf der Seite, und auf dem Ärmel klebt verkrustetes braunes Zeug. Ich fange wieder an zu weinen, weil mir alles zu viel ist. Ich bohre meine Fingernägel in die Handflächen, um keine Geräusche von mir zu geben.

»Hey, hey, hey.« Mommy biegt meine Finger auf. Die Handflächen sind blutverkrustet, und frisches Blut sickert aus den Wunden, die ich mir selbst zugefügt habe. »Lavender, Schätzchen, wer hat dir das angetan?«

»Er hat gesagt, wenn ich einen Mucks mache, würde ich dich nie wiedersehen, also habe ich in meine Haut geschrien.«

»Es tut mir so leid, Liebling. Wir lassen nicht zu, dass dir je wieder etwas Schlimmes passiert.«

»Was, wenn er zurückkommt?«, flüstere ich. »Was, wenn er mich wieder mitnimmt?«

»Das wird er nicht, Schätzchen. Ich verspreche dir, das wird nicht passieren.«

Ich möchte ihr gern glauben, doch die Erinnerungen sind noch immer da – wie ein böser Traum, der nicht weggehen will. Er existiert jetzt in meinem Kopf und ist das größte Monster dort drin.

Später, nachdem ich gebadet bin und einen frischen Schlafanzug anhabe, macht mir Mommy einen Snack. Aber ich habe keinen Hunger, und ich will nur ins Bett und mich vergewissern, dass es River gut geht. Ich möchte ihm sagen, dass es nicht sein Fehler war, dass er meine Hand nicht festhalten konnte.

Ich will, dass alles wieder so ist wie vorher.

Aber das ist es nicht.

Und wahrscheinlich wird es das nie wieder sein.

1

Ein Tag voller Pannen

Lavender
Gegenwart, neunzehn Jahre alt

»Hey, Lav!« Die Faust meines Bruders knallt gegen die Badezimmertür, und gleich darauf fliegt sie auf und kracht gegen die Wand, was mich zu Tode erschreckt.

Ich stoße mir das Mascarabürstchen ins Auge, und Kaffee schwappt auf mein weißes Tanktop. Ich habe mich bereits in Multitasking versucht. Ich sollte es besser wissen. »Au! Was soll das, Mav!« Ich bedecke mein brennendes Auge mit der Handfläche und lasse meinen Becher in das Waschbecken fallen. Der Henkel bricht ab. »Gottverdammt! Das war echt mein Lieblingsbecher. Und ich hätte nackt sein können!«

Maverick macht ein Würgegeräusch. »Ich hatte gerade Frühstück. Sag nicht solche Sachen, wenn ich nicht kotzen soll.«

»Verpiss dich, du Blödmann.« Ich versuche, ihm die Tür vor der Nase zuzuknallen, aber vergeblich, denn er ist ein Riese und steht genau im Türrahmen. »Und dich anzuschauen, verdirbt mir sowieso den Appetit.«

Zur großen Bestürzung meiner Eltern ist Maverick ein echter Fuckboy, ein monogamer zwar, doch trotzdem ein Fuckboy. Basierend auf dem, was ich von den Mädchen mitkriege, die bei uns vorbeikommen – und es sind viele –, verbringt er genau vier Wochen mit einem. Und mit »verbringen« meine ich, er schleppt sie so oft wie möglich in sein Bett.

Mein Bruder ist kein Oger – ganz und gar nicht. Maverick sieht echt aus wie ein Supermodel mit seinen gewellten dunklen Haaren und seinen gemeißelten Gesichtszügen. Sowohl Mädchen als auch Frauen schmeißen sich an ihn ran. Es ist widerlich.

»Wieso platzt du schon um halb acht in mein Bad rein? Ich versuche, mich für den Unterricht fertig zu machen.« Obwohl das mein zweites Studienjahr ist, ist es mein erster Tag an einem neuen College, und ich hätte gern einen guten Start. Mir das Mascarabürstchen ins Auge zu stoßen ist dabei nicht besonders positiv.

»Riv muss zum Footballtraining, und ich muss in zwanzig Minuten in der Arena sein. Hast du meine Autoschlüssel gesehen?«

»Woher soll ich wissen, wo deine Autoschlüssel sind?« Ich lasse meine Hand sinken und schaue in den Spiegel. Großartig. Mit dem ums Auge verschmierten Mascara sehe ich aus wie ein halber Waschbär.

»Mav, wir müssen los, oder wir kommen zu spät«, ruft mein Zwillingsbruder River von irgendwo im Haus.

Maverick fährt sich mit der Hand durchs Haar. Es fällt wieder an seinen Platz zurück, als bestünde es aus gehorsamen Soldaten. »Wo sind *deine* Schlüssel?«

»Du kannst meinen Wagen nicht haben.« Ich stemme die Faust in die Hüfte. »Nimm Rivers.«

»Irgendein Mädchen hat sich gestern Abend auf den Rücksitz übergeben, und er muss gereinigt werden.« Mav trommelt ungeduldig auf den Türrahmen.

»Ist das etwa meine Schuld?« Ich will nichts über das kotzende Mädchen wissen. River ist nicht ganz so schlimm wie Maverick, trotzdem hat er einen Haufen Mädchen, die fortwährend um ihn herumscharwenzeln – und das trotz seiner nicht gerade schillernden Persönlichkeit. Oder vielleicht genau deswegen.

Maverick wirft einen Blick nach rechts in mein Zimmer und zieht hinterhältig grinsend einen Mundwinkel hoch. Er greift nach den Schlüsseln auf meiner Kommode und lässt sie an seinem Finger baumeln. »Wir schulden dir was, Schwesterchen.«

Ich springe hoch und versuche, sie ihm zu entreißen, aber mein Bruder ist über eins achtzig groß, und ich bin eins sechsundfünfzig – dieser letzte Zentimeter ist mir sehr wichtig –, weshalb ich nicht die geringste Chance habe, an meine Schlüssel heranzukommen, wenn er sie über seinen Kopf hält. »Du kannst nicht einfach meinen Wagen nehmen!«

»Du bist in der Lage, geradeaus zu laufen, Lav. Du kommst schon klar.« Er schlendert den Flur entlang, und ich klettere an seinem Rücken hinauf, um meiner Schlüssel habhaft zu werden, doch meine Kontaktlinse brennt. Das lenkt mich ab und bedeutet, dass ich mich nur mit einer Hand an meinem Bruder festhalten kann, während ich die andere auf mein tränendes Auge presse. Den ersten Treppenabsatz nimmt er im Laufschritt, weshalb ich auf seinem Rücken durchgerüttelt werde.

Es gelingt mir irgendwie, meinen großen Zeh in eine Gürtelschlaufe zu schieben, wo er sich festklemmt.

Er schleppt mich mit sich wie ein lästiges Faultier, das er nicht abschütteln kann. »Mein Seminar ist auf der anderen Campusseite. Zu Fuß sind das dreißig Minuten, und es fängt um halb neun an!«

»Das ist nicht so weit. Das schaffst du schon.«

Es klingelt an der Tür, als wir das Wohnzimmer durchqueren.

River steht in der Küche und schiebt sich einen halben mit Frischkäse beschmierten Bagel in den Mund, während er eine Handynachricht tippt. Er runzelt die Stirn – sein üblicher Gesichtsausdruck – und blickt von der Tür zu Maverick und zu mir. Mit zwei ärgerlichen Schritten durchquert er den Raum und reißt die Tür auf. Er wirbelt herum, schenkt unserem älteren Bruder einen angewiderten Blick und zeigt über seine Schulter. »Das Arschloch soll auf der Rückbank sitzen, damit ich sein Gesicht nicht sehen muss.«

In der Tür steht Kodiak Bowman, der von allen außer mir Kody genannt wird. Wir sind gemeinsam aufgewachsen und kennen einander wohl besser, als wir sollten. Wie der Ort, an dem er gezeugt wurde, besitzt Kodiak eine seltene arktische Schönheit. Sein Haar ist fast schwarz, seine Augen von einem blassen Grün, das unnatürlich aussieht, und seine Gesichtszüge sind eine Mischung aus streng und exotisch. Aber wenn er lächelt, hat er ein Grübchen in der linken Wange, das ihm etwas Jungenhaftes verleiht und die Höschen sämtlicher Wesen mit Doppel-X-Chromosom zum Schmelzen bringt. Und vieler mit XY ebenfalls.

Er schenkt meinem Zwillingsbruder keine Beachtung, weil River damit beschäftigt ist, auf seinen Handyscreen zu starren. Wahrscheinlich, um für die Mittagspause einen Blowjob zu arrangieren.

Sowohl er als auch Maverick sind mit Hockey-Stipendien auf dem College. Kodiak ist nicht nur ein so unglaublich talentierter Spieler wie sein Dad, er ist ebenfalls ein Genie wie seine Mutter. Nur im Gegensatz zu seiner Mutter, die eine Heilige ist, ist Kodiak ein Arschloch.

Mein Zwillingsbruder empfindet eine tiefe Verachtung für ihn.

Wegen mir.

Vor zwei Jahren war Kodiak in etwas verwickelt, das so fürchterlich peinlich für mich war, dass ich wünschte, ich könnte es aus meinem Gedächtnis löschen. River kennt nur eine gekürzte Version davon, und er musste mir versprechen, es nie wieder zu erwähnen. Er hat nicht weiter gefragt, und ich habe nie irgendwelche Details erzählt. Jedenfalls kann River Kodiak nicht mehr leiden, wobei er sowieso noch nie sein größter Fan gewesen ist.

Kodiak ignoriert River. »Wir müssen los, Mav, oder wir kommen zu spät.«

Maverick löst meine Finger von seiner Schulter. »Kannst du vielleicht mal runter von mir?«

Mein Zeh klemmt noch immer in seiner Gürtelschlaufe, also falle ich nach hinten, und weil ich keine gute Körperkoordination habe – danke vielmals dafür, Mom –, knalle ich mit dem Kopf auf den Boden. Ich schreie auch auf, weil mein Zeh auf unangenehme Weise verdreht wird. Maverick stolpert ein paar Schritte rückwärts und versucht festzustellen, wieso ich noch immer an ihm festhänge.

»Mein Zeh hat sich verhakt! Oh mein Gott! Du brichst ihn noch!«, schreie ich aus vollem Hals.

Welche Ironie, denn als ich klein war, habe ich nicht viel geredet. River hat oft in meinem Namen gesprochen, weil ich schüchtern war und in Gegenwart Fremder keinen Ton herausbrachte. Er hat versucht, ein guter Bruder zu sein. Unglücklicherweise hat mich das über Jahre in vielerlei Hinsicht von ihm abhängig gemacht.

Von meiner Familie wurde ich außerdem überbehütet. Es ist, als würde man in einer Blase leben und die Welt wie auf einem Bildschirm sehen, ohne jemals richtig daran teilzuhaben. Für jemanden, der in einer völlig stabilen, einer unglaublich unterstützenden, liebevollen – wenn auch merkwürdigen – Familie groß geworden ist, bin ich ziemlich durch den Wind.

Maverick gelingt es, meinen Zeh aus seiner Gürtelschlaufe zu lösen, ohne ihn zu brechen. Ich springe auf – und weil das Gefühl von Peinlichkeit heute Morgen bislang noch kein dramatisches Level erreicht hat, verrutscht nun mein Tanktop.

»Herrje, Lav! Pack deine Brust ein!«, ruft Maverick.

»Es ist nicht meine Schuld, dass sie herausgerutscht ist.« Es ist was Genetisches.

Kodiak blickt von seinem Handy auf, als ich meine Brust zurück in mein Tanktop schiebe. Seine Miene ist ausdruckslos, als wäre er völlig unberührt von der Tatsache, dass er gerade meinen Nippel gesehen hat.

Denn das ist er. Völlig unberührt.

Im Gegensatz zu mir. Ich kann nicht einmal einen zusammenhängenden Satz in seiner Gegenwart formulieren.

Ich bin mir sicher, mein Gesicht ist rot gefleckt vor Schmach. Schon wieder.

Kodiak scheint in solchen schrecklichen Momenten stets in der ersten Reihe zu sitzen.

»Ich hoffe, ihr holt euch alle 'ne Leistenzerrung beim Training.« Ich wirble herum und marschiere zur Treppe.

»Wir sehen uns im Collegehof nach deinem ersten Seminar, okay, Lav?«, ruft mir River hinterher.

»Von mir aus.« Wütend kehre ich in mein Zimmer zurück.

Ich hätte mich mehr um eine Unterkunft auf dem Campus bemühen sollen. Selbst das Studierendenwohnheim für Mädchen wäre besser gewesen, als mit meinen bescheuerten Brüdern unter einem Dach zu leben. Aber meine Eltern hätten niemals zugelassen, dass ich in einem Studierendenwohnheim wohne – zu viele Unbekannte und unkontrollierbare Variablen. Und River als der überbehütende Zwillingsbruder, der er ist, ist schon ausgerastet, als ich über das Studierendenwohnheim nur laut nachgedacht habe.

Meine Eltern haben mir unter der Bedingung erlaubt, von zu Hause wegzuziehen, dass ich bei meinen Brüdern wohne, und ich bin auch nur eine Stunde mit dem Auto von ihnen entfernt. Sobald die Highschool abgeschlossen war, haben wir unsere Sachen gepackt und sind in das Ferienhaus am Lake Geneva in Wisconsin gezogen, das viel näher bei Chicago liegt als Seattle. Und man darf sich von dem »Ferienhaus« nicht auf eine falsche Fährte führen lassen – es ist wirklich ein riesiges Haus am See.

Und jetzt, nachdem ich Kodiak jahrelang aus dem Weg gegangen bin – abgesehen von diesem einen, furchtbar peinlichen Zwischenfall – habe ich wieder mit ihm zu tun. Wahrscheinlich sogar regelmäßig.

Also fühle ich mich, als würde ich eher rückwärts- als vorwärtsgehen. Denn anstatt für das zu kämpfen, was ich wollte, habe ich zugelassen, dass die Ängste der anderen meine Entscheidungen diktieren.

2

Noch mehr Pannen

Lavender
Gegenwart

Wegen meiner Brüder muss ich mich beeilen, um rechtzeitig in mein Seminar zu kommen. Schließlich setze ich meine Brille auf, anstatt Kontaktlinsen zu tragen, denn das Auge, in das ich mir mein Mascarabürstchen gestoßen habe, hört nicht auf zu tränen.

Ich ziehe eins meiner selbst genähten Kleider an – ich mache alle meine Kleidungsstücke selbst, seit ich eine Nähmaschine bedienen kann, und schlüpfe in ein Paar flacher Schuhe, schnappe mir meinen Rucksack und überquere im Eiltempo den Campus, um pünktlich zu sein.

Ich nehme kein Uber oder Taxi, weil ich nicht zu jemandem in ein Fahrzeug einsteige, den ich nicht kenne. Ich mag auch keine öffentlichen Verkehrsmittel, weil das zu viele Menschen, die ich nicht kenne, auf engem Raum sind. Meistens ist das kein Problem, weil ich ein Auto habe, oder ich fahre bei einem meiner Brüder mit. Außer meine Brüder spielen mir so übel mit, wie sie es diesen Morgen getan haben.

Das Gute ist, dass heute ein Seminar beginnt, auf das ich mich freue: Kostüm- und Bühnenbild. Leider findet es Montag und Mittwoch um acht Uhr dreißig statt. Normalerweise sind nur Schauspielstudierende im Hauptfach dafür zugelassen, aber wegen meiner Zeugnisse, meinem großen Engagement sowohl im College als auch beim Stadttheater und mithilfe eines Briefes von Queenie, die noch immer meine Therapeutin ist, darf ich teilnehmen. Ich habe außerdem eine Sondererlaubnis, um ein Seminar in bildender Kunst zu besuchen, wieder dank Queenie und der großzügigen Spende meines Daddys sowohl an das College-Hockeyteam als auch an den Fachbereich Kunst. Es schadet nicht, dass mein Dad eine Hockey-Legende ist.

Ist das Vetternwirtschaft? Sicher. Habe ich ein schlechtes Gewissen, dass ich jemand anderem womöglich den Platz wegnehme? Sicher. Aber ich habe hart dafür gearbeitet, und der einzige Grund, aus dem ich mein Hauptfach noch nicht gewählt habe, ist, weil meine Eltern glauben, dass es besser für mich sei, allgemeine Seminare bis zum Ende meines zweiten Jahres zu besuchen. Wären meine Eltern nicht so unnachgiebig gewesen, hätte ich bereits Theater als Hauptfach gewählt.

Ich habe nicht unbedingt was dagegen, von allem etwas mitzunehmen, wann man sich über den zukünftigen Weg nicht im Klaren ist. Maverick hat sein Hauptfach schon zweimal gewechselt. Er hat angefangen mit Physik, hat dann zu Chemie gewechselt und sich schließlich für Kinesiologie entschieden. Seine Seminare haben alle ziemlich lange Namen, und die Lehrbücher sind so dick, dass sie eine Kugel aufhalten könnten. Vielleicht habe ich vergessen, zu erwähnen, dass Mav, obwohl Fuckboy und Hockeyspieler, wahnsinnig schlau ist. Wahrscheinlich nicht so schlau wie Kodiak, aber fast.

Doch im Gegensatz zu meinen Brüdern weiß ich genau, was ich will. Dieses Jahr ist mein Ziel, meine Eltern zu beschwichtigen, die befürchten, dass es zu viel für mich ist, ein College weit weg von zu Hause zu besuchen. Sie wollen auch nicht, dass ich mich zu sehr in eine Sache stürze und die anderen Möglichkeiten verwerfe, bevor ich nicht bereit dafür bin.

Ich liebe sie, doch diese Überfürsorglichkeit ist manchmal einfach zu viel.

Ich springe die Stufen des Gebäudes der Künste hinauf und habe nur noch fünf Minuten. Natürlich stolpere ich auf halbem Weg, weil ich es eilig habe. Meine Brille, die ich eigentlich nur zu Hause trage, fällt herunter, direkt auf die Gläser. Es wäre nicht schlimm, wenn ich nicht gleich darauf mit den Knien auf ihr gelandet wäre. Das Splittern ist unheilvoll und vielsagend.

»Mist.«

Mühsam richte ich mich auf, als sich ein Paar Hände unter meine Achseln schiebt und mir jemand aufhilft.

»Alles in Ordnung?«

Es ist eine männliche Stimme. *Na großartig*. Heute läuft auch wirklich alles schief.

»Oh ja, wenn man viel nachdenkt, wird der Kopf so schwer«, murmle ich. Natürlich sind das die ersten Worte aus meinem Mund. Manchmal wünschte ich, ich wäre noch immer so wortkarg, wie ich es in jüngeren Jahren war.

»Wie bitte? Das habe ich nicht verstanden.«

»Mir geht's gut, danke. Es ist mir nur peinlich.« Ich streiche meinen Rock glatt und lege den Kopf zurück. Ich bin klein. Ich muss immer hochschauen. Zu jedem. Außer zu kleinen Kindern und Haustieren.

Der Typ vor mir ist nur leicht verschwommen. Vielleicht ist er sogar hübsch. Er ist ziemlich groß, um die eins achtzig, obwohl mir jeder groß vorkommt. Sein dunkles Haar ist kurz geschnitten, und er trägt eine dick umrandete schwarze Brille. Und ein Hufflepuff-T-Shirt.

Er beugt sich mit einem Grinsen hinunter, um meine Brille aufzuheben. Sie ist in zwei Teile zerbrochen, und die Gläser sind völlig zerkratzt. »Das ist wohl das Unfallopfer.«

»Ich habe Ersatz zu Hause.« Weil ich ungeschickt bin und es nicht zum ersten Mal passiert, dass ich auf meiner Brille lande – nur dass mir der Ersatz in diesem Seminar nichts nützt. Wenigstens habe ich eine Pause zwischen diesem und dem nächsten, weshalb ich nach Hause fahren und das Ersatzpaar holen kann. Ich stecke die zerbrochene Brille in die Vordertasche meines Rucksacks. Ich weiß nicht, warum ich sie nicht in den Müll werfe. Schließlich besteht keine Aussicht auf irgendeine Reparatur.

»Willst du da rein?« Mein Retter nickt in Richtung Tür.

»Oh ja.« Ich lasse meine Hand in die Rocktasche gleiten – alle meine Kleider haben Taschen, weil es praktisch ist und mich davon abhält, mit den Händen zu reden – und zücke mein Telefon. Ich muss es mir direkt vors Gesicht halten, um die Zeit ablesen zu können. »Mist, nur noch vier Minuten, bis das Seminar beginnt.«

»Was besuchst du?«

»Kostüm- und Bühnenbild.«

»Wirklich? Ich auch. Wir können zusammen gehen.«

»Klar. Großartig, danke. Ich bin ohne meine Brille so blind, dass ich die Nummern an den Türen nur lesen kann, wenn ich die Nase beinahe an die Wand drücke.« Das ist nur leicht übertrieben.

Mein neuer Freund tippt auf seine Brille. »Ich werde die Augen für uns beide sein. Ich bin übrigens Josiah.«

»Ich bin Lavender.«

»Das ist ein cooler Name.« Er lächelt verschwommen. »Nett, dich kennenzulernen, Lavender.«

»Ebenfalls, Josiah.«

Wir eilen den Rest des Weges die Treppen hinauf. Zum Glück ist unser Seminarraum in der Nähe des Eingangs, und wir schlüpfen in letzter Minute hinein. Es riecht nach schweren Stoffen, nach dem Metall der Nähmaschinen, nach Holz und Farbe.

»Oh mein Gott«, stöhne ich leise. »Ich wünschte, ich könnte den Raum scharf sehen. Es riecht himmlisch.«

Ich folge Josiah zu dem verschwommenen Klecks aus Studierenden, die sich in einem Halbkreis auf der einen Seite des Raums gesetzt haben. Wir nehmen die beiden letzten freien Plätze am Rand ein, und Professor Martin ruft die Namen auf. Wie üblich bin ich die Letzte auf der Liste.

Sobald die Anwesenheit festgestellt worden ist, geht der Professor den Lehrplan durch. Zum Glück habe ich ein Tablet, und Josiah leiht mir kurz seine Brille, um die Schriftgröße so einzustellen, dass ich meine Notizen auch lesen kann. Im Grunde ist das ein Satz pro Seite, aber es ist besser als nichts. Wir verbringen die Hälfte der Zeit damit, Eisbrecherspiele zu spielen, und in den letzten zwanzig Minuten müssen wir ein paar Absätze über das schreiben, was wir uns von dem Seminar erhoffen.

Die meisten Studierenden in diesem Kurs sind extrem extrovertiert. Ich bin genau das Gegenteil, weil alles, was ich je tun möchte, backstage oder hinter den Kulissen stattfindet, doch ich überlebe es.

»Hast du Theater im Hauptfach?«, fragt Josiah auf dem Weg zur Tür.

Ich schüttle den Kopf. »Ich wähle erst im nächsten Jahr ein Hauptfach.«

»Wirklich? Wie hast du es dann in das Seminar geschafft? Es ist eigentlich nur für Hauptfach Schauspiel vorgesehen.«

»Äh, im Grunde schon. Ich habe eine Sondererlaubnis. Ich habe bereits in der Highschool und am Stadttheater eine

Menge Kostüm- und Bühnenbild gemacht, also darf ich teilnehmen.« Es stimmt zum Teil.

»Oh, das ist … cool. Welche Seminare hast du noch?« Er klingt ehrlich interessiert.

»Ähm, warte … Ich zeig dir meinen Stundenplan, und du sagst mir, ob wir noch irgendwas zusammen haben, weil ich gerade nicht richtig sehen kann.« Ich stelle meinen Rucksack auf eine Bank, nehme meine Mappe heraus und reiche sie ihm. Es wäre nett, jemanden zu kennen, der in mehr als einem Seminar ist. Das ganze Leute-Kennenlernen ist stressig, und ich neige dazu, dumme, peinliche Sachen zu sagen, wenn ich nervös bin – was ziemlich häufig passiert.

»Sieht so aus, als wäre es das einzige gemeinsame Seminar. Aber ich treffe mich gleich mit ein paar Freunden auf einen Kaffee, falls du mitkommen willst.«

»Oh, das würde ich gerne, allerdings muss ich nach Hause und meine Ersatzbrille holen. Ansonsten habe ich am Ende des Tages Höllenkopfschmerzen.« Ich tippe mir an die Schläfe. »Vielleicht könnte ich nach dem Seminar am Mittwoch mitkommen.«

Josiah lächelt. »Ja, klar. Sollen wir Nummern tauschen?«

»Das wäre toll. Du musst allerdings deine für mich hinzufügen.« Ich reiche ihm mein Telefon, das in diesem Moment vibriert.

»Äh, Twinsie schreibt dir?«

»Das ist mein Zwillingsbruder.«

»Du hast einen Zwillingsbruder? Das ist bestimmt irgendwie cool.«

»Das ist es manchmal. Aber es kann auch ziemlich nervig sein.«

Ich benutze die Sprache-zu-Text-Funktion, um herauszufinden, wo sich River zwischen den Seminaren aufhält. Er ist noch immer am anderen Ende des Campus bei seinen Football-Kumpels, und Maverick hat meine Autoschlüssel.

Gott sei Dank gibt es Sprache-zu-Text. Mav ist in seinem Collegehof, was nicht weit ist, und der nette Josiah bietet mir an, mich hinzubegleiten, weil ich nicht gut genug sehen kann, um die Gebäudenamen oder Wegweiser zu entziffern, wenn ich nicht bis auf fünfzehn Zentimeter rangehe.

Als wir näher kommen, kann man Mavericks Lachen im gesamten Hof hören, gemeinsam mit dem Lärm kichernder Mädchen. Wenigstens ist River nicht in der Nähe, um sich wie ein wild gewordener Wachhund zu gebärden und nach Josiahs Fersen zu schnappen. Er ist versiert darin, Typen zu verscheuchen.

»Danke fürs Begleiten«, sage ich.

»Kein Problem. Ich wäre in derselben misslichen Lage, wenn ich meine Brille kaputt gemacht hätte.« Josiah schiebt sie nach oben.

»Heilige Scheiße, Lav!«, ruft Mav und ist plötzlich unangenehm nah. Er packt Josiahs Hand und bewegt sie wie einen Pumpenschwengel. Beinahe erwarte ich, dass Wasser aus seinem Mund sprüht, so energisch macht er das. »Wie schön! Du hast einen Freund gefunden!«

»Oh mein Gott, hältst du wohl die Klappe?« Wenn ich scharf sehen könnte, würde ich ihm in die Eier treten.

Schließlich lässt er Josiahs Hand los und legt mir den Arm um die Schulter. »Ich bin so stolz auf dich. Ich bin Lavenders völlig peinlicher, älterer Bruder Maverick.«

»Das mit dem völlig peinlich hat er bestimmt schon selbst herausgefunden. Könntest du bitte etwas leiser sprechen und deine Skala im Kleine-Schwester-Demütigen von zehn auf akzeptablere zwei bis drei runterfahren?« Auch wenn der Ausbruch genervt klingt, ist Maverick wahrscheinlich das am wenigsten überfürsorgliche Familienmitglied.

»Ich kann höchstens auf eine fünf runterfahren. Willst du mich nicht richtig vorstellen?«

»Maverick, das ist Josiah. Ich bin vorhin gestolpert und habe meine Brille kaputt gemacht, und Josiah hat mir netterweise seine Augen geliehen, damit ich dich finde, obwohl er das jetzt bestimmt bereut.«

»Stell dir einfach vor, wie sehr er es bereuen würde, würde er Riv kennenlernen.«

Damit hat er recht.

Ich wende mich an Josiah. »Jedenfalls danke für die Hilfe. Ich weiß, dass du verabredet bist, und will dich nicht länger aufhalten.« Ich biete ihm wirklich einen Ausweg an und hoffe, er nimmt ihn, bevor Mav noch etwas richtig Peinliches sagt.

»Echt kein Problem. Wir sehen uns am Mittwoch?«

»Klar.« Ich nicke.

»Nett, dich kennenzulernen, Maverick.«

»Ebenso.« Er wartet, bis Josiah weg ist. »Sieh einer an! Gleich am ersten Tag neue Freunde. Stell ihn bloß deinem brutalen Zwillingsbruder nicht vor, dann ist alles okay.«

»Ich weiß nicht, was schlimmer ist, das letzte Jahr zu Hause oder jetzt mit euch beiden zusammenzuwohnen.«

Während River in Chicago war und auf dem Campus gewohnt hat, wo buchstäblich jeder ist, den wir kennen, musste ich bei meinen Eltern in Lake Geneva bleiben und ein allgemeines Jahr am örtlichen College absolvieren. Rückblickend war es wohl der richtige Schritt für mich. Hat es genervt, all das nicht mitzubekommen, was geschieht, wenn man weg von zu Hause ist? Und war es schwer zu ertragen, dass beinahe mein gesamtes Netzwerk an Freunden und Cousins dort draußen war? Oh ja. Doch es war auch schön, nicht mehr mit meinen überbeschützenden Brüdern zusammen zu sein. Ich hatte sogar einen Freund, den niemand gedroht hat umzubringen. Es war eine Erfahrung, die ich gebraucht und gewollt habe. Die Beziehung hielt nur ein paar Monate, aber wir haben viel herumexperimentiert, weil er sein eigenes Zimmer auf dem Campus hatte.

»Wenigstens hast du jetzt ein wenig Freiheit.« Mav wirft mir die Autoschlüssel zu. Sie fallen zu Boden, weil ich sie nicht sehen kann, und meine Fangkünste sind auch an einem guten Tag mit Brille zweifelhaft.

»Ich kann ohne Brille nicht fahren, Mav.« Ich zeige auf mein Gesicht und steche mir beinahe ins Auge.

»Oh Mist, richtig.« Er beugt sich hinunter, um sie aufzuheben. »Hmm, ich habe in zehn Minuten Unterricht. Ich könnte dich danach fahren.«

»Weißt du was? Ist schon okay. Ich gehe zu Fuß.«

»Ich fahre sie.« Kodiaks tiefe Stimme sorgt dafür, dass sich die Härchen auf meinen Armen aufrichten.

»Sieh mal, perfekt. Danke, K.« Mav grinst unschuldig und klopft Kodiak auf den Rücken, hängt sich den Rucksack über die Schulter und geht davon.

»Du musst mich nicht nach Hause fahren. Ich habe wahrscheinlich eine Ersatzbrille im Handschuhfach«, murmle ich. Bestimmt bin ich rot wie eine Tomate. Die Demütigung vom letzten Mal, als ich allein mit ihm war, kommt zurück, so wie Blut aus einer frischen Wunde strömt.

»Du musst trotzdem wissen, wo der Wagen geparkt ist.« Er ist so nah, dass das Atmen schwerfällt.

Ich bin froh, dass ich ihn nicht richtig sehen kann. Ich will ihm sagen, dass er mich mal kann, aber die Worte bleiben mir im Hals stecken. So war das nicht immer. Lange Zeit war Kodiak mein Schutzraum. Wir haben uns alles erzählt. Ich dachte, er wäre mein Seelenverwandter – bis ich alles kaputtgemacht und ihn dazu gebracht habe, mich zu hassen, und dann hat er dafür gesorgt, dass ich ihn ebenfalls hasse.

»Gehen wir. Ich habe nicht den ganzen Tag Zeit.«

Ich muss praktisch rennen, um mit seinen langen Schritten mitzuhalten.

Ich möchte gern was Freches erwidern, aber als ich das letzte Mal mit Kodiak gesprochen habe, war das Ergebnis alles andere als wünschenswert, weshalb ich lieber meinen Mund halte. Abgesehen davon besteht eine gute Chance, dass ich genauso über meine Worte wie über meine Füße stolpere.

Vor Frust und Verlegenheit treten mir Tränen in die Augen. Ich fühle mich dumm. Ungeschickt. Unerwünscht. Wie eine Nervensäge. Mädchen flüstern seinen Namen, als wir an ihnen vorbeigehen, und eine beginnt neben ihm herzugehen und stellt ihm Fragen wegen einer Party am Freitag.

Er beachtet sie kaum, unnahbar wie immer.

»Wer ist deine Freundin?«, fragt sie.

Ich schaue sie weder an noch reagiere ich in irgendeiner Weise darauf, dass über mich gesprochen wird.

»Niemand, der dich was angeht. Wir sehen uns am Freitag auf der Party.« Er schnipst in meine Richtung mit den Fingern, als wäre ich ein Hund. »Komm schon, ein bisschen schneller.«

Ich folge ihm mit zusammengebissenen Zähnen über den Parkplatz und kämpfe gegen das Bedürfnis an, zu schreien oder zu weinen. Es ist so demütigend.

Mein Wagen piept, und ich gehe rasch zur Beifahrerseite, aber Kodiak hat nur die Fahrerseite geöffnet, weshalb ich zweimal an der Tür ziehe und dann warten muss, bis ihm der Sinn danach steht, erneut auf den Knopf zu drücken.

»Bitte mach, dass hier irgendwo eine Brille ist.« Ich lasse mich auf den Beifahrersitz gleiten und klappe das Handschuhfach auf, nehme Betriebsanleitung und Versicherungsschein heraus in der Hoffnung, irgendwas zu finden. Sogar ein altes

Paar mit falschen Gläsern wäre willkommen. Oder vergessene Kontaktlinsen.

Kodiak öffnet die Fahrertür und beugt sich vor, um den Schlüssel ins Zündschloss zu stecken und die Fenster herunterzufahren, bevor er die Tür wieder schließt und sich dagegenlehnt, um mit noch einem Mädchen zu sprechen.

Plötzlich wird es laut in meinem Wagen. Es ist aber keine Musik. Es ist eins meiner Audiobücher. Dazu noch ein schmutziges. Und es ist auch noch mitten in einem besonders versauten Kapitel. Denn das habe ich gestern Abend gehört, als ich ins Bett gegangen bin, und mein Telefon synchronisiert sich automatisch mit der Musikanlage.

Manche Leute lesen Bücher oder hören Musik, bevor sie ins Bett gehen. Ich höre erotische Bücher. Es ist viel besser als Pornografie. Die Typen sind immer superaufmerksam, und die Frauen haben sieben Millionen Orgasmen. Und der Held ist sehr gut in Oralsex. Es ist die beste Fantasie. Nur habe ich gestern Abend ein neues Genre ausprobiert: umgekehrter Harem. Es hatte was von Frauenpower, was verlockend klingt, wenn man ich ist – also, nicht das mit dem umgekehrten Harem, sondern das mit der Frauenpower.

»Willst du unsere Schwänze reiten, Schätzchen?«, dröhnt eine sehr sexy, raue Stimme durch meine Musikanlage. »Beide Schwänze?«

»Oh mein Gott.« Ich suche panisch nach meinem Telefon, doch es fällt herunter und rutscht unter den Sitz. Natürlich. Ich schlage blind auf das Armaturenbrett, um den Lautstärkeregler zu finden, aber anstatt leiser stelle ich genau in dem Moment lauter, als eine plastisch geschilderte Penetration stattfindet.

Schließlich treffe ich den Lautstärkeregler und regle das verdammte Ding runter, doch es ist zu spät. Jeder im Umkreis von einer Meile hat die Pornoliteratur gehört. Ich würde am liebsten im Erdboden versinken. Ich rutsche tiefer in den Sitz und verstecke mich hinter meinem Haar, während sich das Gelächter draußen vor dem Wagen wie Nadeln auf meiner Haut anfühlt.

Es ist wie damals als Kind – mitten auf dem Spielplatz stehend, während sich irgendjemand über mich lustig macht und mich seltsam nennt. Wieso redet sie so leise? Alle schauen mich an. Und lachen. Bis River eingreift. Oder Kodiak, bevor er anfing, mich zu hassen.

Allerdings ist River nicht da. Und Kodiak kann mich nicht einmal anschauen. Warum er angeboten hat, mich nach Hause zu fahren, ist ebenfalls die Frage. Außer, er sucht nur eine Gelegenheit, um mich zu quälen.

Ich bin knallrot im Gesicht. Mein Körper bricht in kalten Schweiß aus. Ich kann nicht aus dem Wagen aussteigen, nicht mit den ganzen Leuten um uns herum. Es gibt mir das Gefühl, in der Falle zu sitzen, und ich hasse es.

Kodiak öffnet schließlich die Fahrertür. »Hast du deine Ersatzbrille gefunden?«

Ich schüttle den Kopf, ohne ihn anzusehen.

»Ist das ein Nein?«

Ich presse die Lippen aufeinander und sage nichts.

Kodiak seufzt. »Ich muss sie hier nach Hause bringen. Bis Freitag.«

Er steigt ein und knallt die Tür zu. Er justiert die Spiegel, und plötzlich wird mir bewusst, wie nah er ist. Ein paar Dinge haben sich in den letzten beiden Jahren nicht geändert: gleiches Deo, gleiches Duschgel, gleiches Eau de Cologne, gleiches Shampoo, gleiches Arschloch.

Meine Augen brennen von den aufsteigenden Tränen, doch ich weigere mich, ihnen freien Lauf zu lassen. Ich werde Kodiak nicht die Genugtuung geben, mich je wieder weinen zu sehen. Ich hasse ihn so sehr für so viele Dinge, aber diese unnötige Demütigung steht im Augenblick im Vordergrund, gleich gefolgt von dem, was er vor zwei Jahren zu mir gesagt hat.

»Mir war nicht klar, dass du auf Gruppensex stehst.« Seine Stimme klingt teilnahmslos.

Ich habe nicht vor, etwas zu sagen. Nur atmen.

»Ist es das, was du und die ganzen Theaterfuzzis backstage machen? Ihr findet ein hübsches Plätzchen hinter den Vorhängen und treibt es ordentlich miteinander?«

Ich will etwas Verletzendes sagen, so etwas in der Art, dass es mich schon überraschen würde, dass das nicht sein Ding sei, weil sein Dad doch Spaß an Dreiern hatte, als er in Kodiaks Alter war. Allerdings kenne ich Kodiaks Dad nur als netten Kerl, und er scheint nicht der Typ zu sein, der gleich zwei Mädchen in einer Badewanne vögelt. Obwohl es ein wirklich sehr altes Video im Internet gibt, das genau das zeigt.

Es gibt auch tausend Fotos von meinem Dad mit seiner Zunge im Mund verschiedener Frauen. Doch anscheinend hat er nicht mit den ganzen Puckbunnys geschlafen, sondern nur in aller Öffentlichkeit mit ihnen rumgeknutscht. Meiner Mom eingeschlossen. Einen berühmten Elternteil zu haben, kann echt nervig sein, und aufschlussreicher, als einem lieb ist.

Meine Kehle ist wie zugeschnürt, und ich würde höchstens ein schwaches Krächzen herausbringen, wenn überhaupt. Also balle ich stattdessen die Fäuste, um nicht herumzufuchteln, und versuche, mich nicht auf Kodiaks verletzende Worte oder die Erinnerungen, die seine Nähe weckt, zu fixieren.

»Du hast für jeden Worte, nur nicht für mich?«, bemerkt er spöttisch.

Ich starre geradeaus, nicht bereit, in dieses schreckliche, schöne Gesicht zu schauen. Ich wäge meine Worte ab, bevor ich spreche, und versuche, mich innerlich zu stählen, damit nicht nur ein schwaches Flüstern herauskommt. »Wieso sollte ich mit dir reden, wenn du meine Worte zu etwas Hässlichem verdrehst?«

»Lebst du noch immer in der Vergangenheit?« Tiefe Gefühle verbergen sich hinter seinem Zorn, ein Schwanken in seiner Stimme, das ich wiedererkenne: Angst.

Ich lasse die Worte, die ich auf der Zunge habe, dort wie bittere Pillen und frage schließlich: »Wieso tust du das?«

»Um dich daran zu erinnern, dass sich nichts geändert hat, Lavender«, bringt er mühsam heraus.

Der Junge, den ich einmal geliebt habe, hätte mich nie bloßgestellt oder so herablassend mit mir geredet. Und sein Verhalten beweist, dass das, was vor zwei Jahren passiert ist, kein Fehler war. Er wollte mir damals wehtun, und er will es auch jetzt.

Er fährt in die Auffahrt, und ich zerre am Türgriff, aber die Tür geht nicht auf, weil noch immer die Kindersicherung aktiviert ist. »Ich hasse dich.« Ich spucke die Worte aus wie Nägel.

Er beugt sich über die Mittelkonsole, bis er ganz nah ist, sein Gesicht erkennbar und schön und so scheußlich in seiner Perfektion. Seine hellgrünen Augen brennen vor Gefühlen, die ich nicht verstehe, und die Goldsprenkel sind wie gebrochenes Licht. »Ich glaube das nicht. Sonst wärst du nicht in diesen Wagen mit mir gestiegen.«

Ich kann seinen feuchten, nach Minze riechenden Atem auf meinen Lippen spüren.

Er legt den Arm auf meine Sitzlehne und streichelt mit den Fingerspitzen meinen Nacken. Ich zucke zurück und schlage seine Hand weg.

Kodiak runzelt die Stirn, packt mich am Handgelenk und biegt meine Finger auf.

Es gefällt mir nicht, wie mein Körper auf diese Berührung

reagiert, als mir ein Schauer über den Rücken läuft, unangenehm und prickelnd zugleich.

»Was soll das?« Er dreht meine Hand um, sodass ich sehen kann, was er tut. »Du hast dich wirklich nicht verändert, oder?« Etwas in seiner Stimme ist merkwürdig, ohne es genau benennen zu können – vielleicht weil er mich berührt, und ich hasse es genauso, wie ich mich danach sehne.

Vier halbmondförmige Wunden sind in meiner Handfläche, und ich bin aufs Neue höchst beschämt, dass dünne Rinnsale Blut aus den frischen Schnitten sickern. Ich reiße meine Hand weg. »Lass mich raus.« Es ist kaum ein Flüstern.

»Lavender.« Seine Stimme klingt bestürzt.

Schließlich finde ich vor lauter Zorn meine Stimme wieder. »Lass mich raus. *Sofort.*«

»Ich hätte es wissen müssen«, knurrt er und drückt auf den Türknopf.

Ich reiße die Tür auf, klettere hinaus und hänge mir den Rucksack über die Schulter.

Kodiak stellt den Motor ab und steigt aus, wobei er meinen Namen ruft.

Ich zeige ihm den Mittelfinger, ohne mich umzuschauen. Er verdient meine Worte nicht.

3

Zu weit gegangen

Kodiak
Gegenwart, 21 Jahre alt

Lavender steigt die Stufen zur vorderen Veranda hinauf, tippt den Code ein und verschwindet im Haus. Die Tür fällt hinter ihr zu.

Sie hinterlässt eine Blutspur am Türknauf.

Ich blicke auf meinen Handrücken, der ebenfalls blutverschmiert ist. Es erinnert mich an unsere Kindheit, was mir Bauchschmerzen bereitet.

Anstatt mich normal zu verhalten, habe ich sie gedemütigt. Wieder einmal.

Diesmal sogar öffentlich.

Und sie hat ihre Wut an sich selbst ausgelassen.

Nichts ändert sich bei Lavender. Obwohl das nicht ganz stimmt. Sie ist jedenfalls kein linkischer Teenager mehr. Das ist nicht zu übersehen.

Ich reibe mir das Gesicht und wäge meine Optionen ab. Ich wusste, dass das kommen würde. Kurz vor der Highschool ist meine Familie auf die andere Seite des Landes gezogen. Seit einem halben Jahrzehnt vermeide ich es so gut wie möglich, Lavender zu treffen. Es war leichter, als wir nicht in derselben Straße gewohnt haben, nicht auf dasselbe College gegangen sind. Und ich bin gut damit klargekommen, bis sie vor zwei Jahren in den Ferien betrunken und wie eine verdammte Wonder Woman aufgetaucht ist.

Damals dachte ich, ich käme klar damit, sie nach Jahren wiederzusehen. Offensichtlich lag ich damit falsch. Das letzte Mal, als ich sie getroffen hatte – vor dem Wonder-Woman-Fiasko – war sie noch in der Mittelschule und ich kurz davor, mit der Highschool zu beginnen. Zwischen zwölf und siebzehn ändert sich eine Menge, und auf Lavender traf das ganz besonders zu.

Es war mein einziger echter Ausrutscher in all den Jahren. Aber ich habe mich nie komplett davon erholt – wenn man bedenkt, dass ich sie nach Hause gefahren und ihr ein mieses Gefühl gegeben habe, weil ich meinen Mund nicht halten konnte.

Jahrelang ist es mir gelungen, bei Treffen mit den Waters' etwas Wichtiges vorzuschieben. Ich habe vor Angst geweint, habe nicht an Abendessen/Familientreffen/Feiern teilgenommen und meiner Mutter erzählt, ich müsse lernen oder ein Essay schreiben. Ich habe Möglichkeiten gefunden, Zeit mit Maverick zu verbringen, ohne Lavender sehen zu müssen. Es war besser so – für uns beide, doch vor allem für sie.

Meine Mom wusste, dass etwas anderes dahintersteckte. Sie weiß es immer. Und weil alle glauben, Lavender sei zerbrechlich wie Glas, lässt sie es mir durchgehen. Bis vor zwei Jahren. Die Folge davon war eine Abwärtsspirale, aus der herauszukommen Monate dauerte. Zum Glück war ich bereits im College, weg von zu Hause, wo ich mich die meiste Zeit unbeobachtet von den Eltern in Selbsthass ergehen konnte.

Lavender aus dem Weg zu gehen ist aber nicht mehr möglich. Nicht, seit sie im selben Haus wie mein bester Freund wohnt und nicht mehr bei ihren Eltern.

Ich bin mit der Zeit etwas zufriedener und sicherer geworden, was meine Selbstkontrolle betrifft. Allerdings ist der heutige Tag eine Erinnerung daran, womit ich es zu tun habe, und das macht mich wütend. Ich brauche diesen Schwachsinn nicht – ihre Schwäche, ihre Abhängigkeit von allen um sie herum.

Jedes Mal, wenn ich mich umdrehe, wird sie da sein, mit diesen blauen Augen und diesem Schmollmund. Eine fortwährende Erinnerung daran, wie gründlich ich es vermasselt habe. Es ist ein Albtraum.

Ich wette, River ist der Grund dafür, dass sie hier ist. Ich weiß, dass Zwillinge eine besondere Beziehung zueinander haben, aber so, wie er mit ihr umgeht, grenzt es an Borderlinesyndrom – mehr noch als zwischen ihr und mir. Und das war schon ziemlich verkorkst.

Ich habe nicht die Energie für noch mehr Lavender, also nehme ich meine Hockeyausrüstung aus dem Kofferraum ihres Wagens und stecke die Schlüssel durch den Briefschlitz. Dann gehe ich zu mir, was nur drei Häuser weiter ist, wo ich mit Quinn Romero, einem Mitglied meines Hockeyteams, und BJ Ballistic zusammenwohne. Unsere Väter sind schon unser ganzes Leben befreundet, und es war sinnvoll, zusammenzulegen und ein Haus für uns zu kaufen, während wir hier wohnen.

Sie haben eine Weile im selben NHL-Team gespielt, und nachdem sie ihre Laufbahn beendet hatten, haben sie eine Stiftung gegründet – ein Hockeytrainingsprogramm, das teilweise die Kosten für Kids übernimmt, die ansonsten nicht bei Wettkämpfen mitspielen könnten. Hockey ist teuer und zeitintensiv.

Als ich hineingehe, lümmelt Liam, einer der Butterson-Zwillinge und Mavericks älterer Cousin, in einem Gaming-Stuhl, einen Ohrstöpsel lose herunterhängend, und klimpert mit einem Satz Metallringe herum – entweder ein Knobelspiel oder Sexspielzeug, wer weiß. Er wohnt ein paar Blocks weiter mit seinem Zwillingsbruder Lane, aber er verbringt viel Zeit mit Quinn, was erklärt, weshalb er hier ist. BJ, auch bekannt als Randy Ballistic Jr., döst im Liegesessel, eine Hand im Schritt.

Quinn sitzt auf dem Sofa und zockt ein Videospiel mit einem blonden Mädchen, das ich noch nie bei ihm gesehen habe. Er versucht, sich gerade über eine besonders schmerzhafte Trennung hinwegzutrösten, zumindest nach dem, was ich gesehen habe. Das Mädchen hat ein Paar knappe Shorts und ein bauchfreies Oberteil an. So wie ihre Nippel jeden begrüßen, trägt sie keinen BH. Eine Reihe von Knutschflecken schmückt ihren Hals wie eine kaputte Kette. Sie blickt von ihrem Handy auf, und die Kinnlade klappt ihr herunter. »Oh mein Gott! Kody Bowman! Du bist ja echt heiß!«

Quinn hält das Spiel an und schenkt ihr einen Blick, bei dem die meisten Leute tot umfallen würden. »Könntest du vielleicht nicht ganz so demoralisierend sein?«

»Herrje. Ist nur 'ne Feststellung.« Sie zieht ein Gesicht, als könnte sie nicht glauben, dass ihn die Bemerkung nervt.

»Du hast es erst vor 'ner halben Stunde mit mir gemacht. Warte also bitte ein paar Stunden, bevor du dich an meinen Mitbewohner ranwirfst.« Es klingt teils scherzhaft und teils ernst.

Liam gibt ein Geräusch von sich, als wartete er darauf, dass es eskaliert.

»Ihr teilt euch also die Mädchen?« Die Blondine wickelt ihren Pferdeschwanz um den Finger. Als wir sie alle bloß anstarren, versucht sie es mit einer anderen Taktik. »Du bist ebenfalls heiß, Quinn, nur … anders heiß.«

Quinn verdreht die Augen und wirft den Joystick beiseite. »Ich muss los. Hab Spaß mit meinen Freunden.« Er geht quer durch den Raum, dicht an mir vorbei, wobei er etwas von schlechten Entscheidungen grummelt, und knallt die Tür hinter sich zu.

Ich weiß schon, wo er hinwill: in die Garage. Da draußen ist ein Gym mit Boxsack, den wir mehr als einmal austauschen mussten, weil Quinn ihn so oft benutzt.

Er ist ein guter Typ mit ziemlich viel Temperament, das er mit diesem harmlosen Ventil unter Kontrolle zu halten versucht.

Die Blondine sitzt mit großen Augen da und wiederholt: »Das war keine Beleidigung.«

»War es irgendwie schon«, erwidert Liam.

Ich bleibe nicht, um mir ihre schwachen Ausreden anzuhören. Stattdessen gehe ich nach oben. Ich will mich vor dem nächsten Seminar noch einmal duschen, weil ich Training hatte, und ich mag die Duschen auf dem Sportplatz nicht. Im Grunde sind die sanitären Einrichtungen in Ordnung, aber ich habe ein Problem mit öffentlichen Duschen und Toiletten und ihrer Sauberkeit. Ich habe eigentlich Probleme mit vielen Dingen.

Ich schließe meine Tür auf – sie ist immer abgeschlossen, wenn ich nicht im Zimmer bin. Ich mag meine Mitbewohner, ich verlasse mich jedoch nicht darauf, dass nicht vielleicht jemand, den sie mitbringen, doch herumschnüffelt – man muss sich nur das Mädchen unten ansehen. Das hat mir mein Dad beigebracht.

Ich habe zwei Stunden Zeit vor dem nächsten Unterricht, weshalb ich mich vor dem Duschen zuerst an den Computer setze und die untere Schublade meiner Aktenablage öffne. Ich hebe den falschen Boden an und durchsuche den Inhalt, bis meine Finger sich um einen Stapel alter Fotos schließen.

Ich erstarre beim leisen Klopfen an meiner Tür.

Ich habe nicht einmal die Gelegenheit zu sagen: *Verschwinde*, oder: *Lass mich in Ruhe*, als sich der Türknauf dreht, und ich es augenblicklich bereue, nicht abgeschlossen zu haben. Ein blonder Kopf taucht auf. Dieses Mädchen ist scheinbar ziemlich unbedarft. Oder verzweifelt. Oder beides.

Ich lasse die Fotos los und schließe den Aktenschrank mit einem genervten Seufzen. Nachdem ich den Schlüssel umgedreht habe, ziehe ich ihn aus dem Schloss und werfe ihn in die oberste Schublade meines Schreibtisches und schiebe verschiedene Sachen darüber, bevor ich sie wieder zumache.

Ich drehe mich in meinem Stuhl herum, als sie hereinkommt und die Tür hinter sich schließt. Sie sieht sich um und dringt auf diese Weise in meine Privatsphäre ein. Ich mag es nicht, Leute, die ich nicht kenne, in meinem Zimmer zu haben. Ich mag Leute generell nicht.

Die Liste der Menschen, die ich ertragen kann und die mich regelmäßig ertragen können, ist ziemlich kurz.

»Wow. Dein Zimmer ist wirklich ordentlich.« Sie lässt den Türknauf los und geht hinüber zu meinem Bett. Nachdem sie sich auf die Kante gesetzt hat, streicht sie über meine Tagesdecke. »Ist das ein Kingsize?«

»Was willst du hier?«

Sie zieht eine Schulter hoch und lässt sie wieder sinken, wobei ihr Blick zwischen den Hockeypostern an der Wand und einer unbearbeiteten Leinwand, die ich mir nie habe rahmen lassen, hin und her wandert und schließlich zu mir zurückkehrt. »Ich war neugierig.«

»Worauf?«, frage ich genervt, obwohl das im Grunde witzlos ist.

»Auf dich.«

Ich schweige, weil das keine richtige Antwort ist.

Sie verschränkt die Beine. Sie sind lang und gebräunt und größtenteils unbekleidet, weil ihre Shorts nur einen sehr kleinen Teil bedecken. Ihr Top lässt ein großes Stück von ihrem Bauch frei. An ihren Gesichtszügen ist nichts besonders oder unwiderstehlich. Man würde sie wohl als attraktiv bezeichnen können. Aber ihre Verzweiflung ist unsympathisch.

Sie fährt mit einem Finger oben an ihrem Top entlang, um bewusst die Aufmerksamkeit auf ihr Dekolleté zu lenken. Verglichen mit Lavender ist das nicht sehr beeindruckend. Dafür, dass ich das denke, hasse ich mich selbst.

Sie schenkt mir das, was offenbar ein schüchternes Lächeln sein soll. »Darf ich dir was sagen?«

»Kann dich wohl kaum daran hindern.«

Ihr Lachen ist schrill und nervös, und von ihrem Wagemut ist nicht mehr viel übrig. »Ich war nicht wirklich an Quinn interessiert.«

»Dann hättest du vielleicht nichts mit ihm anfangen sollen, was?« Was ist los mit dem Mädchen?

Sie leckt sich die Lippen. »Ich bin eigentlich wegen dir gekommen.«

»Ist das so?« Ich habe keine Lust, mich darauf einzulassen nach dem, was mit Lavender passiert ist.

Sie nickt. »Ich habe bis fünf keinen Unterricht.«

Man muss kein Genie sein, um festzustellen, worauf sie hinauswill. »Du warst gerade mit meinem Mitbewohner zusammen.«

»Er meinte allerdings, ich könnte Spaß mit seinen Freunden haben, und ich hätte gerne ein bisschen Spaß mit dir.«

Ihre Hartnäckigkeit ist nicht unbedingt anregend. Für mich jedenfalls nicht. Liam hat kein Interesse an Bunnys, wenn sie ihn also angemacht hat, hat er bestimmt Nein gesagt. BJ vögelt sie vielleicht, auch wenn sie bereits mit mehr als einem von uns zusammen war, doch sie müsste ihn wecken, und er schläft wie ein Toter.

»Dir ist schon klar, dass du dich damit zum Hausbunny machst.«

Sie beißt sich auf die Lippe. »Das wäre wohl so. Und mir macht es nichts aus, solange ich dich vögeln kann.«

Ich würde gern sagen, so ein Verhalten ist unüblich. Ist es aber nicht. Und leider hat sich Quinn, der nicht besonders wählerisch ist, angewöhnt, sich genau diesen Typ Mädchen rauszusuchen.

»Bist du high?«

»Nein.« Sie lacht. »Sehe ich so aus?«

Jetzt zucke ich mit den Schultern. »Nicht unbedingt, aber es besteht immer die Möglichkeit.«

»Ich weiß genau, was ich tue.«

Ich streiche mit den Händen an meinen Oberschenkeln entlang und bemerkte, dass nach wie vor ein Streifen getrocknetes Blut von Lavender auf meiner Haut ist. Sie nach Hause zu fahren war ein Fehler. Ich sollte wissen, dass ich, was sie betrifft, keine Kontrolle habe. Ich will einfach nur, dass sie aus meinem Kopf verschwindet. »Ich habe keine Kondome.«

Sie steht auf, wühlt in ihrer Hosentasche und wirft ein paar Päckchen auf meine Tagesdecke. »Ich bin vorbereitet.«

4

Und ich dachte, der Morgen war verkorkst

Lavender
Gegenwart

Ich brauche zwanzig Minuten, um meine Brille zu finden, was auch daran liegt, dass ich mich in dem Moment, als ich die Tür zumache – und hinter mir abschließe – und Kodiak in der Auffahrt stehen lasse, nicht länger zusammenreißen kann.

Wie ein Kleinkind, das seinen Lieblingsschnuller verloren hat, fange ich an zu heulen.

Eine nette kleine Panikattacke folgt, denn ich habe Angst, ich kann nicht mehr damit aufhören. Ich mag keine Tränen. Sie verschlimmern meine Angst, die sich häufig meldet, und sobald sich die Spirale dreht, wird es schwer, wieder herauszukommen.

Eine Brille zu finden ist auch nicht leicht, wenn man weint, aber vor allem, weil ich so schlecht sehe. Schließlich gelingt es mir, mich zu beruhigen. Ich nehme Augentropfen, warte, bis die Rötung nachlässt, und setze meine Kontaktlinsen ein.

Mein linkes Auge fühlt sich nicht mehr so an, als hätte ich Sand darin, also müsste das mit den Kontaktlinsen ein paar Stunden funktionieren. Ich muss den Concealer neu auftragen und dank der Tränen mein Make-up auffrischen, doch ich kann wieder sehen. Und zumindest habe ich meinen Wagen den Rest des Tages für mich. Zum Henker mit meinen bescheuerten Brüdern.

Es gefällt mir nicht, dass Kodiak, der früher wusste, wie man meine Attacken zum Verschwinden bringt, sie jetzt auslöst. Es gefällt mir nicht, dass er mich überhaupt tangiert, aber ich ihn *nicht*.

»Du und ich? Wir sind eine toxische Mischung.« Ich massiere mir die Schläfen und packe die Erinnerungen in die Schachtel in meinem Kopf, wo ich alles hineintue, was ich nicht will.

Das Schlimmste daran ist, dass er damals nicht falschlag, und jetzt ebenfalls nicht. Fünf Minuten zusammen mit ihm in einem Auto, und ich bin völlig aufgelöst. Zu glauben, ich wäre dazu in der Lage, ihn wiederzusehen, war dumm. Wäre ich ein Jahr länger zu Hause geblieben, hätte er schon seinen Abschluss gehabt, und ich wäre gar nicht erst damit konfrontiert worden.

Ich vergewissere mich, dass ich meinen Kontaktlinsenbehälter und eine Ersatzbrille dabeihabe. Es ist viel leichter, sie zu finden, wenn ich nicht alles verschwommen sehe. Ich habe eine Dreiviertelstunde Zeit vor meinem nächsten Seminar. Ich stecke ein paar Müsliriegel in meinen Rucksack und entdecke meine Autoschlüssel auf dem Fußboden unter dem Briefschlitz. Wenigstens hat Kodiak sie nicht stecken lassen. Ich hebe sie von der Matte auf und schließe hinter mir ab.

Mein Magen schlägt Purzelbäume, als jemand drei Häuser weiter auf die Veranda tritt, wo zufällig Kodiak zusammen mit meinem Cousin BJ – Kurzform für Balls Junior – und Quinn Romero wohnt. Quinn und Kodiak spielen Hockey im Collegeteam, wie viele der anderen Jungs, die hier in der Straße wohnen. Ich lebe also im Grunde in der Hockeymeile mit einem Haufen Kerlen, mit denen ich verwandt bin – bis auf Quinn und Kodiak, den ich wie tausend juckende Pilzinfektionen verachte.

Ich bin erleichtert, dass die Person auf der Veranda nicht Kodiak oder einer meiner Cousins ist. Es ist irgendein Mädchen. Wahrscheinlich ein Puckbunny, woran ich mich ebenfalls erst wieder gewöhnen muss. Das letzte Jahr war eine angenehme Pause von meinen Brüdern und dem Geschnatter zahlloser Mädchen.

Ich kann mir gar nicht vorstellen, wie das gewesen wäre, wäre ich schon letztes Jahr hierhergekommen. River ist mit Maverick und meinem ältesten Bruder Robbie zusammengezogen, und sogar ich muss zugeben, dass meine Brüder gute Gene haben und nicht schlecht aussehen. Hier sind die Mädchen wahrscheinlich wie durch eine Drehtür rein und raus. Wie gemein. Robbie ist jetzt ein Jahr im Ausland, um seinen Master zu machen, und ich bin in sein Zimmer gezogen.

Rivers Stollenschuhe stehen vor dem Rücksitz auf dem Boden und sind für den Geruch nach Käsefüßen in meinem Wagen verantwortlich. Ich weiß nicht, wie ich das zuvor gar nicht bemerkt habe – außer, dass ich zu beschäftigt damit war, mich zu schämen. Ich packe sie an den Schnürsenkeln und gehe um das Haus herum, um sie in die Garage zu stellen, die nach verschwitzter und abgestandener Sportausrüstung riecht. Doch es gibt extra eine Waschmaschine und einen Trockner für ihren Kram.

Als ich zum Wagen zurückkehre, geht das Mädchen, das auf Kodiaks Veranda stand, den Gehweg entlang. Sie trägt hohe Schuhe, knappe Shorts und ein bauchfreies Top, das kaum ihren Brustansatz verdeckt. Ihr Hals weist Knutschflecken auf, die wegen ihres unordentlichen Pferdeschwanzes noch besser zu sehen sind. Sie trägt Ohrstöpsel, telefoniert und merkt anscheinend nicht, wie laut sie redet.

»Oh mein Gott, du errätst nie, in wessen Zimmer ich gerade war!« Sie holt kaum Luft, bevor sie kreischt: »Kody Bowman! Und echt, er ist echt ein scharfer Typ aus der Nähe.« Sie lässt ihren Kaugummi platzen. »Ich weiß. Und das Beste? Freitagabend ist eine Party, da gehen wir unbedingt hin.« Sie blickt in meine Richtung, mustert mich kurz und tut mich als bedeutungslos ab. »Ich hab gehört, das ganze Team soll dort sein. Es wird ein Freifahrtschein für alle.«

Mein Magen fühlt sich an, als wäre ein Bleigewicht hineingeplumpst. Es sollte mich kein bisschen überraschen, dass Kodiak mich gedemütigt und dafür gesorgt hat, dass ich mich total mies fühle, und dann nach Hause gegangen ist, um fünf Minuten später mit irgendeiner Tussi rumzumachen.

Ich will nicht, dass es wehtut.

Aber das tut es.

Der nette Junge, der mich beschützt hat, der für mich eingetreten ist, der sich ehrlich und wahrhaftig gekümmert hat, ist schon lange verschwunden, und an seine Stelle ist ein Mann getreten, den ich gar nicht kennen will.

Ich betrachte die kleiner werdende Gestalt des Mädchens, und mir wird klar, dass das mein Leben sein wird, dieses Jahr. Und ich frage mich, ob ich noch immer auf eine Liste für das Studierendenwohnheim kommen kann.

5

Einem das Leben schwer machen

Lavender
Gegenwart

Als ich wieder beim Campus bin, sind alle Parkplätze besetzt. Es dauert eine halbe Stunde, bis ich einen freien Platz finde, deshalb habe ich keine Zeit, mir vor dem nächsten Seminar, das zufällig Psychologie ist, einen Kaffee oder etwas zu essen zu besorgen. Ich bin wohlvertraut mit Dingen wie kognitive Verhaltenstherapie, weshalb ich mit dem Seminar klarkommen sollte – bis auf die Gruppenarbeit. Ich hasse es, weil es bedeutet, mit Leuten, die man nicht kennt, reden und arbeiten zu müssen. Josiah heute Morgen war eine Ausnahme. Freunde zu finden fällt mir ansonsten nicht so leicht, weil ich schüchtern und schweigsam sein kann, und manche Leute das für hochnäsig halten. Demzufolge gehören die meisten meiner Freunde zum erweiterten Familienkreis.

Wir sind nicht alle zufällig hier gelandet. Es begann mit Quinn und Robbie, die sich beide beworben haben und angenommen wurden. Dann folgten Liam und Lane, die ebenfalls in Chicago landeten. Als Maverick sich für das College bewarb, war es zu einem Running Gag geworden, dass wir schließlich alle in Chicago enden würden. Außer ihm und Kodiak wurden auch alle angenommen. Dann bewarben sich noch Lacey, Lovey und BJ. Als River und ich dran waren, wurde davon ausgegangen, dass wir ebenfalls hierherkämen, falls wir akzeptiert würden. Nur ich habe den Studienbeginn um ein Jahr verschoben.

Nach dem Psychologieseminar treffe ich mich mit meinen Zwillingscousinen Lacey und Lovey, bevor der nächste Unterricht anfängt, denn ich habe keine Lust, nach Hause zu fahren. Wenigstens sind River, Maverick und ich nicht die einzigen in der Familie mit seltsamen Namen. Sie sind die Schwestern von Liam und Lane, die ebenfalls Zwillinge sind.

Sie sitzen in der hinteren Ecke des Campuscafés und sind natürlich nicht allein. Mein Cousin BJ lümmelt auf einem der Sessel. Er hat die langen Beine ausgestreckt, den Kopf im Nacken und den Mund offen, denn er ist tatsächlich eingeschlafen. In seinem Man-Bun stecken drei Bleistifte, und jemand hat seine Stirn mit Lochverstärkungs-Stickern beklebt.

»Lavy!« Lacey springt auf, hüpft elegant über BJs Beine und umarmt mich stürmisch. Das heißt, mein Gesicht wird gegen ihre Brust gedrückt. Lacey und Lovey sind hochgewachsen und wirklich beinahe identisch. Es gibt feine Unterschiede, aber solange man sie nicht gut kennt, ist es schier unmöglich, sie auseinanderzuhalten. Sie sehen fast aus wie zum Leben erwachte Barbiepuppen und sind die nettesten und aufrichtigsten Mädchen, die ich kenne. Ich bin so froh, dieses Jahr gemeinsam mit ihnen aufs College zu gehen.

Lacey und Lovey sind in ihrem ersten Jahr, beide studieren Public Relations. Sie sind der Studentinnenverbindung beigetreten und wohnen außerhalb des Campus in einem Haus mit sechs anderen Mädchen. Sie sind bei fast jeder Fundraising-Veranstaltung dabei, die es gibt, und extrem kontaktfreudig. Sie haben mich gefragt, ob ich nicht auch in die Verbindung will, aber schon bei dem Gedanken bekomme ich einen trockenen Mund, weshalb ich abgelehnt habe.

Lovey wartet, bis ich an BJ vorbei bin, bevor sie aufsteht und mich umarmt. »Das Kleid gefällt mir! Kann ich es mir vielleicht mal ausleihen?«

Lovey ist knapp eins achtzig groß, weshalb der Rock wahrscheinlich ein Superminirock wäre, doch wenn es ihr nichts ausmacht, ihre Unterwäsche herzuzeigen, soll es mir recht sein. »Klar, wenn du möchtest.«

Sie ziehen mich herunter, also setze ich mich in die Sofamitte, einklemmt zwischen beiden, während sie mich mit Fragen bombardieren.

»Wie geht's dir?«

»Wie sieht dein Stundenplan aus?«

»Treiben dich deine Brüder schon in den Wahnsinn?«

»Gib es in deinen Seminaren süße Jungs?«

»Hast du Quinn gesehen? Ich habe gehört, er ist heute Morgen in einen Streit geraten, noch bevor die Jungs auf dem Eis waren«, sagt Lovey mit großen Augen und dem Daumennagel zwischen den Zähnen.

»Quinn gerät immer in Streits.« Lacey rollt mit den Augen. »Am Wochenende ist bei uns eine Party. Du solltest kommen und bei uns übernachten! Das wird bestimmt lustig!«

Ich bitte sie mit einer Geste innezuhalten, bevor sie weitere Fragen stellen können.

»Überfordert«, flüstere ich und bemerke erschrocken, dass ich den Tränen nah bin, ohne zu wissen, warum.

Na ja, das ist nicht ganz richtig. Der Tag heute war echter Mist, und ich habe noch ein Seminar vor mir, bevor ich nach Hause gehen und sämtliche Marshmallows aus einer Schachtel Lucky Charms essen kann.

»Oh nein!«, flüstern beide, und plötzlich versinke ich in einer Umarmung von zwei Seiten. »Das tut uns leid.«

»Wir wissen es besser.«

»Tief durchatmen.«

»Schon okay«, murmle ich, um nicht noch mehr Aufmerksamkeit auf mich zu ziehen.

Sie lassen mich los, drehen sich jedoch in einer synchronen Bewegung, wobei sie jeweils ein Bein hochziehen, zu mir.

»Du wirkst nicht okay«, sagt Lovey sanft und streicht mir das Haar hinters Ohr.

»Es war ein langer Tag. Und um eure Fragen zu beantworten, ja, meine Brüder treiben mich in den Wahnsinn, mein Stundenplan ist nicht schlecht, heute jedoch ziemlich voll, und ich weiß nichts von Quinn und einem Streit. Besonders überrascht bin ich allerdings nicht.« Ich habe Quinn furchtbar gern, aber er ist jähzornig. »Da ist ein netter Typ in meinem Kostüm- und Bühnenbildseminar, der vielleicht auch hübsch ist, nur konnte ich ihn nicht richtig erkennen, weil ich meine Brille nicht aufhatte, und das mit der Party überlege ich mir. Übernachten wäre spaßig, doch wir müssen erst mal sehen, ob ich es mit den vielen neuen Leuten aushalte.«

»Die Mädchen im Haus sind echt cool, und die Jungs, die zur Party kommen, treffen sich nicht mit dem Hockeyteam, also musst du dir keine Sorgen machen, dass deine Brüder auftauchen oder sonst jemand.« Lacey kaut auf ihrer Unterlippe und blickt verstohlen zu BJ, der noch immer auf seinem Stuhl schläft. Er kann wirklich überall schlafen.

»Vielleicht.«

Lovey grinst und klatscht in die Hände. »Vielleicht ist so gut wie ein Ja.«

»Und es sind haufenweise hübsche Jungs dabei.« Lacey wackelt mit den Brauen.

Ich lache und schüttle den Kopf. »Wir werden sehen. Hübsche Jungs klingt zwar gut, aber ich bin mir nicht sicher, ob mir meine Brüder dieses Jahr das Ausgehen leicht machen.«

»Hoffentlich sind sie mit Sport und Seminaren zu beschäftigt, um dem, was du tust, zu viel Aufmerksamkeit zu schenken.« Lovey wickelt ihre Haare um einen Finger. »Zum Glück wohnen Liam und Lane näher an der Hockeymeile, da können sie unsere Dates nicht stören.«

Lovey und Lacey sind die jüngsten von sechs, und sie haben vier ältere Brüder, weshalb sie das mit meinen drei Brüdern irgendwie verstehen, wenn auch nicht komplett.

»Sie sind ebenfalls total cool mit so was«, stelle ich fest.

»Das stimmt.« Sie nicken gleichzeitig.

So sehr mich der Gedanke an eine Party freut, ist die Wirklichkeit doch etwas anderes. Ich will Kontakt zu anderen, Freunde haben wie sie, Gruppen beitreten und dazugehören, aber ich bin so gestresst, wenn zu viele Menschen um mich herum sind. Die Leute denken dann, ich bin seltsam.

Was ich auch bin, in solchen Situationen wirke ich allerdings noch seltsamer als sonst.

Mein Magen knurrt laut genug, um mich zu erschrecken. Ich blicke zu der Warteschlange. Es sind mindestens zehn Leute, die etwas bestellen wollen.

»Hast du Hunger? Soll ich dir einen Kaffee holen? Oder irgendwas zu essen?«, bietet Lovey an.

»Ich kann warten.«

»Ich wollte mir gerade einen Tee holen. Sag mir, was du willst, und ich besorg es dir.«

Sogar Schlangen machen mir Angst. Manchmal versucht jemand, mit mir zu reden, und dann muss ich höfliche Konversation mit Fremden machen, und dafür reicht meine Energie heute nicht mehr.

Ich schenke ihr ein dankbares Lächeln. »Okay. Ich nehme einen entkoffeinierten Latte mit Kokosmilch und einen Scone oder Muffin.«

»Das war's? Sie haben Sandwiches.«

»Ein Muffin genügt.«

»Nichts mit Rosinen, stimmt's?«

»Genau.«

Sobald sich Lovey angestellt hat, beginnt sie eine Unterhaltung mit dem Typen vor ihr. Sie flirtet nicht einmal. Sie ist einfach nett.

Lacey und ich reden über unsere Stundenpläne, während wir warten. Alle paar Minuten bleibt jemand stehen, um Hallo zu sagen. Viele Mädchen werfen einen verstohlenen Blick zu BJ, wenn sie an ihm vorbeigehen. Wie Lacey und Lovey ist er im ersten Jahr, aber anders als die meisten Einundzwanzigjährigen trägt er einen üppigen Vollbart, der besser zu jemandem passen würde, der fünf Jahre älter ist. Er hat auch ein ziemlich großes Tattoo, das von seinem Handgelenk bis zu seinem Ellbogen reicht und das noch größer werden soll, bis er einen kompletten Sleeve hat, genau wie sein Dad. Tatsächlich ist BJ abgesehen von seinen schokoladenbraunen Augen, die er von seiner Mutter hat, seinem Vater wie aus dem Gesicht geschnitten.

Der zweite große Unterschied ist, dass BJ, anstatt Hockey zu spielen, Eiskunstläufer ist – ein tätowierter, bärtiger Eiskunstläufer, der seine Freizeit mit Hockeyspielern verbringt. Er verströmt eine ziemliche Egalhaltung. Weil unsere Mütter Halbschwestern sind, haben wir viel Zeit miteinander verbracht, vor allem während der Ferien.

Als Lovey mit der Verpflegung zurückkommt, schlägt BJ die Augen auf. Er gähnt laut und streckt sich. »Lavender? Seit wann bist du hier? Wie lange war ich weggetreten?« Seine Stimme klingt tief und rau vom Schlaf.

»Eine ganze Weile.« Ich helfe Lovey, die Sachen vom Tablett herunterzunehmen. Es war wirklich klug von ihr, mich nicht selbst gehen zu lassen. Ich könnte das Tablett unmöglich tragen, ohne etwas zu verschütten. Ich werde nie als Kellnerin arbeiten; ganz bestimmt nicht.

BJ beugt sich nach vorn, um sich die Sachen anzusehen. Bevor er nach etwas greifen kann, dreht sich Lovey mit den Händen in den Hüften so, dass sie ihm im Weg ist. »Was fällt dir ein?«

»Ich habe Hunger«, sagt er barsch.

»Ja, und? Glaubst du, du kannst dir irgendwas nehmen, ohne überhaupt zu fragen?« Sie klingt sowohl amüsiert als auch genervt.

»Ich habe nur geguckt. Außerdem bist du das Einzige, was ich gern vernaschen würde, aber du weist mich ja dauernd ab.«

»Oh mein Gott! Du bist widerlich!« Sie knufft ihn gegen die Schulter.

BJ lässt sich mit einem fröhlichen Grinsen in den Sessel sinken. Lovey ist rot wie eine Tomate, als sie sich schnaubend aufs Sofa setzt, so weit weg von BJ wie möglich.

Es spielt keine Rolle, dass wir alle mit ihm zusammen aufgewachsen sind, oder ihn in einem paillettenbesetzten Trikot gesehen haben, er baggert Lovey trotzdem die ganze Zeit an. BJ ist nicht mit den Zwillingen verwandt, weshalb es nicht so schlimm ist. Ich kann nicht sagen, ob er das tut, weil er immer eine Reaktion bekommt oder weil er ein zwanghafter Flirter ist. Andererseits macht er das mit Lacey nicht.

Bevor ich mich wieder in die Sofamitte setzen kann, packt mich BJ an der Taille und zieht mich zu sich auf den Sessel.

»Was tust du da?«

»Du musst mich retten. Ein Mädchen, mit dem ich im letzten Semester rumgemacht habe, ist gerade reingekommen, und sie ist eine hochgradige Klette. Tu so, als würdest du auf mich stehen.«

Ich mache ein würgendes Geräusch und versuche, von dem Sessel aufzustehen, aber das Kissen ist durchgesessen, und meine Knie sind praktisch an meiner Brust. »Im Ernst, BJ, das ist echt nicht okay. Wir sind verwandt.«

»Das weiß sie ja nicht. Bleib einfach, wo du bist, bis sie wieder weg ist.« Er legt einen Arm um meine Schulter, damit ich sitzen bleibe.

Ich weiß nicht, ob mir das peinlich ist oder Spaß macht oder beides. BJ ist wahnsinnig charismatisch, und die Mädchen liegen ihm zu Füßen.

Ein großes blondes Mädchen mit einem Pferdeschwanz, der mit einem rosafarbenen Glitzerhaargummi wie für eine Sechsjährige zusammengebunden ist, trippelt in super-superkurzen Shorts, einem Spaghettiträgeroberteil und zehn Zentimeter hohen Espadrilles heran und lässt ihren rosafarbenen Kaugummi platzen. Interessanterweise sieht sie ein wenig wie Lovey und Lacy aus, nur nicht so gesund.

Sie blickt mich mit leicht zusammengekniffenen Augen an und wirft dann meinem Cousin ein gruseliges, lipglossiges Megawattlächeln zu. »BJ! Wie geht's dir? Du erinnerst dich an mich, stimmt's? Wir haben auf der Party letztes Semesterende rumgemacht. Ich habe dir danach geschrieben und dir eine Sprachnachricht hinterlassen, aber vielleicht hast du die Nachrichten ja nicht bekommen.«

»Ich habe sie bekommen.« BJs Tonfall ist gleichgültig.

»Oh.« Sie wickelt das Ende ihres Pferdeschwanzes um den Finger. »Verstehe … Jahresende, du hast viel zu tun.«

»Ähm, eigentlich nicht. Ich dachte, es wäre 'ne einmalige Sache, deshalb auch keine Antwort auf Anrufe oder Nachrichten.«

Ich weiß nicht, ob ich das Mädchen und ihre offensichtliche

Verzweiflung peinlich finden oder von BJs lässiger Zurückweisung entsetzt sein soll.

»Oh. Ja. Natürlich.« Sie nickt mehrmals. »Ich dachte, du willst es vielleicht fortsetzen, aber wahrscheinlich bist du anderweitig beschäftigt, was weiß ich.« Sie wirft mir noch einen vernichtenden Blick zu. »Hab gehört, am Wochenende soll 'ne Party steigen, falls du hingehst und nicht gebunden bist, könnten wir ja vielleicht noch mal rummachen ...« Der Vorschlag steht im Raum wie ein rosa Elefant.

»Das wird wohl kaum passieren. Doch ich weiß das Angebot zu schätzen.«

Noch mehr Nicken von dem Mädchen. »Okay, na dann, du kannst mir jederzeit schreiben, falls du deine Meinung änderst.« Und damit stolziert sie zum Barista.

Ich erschauere angewidert. »Ich kann nicht glauben, dass das gerade passiert ist. Das war brutal.«

BJ zuckt mit den Achseln. »Sie hat jeden einzelnen Typen in unserer Straße zu vögeln versucht, also ist mein Mitleid begrenzt. Vor drei Tagen hat sie probiert, bei uns zu Hause mit Liam was anzufangen, und als sie festgestellt hat, dass er einen Zwillingsbruder hat, hat sie gedacht, es wäre lustig, wenn beide mitmachen.«

»Bitte behalte das Ende dieser Geschichte für dich.«

»Du weißt, das ist nicht Liams Stil. Laughlins vielleicht schon ...«

Laughlin ist der ältere Bruder der Zwillinge, der die Persönlichkeit eines Vampirs und die soziale Kompetenz einer Mücke hat. Es ist verrückt, denn Onkel Miller und Tante Sunny sind die wahrhaft nettesten Menschen auf der Welt.

Ich schüttle den Kopf. »Trotzdem, ich weiß wirklich nicht, wie ihr Typen es schafft, nicht unter unheilbaren sexuell übertragbaren Krankheiten zu leiden.«

»Kondome sind die Antwort auf sämtliche Probleme des Lebens«, bemerkt BJ.

»Ihr könntet auch entscheiden, *nicht* dieselben Mädchen zu vögeln.« Ich versuche, von dem Sessel aufzustehen, aber ich bin eingezwängt.

»Ja, nur dann läuft man Gefahr, sich emotional zu verstricken, und dazu bin ich nicht bereit.«

BJ entschuldigt sich nicht für sein ausschweifendes Sexleben, und er macht Mädchen auch nichts vor. Sie verknallen sich einfach in ihn. Liegt es am Bart, den Tattoos, der Tatsache, dass er Eiskunstläufer ist? Er ist außerdem extrem gut ausgestattet, was ich wegen seines fehlenden Anstands unseligerweise persönlich bestätigen kann.

Die Glocke über der Tür klingelt, und eine Welle der Begeisterung geht durch das Café. Ich muss nicht hinschauen, um zu wissen, wer die Anwesenden mit seiner hoheitsvollen Gegenwart beehrt, denn ich kann ihn fühlen wie einen Schatten, der meinen sowieso schon miesen Tag verdunkelt. Zum zweiten Mal.

»So ein Mist.« Ich gebe mir keine Mühe mehr, aus dem Sessel aufzustehen, sondern sinke nur noch tiefer hinein. Den Blick richte ich starr auf BJs ausgestreckte Beine und versuche, sie kraft meines Willens zu beeinflussen, sich nicht zu bewegen.

»Ballistic, wir müssen reden.« Kodiaks Stimme kommt von links. Er ist so nah, dass ich sein Eau de Cologne riechen kann.

»Worüber?«

»Über den Besuch, den du in mein Haus gelassen hast.«

BJ neben mir bewegt sich, und er streckt seinen Arm auf der Rückenlehne des Sessels aus. »Heute Nachmittag hattest du anscheinend keinen Grund, dich zu beschweren. Und sie war auch nicht mein Besuch, sondern Quinns.«

Ich will nicht hier sein. Ich will verschwinden. Ich will mir das nicht anhören, will nicht in der Nähe von Kodiak sein und ihn und BJ über Mädchen reden hören, mit denen sie Sex haben. Vor allem, wenn er mich Minuten vor seiner aktuellen Flamme nach Hause gefahren und mir das Gefühl gegeben hat, ein Niemand zu sein. Dann hat er absichtlich gleich danach ein Bunny gevögelt.

»Woher willst du das wissen, wo du schlafend im Wohnzimmer gelegen hast?«, kontert Kodiak. »Außerdem habe ich mit Quinn gesprochen. Ich weiß, dass du sie angeschleppt hast. Es gibt allerdings bessere Möglichkeiten, ihn aufzumuntern.«

»Sagt der Kerl, der es unserer Besucherin an seiner Stelle besorgt hat«, schnaubt BJ.

Ich bin irgendwie froh, heute noch nicht viel gegessen zu haben. Ich hätte mich ansonsten auf BJs brandneue Turnschuhe übergeben.

»BJ, wo sind deine Manieren?«, faucht Lovey.

»Manchmal ist die Wahrheit schmutzig und dunkel. Nicht wahr, Bowman?«

Ich erstarre, als Kodiaks Hand auf der Sessellehne landet und seine Finger weiß werden, so fest packt er zu. Auf seinem Handrücken ist ein brauner Fleck. Er ist ein zwanghafter Händewascher. Als er jünger war, hat er sie manchmal so gründlich geschrubbt, dass die Haut Risse bekam und blutete.

»Du hast keine Ahnung, was die Wahrheit ist, und du solltest mich heute wirklich nicht provozieren.«

Eine lastende Stille senkt sich auf mich herab. BJ zeichnet eine Acht auf meiner Schulter, und plötzlich kann ich nicht mehr atmen. Das ist Absicht. Eine bewusste Erinnerung daran, dass BJ die Geschichte von Kodiak und mir viel besser kennt als die meisten.

»Was macht dir denn zu schaffen, Kodiak?«, fragt er. »Du

hast heute Morgen wohl die extra starke Volltrottelpille geschluckt.«

»Du kannst mich mal, du Arsch.«

»Du bist nicht mein Typ, aber danke für das Angebot.«

»Du spielst mit dem Feuer, und das weißt du auch.« Kodiak entfernt sich, doch die dicke Luft bleibt noch eine Weile.

»Der Typ hat Probleme«, murmelt BJ und drückt meinen Arm. »Das geht nicht gegen dich, Mini Waters.«

Schließlich komme ich aus dem Sessel hoch. »Ich sollte gehen. Mein Seminar ist auf der anderen Seite des Campus.« Ich nehme meinen Latte und den Muffin in dem Bewusstsein, dass der Unterricht erst in einer halben Stunde beginnt, aber ich muss von Kodiak und den unvermeidlichen Fragen weg, die mir mein Cousin stellen wird, wenn ich in der Nähe bin. Ich kann in der Fensterspiegelung sehen, wie Kodiak ansteht und Smalltalk mit einem naiven Mädchen macht.

Niemand versucht, mich herauszuhauen, denn sie wissen es besser. Sie haben zumindest irgendwas von meiner stürmischen Vergangenheit mit Kodiak mitbekommen. Doch nur er und ich kennen das ganze Ausmaß, wie schlimm es wirklich war und wie alles aus dem Ruder gelaufen ist.

6
Verschlossener Schrank

Kodiak
Elf Jahre alt

Ich bin verschwitzt und verkrampft davon, minutenlang an derselben Stelle gestanden zu haben. Es ist dunkel im Raum, und ich habe genug davon, hinter dem Vorhang zu stehen. Mein Versteck ist zu gut. Maverick findet mich nie.

Genau in dem Moment, als ich das denke, geht die Tür auf und das Licht an, das Schatten an die Wand wirft. Mavericks Schritte sind kaum zu hören, doch meine hellwachen Sinne können noch das leiseste Knarren wahrnehmen. Ich halte den Atem an, und ein Schweißtropfen rinnt mir am Rücken hinunter; mein Herz rast in Erwartung dessen, was passieren wird. Ich muss Luft holen, um mich zu beruhigen, aber es besteht die Möglichkeit, dass Mav mich hört, wenn ich es tue.

Ich will gewinnen, doch Furcht kriecht an meinem Rücken empor, und meine Haut beginnt zu jucken. Immer wenn es schlimm wird, würde ich am liebsten herausfahren – so als wollte ich meinen Körper verlassen. Ich wünschte, mein Gehirn könnte hin und wieder abschalten.

Ich glaube nicht, dass ich mit meinen Gedanken länger allein bleiben kann, falls er in den nächsten Raum geht, ohne mich gefunden zu haben. Ich habe gestern Abend beim

Hockey ein Tor verschossen, und wir haben verloren. Ich muss die ganze Zeit darüber nachdenken, was ich hätte anders machen sollen. Ich fühle mich schlecht deswegen, und das macht mich nervös.

Ich möchte innerlich ruhig und gelassen sein, wie Lavender es nach außen hin ist. Allein an sie zu denken hilft gegen das Durcheinander in meinem Kopf, doch in diesem Moment verursacht es ein weiteres unangenehmes Kribbeln. *Es reicht*, beschließe ich. Ich bewege mich ein paar Zentimeter nach rechts, als der Holzfußboden knarrt. Eine gespannte Stille folgt, und schließlich bewegt sich der Vorhang zur Seite, und Licht fällt dahinter. Ich schütze meine Augen mit der Hand.

»Hab ihn!«, ruft Maverick.

»Das wurde aber auch Zeit. Das hat ja eine Ewigkeit gedauert«, knurrt BJ von der Tür aus.

Ich wische mir mit dem Arm über die Stirn. »Du bist echt schlecht in dem Spiel, Mav.«

»Egal. Es ist langweilig, und ich habe Hunger. Essen wir was.«

Ich folge Mav zur Küche, zusammen mit Lacey und Lovey, den Butterson-Zwillingen, die mit schwingenden Zöpfen hinterhertrotten. Ihre und BJs Familien sind zu Besuch, weil Feiertag ist. So war es schon immer; unsere Familien kommen zusammen und feiern.

Mav späht um die Ecke und sieht nach, ob jemand da ist, bevor er sich in die Vorratskammer schleicht und sich eine Schachtel Cookies und eine Tüte Chips nimmt, ohne die Nanny zu fragen. Er wirft jedem von uns eine Dose Limonade zu.

Unsere Eltern sind zum Abendessen ausgegangen, was bedeutet, dass unsere Nannys zusammensitzen und mit den Kleinen Filme gucken, während wir uns im Haus herumtreiben. Meine Mutter wäre böse, wenn sie wüsste, dass ich nach neun Uhr Chips und Cookies esse, aber sie ist gerade nicht da. Ich erzähl's ihr irgendwann wahrscheinlich trotzdem, weil ich nicht gern Schuldgefühle habe. Sie nagen an mir, und das macht mich unruhig.

Wir schleichen wieder hinauf, vorbei an Robbies Zimmer. Die Tür ist geschlossen, aber wir können den Fernseher vom Flur aus hören, und es riecht wie aus einer Sporttasche oder bei einem wissenschaftlichen Experiment.

Sobald wir wieder in Mavericks Zimmer sind, pferchen sich Lovey und Lacey in den einzigen Sitzsack, und BJ lümmelt sich aufs Sofa. Maverick streckt sich auf seinem Bett aus, und ich nehme den Gaming-Stuhl.

Wir reichen zuerst die Cookies herum und öffnen unsere Limonade. Wir haben die Cookies in zwei Minuten verputzt. Okay, die Zwillinge knabbern noch an ihren, aber der Rest ist weg.

»Wo sind Lavender und River?«, frage ich und reiche BJ die Tüte Chips.

»Wahrscheinlich schauen sie zusammen mit den Kleinen einen Film«, sagt Mav, während er sich Fotos auf seinem Handy ansieht.

»Du hast sie also gefunden?«, frage ich. Dieses Kribbeln unter der Haut breitet sich über meinen gesamten Körper aus.

»Ja. Ich habe River gefunden, wo er sich immer versteckt.«

In seinem Zimmer, unter der Bettdecke. Er spielt nur, weil wir ihn dazu zwingen und weil Lavender gern Verstecken spielt, obwohl sie sich immer die schlechtesten Verstecke sucht.

»War Lavender bei ihm?«

»Hä?« Maverick blickt von seinem Screen auf.

»War Lavender bei River?«, wiederhole ich. »Hast du sie ebenfalls gefunden?«

»Nein, aber sie versteckt sich immer unter dem Bett, also

brauchte ich gar nicht erst nachzuschauen.« Er rollt die Augen, genervt von der Berechenbarkeit seiner Schwester.

»Stimmt.« Ich kann nicht schlucken. Meine Kehle ist plötzlich wie zugeschnürt. Meine Handflächen sind feucht, und meine Hände tun weh. Ich stehe auf und gehe in Richtung Tür.

»Wohin gehst du?«, fragt Mav.

»Bloß nachsehen.« Ich tappe den Flur entlang zu Rivers Zimmer, doch dort ist er nicht. Ich schaue unter dem Bett nach, für den Fall, dass Lav eingeschlafen ist, während sie sich versteckt. Das ist zuvor schon mal passiert.

Ich gehe weiter zum nächsten Raum und klopfe an die Tür, bevor ich hineinspähe. Lavenders Zimmer ist ein sympathisches Chaos. Ihre Bilder hängen überall an den Wänden, und ihre Nähmaschine steht in der Ecke, auf dem Tisch daneben ein Stapel Stoff.

Lavender ist außergewöhnlich talentiert. Alles, was sie empfindet, bannt sie auf Leinwand oder Papier oder stickt etwas mit Nadel und Faden.

Aber sie ist nicht da, und das grässliche Jucken unter meiner Haut nimmt zu, bis ich am liebsten aus ihr herausfahren möchte. Ich renne den Flur entlang, nehme die Stufen zu schnell und rutsche die letzten paar auf meinem Hintern hinunter. Ich haste zum Fernsehzimmer, umklammere den Türpfosten und suche die Sitzplätze und die auf dem Boden ausgerollten Matten ab, wo sich die Kleinen befinden. Meine Schwester Aspen hat sich mit Blick zum Fernseher zusammengerollt, doch ihre Augen sind geschlossen. Mein jüngerer Bruder Dakota ist direkt neben ihr.

River sitzt in der ersten Reihe, nur Lavender ist nicht da. Ich wirble herum und gehe zu einem der anderen Plätze, wo sie sein könnte – im Atelier. Ich hole tief Luft, um mich auf die überwältigenden visuellen Eindrücke vorzubereiten, bevor ich das Licht anmache. Sämtliche Oberflächen sind mit ihren Entwürfen bedeckt. Ihre Gedanken sind in strahlende Farben umgesetzt, hübsch gemalte Bilder und Entwürfe, die ineinander übergehen. Sie hat mir einmal gesagt, dass das ihren Empfindungen entspräche, nur düsterer im Regelfall.

Ich rufe ihren Namen und gehe hinüber zum Schrank, weil die Tür einen Spaltbreit offen steht, doch dort ist sie auch nicht. Panik sorgt für Anspannung, und ich denke angestrengt nach, wo sie sich sonst noch verstecken könnte, was ihre Lieblingsplätze im Haus sind. Ich laufe wieder hinauf zum Gästezimmer am Ende des Flurs, das aussieht, als gehörte es einer Prinzessin, und stoße die Tür auf. Sie schlägt mit einem überraschenden Knall gegen die Wand, als ich rufe: »Lavender, das Spiel ist vorbei. Bist du hier?«

Ein animalisches Geräusch, bei dem sich meine Nackenhaare sträuben, kommt von der anderen Seite des Raums. Ihm folgt ein heftiger Schlag, bei dem die Scharniere der Schranktüren klappern.

Ich schliddere über den Holzfußboden und versuche, den Knauf zu drehen, aber er ist verklemmt oder abgeschlossen oder irgendwas, denn ich kann ihn nicht bewegen. »Lavender? Ich bin's, Kodiak. Ich glaube, die Tür klemmt. Gleich hab ich sie auf, ja?«

Sie wimmert auf der anderen Seite, wobei sie eher wie ein Tier als wie ein Mensch klingt. Ich will gar nicht daran denken, wie lange sie schon da drin ist. Lavender hasst Dunkelheit; sie hat Angst vor den Dingen, die sie nicht sehen kann. Seit sie vor drei Jahren auf einer Kirmes war. Eine Menge Dinge haben sich nach dem Abend verändert.

Lavender ist nicht nur schweigsam seither, sie ist noch etwas anderes – sie ist abwesend, auch wenn sie da ist. Sie erinnert sich nicht genau an das, was passiert ist, doch dunkle, enge

Räume machen sie nervös. Und manchmal träumt sie schlecht, was sie müde aussehen lässt.

Ich versuche weiter, den Türknauf zu drehen, er gibt allerdings nicht nach. Einmal hat sich meine kleine Schwester im Badezimmer eingesperrt, und ich musste herausfinden, wie man sie herausbekommt. Ich renne ins Bad und reiße die Waschtischschublade auf, auf der Suche nach etwas, womit ich das Schloss knacken kann. Ich finde eine Sicherheitsnadel und steche mich, als ich versuche, sie gerade zu biegen. Meine Hände zittern, und die Tür erzittert, als sich Lavender dagegenwirft. Ich will die Nadel in das winzige Loch stecken, aber es ist schwer, weil meine Hände feucht sind. Schließlich gelingt es mir, und ich höre das schwache Klicken des Schlosses.

Als ich den Knauf drehe, stürzt Lavender heraus und reißt mich um. Mit einem dumpfen Schlag und einem *Uff* landen wir auf dem Boden.

»Alles okay, alles okay, alles okay«, wiederhole ich, während ich mich aufsetze und ihre starre, zitternde Gestalt neben mich bette. Sie rollt sich zu einer winzigen Kugel zusammen, und ihr gesamter Körper bebt unter stummen Schluchzern.

Ihre Hände sind zu Fäusten geballt, und ich kann ihr Gesicht nicht sehen. Ihr kastanienbraunes Haar ist wild und zerzaust. Ich versuche, es mit der Hand zu glätten, wie es meine Mom mit meiner kleinen Schwester macht, wenn sie wütend ist. Ich spüre die Feuchtigkeit in meinem Schoß, den Geruch nach Urin und etwas Metallischem. Ich lege meine Arme um sie und wiege sie, während ich ihr sage, dass sie sicher ist – womit ich sowohl mich als auch sie beruhige.

Lavender ist neun.

Ich kenne sie mein ganzes Leben.

Sie ist heimlich meine beste Freundin.

Wir sind uns sehr ähnlich.

Wir sind durch unsichtbare Fäden miteinander verbunden. Ich weiß irgendwie immer, wann sie traurig oder verängstigt ist. Aber niemand versteht das so richtig, weshalb wir auch nicht versuchen, es zu erklären. Ich fühle mich total schuldig, dass sie mit den Ungeheuern in ihrem Kopf in dem Schrank gesteckt hat.

Ihre Panik ist so groß, dass sie den Raum erfüllt und auch mich erfasst. Ich wiege mich mit ihr zusammen hin und her und versuche, es mit meinen Worten besser zu machen, doch es hilft nicht.

Ich drehe mich so, dass ich ihren Kopf anheben kann, wie meine Mutter es tut, wenn es mir schwerfällt, meine schlimmen Gedanken zu beruhigen. Ihr Blick ist gehetzt, abwesend und voller Furcht. Tränenspuren sind auf ihren Wangen, ihre Lider sind geschwollen und rot vom Weinen. Aber das ist nicht der Teil, der mich am meisten ängstigt. Es sind die Blutspuren auf ihren Wangen und ihrer Stirn. Es sind die Zahnabdrücke auf ihrer Unterlippe und das frische Blut, dass aus der Wunde sickert und an ihrem Kinn hinunterläuft.

Angst steigt in mir auf. Ich befürchte, dass man uns deswegen nicht länger gemeinsam Zeit verbringen lässt, dass man sie mir wegnimmt, dass sie für immer in ihrer eigenen Gedankenwelt bleibt und ich meine Freundin nicht mehr zurückbekomme – dass sie zwar da ist, jedoch völlig abwesend.

»Lavender, schau mich an. Ich bin hier«, flüstere ich. »Du bist sicher.« Ich wiederhole es, bis ihr Blick langsam meinem begegnet.

Ihr gesamter Körper zittert bei jedem Atemzug.

»Ich bin hier«, versichere ich ihr.

»I-I-I«, stammelt sie.

Lavender bekommt die Worte manchmal nicht heraus, was

wie ein hängen gebliebener Beat klingt. Das ist mir früher auch hin und wieder passiert, doch ich habe es abgelegt.

»Es ist okay«, beruhige ich sie. »Ich weiß, du hattest Angst. Tut mir leid, dass wir dich nicht früher gefunden haben. Aber ich kann helfen.« Als ich noch klein war und die Besorgnis zu groß wurde, hat meine Mutter sie mir genommen. Sie sagte, es wäre eine Ablenkung von dem Monster in meinem Kopf, und dass es kleiner würde, wenn ich das Monster nicht beachtete, und dann war es nicht mehr so angsteinflößend. Also tue ich das Gleiche für Lavender in der Hoffnung, dass ihr Monster davon kleiner wird. Sie ist zu aufgewühlt, um zu sprechen, und ich kann es nicht so, wie meine Mom es gemacht hat, also improvisiere ich.

Ich nehme ihre kleine Hand in meine feuchte. »Kannst du die für mich aufmachen?« Meine Stimme zittert nervös.

Sie öffnet ihre Faust. Sie hat ihre Fingernägel so tief in ihre Haut gebohrt, dass halbmondförmige, blutende Schnitte in ihrer Handfläche sind.

Bevor sie es sehen kann, drücke ich ihre Hand an meine Brust und lasse meine darauf liegen. Mein Baumwollshirt saugt das Blut auf. Es ist schwarz, also sieht man es nicht.

»Spürst du es?«, frage ich, ohne es erklären zu müssen. Sie versteht, was ich meine: Spürst du, wie mein Herz rast? Wie groß auch meine Angst ist?

Sie nickt einmal kurz.

»Deine Angst ist meine Angst«, sage ich, wie es meine Mutter tut, wenn mein Herz wie verrückt schlägt und Panik mich befällt. »Ich fühle, was du fühlst.«

Lavender sieht mich blinzelnd an, die Augen feucht. Sie will sich auf die Lippen beißen, zuckt jedoch zusammen.

»Ist nicht schlimm. Nur ein kleiner Riss. Das kommt wieder in Ordnung.« Vielleicht ist das eine Lüge, doch ich will ihr Monster nicht füttern. »Wir atmen es einfach aus, ja? Wir atmen einfach.« Und genau das tun wir; wir atmen, bis mein Herz nicht länger rast und sie nicht mehr zittert, als stünde sie inmitten ihres eigenen Erdbebens.

Ich möchte das Blut auf ihren Händen und in ihrem Gesicht gern abwischen, aber wenn sie die Verletzungen sieht, kehrt die Panik womöglich zurück. Also sitzen wir da und atmen. Bei jedem Einatmen zeichne ich die Zahl acht auf ihren Rücken, was ich beim Ausatmen wiederhole. Es lenkt mich von der Panik ab, weshalb ich hoffe, dass es Lavender ebenfalls hilft.

Meine Beine werden taub.

Mein Herz schlägt langsamer, und ich will nur noch schlafen.

Beruhige dich. Beruhige dich. Beruhige dich.

Lavender sinkt gegen mich. Ihre Hand auf meinem Herzen wird schlaff und rutscht hinab in ihren Schoß. Ich schlafe immer eine Ewigkeit, nachdem das Panikmonster in meinem Kopf herumgestampft ist. Ich lehne mich gegen die Wand, die Beine eingeschlafen und den Nacken verrenkt, aber ich will Lavender nicht aufschrecken.

Also warte ich, bis unsere Eltern nach Hause kommen.

Und ich schlafe ebenfalls ein, weil Besorgnis und Angst anstrengend sind.

7

In der Abwärtsspirale

Lavender
Neun Jahre alt

Ich wache wegen Geschrei auf. Mein Körper tut furchtbar weh, und ich bin verwirrt. Ich bin nicht in meinem Bett. Ich bin im Gästezimmer, und plötzlich werde ich auf den Boden gelegt.

»Was hast du mit ihr gemacht?« River schreit und schreit.

River ist manchmal ganz schön jähzornig, auf eine Art, die meinen Körper in kalten Schweiß ausbrechen lässt. Meistens wird er wütend, wenn jemand etwas tut, um mich aus der Fassung zu bringen. Gerade führt er sich auf wie ein tollwütiger Hund, der bellt und nach Kodiak schnappt.

Ich suche nach Worten, aber ich kann nur ein Geräusch machen: »I-I-I.« Ich mag es nicht, wenn mein Gehirn und mein Körper nicht funktionieren. Und ich bin so müde. So, so müde.

»Sie war in dem Schrank eingeschlossen! Sie hatte Angst und kam nicht raus!« Kodiaks Stimme ist laut und angestrengt.

Der Boden unter mir vibriert, als weitere Personen auf dem Flur angerannt kommen.

»Hey! Jungs! Genug gestritten! Oh mein Gott.« Meine Mom bleibt wie angewurzelt stehen, ihre haselnussfarbenen Augen aufgerissen, während sie sich die Hand vor den Mund schlägt. Sie drängt sich an Kodiak und River vorbei und sinkt vor mir auf die Knie. Ihre Hände flattern durch die Luft wie ängstliche Vögel, bevor sie schließlich meine Wangen umfassen. »Lavender, Schätzchen, was ist passiert?«

Ich öffne den Mund und suche nach Worten, aber ihre Angst ist meine Angst, und so kriege ich nichts heraus. Kodiaks Mom Lainey taucht im Türrahmen auf, lässt den Blick im Zimmer hin und her schnellen und registriert, das Kodiak und River auf Konfrontationskurs sind.

»River, Kody, was ist los?«, fragt Lainey in einem Ton, den ich noch nie von ihr gehört habe.

»Er hat Lavender was angetan!«, schreit River und zeigt mit dem Finger auf Kodiak.

Ich halte mir die Ohren zu und schüttle den Kopf. Meine Hände tun weh. Ich verstehe nicht, was passiert.

Plötzlich ist Daddy ebenfalls im Zimmer, und er ist wütend – wütender als River. Seine Stimme ist wie Donnerhall. Kodiak bricht in Tränen aus. Und es gibt ein fürchterliches Geschrei.

Und ich habe wieder schreckliche Angst.

Ich kann nicht atmen.

Ich erinnere mich an Gerüche und Geräusche und daran, dass ich Angst hatte, aber ich kann damit nur die Dunkelheit verbinden und wie dringend ich aus dem Schrank herauswollte und dass es sich angefühlt hat, als würde ich für immer dort drinbleiben.

Es ist Lainey, die den Lärm mit einem schrillen Pfiff übertönt. Sie schreit nicht wie alle anderen. Stattdessen sagt sie: »Alle raus bis auf Violet, Lavender und Kodiak, bitte.«

Als Daddy etwas einwenden will, hebt sie eine Hand und erklärt: »Deine Wut ist für beide ein Trigger, und wir erfahren nichts, solange du hier bist. Wenn du nicht Teil der Lösung bist, bist du Teil des Problems. Also hilf uns bitte, ihnen zu helfen.«

»Bitte, Alex«, flüstert Mommy abgehackt. Ihre Handfläche fühlt sich feucht an, als sie mir das Haar aus dem Gesicht streicht. »Lainey hat recht.«

Er verlässt den Raum und nimmt einen noch immer unkontrollierbaren River mit, und dann sind da nur noch das Angstmonster in meinem Kopf und die bittere Traurigkeit in der Luft.

»Kodiak, kannst du uns sagen, was passiert ist?«, fragt Lainey leise.

Er stammelt und bemüht sich verzweifelt, die Worte herauszubringen. »Wir h-haben Verstecken gespielt. Mav war's. Er hat zuerst R-river gefunden und l-lang gebraucht, um mich zu finden.« Er schnieft und wischt sich mit den Handrücken die Nase ab, aber seine Stimme wird fester, während er spricht.

Ich will stark sein wie Kodiak. Ich will wissen, wie man das Monster im Kopf kleinkriegt.

»Als Mav mich gefunden hat, haben wir beschlossen, mit dem Spielen aufzuhören und haben uns einen Snack geholt. Doch dann habe ich gefragt, ob er Lavender entdeckt hätte, und er hat gemeint, dass sie sich immer an derselben Stelle versteckt, was meistens stimmt. Aber ich hatte so ein komisches Bauchgefühl. D-du weißt schon, das, von dem du mir gesagt hast, ich soll's nicht ignorieren.«

»Deine Instinkte«, sagt Lainey.

Er nickt. »Ich hab also nachgesehen, nur Lavender war nicht bei River, und ich weiß, dass sie dieses Zimmer hier mag, also habe ich hier nachgeguckt. Die Schranktür muss hinter ihr zugeschnappt sein, also konnte sie nicht raus. Ich hab sie aufgekriegt, und dann habe ich ihr ihre Angst genommen und sie zu meiner gemacht, wie du es mit mir machst.« Seine Stimme bricht, und er schüttelt den Kopf, so als würde das Monster in ihm zu schnell wachsen. »Ich würde Lavender nie wehtun.

Ich würde nie etwas tun, das ihr wehtun würde, niemals. Bitte, Mom, das würde ich nicht.«

»Ich weiß, mein Schatz. Es ist okay. Du hast das Richtige getan. Es ist okay.« Sie schließt ihn in ihre Arme. Sie umfasst seinen Hinterkopf und wendet sich an Mommy.

Sie tauschen einen Blick, bei dem mein Magen krampft.

Nachdem sich alle beruhigt haben, bringt Lainey Kodiak nach Hause, und Mommy führt mich ins Badezimmer und lässt ein Bad ein. Ich sitze auf dem geschlossenen Toilettendeckel, während sie mir mit einem warmen, feuchten Waschlappen das Gesicht abwischt. Ich verstehe nicht wirklich, wieso, weil ich sowieso in die Wanne gehe.

Jetzt, wo wir allein sind und niemand mehr schreit, finde ich meine Sprache wieder. »Kodiak hat die Wahrheit gesagt.«

»Ich weiß, Baby. Kody ist kein Lügner.« Sie schenkt mir ein zärtliches Lächeln, aber ihr Blick ist traurig. Dicke Tränen quellen aus ihren Augen, und sie blinzelt häufig, so als würde sie versuchen, sie zurückzudrängen, was ihr nicht gelingt.

Ich hebe eine Hand, weil ich ihre Traurigkeit wegwischen will, doch ich halte inne, als ich sehe, dass meine Hände mit getrocknetem Blut verkrustet sind. »Ich habe mir die Hände verletzt.« Ich habe das schon zuvor getan, als ich mich auf der Kirmes verlaufen habe.

Mommy bedeckt sie sanft mit ihren Händen, wobei ihre Unterlippe zittert. »Es ist okay. Ich bin schuld. Ich hätte deine Fingernägel schon Anfang der Woche schneiden sollen.« Sie steht auf und drückt mir einen Kuss auf den Kopf. »Setzen wir dich in die Badewanne und machen dich fertig fürs Bett.«

»Tut mir leid für das Missgeschick«, murmle ich, während wir meine noch immer feuchte Hose ausziehen.

Sie wirft sie in die Ecke. »Das muss dir nicht leidtun, Schätzchen.« Ihre brüchige Stimme macht mir Angst.

Ich will nicht, dass sie sich wegen mir oder Kodiak aufregt. Ich ziehe mich ganz aus, und sie hilft mir in die Wanne. Alles tut weh, und meine Hände brennen, als ich sie ins warme Wasser tauche. Ich fange wieder an zu weinen, denn jetzt, wo ich nicht mehr solche Angst habe, ist der Schmerz größer. Kleine Erinnerungsblasen steigen an die Oberfläche und platzen, bevor ich sie fassen kann.

Queenie sagt, es ist okay, wenn man sich nicht erinnern kann, also jage ich den Erinnerungen nicht hinterher, weil ich denke, dass sich Monster darin verstecken.

Mommy seift einen Lappen ein und wäscht mir den Rücken. Sie versucht, eins meiner Lieblingslieder zu singen, aber ihre Stimme bricht immer wieder, also sage ich ihr, dass es okay sei. Ich ziehe mich zur Schlafenszeit normalerweise selbst um, doch heute Abend hilft sie mir in meinen Pyjama, als ich mit Baden fertig bin. Sie macht Wundsalbe auf meine Hände und meine Lippe, die aufgeplatzt ist. Sie wickelt Gaze um meine Hände. Die Kanten sind geprellt vom Schlagen gegen die Tür.

»Du musst solche Angst gehabt haben«, flüstert sie und streicht mein Haar zurück.

Ich nicke. »Ich dachte, die Monster kriegen mich. Ich dachte, alles, was ich habe, ist die Dunkelheit und das, was in meinem Kopf ist. Ich hab zu schreien versucht, aber die Angst hat alle Geräusche verschluckt.«

Sie umarmt mich so fest, dass ich kaum atmen kann.

Sie gibt mir Tylenol und fragt mich, wo ich heute Nacht schlafen will.

»Geht es River gut?«

»Sollen wir nach ihm sehen? Ich weiß, dass er sich Sorgen um dich macht.«

Ich will ihre Hand halten, aber meine brennt, also reibe ich lieber ihren Ärmelsaum zwischen meinen Fingern. Er ist feucht von meinem Bad. »Vielleicht könnte ich heute Nacht in seinem Zimmer bleiben.« Ich weiß, dass er ein schlechtes Gewissen hat, und aus irgendeinem Grund drückt mir etwas schwer auf die Brust. Es ist nicht das Sorgenmonster, das mir die Kehle zuschnürt. Es ist eher das Gefühl, das ich bekomme, wenn wir vor dem Abendessen Cookies klauen und dann nicht mehr so richtig Hunger auf das gesunde Essen haben. Es fühlt sich an, als hätte ich etwas Falsches getan, aber das habe ich nicht.

Mom klopft an Rivers Tür und steckt den Kopf durch. »Dürfen wir reinkommen?«

»Klar.« Es ist Daddy, der antwortet, nicht River.

Mom schlüpft durch den Türspalt, und ich folge ihr, wobei sich mein Magen zusammenzieht, als ich River sehe, der zusammengerollt mit Daddy in seinem Bett liegt. Es sieht aus, als würde er weinen. Seine Haare sind wirr und seine Augen müde. Er hat eine Falte zwischen den Brauen, die sich vertieft, wenn er aufgebracht ist, und da ist sie, tiefer denn je.

River weint nicht oft. Er wird wütend und wirft Sachen durch die Gegend, zerbricht seine Spielsachen und hat dann ein schlechtes Gewissen, doch Tränen sind nicht üblich bei ihm, weshalb ich weiß, dass er wirklich sehr aufgewühlt ist wegen dem, was passiert ist.

Er richtet sich auf, und seine Augen füllen sich erneut mit Tränen. Gereizt wischt er sie weg. »Tut mir leid.«

Ich durchquere den Raum, angezogen von meiner anderen Hälfte. »Schon okay. Du bist nicht schuld.«

Er schüttelt wütend den Kopf, breitet jedoch seine Arme aus und zieht mich in die Wärme seines drahtigen Körpers. »Ich hätte wissen müssen, dass es dir nicht gut geht«, sagt er an meinem Haar. »Ich hätte dich finden sollen. Ich sollte schließlich dein Trampolin sein.«

Das ist Rivers Art, mir zu sagen, dass er mich liebt. Er ist mein Trampolin – bei ihm weiß ich, dass ich immer weich falle. Er wird sich deswegen fertigmachen – nicht nur, weil sie mich vergessen haben, sondern auch weil Kodiak mich gefunden hat und nicht er. Ein Zwilling zu sein ist manchmal schwer. Wir sind auf eine Weise verbunden, die andere nicht immer verstehen. Ich spüre seine Wut und Frustration. Ich spüre sein schlechtes Gewissen. Wir wissen, wann etwas zwischen uns nicht in Ordnung ist.

Also begreife ich, weshalb er sich selbst jetzt die Schuld gibt. Es ist, als wäre man die Hälfte eines Ganzen. Man ist man selbst, aber auch wieder nicht. Alles an mir ist mit River verbunden und umgekehrt genauso.

Er ist wahnsinnig beschützerisch.

»Darf ich heute Nacht bei dir bleiben?«, frage ich.

Er nickt und drückt mich so fest, dass meine Rippen wehtun, doch ich sage nichts, weil er sich schon schlecht genug fühlt.

In Rivers Zimmer gibt es zwei Betten. Wir haben erst seit einem halben Jahr eigene Zimmer. Außerdem hat Mom gesagt, dass wir, wenn wir älter sind, sowieso getrennte Zimmer haben müssten, weil sowohl Jungs als auch Mädchen ihre Privatsphäre bräuchten. Aber wir haben das andere Bett stehen lassen, weil ich manchmal nicht allein in meinem Zimmer sein will.

Daddy kuschelt ein paar Minuten mit mir und inspiziert meine verbundenen Hände und meine Arme. Die Vorderseiten meiner Unterarme verfärben sich langsam dunkelblau und violett. Er umfasst mein Kinn mit Daumen und Zeigefinger, und sein Blick wandert zu Mommy. »Das ist eine ziemlich tiefe Wunde.«

»Ich weiß. Denkst du, sie wird von allein heilen?« Mommy ringt die Hände, die Augen aufgerissen und unruhig.

Er hält einen Moment inne, bevor er schließlich antwortet.

»Wahrscheinlich.« Wie er durch die Nase atmet, verrät mir, dass er aufgebracht ist, also sage ich, dass es mir leidtut.

»Ach, Lavender, Schätzchen, mir tut es doch auch leid. Du musst große Angst gehabt haben.«

»Mir geht's gut jetzt«, antworte ich, denn obwohl er recht hat und ich Angst hatte, will ich nicht, dass River sich noch schlechter fühlt.

Daddy packt mich in das Bett neben Rivers, und Mom greift nach meinem Superheldenbiber-Kuscheltier. Es war mal ihrs. Es trägt einen Umhang, und es ist weich, und sie ist erwachsen, also darf ich es haben, weil ich Biber witzig finde. Sie sind süß, aber fies, und wenn wir Daddys Familie und Freunde in Kanada besuchen, gibt es immer flache Donuts mit Zucker bestreut, die man Biberschwänze nennt.

Ich drücke den Biber an meine Brust und rolle mich in Rivers Richtung auf der Seite zusammen. Sein Mund ist ein schmaler Strich und beinahe missbilligend. Er wartet darauf, dass die Tür von Mom und Dad am anderen Ende des Flurs zufällt, bevor er die Decke zurückwirft und die Beine über die Bettkante schwingt.

»Darf ich sehen?«

Ich will Nein sagen, damit er sich nicht wieder aufregt, aber vielleicht würde das alles nur noch schlimmer machen, also nicke ich. Mein Körper tut weh, als ich mich bewege, und ich frage mich, ob es am nächsten Morgen besser oder schlimmer sein wird, als ich mich aufrichte und die Decke herunterrutscht.

River schaltet die Lampe auf dem Nachttisch zwischen unseren Betten ein und setzt sich neben mich. Ich strecke die Hände aus, sodass er sie inspizieren kann. Er fährt sanft mit dem Finger am Rand des Verbands entlang. »Womit hast du dich geschnitten?«

»Mit meinen Fingernägeln«, flüstere ich.

Er hebt langsam den Blick. »Du hast dir das selbst angetan?«

»Wahrscheinlich. Ich habe es erst bemerkt, als ich aus dem Schrank raus war.«

»Tut es sehr weh?« Seine Stimme ist leise und zittrig.

»So schlimm ist es nicht.«

Er legt den Kopf schräg. »Lüg nicht, Lavender.«

»Meine Fingernägel waren zu lang. Mommy wollte sie gestern schneiden, aber ich war mit Zeichnen beschäftigt, und wir haben es vergessen.« Ich gehe auf seine Anschuldigung nicht ein. Das muss ich nicht. Er weiß, wann ich die Wahrheit sage.

Sie hat sie gleich nach dem Bad geschnitten und gefeilt, bis fast nichts mehr vom Weißen übrig war.

»Maverick fühlt sich echt mies. Nicht so mies wie ich, doch er hat geweint, und Mom und Dad haben ihm Hausarrest gegeben.«

»Hausarrest?«

Maverick stellt nicht oft etwas an. Er ist mit Hockey und der Schule voll ausgelastet.

River nickt. »Er darf das restliche Wochenende kein Hockey spielen. Du hättest Daddy sehen sollen; er war so wütend. Er hat Mav mit in sein Büro genommen, und ich konnte ihn noch immer schreien hören.«

Daddy und River haben das gleiche Temperament. Irgendwie. Daddys Zündschnur ist lang, und er schreit mich nie an. Nie. Manchmal erhebt er die Stimme gegenüber Mav und River, aber nicht gegenüber Robbie, weil der meistens tut, was man ihm sagt. Er lernt gern und hat hinten im Garten ein Gewächshaus, wo er viel Zeit verbringt. Doch Mav und River werden frech, und Daddy gefällt es nicht, wenn sie nicht auf Mommy hören oder nicht tun, worum sie sie bittet – wie ihre Zimmer und ihre Sachen aufräumen. Und dann gab es eine Zeit, in der er wütend auf Mav war wegen der Art, wie er

Hockey spielte. Mav bekam eine Strafe dafür, dass er sich prügelte, und Daddy meinte, dass er eigentlich ein besserer Spieler als das ist. Denn wir benutzen unsere Gehirne, um Probleme zu lösen und nicht unsere Fäuste.

Doch es tut mir leid, weil Maverick recht hatte. Ich verstecke mich immer an einem der drei Plätze, meistens unter Rivers Bett. Allerdings habe ich mich schon mal an allen dreien versteckt, und Mav ist gut darin, mich zu finden, also habe ich diesmal etwas anderes gemacht.

Ich will nach Kodiak fragen, aber ich will nicht, dass sich River aufregt. Manchmal kommen sie nicht klar miteinander, und ich weiß, dass das wegen mir ist. Kodiak und ich verstehen uns. Wir haben beide Sorgenmonster in uns. Er möchte in allem perfekt sein. Ab und zu, wenn er Fehler macht, kommt er nicht damit klar. Dann wird das Monster in ihm so groß, dass es die Kontrolle übernimmt.

Obwohl wir Zwillinge sind, versteht River nicht, wie das ist. Er will es, doch er kann nicht, und das macht ihn wütend.

»Geht's allen anderen gut?«, frage ich.

River zuckt die Achseln. »Größtenteils. Lovey und Lacey waren wirklich erschrocken und wollten dich sehen, bevor sie gegangen sind. BJ ebenfalls. Kody hatte eine Krise, weil Daddy so wütend war.«

Ein Anflug von Panik schnürt mir die Kehle zu.

»Es ging ihm aber wieder gut, bevor sie nach Hause sind. Ich weiß, er wollte nur helfen«, beeilt sich River zu sagen, während sein Blick einen Moment lang zur Seite schnellt. »Allen geht's gut, sie waren nur besorgt wegen dir, und es tat ihnen leid, dass du eingesperrt warst.«

Ich nicke und gähne. Ich bin so müde, und die ganzen Sorgen scheinen zurückzukommen. Ich möchte einschlafen, bevor sie das unmöglich machen.

River legt sich wieder in sein Bett, schaltet die Lampe aus, und wir liegen mit dem Gesicht zueinander da. Ich schließe die Augen und versuche einzuschlafen, aber in der Dunkelheit muss ich an den Schrank denken, und vor Panik kann ich nur schwer schlucken. Ich mache mir jetzt außerdem Sorgen um Maverick. Rivers Atem geht gleichmäßig. Er hat nie Probleme damit einzuschlafen.

Ich schlüpfe vorsichtig aus dem Bett und öffne so leise wie möglich die Tür. Mit einem prüfenden Blick über die Schulter vergewissere ich mich, dass River noch immer ruhig schläft, bevor ich den Flur zu Mavericks Zimmer entlanggehe. Dabei muss ich am Schlafzimmer von Mommy und Daddy vorbei. Ihre Tür steht ein paar Zentimeter weit offen, und eine Lampe ist noch immer an.

»Das wird schon, Vi.«

»Ich weiß es nicht, Alex.« Ihre Stimme bricht, und sie schluchzt schwer. Sie weint. Wegen mir.

»Wir rufen Queenie morgen früh an und vereinbaren mehr Sitzungen für Lavender.«

»Sie hatte solche Angst, Alex.« Sie hat einen Schluckauf.

»Shhh, Liebling, alles gut«, sagt Daddy. »Das wird schon. Tut mir leid, dass ich aus der Haut gefahren bin. Ich dachte nur … ich weiß nicht, was ich dachte. Es hat mich in die Situation versetzt, als sie plötzlich verschwunden war.«

Ich spähe durch einen Spalt in der Tür, und mein Körper ist voller Energie, die ich nicht mag.

Daddy wischt Mommy wieder und wieder die Augen ab. Er sieht so traurig aus. Sie beide sehen so traurig aus.

»Mir ging es genauso. Ich hab nur daran denken können, wie sie aussah, als du sie gefunden hast. Ich fühle mich schrecklich. Kody wollte nur helfen. Der arme Junge. Diese armen Kinder. River war außer sich.«

»Ich weiß, aber es geht ihm gut. Es geht beiden gut. Wir werden das Problem heute Abend nicht lösen, Vi.«

Sie schweigt einen Moment lang. »Ich will sie vor allem beschützen. Ich will sie vor der Welt und allem, was ihr wehtun kann, bewahren.«

»Wir alle wollen das. Komm her, Liebling, versuchen wir zu schlafen.«

Das Licht erlischt, gefolgt vom Rascheln der Bettdecken.

Ich gehe nicht zu Mavericks Zimmer weiter. Stattdessen kehre ich zu dem von River zurück. Nach dem Gespräch meiner Eltern ist mir unbehaglich zumute. Ich mag es nicht, wenn sie über den Abend auf dem Rummelplatz sprechen.

Ich krieche wieder ins Bett und versuche zu schlafen, doch in der Dunkelheit fühle ich mich einsam, sogar mit Rivers Atemgeräuschen neben mir.

Ich will nur, dass sich die Dinge nicht ändern. Aber das tun sie immer. Und jedes Mal verliere ich etwas. Erinnerungen verschwinden, und neue Ängste machen sich breit in diesen Lücken. Nie bekomme ich die Dinge in den Griff. Kann nicht mithalten. Und egal wie sehr ich mir wünsche, die Zeit stünde still, so vergeht sie doch und zieht mich und alle anderen mit sich.

8

Nation Fehlinterpretation

Lavender
Gegenwart

»Wie war der erste Seminartag?«

Ich rücke meinen Laptopbildschirm zurecht, sodass mir meine Therapeutin nicht auf Brust und Hals schaut. »Ein Riesenchaos.«

Queenie nickt langsam und faltet die Finger im Schoß. Als Kind habe ich während unserer Treffen immer etwas mit den Händen gemacht, indem ich, während wir redeten, an irgendeinem Kunstprojekt gearbeitet habe. Doch jetzt, wo unsere Termine seltener sind, tue ich mein Bestes, um präsent zu sein, auch wenn es manchmal unangenehm ist. Wir treffen uns seit meinem vierten Lebensjahr. Obwohl sie mit ihrer Familie weiterhin in Seattle lebt, hat sie immer Zeit für mich.

Es gab Zeiten, in denen ich nur ein Gespräch im Monat brauchte, aber weil ich von zu Hause weggezogen bin, haben wir für den ersten Monat wöchentliche Termine vereinbart. Das ist die einzige Beziehung in meinem Leben, bei der sich niemand Sorgen darüber macht, dass ich zu abhängig davon bin, ich selbst eingeschlossen.

»Willst du mir erzählen, was das Riesenchaos bewirkt hat?«

Ich gebe ihr die Kurzversion – wie Maverick mein Auto genommen hat, ich meine Brille zerbrochen habe, Kodiak mich nach Hause gefahren und sich wie ein Arsch benommen hat, im Collegecafé dann noch einmal, und wie ich mich danach in meinem Zimmer verkrochen habe.

Queenies Gesichtsausdruck verändert sich bei der Bemerkung, dass Kodiak gemein gewesen sei, ein wenig. Ich habe ihr nie erzählt, was vor zwei Jahren passiert ist, jedenfalls nicht die ganze Geschichte. Aber das Zucken ihres Kiefers verrät mir, dass sie über diese Neuigkeiten nicht froh ist.

Ich zeichne mit dem Finger eine Acht auf meinen Knien, um meine Hände zu beschäftigen. »Weißt du, worüber ich in letzter Zeit viel nachgedacht habe?«

»Worüber, Lavender?«

»Über die Zeit, die ich im Schrank eingeschlossen war. Bestimmt ist es symbolisch oder eine lebende Metapher für mein tief sitzendes Trauma oder was auch immer – so als würde der Schrank meine Machtlosigkeit und das Gefühl, gefangen zu sein, symbolisieren.« Ich starre einen Augenblick an die Decke, während Erinnerungsfetzen auftauchen – die nichts mit der Zeit zu tun haben, die ich im Schrank eingesperrt war. Ich erkenne sie jedes Mal wieder. Manchmal ist es ein Klang und manchmal ein Geruch, wie Erde und Metall und Benzin und Jolly Ranchers mit Wassermelonengeschmack. »Heute habe ich mich so gefühlt«, fahre ich fort, »als ich mit Kodiak in dem Wagen festsaß. Machtlos und unbedeutend.«

»Wie hat er das gemacht, dass du dich unbedeutend gefühlt hast?«

Ich seufze und überlege, wie viel von der Wahrheit ich preisgeben möchte. »Er hat gesagt, ich hätte mich überhaupt nicht verändert.«

Queenie streicht sich das Haar hinters Ohr, wobei ihr Ehering im Sonnenlicht, das hinter ihr zum Fenster hereinfällt, schimmert. »Und wie kommt er während einer, wie du sagst, fünfminütigen Fahrt zu dem Schluss?«

Ich lasse meine Hände verschränkt im Schoß liegen, um die Wunden an meinen Handflächen zu verbergen. Das Gute an einer Videoverabredung ist, dass sie nicht sehen kann, wie ich mich aus Versehen verletzt habe. Ich will nicht, dass das Alarm auslöst, oder dass meine Eltern auf die Idee kommen, dass das bereits zu viel für mich ist. »Ich habe mich geweigert, mit ihm zu sprechen und ihm gesagt, dass er meine Worte nicht verdient hat, weil er sie mir nur im Mund umdreht.«

Sie lacht leise. »Nun, das klingt überhaupt nicht mehr nach der Lavender, die in einem Schrank eingeschlossen war, oder was meinst du?«

»Nein, tut es nicht.« Ich bin bestimmt nicht mehr das hilflose Mädchen, das ich einmal war. Aber der Zustand meiner Handflächen verrät mir, dass es noch immer in mir ist, und ich will nicht dorthin zurück.

»Vielleicht projiziert Kodiak ja, und nicht du bist es, die sich nicht verändert hat, sondern er.«

»Möglich.« Ich weiß nicht, ob das stimmt.

Ich habe ein paar wichtige Dinge gelernt, seit dem Abend, an dem mich Kodiak eingesperrt im Schrank gefunden hat:

1. Der Weg des geringsten Widerstands mag verlockend sein, ist aber bestimmt nicht immer die beste Wahl.
2. Abhängigkeit ist gegenseitig, und ich habe eine sehr starke, ungesunde Abhängigkeit vom besten Freund meines Bruders entwickelt.
3. Dieses Ereignis hat in Kodiak einen Retterkomplex ausgelöst, der in den darauffolgenden Wochen und Monaten immer schlimmer wurde.

Ich habe damals nicht verstanden, als wie zerstörerisch sich das erweisen würde, oder welchen Schaden es anrichten könnte, jemanden zu brauchen – nicht bis ich gezwungen war, wieder allein mit meinen Ängsten klarzukommen.

Tag zwei läuft ein wenig besser als Tag eins, hauptsächlich weil es mir gelingt, Kodiak zu meiden. Und ich habe ein dreistündiges Abendseminar, auf das ich mich freue.

Ich hatte die Gelegenheit, ein zusätzliches Wahlfach zu nehmen, und es gab so viele coole Kurse, also habe ich mich für einen Englischkurs, bei dem Mythen und Volkskunde im Mittelpunkt stehen, entschieden. Ich habe Märchen schon immer gemocht, und ich habe gedacht, ein Semester lang etwas über Götter und Geister zu lesen wäre großartig.

Ich steige die Stufen hinauf, irritiert, dass das Seminar nicht im Gebäude der Künste stattfindet. Vielleicht gab es ja nicht genügend Räume. Ich finde den Unterrichtsraum und suche nach einem der Seminarstühle für Linkshänder. Es ist ärgerlich, wenn Rechtshänder darin sitzen, weil es nur so wenige gibt. Zum Glück erwische ich einen ganz hinten. Ich sitze nicht gern vorn, weil ich dann das Gefühl habe, vom Professor eher aufgerufen zu werden. Auch wenn ich die Antwort weiß, beginne ich irgendwann zu stammeln.

Es ist noch eine Viertelstunde, bis das Seminar beginnt, also nehme ich meinen Laptop heraus und logge mich in meinen E-Mail-Account ein. Es gab ein paar Probleme, weil sie meinen mittleren Namen anstelle meines Rufnamens benutzt haben, aber ich habe es gestern endlich geklärt. Das bedeutet, dass ich bisher nicht die Gelegenheit hatte, mit den Professoren zu sprechen, doch ich habe meinen Stundenplan und die meisten meiner Lehrbücher, weshalb ich ein recht gutes Gefühl habe. War es stressig, das zu klären? Ja. Aber ich habe es ganz allein geschafft, ohne eine Panikattacke, also ist das ein Sieg.

Ein paar Minuten später kommt der Professor hereingeschlendert und stellt seinen Laptop ab. Der Screen an der vorderen Wand leuchtet auf, und die Kursnummer erscheint, gemeinsam mit dem Titel des Seminars. Und es ist überhaupt kein Englischseminar. Ich nehme meinen Stundenplan hervor, und mir ist plötzlich heiß, weil ich offensichtlich im falschen Gebäude bin oder sonst etwas völlig schiefgelaufen ist.

Ich vergleiche die Nummer auf dem Screen mit der auf meinem Stundenplan. Sie stimmen überein. Ich logge mich in den Kurskalender ein, überzeugt, dass ein Fehler vorliegen muss, obwohl das nicht sein kann. Ich bin davon ausgegangen, dass alles, was mit einem E beginnt, ein Englisch-Seminar wäre, aber ich sehe jetzt, dass ich mich bei der Anmeldung vertan habe und in einer Einführung zu Makroökonomie sitze – was mit Mathe zu tun hat und mein verhasstestes Fach war.

Meine Eltern sind beide gut in Mathe. Meine Mutter ist ein Mathe-Genie. Sie war ein Mathe-Ass in der Highschool und hat alle möglichen Meisterschaften gewonnen. Mein Dad hat ihr einen Schrein für ihre Mathetrophäen im Keller gebaut. Sie kann dreistellige Multiplikationen im Kopf. Mein Dad mag zwar kein Mathe-Genie sein, doch er kann gut mit Zahlen und hat einen Abschluss in Englisch und Kinesiologie.

Mein älterer Bruder Robbie studiert Botanik und ist gerade mit einem Stipendium in Amsterdam. Er hat vor, meinem Großvater zu folgen und im Bereich der Erforschung und Entwicklung von medizinischem Marihuana zu arbeiten.

Maverick ähnelt meinem Dad wahrscheinlich am meisten. Er studiert Kinesiologie, aber er wird vielleicht gegen Ende des Jahres von der NHL rekrutiert, denn er ist ein exzellenter Hockeyspieler.

River ist wahnsinnig intelligent und versucht sich an gar nichts. Anders als mein Dad und Maverick hat er null Interesse an Hockey. Okay, das stimmt nicht ganz. Ich glaube, er mag Hockey, aber er wollte stattdessen lieber Football spielen, vielleicht um nicht mit Mav konkurrieren zu müssen.

Und dann bin da noch ich. Ich bin gut in der Schule gewesen, doch ich musste immer mehr tun als alle anderen, um die gleichen Noten zu bekommen. Meine Ängstlichkeit ist dabei nicht hilfreich.

Und ich bin ziemlich schlecht um Umgang mit Zahlen, wenn es nicht darum geht, Stoff auszumessen, also ist die Tatsache, dass ich hier sitze, ein Griff ins Klo.

Ich fluche leise.

»Was meintest du?«, fragt ein Typ ganz in meiner Nähe.

Ich schenke ihm ein wahrscheinlich verzerrtes Lächeln und zeige auf den leeren Platz zwischen uns. »Tschuldigung. Ich rede nur mit einer imaginären Freundin.«

»Schon okay.« Er dreht sich von mir weg.

Großartig, Lavender. Natürlich musstest du etwas Merkwürdiges sagen. Ich streiche mir mit der Hand übers Gesicht.

Wieso konnten diese Worte nicht einfach in meinem Kopf bleiben, wie es die meisten sonst immer tun?

Ich verbringe die nächsten drei Stunden damit, meine wachsende Panik in Schach zu halten. Es ist mir zu peinlich, als dass ich aufstehen und gehen könnte. Noch schlimmer ist, dass wir den Unterricht mit Assessment-Fragen beenden. Ich habe die Businesskurse an der Highschool gemieden, weil in jedem Mathe enthalten war. Wenn ich die Pflichtmathekurse besucht habe, war ich immer in Rivers Klasse. Meine Eltern haben dafür gesorgt. Ich hätte wahrscheinlich die leichteren Kurse belegen sollen, aber weil River da war, konnte ich seine Mitschriften kopieren und die Prüfungen knapp bestehen, ohne meinen Notendurchschnitt völlig zu ruinieren. Doch jetzt bin ich auf mich gestellt.

Als ich nach dem Seminar zu Hause ankomme, sind Maverick, River und BJ im Wohnzimmer und spielen Videospiele.

»Wo warst du?«, fragt BJ.

Ich lasse meinen Rucksack zu Boden plumpsen und gehe in die Küche. »Man nennt das Seminar. Vielleicht solltest du es auch mal mit einem probieren.«

»Was ist los mit dir? Hat dir Kody die Stimmung versaut?«, ruft BJ hinter mir her.

Ich schnappe mir eine Orange und marschiere zurück ins Wohnzimmer. »Du bist ein Vollidiot!« Ich werfe die Orange nach ihm. Leider kann ich, anders als meine Brüder, nicht gut zielen und verpasse ihn komplett. Mav schnappt die Orange im Flug, bevor sie eine Lampe einen Meter von BJs Kopf entfernt trifft.

River hält das Spiel an, seine Miene ist zornig, was nicht unüblich ist. »Was soll das?«

Ich würde BJ gern zusammenscheißen, aber das würde River nur noch mehr Anlass geben, wütend zu sein. »BJ ist einfach nur wieder ein Ekel.«

River blickt von mir zu BJ und schüttelt den Kopf. »Glaub ich nicht. Was ist los mit dir?«

BJ zuckt mit den Achseln und tut so, als wäre nichts. »Im Gegensatz zu Kody, der sich gestern mit irgend so 'nem Bunny eingelassen hat, nicht viel.«

»Warte, was? Wann ist das passiert? Ich dachte, er hätte dich heimgefahren, um die Brille zu holen.« Maverick wirkt verwirrt.

»Hat er auch. Ich vermute, er hat's dazwischengeschoben, nachdem er mich abgesetzt hat und bevor er sein nächstes Seminar hatte.« Ich versuche, gleichgültig rüberzukommen, aber die gesamte Unterhaltung gibt mir das Gefühl, bloßgestellt zu werden.

»Wartet mal.« Rivers Blick flackert, und er setzt sich aufrecht hin. »Wieso warst du mit Kody in einem Auto, und wieso erfahre ich jetzt erst davon?«

»Äh, weil ich dich gestern nicht gesehen habe.« Und selbst wenn, ich hätte es meinem Zwillingsbruder niemals erzählt – man betrachte nur seine aktuelle Reaktion. »Ich habe meine Brille kaputt gemacht und musste nach Hause wegen eines Ersatzpaars. Er ist gefahren. Ich saß auf dem Beifahrersitz.«

River zieht die Brauen zu seinem gewohnten wütend-nachdenklichen Ausdruck zusammen. »Hat er was gesagt?«

»Willst du wissen, ob wir uns nett unterhalten haben? Ein kleiner Erinnerungsausflug, zurück zu den Tagen, als ich in der Schule regelmäßig zusammenbrach und er kam, um mich zu retten?« Mann, ich bin wirklich aufgewühlt heute Abend und nicht in Stimmung, mich länger mit Schwachsinn zu beschäftigen.

River blinzelt ein paarmal, und seine Lippen werden schmal. Es ist lange her, dass ich in der Öffentlichkeit eine Panikattacke hatte. Ich habe gelernt, die wiederkehrenden Gedanken und körperlichen Zusammenbrüche zu beherrschen, bis ich allein bin. Es ist einfacher, die Kontrolle zu verlieren, wenn keiner guckt.

»Ihr zwei habt euch seit Jahren nie länger als ein paar Minuten gesehen. Ihr müsst über irgendetwas geredet haben«, drängt Maverick mit ungläubigem Unterton.

»Nicht der richtige Moment, um Lavender auf den Zahn zu fühlen«, verkünde ich. »Ich hatte einen anstrengenden Tag, und das Letzte, was ich brauchen kann, ist, dass ihr zwei mich wegen Kodiak anmacht, wo du und Mav überhaupt der gottverdammte Grund dafür seid, dass mich jemand fahren musste!

Ich hätte es nicht so eilig gehabt, wenn ihr nicht meinen Wagen genommen hättet, und hätte meine Brille nicht kaputtgemacht und nach Hause fahren müssen, um eine andere zu holen.«

»Mann, beruhige dich. Es waren nur zwei Fragen«, kontert Maverick.

»Mein Wagen wird gereinigt, und ich kriege ihn morgen zurück«, erklärt River.

»Wie schön für dich.«

Mav zieht eine Braue hoch. »Bist du schlecht gelaunt.«

»Ja, ich komme gerade aus einem dreistündigen Makroökonomieseminar, weshalb ich finde, dass ich ein Recht darauf habe.«

BJ verzieht das Gesicht, und River rümpft die Nase. »Wieso hast du Ökonomie gewählt?«

»Ich weiß nicht! Das wollte ich gar nicht. Ich dachte, es wäre Volkskunde und kein Mathekurs, und dann war ich da, und sie hätten auch in einer völlig fremden Sprache sprechen können.«

»Dann geh morgen ins Studierendensekretariat und finde heraus, ob du wechseln kannst. Es war doch ein Versehen, oder?« River spielt wieder Xbox, weshalb er nicht einmal vom Fernseher aufschaut, während er redet.

»Ich hätte sagen sollen, scheiß drauf, und auf dem Campus wohnen sollen.« Ich wirble herum, genervt von der Unterhaltung.

»Du würdest das Studierendenwohnheim hassen. Du müsstest ein Badezimmer teilen«, ruft Mav. »Erdbeerwoche wäre ein Albtraum!«

Ich zeige ihm über die Schulter hinweg den Mittelfinger auf dem Weg aus dem Wohnzimmer und mache wegen einer Schachtel Lucky Charms Halt in der Küche. Dann steige ich in den dritten Stock hinauf zu meinem Dachzimmer. Wie die anderen Räume im Haus ist es groß und geräumig, doch es hat zusätzlich noch schräge Wände und Oberlichter und einen Balkon, von dem aus man den rückwärtigen Garten überblicken kann.

Ich schließe die Tür, stecke mir die Ohrstöpsel in die Ohren und greife in die Cornflakesschachtel auf der Suche nach den Marshmallows. Ich ziehe eine unerklärlich große Befriedigung daraus, sie zu essen und dann die Schachtel für meine Brüder zurückzustellen.

Ich überlege, Lovey und Lacey eine Nachricht zu schicken, weil wir einen Gruppenchat haben, aber es ist schon halb elf, und ich muss morgen früh raus.

Ich starre ein paar Minuten lang an die Decke und versuche, nicht Erinnerungen anheimzufallen, an die ich nicht denken will.

Ein Klopfen rettet mich vor mir selbst. Ich weiß, es ist River, weil er zweimal klopft, einen Moment innehält, noch einmal klopft und das Ganze wiederholt – wie einen Herzschlag.

Ich seufze. Sieht so aus, als würde ich mich einer Unterhaltung nicht so leicht entziehen können. »Es ist offen.« Ich schließe abends immer ab, bevor ich schlafen gehe.

Der Türknauf dreht sich, und er steckt den Kopf herein. Er wartet, bis ich ihn hereinwinke. River ist groß, weshalb er in die Mitte des Zimmers gehen muss, um sich nicht den Kopf an den abgeschrägten Decken zu stoßen. Er ist eine Mischung aus unseren Elternteilen. Er hat das dunkle Haar unseres Vaters, aber die leichten Locken unserer Mutter. Seine Augen sind haselnussfarben, und er und ich haben den gleichen Mund, allerdings hat er die Nase unseres Dads.

Während Maverick kantig wie ein GQ-Model ist, ist River … hübsch. Er ist maskulin, aber seine Züge sind nicht so markant. Alles an seinem Gesicht ist weicher, was seiner Persönlichkeit widerspricht. Und weil er fortwährend finster dreinschaut, sieht er aus, als wollte er die ganze Welt umbringen.

River durchquert den Raum, stellt sich neben mein Bett und betrachtet mich. Ich rutsche rüber und klopfe auf die Stelle neben mir. Er setzt sich und streckt sich aus, wobei sein riesiger Körper mehr als die Hälfte meiner Queensize-Matratze einnimmt.

»Keinen Besuch heute Abend?« Ich versuche, die lastende Stille mit Humor zu durchbrechen.

»Ich hab früh ein Seminar und Training morgen.«

»Wie verantwortungsbewusst von dir.« Ich kippe die Cornflakesschachtel in seine Richtung.

»Nein, danke.«

Ich stecke meine Hände in die Schachtel und suche nach einem Marshmallow. Es wird schwerer, eins zu finden.

»Du weißt, es macht Maverick verrückt, wenn du die Schachtel zurückstellst, und es sind keine Marshmallows mehr drin, oder?« River hat anscheinend Mühe, das auszusprechen, was er eigentlich sagen will.

»Jawohl.« Ich hole einen in Regenbogenfarben hervor und werfe ihn in meinen Mund.

River packt meine Hand, woraufhin ich die Schachtel fallen lasse und die Lucky Charms sich überall auf meinem Bett verteilen. Er setzt sich hastig auf, als ich die Hand zur Faust balle und die Halbmonde in meiner Handfläche zu verstecken versuche. Aber River ist stark, und ich kann mit ihm nicht mithalten, weshalb er meine Faust öffnet – sanft – und die Luft einsaugt.

Als er mich ansieht, ist seine Miene gequält. »Was ist passiert, Lav?« Er streicht mit seinen schwieligen Fingern über meine Handfläche. Die Schnitte sind nicht tief, aber sie existieren, und das genügt.

»Es ist nichts.« Ich ziehe meine Hand weg.

Er rollt auf die Seite und stützt sich auf den Ellbogen. »Wieso lügst du mich an? Immer lügst du mich an, wenn es um ihn geht. Wieso?«

Weil er etwas hatte, das du nie verstehen wirst. Weil ich ihn, obwohl ich ihn hasse, immer lieben werde. Weil er mich auf eine Weise berührt, wie das wahrscheinlich nie wieder jemand tun wird. Weil er mich retten konnte, ohne mich zu ersticken. »Es ist kompliziert.«

»Ich wünschte, ich hätte das mit der Brille gewusst. Dann hätte ich dich abgeholt.«

»Ich hätte zu Fuß nach Hause gehen sollen – oder sonst etwas tun, außer mit ihm in den Wagen zu steigen. Aber das war die Wahl, die ich getroffen habe, und nur ich kann das bereuen.« Ich verschränke meinen kleinen Finger mit seinem.

»Es gefällt mir nicht, dass er dir das antut«, sagt River leise.

»Das tue ich mir selbst an.«

»Wegen ihm.«

»Es ist Jahre her, River. Es war ein totaler Schock.« Das ist teilweise eine Lüge.

River kaut so fest auf seiner Wange herum, dass ich mich frage, ob sie blutet. »Ich hätte dich nicht dazu drängen dürfen, hier aufs College zu gehen und mit mir und Mav zusammenzuziehen. Es war ein Fehler. Mein Fehler. Ich dachte, es wäre besser, wenn wir alle zusammen hier sind, und ich wollte nicht, dass du noch ein Jahr länger bei Mom und Dad bleibst. Aber ich habe das Gefühl, ich mache dir das Leben nur schwerer und nicht leichter. Das war egoistisch von mir.«

»Du hast mich nicht gezwungen zu kommen. Ich wollte hier sein.« Das stimmt zum größten Teil. Ich wollte es nicht versäumen, dort zu sein, wo alle anderen sind.

Er schlingt seinen kleinen Finger fest um meinen. »Ich wollte immer dafür sorgen, dass du in Sicherheit bist, Lav, aber ich hab's dauernd vermasselt. Ich konnte dich nicht einmal vor Kody beschützen. Nicht einmal jetzt kann ich das.«

Ich drücke seinen kleinen Finger ebenfalls. »Ich will nicht, dass du mich vor Kodiak beschützt. Das ist mein eigenes Päckchen, das ich tragen muss, nicht deins.«

Er schweigt längere Zeit und atmet schließlich langsam aus. »Ich konnte dich vor vielen Dingen nicht schützen.«

Nach dem ganzen Schaden, der im Laufe der Jahre entstanden ist, muss ich mich fragen, wer von uns mehr gelitten hat.

9

Zusätzlicher Nervkram

Lavender
Gegenwart

Am nächsten Morgen stehe ich früh auf und fahre beim Büro des Studierendenwohnheims vorbei, um mich auf der Liste einzutragen. Auch wenn es wenig Aussicht auf Erfolg hat, wird es doch niemals passieren, wenn ich es nicht versuche. Wie sich herausstellt, gibt es eine ziemlich lange Warteliste, aber wenn ich bereit bin, ein Zimmer zu teilen, stehen die Chancen besser. An diesem Punkt bin ich gewillt, alles außer einer Pappschachtel zu nehmen.

Als ich gleich danach zum Einschreibungsbüro gehe, bin ich leider noch erfolgloser. Anscheinend brauche ich das Seminar in Makroökonomie, und es auf nächstes Semester zu verlegen ist keine Option, wenn ich mein Wahlfach nicht verlieren will. Zum Glück findet es nur einmal die Woche statt. Wahrscheinlich war es sogar gut, dass ich für den Test da war, auch wenn ich nicht glaube, dass ich ihn bestanden habe.

Im Laufe der Woche stelle ich fest, dass meine restlichen Seminare großartig sind. Das Gute ist also, dass ich Makroökonomie schon Anfang der Woche hinter mich bringe. Das Schlechte ist, dass mich die Seminaraufgaben mehr Zeit kosten werden, als ich dafür aufbringen möchte.

Am Freitag füllt sich das Haus bereits am frühen Nachmittag mit allen möglichen Leuten. Es ist ein wunderschöner Tag und herrlich warm so kurz vor der letzten Augustwoche.

Gegen drei Uhr sind haufenweise Mädchen in knappen Bikinis über meine Brüder und ihre Hockey- und Footballfreunde verteilt.

Zum Glück habe ich vor, Josiah auf einen Kaffee zu treffen, und Lovey und Lacey versuchen noch immer, mich dazu zu überreden, zu ihrer Party zu kommen. Ich mache Halt in der Küche, um auf dem Weg zur Tür ein paar Snacks in den Rucksack zu werfen.

Zwei von Rivers Teammitgliedern – sie verkünden augenblicklich, dass sie Footballspieler sind – unterhalten sich über meine Brüste. Zugegeben, ich trage ein Strandkleid, das ihre Aufmerksamkeit erregt, aber sie versuchen nicht einmal, ihre Blicke etwas weiter nach oben zu richten.

Der Muskelprotz zu meiner Rechten rülpst laut und berührt einen meiner Träger. »Hast du da einen Bikini drunter?«

Ich schüttle den Kopf und entziehe mich dem unerwünschten Körperkontakt. Seine Fingernägel sind schmutzig, was eklig ist. Ich sehe mich um in der Hoffnung, dass einer meiner Brüder kommt und dem Typen sagt, dass er sich zurückhalten soll. Normalerweise bleibe ich in meinem Zimmer, wenn viele Leute zu Besuch sind.

Anstelle von Maverick und River schiebt sich Kodiak zwischen die beiden Muskelprotze und legt jedem einen Arm um die Schulter. Eine Bierflasche baumelt zwischen seinen Fingern, und er lässt verächtlich seinen Blick über mich gleiten. »Wer hat dich denn aus deinem Elfenbeinturm gelassen?«

Ich rolle mit den Augen und zeige ihm den Mittelfinger.

Die Footballspieler lachen, und der rechts grinst seinen Freund an. »Die gefällt mir.«

Kodiak verzieht die Lippen. »Es gilt Berühren verboten bei ihr, also such dir ’ne andere, der du auf die Titten glotzen kannst.« Er setzt seine Flasche an und leert die Hälfte des Biers mit einem großen Schluck, während er den Blick nicht von mir abwendet. Mit dem Handrücken wischt er sich über den Mund, als er dicht vor mich hintritt. Mein Herzschlag wird schneller, und ich kann nicht mehr atmen – so als wäre ich unter Wasser.

Kodiak blickt mich dabei die ganze Zeit reglos an, während er sich herunterbeugt, bis sich unsere Nasen beinahe berühren. Sein Atem riecht nach Bier und sehr leicht nach etwas Süßem. Er lässt seine Fingerspitzen an meinem Arm hinaufgleiten und legt seine Hand um meinen Nacken, wobei er mich mit dem Daumen streichelt, was bei mir Gänsehaut auslöst. Er neigt den Kopf zurück und bringt so seinen Mund dicht an mein Ohr. »Noch immer so süchtig nach Aufmerksamkeit? Du solltest verschwinden, bevor du dich blamierst.« Er lässt seine Hand sinken und tritt zurück.

»Ich hasse dich.« Ich wirble herum und gehe zur Eingangstür.

»Erzähl dir das so lange, bis es wahr ist«, ruft er mir hinterher.

In der Auffahrt treffe ich River, der gerade vom Training kommt. Er nickt in Richtung des Rucksacks, der über meiner Schulter hängt. »Ich dachte, du hättest heute keinen Unterricht.«

»Hab ich auch nicht. Ich bin mit jemandem aus meinem Kostüm- und Bühnenbildseminar verabredet, und danach gehe ich wahrscheinlich zu Lovey und Lacey.«

Er reibt sich die Narbe unter seiner Unterlippe, die fast genauso aussieht wie meine. Nur dass seine Zähne die Unterlippe bei einem Footballspiel durchbohrt haben. Meine stammt von einer Panikattacke in meiner Kindheit, während der ich mir so fest auf die Lippe gebissen habe, dass man sie hätte nähen müssen. Aber ich war schon so traumatisiert, dass meine Eltern nicht das Risiko eingehen wollten, mich ins Krankenhaus zu bringen.

»Übernachtest du dort?«, fragt er.

»Vielleicht.« Ich hatte es eigentlich nicht vor, obwohl ich ebenfalls nicht vorhatte, es mit Kodiak zu tun zu bekommen, also lasse ich mir die Möglichkeit offen.

»Okay, ist vermutlich eine gute Idee. Ausgehend von dem Geräuschpegel, der bereits herrscht, wird es laut hier, und das Haus von Lovey und Lacey ist entspannt.«

Mit anderen Worten, er muss sich keine Sorgen darum machen, dass es mir gut geht.

River nimmt meinen Rucksack und öffnet die Wagentür. Manchmal ist er wahnsinnig nett und aufmerksam. Er gibt mir eine so feste Umarmung, dass mir beinahe die Luft wegbleibt. »Das mit der Party tut mir leid. Schick mir später eine Nachricht, damit ich weiß, dass es dir gut geht.«

»Ja, klar.«

Er wartet, bis ich die Einfahrt verlassen habe, bevor er hineingeht.

Was zum Teufel habe ich dieses Semester belegt, und wie viel von Kodiak kann ich ertragen, ehe ich zusammenbreche?

Ich treffe Josiah im Collegehof. Er begrüßt mich mit einer Umarmung und einem strahlenden Lächeln. »Wie war deine erste Woche?«

»Ganz gut. Gut. Ich hab's überstanden, das ist es, was zählt.«

Er zieht die rechte Augenbraue bis über den schwarzen Rahmen seiner Brille hoch. »Äh, ganz gut klingt nicht so gut.«

»Sie war okay.« Ich rolle innerlich mit den Augen. Niemand mag einen Miesepeter. »Mit meinen Brüdern zusammenzuleben ist eine Umstellung.«

»Ach ja, stimmt. Maverick scheint ganz okay zu sein, oder?« Es ist als Frage formuliert.

Ich gehe neben ihm her. »Er ist bestimmt der pflegeleichtere von beiden, aber er spielt Hockey für das Collegeteam, und mein Zwillingsbruder ist Footballer, also ist das gerade die Athletenzentrale dort.«

Josiah verzieht das Gesicht. »Oh Mann, das klingt wie das Gegenteil von dem, was dich interessiert.«

»Äh, ja, so ziemlich. Deren Kumpels sind schon nervig genug, doch die Mädchen sind das Schlimmste. Sie sind wirklich armselig. Als ich gegangen bin, sind ungefähr zwanzig Mädchen im Tangabikini im Garten rumspaziert.«

»Was ist mit den Athleten ohne Hemd?« Er wackelt mit den Brauen.

»Sie sind ganz nett anzusehen, solange sie nicht ihren Mund aufmachen und mit mir reden wollen.« Bei der Erinnerung an Rivers Footballfreunde, die sich über meine Brüste unterhalten haben, werde ich rot.

»Bestimmt gibt es ein paar, die keine völligen Blödmänner sind, oder?«

»Wahrscheinlich – aber das spielt an sich keine Rolle. Es besteht nicht die geringste Chance, dass ich je einen dieser Typen date.«

»Wer sagt denn, dass du daten musst?« Er schenkt mir ein wissendes Grinsen.

Ich ziehe die Nase kraus. »Du meinst, eine Affäre mit einem von ihnen?«

»Klar. Warum nicht? Diese Typen haben tolle Körper und ein irres Durchhaltevermögen.«

»Mein Zwillingsbruder würde jeden aus seinem Team töten, wenn er mich auch nur schief ansehen würde, also kommt eine Affäre nicht infrage, und das ist auch nicht meine Art.«

»Hmm … Ich verstehe, dass das ein Problem sein könnte.« Josiah öffnet die Tür zum Identitäts- und Inklusionszentrum. Es ist mit einem Symbol für Safe Space markiert. »Falls du je einen Wingman auf einer dieser Hauspartys brauchst, sag Bescheid. Dann werde ich der Goose zu deinem Maverick sein.«

»Oh mein Gott, hast du etwa auf *Top Gun* angespielt?«

»Die Steilvorlage war da. Wie hätte ich das nicht tun sollen? Meine Mom hat den Film hundertmal gesehen.«

»Meine auch.«

»Ich habe mir vorgestellt, wie Goose und Maverick es in der Umkleide treiben.«

»Aber Goose' Schnurrbart.« Ich rümpfe die Nase.

»Das erhöht den Reiz.« Josiah wackelt wieder mit den Brauen, und ich breche in schallendes Gelächter aus.

»Jedenfalls war ich von dem Film und den Kampfflugzeugen eine Zeit lang besessen, allerdings hauptsächlich von Tom Cruise.« Er formt mit seinen Fingern ein Herz und hält es vor seine Brust.

»Es gibt eine interessante Tatsache: Meine Mom hatte einen Tom-Cruise-Tick, als sie mit Maverick schwanger war.«

»Hat sie ihn deshalb nach der Figur im Film benannt?«

»Hat sie. Es existieren widersprüchliche Geschichten darüber, wer meinen und Rivers Namen ausgewählt hat, aber er hat auf jeden Fall den Kürzeren gezogen. Ich meine River Waters?«

»River?« Seine Augen flackern, und er hustet, bevor er sagt: »Das ist der Name eines Filmstars.«

»Hübsch genug wäre er, und launisch genug ebenfalls.« Ich betrachte den schicken, weitläufigen Loungebereich. Studierende sitzen in Grüppchen auf Sofas und Sesseln.

Eine Gruppe bei den Billardtischen winkt Josiah zu sich, und ich werde seinen Freunden vorgestellt. Man kommt leicht mit ihnen ins Gespräch, und sie nehmen mich freundlich auf.

Was bedeutet, dass ich meine ersten echten Freunde hier gefunden habe.

Die Nacht verbringe ich bei Lacey und Lovey. Die Übernachtung ist sowohl eine gute als auch eine schlechte Idee. Gut, weil es bedeutet, dass ich mich nicht mit den Sportlerfreunden meiner Brüder herumschlagen muss. Schlecht, weil ich am Schluss betrunken bin und nicht mehr zu reden aufhöre. Ich bin mir ziemlich sicher, dass ich bei irgendeinem Typen, der vielleicht sogar mit mir flirten wollte, über Kodiak abgelästert habe.

Am nächsten Tag tue ich alles, um bloß nicht Kodiak über den Weg zu laufen. Es ist gar nicht so schwierig. Ich kann in den Pausen zwischen den Seminaren Zeit mit Josiah und seinen Freunden verbringen. Ich sitze eine Weile mit Lovey und Lacey im Café. Ich lerne überall, nur nicht zu Hause, weshalb ich die besten und ruhigsten Plätze in der Bibliothek finde, und als Ergebnis davon esse ich Unmengen von Frühstücksflocken und Müsliriegeln.

Es ist höllisch unpraktisch, aber es bedeutet auch, dass ich mich weder mit meinen Brüdern noch den anderen Dingen, die damit einhergehen, herumschlagen muss; mit zwei Typen zusammenzuleben, die dauernd Partys veranstalten und permanent wechselnde und geradezu peinlich bedürftige Frauen im Haus haben.

Trotzdem komme ich klar, und ich habe ein paar eigene Freunde gefunden, was ein Erfolg ist und worauf ich mich zu konzentrieren versuche – zumindest bis ich den unangekündigten Test aus dem Makroökonomieseminar zurückbekomme.

Natürlich habe ich mit nur fünfundzwanzig Prozent nicht bestanden. Die Note am unteren Rand suggeriert mir, das Studierendenwerk zu kontaktieren und mir Nachhilfe zu besorgen.

Als der Unterricht am Dienstagabend zu Ende ist, hat das Studierendenwerk schon seit Stunden geschlossen. Es ist ein warmer Abend, und mir ist bewusst, dass es nur noch ein paar Wochen sind, bis das schöne Wetter endgültig vorbei ist, weshalb ich beschließe, schwimmen zu gehen, wenn ich zu Hause bin, um den Kopf frei zu kriegen. Außerdem hilft körperliche Aktivität gegen meine Angst. Während meiner Videosession mit Queenie gestern hat sie vorgeschlagen, den Pool zu nutzen, solange das noch möglich ist. Sie hat sich gefreut, dass ich neue Freunde gefunden habe, und sogar, dass ich auf einer Party war. Natürlich habe ich nicht erwähnt, dass ich betrunken gewesen bin.

Keine Koordination zu haben bedeutet, dass es nicht viele Sportarten gibt, in denen ich gut bin, aber ich schwimme gern. Das Wasser ist der einzige Ort, an dem ich meinen Körper nicht als schwerfällig empfinde. Und es fühlt sich ruhig und friedlich an – etwas, das ich nicht allzu oft verspüre. Vor allem nicht in jüngster Zeit. Es hilft mir auch zu schlafen, noch etwas, das zuletzt nicht so richtig geklappt hat.

Als ich die Eingangshalle betrete und über ekelhaft stinkende Sneaker stolpere, muss ich mich augenblicklich fast übergeben. Ich bedecke Nase und Mund mit der Hand und lasse meine Schuhe an. Ich will vermeiden, dass sie zwischen den anderen verloren gehen, und ich will nicht, dass sie den Geruch annehmen.

Das Wohnzimmer ist wunderbar leer, und der Sender ESPN ist leise im Hintergrund zu hören. Allerdings schaut niemand Sport, und ich bemerkte sofort, dass sie alle draußen sind.

Da müssen mindestens zwei Dutzend Leute im Garten sein. Viele von ihnen Mädchen. An einem Dienstag, zum Teufel. Ich entdecke BJ, weshalb ich annehme, dass seine restlichen Mitbewohner ebenfalls dort draußen sind. Kodiak gehört sehr wahrscheinlich auch dazu, trotz seiner Abneigung gegen Gruppenevents, die keine Hockeyspiele sind.

So viel zu einer friedlichen, ruhigen Runde Schwimmen.

Ich lege einen Zwischenhalt beim Kühlschrank ein und überlege, ob ich mir ein Sandwich machen soll, als die französischen Türen aufgehen und das Geräusch kreischender Mädchen und einer Arschbombe in den Pool hereindringen. Ich gebe mir keine Mühe nachzusehen, wer es ist, weil es mich sowieso nicht interessiert. Ich brauche etwas zu essen, und dann verschwinde ich in mein Zimmer und vergesse dieses blöde Seminar, aus dem ich nicht herauskomme.

Niemand spricht mich an, weshalb ich davon ausgehe, dass es eines der Mädchen ist, das die Toilette benutzen will. Ich nehme Schinken, Salat und Senf, stelle alles auf den Tresen und lasse die Kühlschranktür zufallen. Ich stöhne genervt auf, als ich den Brotlaib oben auf dem Kühlschrank bemerke. Meine Brüder halten das wohl für den passenden Ort, um Kohlenhydrate aufzubewahren.

Bei meiner Größe sind Sachen, die weit oben liegen, ein Problem. Wahrscheinlich machen sie das sogar mit Absicht. Maverick findet es lustig, wenn ich hochspringen muss, um an Sachen heranzukommen, vermutlich weil mein vertikaler Sprung miserabel ist. Sie kaufen auch immer Vollkornbrot – nie das weiche weiße Zeug, das am Gaumen kleben bleibt.

Ich gehe auf Zehenspitzen und schiebe meinen Oberkörper an der Stahltür hoch, um nach dem Tütenende zu greifen. Aber es ist außerhalb meiner Reichweite.

»Sag bitte, und ich hole es dir runter.«

Ich wirble herum und stelle fest, dass Kodiak keine fünfzehn Zentimeter von mir entfernt ist. Seine blassgrünen Augen sind auf mich gerichtet, aber der einzige Ausdruck darin ist Verachtung. Ich will den Blick abwenden, jedoch nicht senken, was mir nicht gelingt.

Als Kind habe ich Kodiak die ganze Zeit in Badehose gesehen. Unsere Familien haben sich fortwährend zu Barbecues und Geburtstagspartys getroffen – jeder Vorwand für meine Eltern, Zeit zusammen zu verbringen, bedeutete, dass unsere Nannys sich ebenfalls trafen.

Kodiak war immer das überdurchschnittlich entwickelte Kind. Seinen ersten Wachstumsschub hatte er mit elf, und mit vierzehn war klar, dass er über einen Meter achtzig groß werden würde. Mit neunzehn war er dann eins neunzig. Er war schlaksig und baumlang, mit breiten Schultern, die mit der Zeit immer muskulöser wurden.

Und genau so ist es gekommen. Wie auch mit Kodiaks Unnachgiebigkeit und seiner Obsession, der absolut Beste sein zu müssen. Er ist ein Muskelpaket – alles klar definiert und scharf umrissen. Breite Schultern, wohlgeformte Bizepse, hervortretende Adern an den Unterarmen. Eine gemeißelte Brust und ein Waschbrettbauch in V-Form, der in seiner schlichten schwarzen Badehose verschwindet.

Fuck. Ich begaffe ihn. Mein Herz hat Aussetzer, und ich laufe knallrot an, als er sich nach vorn beugt.

Er ist so nah, dass sein nasses Haar meine Schläfe streift, und ich kann seinen warmen Atem und die Kälte spüren, die seine Haut abstrahlt. »Du siehst hungrig aus, Lavender.«

Ich weiche zurück und hasse es, wie mein Körper auf seinen leisen, spöttischen Tonfall reagiert. Mir ist bewusst, dass er sich über mich lustig macht, dass er weiß, dass er körperlich anziehend ist und ich nicht immun dagegen bin. Mir gefällt nicht, wie weh es tut, wieder und wieder auf so schreckliche Weise abgewiesen zu werden von jemandem, der mir einmal so viel bedeutet hat.

Ich mache einen unsicheren Schritt zurück und stoße gegen den Tresen. Er bewegt sich auf mich zu, eine Hand landet neben mir und die andere greift nach der Kühlschranktür. Sein Blick gleitet über mein Gesicht und fällt auf meinen Mund. Meine unmittelbare Reaktion ist, die Unterlippe einzusaugen, um die Narbe zu verstecken.

Etwas in seinem Ausdruck verändert sich, und er senkt seine Stimme zu einem Flüstern. »Nichts hat sich geändert.«

»Du hast recht. Ich hasse dich noch immer, und du bist noch immer ein Arschloch.«

Er grinst, und das Grübchen in seiner Wange wird sichtbar. »Nur eins davon ist wahr.«

Die Balkontüren öffnen sich. »Kody? Kommst du wieder raus? Falls du lieber gehen willst, ist das auch okay.«

Ich blicke an ihm vorbei zu dem großen, schlanken, Bikini tragenden Mädchen. Es ist nicht dasselbe Mädchen wie am ersten Seminartag, obwohl ich es kenne. Sie war früher schon einmal hier, im Pool und bei den vielen Partys immer in Kodiaks Nähe.

Es gefällt mir nicht, dass ich als Erstes Erleichterung verspüre. Ihre Augen werden schmal, als sie mich sieht, und es ist an mir, zu schnauben. »Es ist irgendwie peinlich, dass du so sehr an diese Bunnys gewöhnt bist, die über dich herfallen, dass du vergessen hast, dich wie ein menschliches Wesen zu benehmen«, bemerke ich und erwidere Kodiaks Blick. »Ist wahrscheinlich besser, dass du dich nicht auf deine gewinnende Persönlichkeit verlassen musst, um flachgelegt zu werden.«

Die einzigen Anzeichen dafür, dass ihn meine Äußerung getroffen hat, sind das leichte Zucken in seiner Wange und die Art, wie seine Miene ausdruckslos wird.

»Kody? Wieso redest du überhaupt mit ihr?« Ihre Eifersucht steht im Raum wie ein grünäugiges Monster.

Ich lasse die Sandwichzutaten liegen und nehme eine Schachtel Getreideflocken vom Tresen, weil ich von Kodiak wegkommen will, bevor er mir einen weiteren Tiefschlag versetzt.

»Ich wohne hier.« Ich schenke ihr ein falsches Lächeln und dränge mich an Kodiak vorbei. »Und keine Sorge, ich ersticke lieber an einem gammeligen Hotdog, als ihm zu erlauben, mich anzufassen.«

Ich gehe in Richtung Treppe, wohl wissend, dass Kodiak mir weder folgen noch mich weiterhin angreifen wird, wenn ein Mädchen um seine Aufmerksamkeit buhlt. Ich eile die Treppe hinauf und stolpere beinahe auf dem ersten Absatz. Ich fange mich und schaffe es in den dritten Stock, ohne auf die Nase zu fallen. Ich schließe meine Tür und verriegele sie hinter mir, aber ich mache kein Licht an.

Da mein Zimmer unter dem Dach ist, hat es Fenster, die auf alle vier Seiten des Hauses zeigen, dazu einen Balkon, von dem aus man Garten und Pool sehen kann. Ich stelle die Getreideflocken und meinen Rucksack auf das Bett und gehe zur anderen Seite des Raums. Ich entriegle das Schloss an der Schiebetür und öffne sie nur so weit, dass ich hindurchschlüpfen kann, was wegen meiner Brüste weiter ist als mir gefällt. Ich schließe sie leise hinter mir und gehe in die Hocke, wobei ich mich hinter dem Handtuch verstecke, das seit gestern über dem Geländer hängt.

Ich suche den beleuchteten Pool ab. Ich entdecke River zusammen mit einem Mädchen, das sich an ihn gehängt hat, von ihm aber im Grunde ignoriert wird. Es überrascht mich immer, wie willig Mädchen sind, sich mit seinem ausgeprägten Missmut abzugeben für den unwahrscheinlichen Fall, dass er ihnen auch nur ein Fünkchen Aufmerksamkeit schenkt.

Ich liebe meinen Zwillingsbruder, doch wie es ihm gelingt, das andere Geschlecht anzuziehen, verwirrt mich.

Ich brauche eine Weile, bis ich Kodiak entdecke. Er sitzt im Dunkeln auf einem der Hocker hinter der Poolbar, Unterarme auf den Tresen gestützt, die Miene grimmig. Die Blondine ist nirgends zu sehen. Er trägt jetzt seine Basecap, weshalb ich sein Gesicht nicht erkennen kann, aber es fühlt sich an, als hätte er den Blick auf mich gerichtet. Obwohl es sich immer so anfühlt, wenn er in der Nähe ist.

Die Blondine taucht aus der Dunkelheit auf und hängt sich an ihn. Ich sehe, wie sich jeder Muskel in seinem Körper sekundenlang anspannt, bevor er ihr schließlich seine Aufmerksamkeit schenkt. Sie nimmt ihm die Basecap ab und setzt sie sich auf den Kopf. Sie drängt sich zwischen Tresen und Hocker und legt ihm die Arme auf die Schultern.

Und natürlich lässt er sie gewähren. Warum auch nicht?

Ich bleibe nicht länger.

Ich mag ja meistens die stumme Beobachterin sein, aber ich bin nicht masochistisch.

Ich sage mir, dass das eine gute Gedächtnishilfe ist.

Die einzige Person, die mich vor mir selbst retten kann, bin ich. Kein Grund, in Erinnerungen an Dinge zu schwelgen, die ich nicht länger haben kann. Wahrscheinlich würde ich sie sowieso nicht wollen.

10

NEIN

Lavender
Gegenwart

Am nächsten Morgen stehe ich früh auf, doch meine Brüder sind längst weg. Trotz der Tatsache, dass sie gestern lang auf waren, ist Mav bereits beim Hockeytraining und River wahrscheinlich auf dem Footballfeld.

Ich streife mir eins meiner Lieblingskleider über. Ich treffe mich nach meinem Vormittagsseminar mit Lovey und Lacey zum Mittagessen.

Ich beginne mit einem Besuch beim Studierendenwerk, beschämt, dass ich um Hilfe ersuchen muss, um auch nur das Grundlagenseminar für Ökonomie zu schaffen. In der Highschool war ich einmal bei der Schulnachhilfe. Ich wurde dem netten, nerdigen Mädchen namens Michelle zugeteilt, die in Maverick verknallt war, weshalb es in den beiden Nachhilfestunden vor allem darum ging, Fragen über meinen Bruder zu beantworten, anstatt mir von ihr helfen zu lassen. Ich fand, der Aufwand lohnte sich nicht und ließ stattdessen River meine Hausaufgaben machen.

Der Typ, der am Empfang des Studierendenwerks sitzt, sieht überhaupt nicht so aus wie das nette, nerdige Mädchen, das mir Nachhilfe gegeben hat. Dass es sich um einen Er und nicht um eine Sie handelt, spielt bestimmt eine Rolle. Wie auch die Tatsache, dass er wie ein Hulk gebaut ist. Auf der Brust seines Sweatshirts steht in Großbuchstaben RUGBY – kein Hockeyspieler also, was bei mir ein dickes Plus bedeutet. Interessanterweise passt sein Name nicht zum Rest.

»Hallo. Willkommen beim Studierendenwerk. Wie können wir dir helfen?«, fragt Merlin.

Ich sehe mich nach der anderen Person um, die mit dem »wir« gemeint ist, doch außer ihm scheint niemand im Büro zu sein. Ich muss mich räuspern, um etwas lauter als im Flüsterton sprechen zu können. »Äh, hallo. Mir wurde gesagt, ich könnte hier Zugang zu Nachhilfe für Ökonomie bekommen.«

Er lächelt, verschränkt seine Finger und stützt seine Unterarme auf den Tresen. Sie sind kräftiger als meine Oberschenkel. »Aber natürlich! Wir haben eine Reihe Studierende aus dem siebten und achten Semester und auch aus dem Master-Programm, die dir vielleicht helfen können. Hast du eine Kopie deines Stundenplans, damit ich nachsehen kann, wer zur Verfügung steht?«

Wow, er ist wahnsinnig nett. Und besonders freundlich. Vielleicht wird das gar nicht so schlimm. »Klar, natürlich.« Ich lasse meinen Rucksack am Arm hinabgleiten und auf den Tresen prallen, wobei ich beinahe seinen Kaffeebecher umwerfe.

Er räumt ihn aus dem Weg und zeigt noch immer lächelnd auf den Stuhl hinter mir. »Setz dich doch. Das ist vielleicht sicherer.«

»Oh, natürlich. Danke. Tut mir leid.« Ich sinke auf den Stuhl und wühle in meinem Rucksack, bis ich meinen Stundenplan finde. Ich glätte das zerknitterte Blatt Papier und reiche es ihm. Ich hätte es ihm wahrscheinlich genauso gut auf meinem Laptop zeigen können, aber ich habe immer eine ausgedruckte Kopie dabei, falls die Technik versagt.

Er geht lächelnd meinen Stundenplan durch. An einem seiner Vorderzähne ist eine große Ecke abgeschlagen. »Bist du ein Frischling?«

»Entschuldigung, wie bitte?«

Er hebt den Blick. »Ein Neuling.«

Ich muss mich wohl verhört haben. Ich schiebe es auf den Schlafmangel. Und darauf, mit einem Haufen Sportfanatiker zusammenzuwohnen. »Äh, ich bin im zweiten Jahr. Ich habe dieses Jahr gewechselt, aber ich habe ein Seminar aus dem ersten Jahr, das ich noch abschließen muss.«

»Ah, alles klar. Wie gefällt's dir hier so, Lavender? Ist das dein richtiger Name?«

»Äh, ja. Meine Mom mag die Farbe Lila und, äh … es gefällt mir gut – bis auf Ökonomie.« Ich verschränke die Hände, um nicht an meinen Fingernägeln zu knibbeln.

»Ich mag Lila ebenfalls.« Er zwinkert mir kokett zu.

»Und Ökonomie kann ganz schön schwer sein. Ich studiere Geschichte im Hauptfach, weshalb die Zahlen, mit denen ich zu tun habe, hauptsächlich Daten sind.«

Ich nicke. Mein Mund ist trocken, und meine Hände sind klamm. Ich komme mit aufdringlichem Flirten nicht klar. Vor allem nicht von Sportlertypen, weil sie zwar gut aussehen, doch häufig nur Aufreißer sind und ganz von sich eingenommen.

Als ich meinem Nicken nichts hinzufüge, blickt Merlin auf seinen Computer. »Mal sehen, wer in deinen Stundenplan passt.« Er klickt ein Weilchen vor sich hin und murmelt etwas, das klingt wie »scheiß Glückspilz«. Ich könnte aber auch paranoid sein und mir Sachen einbilden.

»Ich glaube, ich habe jemanden für dich gefunden.« Er wirbelt auf seinem Stuhl herum, steckt zwei Finger in den Mund und stößt einen schrillen Pfiff aus. »Hey, Bowman, ich habe eine neue Studentin, die ich dir vorstellen will!«

Mein bereits trockener Mund fühlt sich an, als sei er voll Sand, und ein Schweißtropfen rinnt an meinem Rücken hinab. »Bowman?«

Es ist ein ziemlich geläufiger Nachname. Ausgeschlossen, dass Kodiak Zeit hat, um Studierenden Nachhilfe zu geben. Und schon gar nicht Einführung in Makroökonomie. Das wäre eine riesige Verschwendung seines wahnsinnig leistungsfähigen, brillanten Arschlochgehirns.

Merlin nickt, aber sein Blick ist auf die Tür gerichtet. Ich richte meine Aufmerksamkeit auf sein Spiegelbild im Fenster – wo sein freundliches, charmantes Lächeln schmierig aussieht – und dann auf den Hünen, der jetzt im Türrahmen steht.

Kodiak trägt ein College-Hockey-T-Shirt und ein paar dunkle Jeans.

Der Nachname scheint doch nicht so geläufig zu sein.

Seine Haare sind noch immer nass, wahrscheinlich weil er vom Training kommt. Er hält einen riesigen Apfel in seiner ebenfalls riesigen Hand. Sein Blick wandert von Merlin zu mir. Keine Ahnung, was für ein Gesicht ich mache – bestimmt irgendwas zwischen ungläubig und entsetzt.

Er verzieht die Lippen und schnappt Merlin den Stundenplan weg. Abgesehen davon, dass Kodiak außergewöhnlich intelligent ist, hat Kodiak ein fotografisches Gedächtnis. Er braucht dreißig Sekunden, bis er sich sämtliche Seminarcodes, Daten, Zeiten, Gebäude und Zimmernummern gemerkt hat.

Hilflos sitze ich da, während er ihn betrachtet. Seine Lippen bewegen sich kaum, aber ich kenne den Trick, den er anwendet, um sich alles einzuprägen, wahrscheinlich, damit er mich weiter drangsalieren kann, was neuerdings seine Vorgehensweise zu sein scheint, wie in den Ferien vor zwei Jahren.

Damals hat er mir sein wahres Gesicht gezeigt, eine hässliche Fratze.

»Bestimmt kannst du eine Stunde die Woche dafür freischaufeln.« Merlin schenkt ihm einen großen Was-zum-Teufel-ist-los-Blick, als könnte er nicht glauben, dass sich Kodiak die Gelegenheit entgehen lässt.

Ich wäre gern geschmeichelt, aber ich bin vor allem angewidert und leider nicht überrascht. Es ist nicht mein Gesicht, das Aufmerksamkeit bekommt, sondern es sind meine Brüste.

Ich zeige Kodiak den doppelten Stinkefinger. »Ich würde lieber einen Kaktus ficken, als mir von dir Nachhilfeunterricht geben zu lassen.« Ich erhebe mich und stolpere in meiner Eile zu entkommen beinahe über meinen Rucksack. Als ich gehe, fragt Merlin Kodiak, was das sollte, und Kodiak sagt irgendwas über Obsessionen.

Ich verachte ihn so sehr.

Ich werde wohl River damit nerven müssen, dass er mir hilft, entweder das, oder ich schaffe den Kurs nicht.

Ich gehe ins Seminar und fühle mich angesichts dieser neuen Entwicklung nicht besonders toll und auch nicht, weil Kodiak noch immer meinen ausgedruckten Stundenplan hat. Ich würde ja gern glauben, dass es keine Rolle spielt, aber er hat bereits bewiesen, dass es ihm Vergnügen bereitet, mir das Leben schwer zu machen, und ich habe das Gefühl, dass das hier nur seiner Sache hilft.

Nach dem Unterricht treffe ich mich mit Lovey und Lacey zum Lunch in der Studierendencafeteria. Ich habe beschlossen, meinen Kummer mit Schokoladeneis zu betäuben – ich finde es nicht unter meiner Würde, Nahrung als emotionale Krücke zu benutzen, nur dass Eiscreme weitere Probleme schafft, denn ich bin laktoseintolerant.

»Das ist dein Lunch?«, fragt Lovey, als ich mit meinem riesigen Eisbecher ihr gegenüber Platz nehme. Ihr Teller ist voll mit Salat und irgendeinem veganen Auflauf. Die Cafeteria bietet für jeden etwas, weshalb es tolle milchfreie und pflanzenbasierte Gerichte gibt.

»Verurteilt mich nicht«, sage ich mit dem Mund voller Eiscreme und Keksstückchen – die sind ebenfalls vegan. Wer hätte das gedacht? Die Marshmallows und Gummibärchen hingegen sind es nicht.

Lacey lässt sich neben Lovey nieder, und ihr Teller sieht beinahe genauso aus wie der ihrer Zwillingsschwester. »Ooooh, sieht ganz so aus, als würde jemand seine Gefühle aufessen. Was ist passiert?«

»Ich habe einen Test nicht bestanden.« Ich stecke mir einen Minimarshmallow in den Mund. Ich liebe sie, wenn sie gefroren sind, weil sie mich dann an die Marshmallows von Lucky Charms erinnern.

»Oh nein«, sagen sie im Chor.

»Es kommt noch schlimmer.« Ich stecke meinen Löffel in die Eiscreme und pule ein Gummibärchen heraus.

Vier Augen flackern.

»Wie viel schlimmer?«, flüstert Lacey.

»Ich war beim Studierendenwerk, um mir einen Nachhilfelehrer für Ökonomie zu besorgen.«

»Gab's etwa keinen?«, fragt Lovey.

»Doch, natürlich. Aber es war Kodiak.«

Sie machen beide ein verdutztes Gesicht. »Oh.«

»Und ich habe gesagt, ich würde lieber einen Kaktus ficken, als mir von ihm Nachhilfe geben zu lassen, also gehe ich da nicht wieder hin.«

Lovey verschluckt sich an einem Mundvoll Spinat, und Lacey klopft ihr auf den Rücken. »Oh mein Gott, hast du das wirklich gesagt?«

»Jawohl.« Ich bin zu gleichen Teilen beschämt und beeindruckt von mir selbst. Es war schlagfertig, aber auch völlig unangemessen. Meine Mom wäre wahrscheinlich stolz auf mich.

»Das ist großartig, doch das bedeutet wohl, dass er noch immer ein Fiesling ist.« Lovey stützt das Kinn in die Faust. »Ich begreife es nicht. Ihr standet euch so nah als Kinder. Er hätte alles für dich getan.«

Ich zucke die Achseln und stochere weiter in meinem Eisbecher. »Menschen ändern sich.«

»Anzunehmen«, stimmt Lacey zu.

»Bis auf BJ, er ist ein Frauenaufreißer.« Lovey verdreht die Augen, errötet jedoch dabei. »Zurück zu dieser Nachhilfesache. Vielleicht kennen wir jemanden, der helfen kann.«

»Wirklich?« Das muntert mich auf. Die meisten Freunde von Lovey und Lacey sind echt nett.

Ein strahlendes Lächeln erscheint auf Laceys Gesicht, und sie klatscht in die Hände. »Erinnerst du dich an Dylan? Du hast ihn auf der Party bei uns kennengelernt?«

Ich bin ernüchtert. »Oh ja.« Der Typ, bei dem ich mich über Kodiak ausgekotzt habe, als ich von billigen Coolers betrunken war.

»Jedenfalls ist er im Hauptfach in irgendeinem Business-Programm. Ich weiß nicht genau, worum es geht, aber er kümmert sich um den Finanzkram in der Studierendenverbindung, ich wette also, er würde dir helfen.«

»Ich weiß nicht, ob das so eine gute Idee ist.«

Sie runzelt die Stirn. »Wieso nicht? Er hat nach der Party nach dir gefragt.«

Jetzt ist es an mir, die Stirn zu runzeln. »Wirklich?«

Sie nickt energisch. »Oh ja, er meinte, du wärst echt hübsch und witzig.«

»Er findet mich witzig?«, plappere ich nach, aber ich dachte, ich hätte mich völlig blamiert. Ich war zwei Tage lang total überzeugt davon und habe fortwährend darüber nachgedacht, was ich so von mir gegeben haben könnte und ob ich dabei wie eine Idiotin geklungen habe. Das ist der eigentliche Grund, weshalb ich Partys meide.

»Du bist witzig«, sagt Lacey und nimmt einen Bissen von ihrem Auflauf, den sie langsam kaut.

Vielleicht war er genauso betrunken wie ich und erinnert sich nicht an das dumme Zeug, das ich erzählt habe.

»Lacey hat recht. Das bist du, und unter Umständen kann er dir bei Ökonomie helfen und ihr könnt euch besser kennenlernen.« Sie schenkt mir einen hoffnungsvollen Blick. »Du wohnst nicht mehr bei deinen Eltern, also kannst du ein bisschen Spaß haben, oder? Jemand Neues treffen? Vielleicht daten und so?«

»Ich habe letztes Jahr gedatet.« Ich habe sogar meine kostbare Jungfräulichkeit verloren. Er war nett, und ich mochte ihn, aber es war auch nichts Weltbewegendes. Doch es hat sich gut angefühlt, gewollt zu werden und endlich ein paar Erfahrungen zu sammeln, die nichts mit einem blöden Silikonspielzeug zu tun haben, das mir meine Großmutter geschenkt hat. »Ich wohne zwar nicht mehr zu Hause, aber noch immer mit meinen Brüdern zusammen.«

»Das müssen sie ja nicht wissen, oder? Es ist ja nur Nachhilfe. Was also, wenn der Typ, der dir die Nachhilfe gibt, ebenfalls denkt, du bist hübsch und witzig?«

Ich fische noch ein Marshmallow heraus. »Okay. Gib ihm meine Nummer, wenn du willst. Immerhin brauche ich seine Hilfe, und es ist schmeichelhaft, wenn jemand sagt, ich sei hübsch.«

»Juhu!« Sie klatscht erneut in die Hände, woraufhin die Cherrytomate von ihrer Gabel springt. Sie fliegt auf mich zu, und ich hebe die Hand und wehre sie zur Überraschung von uns allen ab, bevor sie mich am Kopf trifft. Leider trifft mein ausgestreckter Arm jemanden im Vorbeigehen, und ein Tablett fällt klappernd zu Boden. Etwas Warmes spritzt auf meinen Fuß.

Lovey und Lacey zucken zurück, und ich erschrecke bei dem schrillen Schrei hinter mir.

»Oh mein Gott!«

Ich will mich nicht umdrehen, weil ich dann sehen kann, wie viele Leute mich anstarren. Der gesamte Tisch mir gegenüber hat sich schon umgedreht, um festzustellen, woher der Aufruhr kommt. Ich kann jedoch *überhaupt nichts* tun, denn es ist meine Schuld, dass ein fremder Lunch an meinem Bein klebt. Angesichts der Temperatur und Konsistenz ist es wahrscheinlich Suppe.

Ich drehe mich langsam um, während etwas Warmes an meiner Wade hinabläuft, bereit, mich zu entschuldigen und den Lunch zu bezahlen, der jetzt auf dem Boden liegt. Aber mir bleiben die Worte im Hals stecken, als ich merke, dass ich das Mädchen kenne. Sie hat am Telefon über Kodiak geredet, nachdem sie mit ihm an jenem ersten Tag zusammen gewesen war. Schlimmer noch, eins der anderen Mädchen ist in meiner Kunstklasse.

»Willst du dich nicht entschuldigen?« Sie kräuselt die Lippen, und ihre Augen werden schmal. »Kenne ich dich?«

»Es tut mir leid. Das war ganz allein meine Schuld«, sagt Lovey.

Das Mädchen blickt zu ihr und dann zu Lacey. »Es ist deine Schuld, dass dieser Trampel mein Essen über den ganzen Boden verteilt hat?«

Als würde es mein Karma gut mit mir meinen, lässt sich BJ zwischen Lacey und Lovey an unserem Tisch nieder. Er legt jeweils einen Arm um ihre Schultern. »Das ist mein Lieblingszwillingspaar.« Er dreht sein Gesicht Lovey zu und reibt seinen kratzigen Bart an ihrer Wange.

Sie schreit auf und stößt ihn weg.

»Hallo BJ.« Das Mädchen vom ersten Tag wirft ihr Haar über die Schulter nach hinten und schenkt ihm ein einfältiges Lächeln. Die verschüttete Suppe und meine fehlende Entschuldigung sind völlig vergessen.

BJ blickt zu mir, und seine Miene ist einen Moment lang besorgt, bevor er dem Mädchen hinter mir ein strahlendes Lächeln schenkt. »Was geht ab, Bethany?«

»Feiert ihr Jungs am Wochenende 'ne Party?«, fragt sie.

BJ zuckt mit den Achseln. »Kein Plan.«

»Falls ja, meine Mädels ich und sind bereit für ein bisschen Spaß.«

»Das glaube ich dir gern.« BJ nickt, aber ich weiß, dass er sich zusammenreißt, um nicht zu lachen oder irgendetwas schrecklich Boshaftes zu sagen.

»Okay, dann sehen wir uns hoffentlich.« Sie und ihre Freundinnen gehen den Gang entlang und lassen die zerbrochene Schale und die Pfütze mit der Suppe zu meinen Füßen zurück. Sie ist tatsächlich bis auf meinem Rucksack gespritzt. Ich hebe ihn vom Fußboden auf und stelle ihn auf den Platz neben mir. Ich schnappe mir eine Serviette und wische die Suppe von meinem Bein ab. Es muss irgendeine Cremesuppe gewesen sein, denn sie sieht aus wie eine Mischung aus Kotze und Rotze. Sie ist auch überall auf meinen hellroten Lieblings-Chucks, was bedeutet, dass ich sie waschen muss, wenn ich nach Hause komme.

BJ stößt die Luft aus. »Dieses Mädchen ist nicht ganz richtig.«

»Was ist mit ihr?«, fragt Lacey und schürzt die Lippen als sie ihr hinterhersieht.

BJ zuckt mit den Achseln und greift um Loveys Schulter herum nach einer Gurkenscheibe von ihrem Salat. »Weiß nicht, aber nach dem, was ich mitgekriegt habe, hüpft sie im Hockeyteam hin und her wie ein Pingpong-Ball.« Anstatt seinen Arm sinken zu lassen, zieht er Lovey an sich und steckt ihr die Gurkenscheibe in den Mund.

Sie verdreht die Augen und knufft ihn in die Seite. »Wieso ist es für Jungs in Ordnung zu schlafen, mit wem sie wollen, aber Mädchen werden als Schlampen abgestempelt?«

»Ich nenne sie nicht Schlampe. Ich halte es nur nicht für besonders schlau, mit Typen aus demselben Freundeskreis rumzumachen. Es führt zu unnötigen Dramen.« Er klopft auf den Tisch. »Ich muss jetzt ins Seminar. Wollte nur kurz vorbeischauen und Hallo sagen. Sehen wir uns später, Lav?«

»Möglich.« Die einzigen Orte, wo ich sonst hingehe, außer meinem eigenen Zuhause, sind die Bibliothek oder zu Lovey und Lacey, weshalb die Chancen gut stehen, dass wir uns später sehen.

Ich benutze einen Stapel Servietten, um die Suppe aufzuwischen, bevor wir unsere Tabletts abliefern und gehen. Lacey und Lovey haben beide Unterricht. Auf dem Weg schickt Lovey Dylan eine Nachricht, um zu fragen, ob er Lust hätte, einer Freundin Nachhilfe in Ökonomie zu erteilen.

Er reagiert sofort und fragt, welche Freundin.

Lovey schenkt mir ein anzügliches Lächeln, als sie meinen Namen tippt. Es vergehen keine fünfzehn Sekunden, bis eine Antwort kommt:

Dylan: Wann und wo? Ich habe heute Nachmittag Zeit.

Weshalb ich eine Stunde später in der Bibliothek in einem der Lernzimmer mit Dylan sitze. Er hatte ein Café vorgeschlagen, aber das würde sich zu sehr wie ein Date anfühlen, und in der Bibliothek ist die Wahrscheinlichkeit geringer, einem meiner Familienmitglieder zu begegnen.

Die ersten Minuten sind ein wenig unbehaglich, weil ich nervös bin und mich nicht an alles erinnern kann, was ich zu ihm gesagt habe, als wir uns auf der Party unterhalten haben. Doch er ist wirklich nett und scheint sich total zu freuen, mir behilflich sein zu können. Er ist groß und schlank mit blonden Haaren, grauen Augen und einem sympathischen Lächeln. Ich zeige ihm den Test, bei dem ich durchgefallen bin.

»Oh wow, hattest du dabei einen Kater?«

Ich bin ziemlich sicher, dass es als Scherz gemeint ist, aber nicht ganz.

Ich streiche das Blatt Papier glatt und spüre, wie meine Wangen heiß werden. »Leider nicht. Ich bin wirklich schlecht im Rechnen, was irgendwie ironisch ist, weil meine Mom Steuerberaterin ist.« Ich fürchte, ich fasele Unsinn. »Wir haben das Zimmer nur eine Stunde, und ich brauche wirklich Hilfe …« Ich verstumme.

Seine Art, mich anzulächeln, macht mich nervös. »Kein Problem. Schauen wir, wo du was falsch gemacht hast, damit wir dich wieder auf Spur bringen.«

Eine Stunde später verstehe ich besser, wo ich falschgelegen habe, aber ich glaube nicht, dass Dylan je zuvor Nachhilfeunterricht gegeben hat, und er lässt zahlreiche Schritte aus mit der Bemerkung, dass *magische Dinge passieren*. Soweit ich weiß, ist da keine Magie, nur ein Haufen Zeug, bei dem mir der Schädel brummt. Ich darf mich glücklich schätzen, wenn ich den Kurs überhaupt schaffe.

Es ist bewölkt, als wir die Bibliothek verlassen, weshalb Dylan anbietet, mich nach Hause zu fahren. Es ist nicht weit, aber falls die geringe Wahrscheinlichkeit, dass es regnet, doch wahr werden sollte, stimme ich zu. Meine Handflächen beginnen zu schwitzen, sobald ich im Auto sitze. Ich kenne ihn gerade gut genug, um eine solche Fahrt mitzumachen, allerdings bekomme ich, sobald ich mit ihm allein bin, einen trockenen Mund.

Ein paar Minuten später biegt er in meine Straße ein, und meine Kehle fühlt sich nicht mehr an wie zugeschnürt, was gut ist. Er war eine große Hilfe, und ich will es nicht ruinieren, indem ich mich seltsam benehme. Ich atme verstohlen ein und aus und zähle dabei bis vier, um ruhig zu bleiben und nicht irgendetwas Peinliches oder Dummes zu sagen.

»Hoppla, die Häuser sind ja riesig«, sagt Dylan.

»Oh ja«, stimme ich zu.

Verglichen mit dem Haus, in dem ich aufgewachsen bin, sind sie es nicht, aber mir ist bewusst, dass sie überdurchschnittlich groß sind. Wir fahren an BJs und Kodiaks Haus vorbei, und ich zeige auf das Haus weiter vorn. »Hier ist es, die vierundvierzig.« Drei Fahrzeuge stehen in der Auffahrt, was bedeutet, meine Brüder sind zu Hause.

»Heilige Scheiße«, sagt Dylan. »Hier wohnst du?«

»Ähm, ja.«

Er stellt das Radio leise, und wir können die Musik hören, die aus dem Garten kommt. Nach den Bässen zu urteilen, ist es Mavericks Playlist.

»Klingt, als gäb's 'ne Party.«

Ich frage mich, ob das ein Wink mit dem Zaunpfahl ist, ihn einzuladen. »Meine Brüder haben wahrscheinlich Freunde zu Besuch.«

»Stimmt, du hast gesagt, du wohnst mit ihnen zusammen.« Er streicht mit den Händen über seine Oberschenkel.

»Ja.« Großartig, einsilbiger geht's wohl nicht.

»Ist es … okay für sie, wenn du Freunde zu Besuch hast?«

Er will auf jeden Fall eingeladen werden. »Ähm, ich denke schon.«

In der Highschool kamen ein paar von meinen Theaterfreunden in kleinen Gruppen zu Besuch, und die Jungs blieben normalerweise in der Friendzone, weil, nun ja …

»Sie sind ein bisschen überbehütend.«

»Meinst du damit, sie fragen mich aus und machen eine Hintergrundprüfung, um sicherzugehen, dass ich keine Strafzettel wegen zu schnellen Fahrens bekommen habe?«

Er versucht anscheinend, einen Witz zu machen. »Ähm, das wäre wohl eher harmlos. Mein Zwillingsbruder kann manchmal anstrengend sein.«

Er blickt zum Haus. »Na schön. Nun, vielleicht können wir das nächste Mal bei mir lernen.«

Ich bin erleichtert, dass ich mich aus einer potenziell unangenehmen Situation gerettet habe, zumindest vorerst. »Ja klar, das könnten wir.« Ich löse meinen Sicherheitsgurt, denn ich möchte gern drin sein, bevor jemand – nämlich River – den Wagen entdeckt.

»Ähm, Lavender?« Er umklammert das Lenkrad, als wollte er es erwürgen.

»Ja?«

»Im Haus meiner Verbindung ist nächstes Wochenende eine Party. Wäre echt cool, wenn du kommen würdest. Ich könnte dir vorher noch Nachhilfe geben.« Er schaut mich erwartungsvoll an.

Ich will seine Gefühle nicht verletzen, weshalb ich unverbindlich bleibe. »Kann ich dir eine Nachricht schicken? Ich glaube, Lovey und Lacey wollten was mit mir unternehmen.«

»Oh, du kannst sie ebenfalls gern einladen.«

»Ich frag sie.« Ich will ins Haus gehen, bevor irgendjemand kommt und uns sieht. River würde bestimmt ausrasten, und

Mav würde mich blamieren. Ich lehne mich gegen die Tür und taste nach dem Griff.

»Okay, das klingt gut. Das hat Spaß gemacht heute.« Er beugt sich zu mir herüber, und mir wird bewusst, dass er mir eine Umarmung geben will.

Im gleichen Moment erschreckt uns beide ein lauter Schlag ans Wagenfenster direkt neben meinem Kopf. Der Wagen schaukelt hin und her, und ich kippe nach vorn und knalle mit dem Gesicht gegen Dylans Kopf.

BJ ruft: »Kein Vögeln in der Auffahrt!« Die Tür wird aufgerissen, und ich kippe hinaus und krache mit dem Kopf auf den Beton. Hinter meinen Augen explodieren Sterne und verwandeln einen Moment lang alles um mich herum in Schwarz und Weiß.

»Oh Scheiße, bist du okay, Lav? Ich hatte keine Ahnung, dass du da drin sitzt.«

Ich blinzle unter Schmerzen und bemerke, dass BJ, Liam und Lane im Halbkreis um mich herumstehen. Liam und Lane haben das College bereits beendet, aber sie wohnen noch immer in der Stadt und treffen sich mit Quinn und BJ. Alle drei blicken verwirrt und besorgt zu mir herunter. Meine Beine sind nach wie vor im Wagen.

Ich öffne den Mund, um etwas zu sagen, aber ich bekomme kein Wort heraus, entweder vom Schock oder davon, dass ich mit dem Kopf aufgeschlagen bin. BJ schiebt seine Hände unter meine Arme und zieht mich hoch, während Dylan die Fahrertür öffnet.

Sein Kopf taucht über dem Wagendach auf, die Augen aufgerissen. »Alles okay?« Er betrachtet die breite Mauer aus Männern hinter mir, und die Farbe weicht aus seinem Gesicht.

»Mir geht's gut.« Ich weiß nicht, ob ich mir den Hinterkopf oder die Lippe reiben soll, denn beides tut weh. Ich entscheide mich für die Unterlippe, weil sie leichter zu erreichen ist, und wische mit dem Finger darüber. BJ packt mich am Handgelenk. »Scheiße, du blutest ja.«

»Du hast uns zu Tode erschreckt, und das ist das Ergebnis.« Ich zeige auf mein Gesicht. Mein Herz klopft, als wäre ich einen Marathon gelaufen, aber ich habe das Gefühl, ich komme mit dieser misslichen Situation alles in allem ziemlich gut zurecht.

Ich zeige auf die drei. »Dylan, das sind meine Cousins BJ, Liam und Lane. Jungs, das ist mein Freund Dylan, der mich gerade absetzen wollte.«

Meine Cousins begrüßen ihn grunzend.

»Hallo Jungs.« Dylan winkt unsicher.

»Danke fürs Nachhausebringen.« Er muss hier verschwinden, damit ich mit meiner Beschämung allein sein kann.

Die Haustür geht auf, und der nicht enden wollende Albtraum, der dieser Tag ist, klatscht mir ins Gesicht wie eine Wurst weit über dem Verfallsdatum. Kodiak steht im Türrahmen und trägt lediglich eine Badehose, und das nasse Haar steht ihm wirr vom Kopf ab, während Wasser auf den Boden tropft. Aber bei Gott, er ist einfach schön. Muskeln überall, kräftige Bizepse, die sich zusammenziehen, als er sich am Türpfosten abstützt, ein verschlagenes Grinsen lässt das Grübchen in seiner linken Wange hervortreten.

Mein Herz setzt aus und fängt dann an zu galoppieren. Ich vermisse diese Version von ihm: diejenige, die lächelt und mich nicht hasst.

Einen Augenblick später ruiniert er alles, indem er blafft: »Wer zum Henker steht da in der Auffahrt?«

Sein Blick wandert zu Dylan, der so erschrocken aussieht, wie ich mich fühle, doch als er zu mir weiterwandert, verblasst sein Lächeln, und mein Magen krampft sich zusammen.

»Du solltest wirklich fahren«, sage ich zu Dylan.

»Wir sehen uns.« Er verschwindet in seinem Wagen, und kaum hat er die Tür zugemacht, fährt er auch schon rückwärts die Auffahrt hinunter und mit quietschenden Reifen die Straße entlang.

Ich schiebe meinen Rucksack auf meiner Schulter zurecht und gehe auf das Haus zu, wobei ich den Rücken straffe und die Nerven stähle, weil Kodiak noch immer mitten im Eingang steht und eine gleichgültige Miene aufgesetzt hat. Ich versuche, mich an ihm vorbeizudrängeln, aber er bleibt, wo er ist, was mein Vorhaben unmöglich macht.

Ich seufze zutiefst erschöpft. Ich will einfach nur nach oben gehen und einen reinigenden Weinkrampf haben. Ich versuche, seine Gleichgültigkeit zu spiegeln. »Kannst du bitte zur Seite gehen, damit ich in mein Haus kann?«

Er runzelt die Stirn, während er den Blick über mein Gesicht gleiten lässt. Er hebt die Hand, als überlegte er, mich zu berühren. Das ist einfach zu viel. Ich zucke zurück und schlage seine Finger weg. »Was tust du da?«

»Deine Lippe blutet.«

»Tu doch nicht so, als würde dich das interessieren, Kodiak.«

»Sag mir, was passiert ist.« Seine Stimme ist leise und sanft, aus welchen Gründen auch immer, was mich nur noch wütender macht, also greife ich ihn an, um ihn so zu verletzen, wie er es mit mir tut.

»Du, Kodiak. Du bist passiert, und du hast mein verfluchtes Leben ruiniert. Und jetzt geh mir verdammt noch mal aus dem Weg.« Ich drängle mich an ihm vorbei und stolpere beinahe über mehrere Paare Laufschuhe.

Schnurstracks gehe ich in mein Zimmer und verschließe die Tür hinter mir. Ich gleite an der Wand hinunter, bis mein Hintern den Boden berührt, schließe die Augen und hole tief Luft.

Ich habe mir die Besorgnis in seiner Stimme eingebildet.

Ich habe mir den Schmerz in seinem Blick eingebildet.

Wir sehen, was wir sehen wollen und nicht die Wahrheit, vor allem, wenn sie wehtut.

11

Abhängigkeit ist eine schwere Sucht

Lavender
Zehn Jahre alt

Ich liebe und hasse Halloween. Hass ist ein starkes Wort, und Mom ermahnt mich immer, es nicht zu benutzen, aber ich habe heftige Empfindungen, was Halloween betrifft. Wir setzen uns zusammen und blättern in Bilderbüchern und schauen uns hübsche Prinzessinnen und Elfen an und überlegen, welche ich sein soll.

Den Teil mag ich sehr.

Meine Kostüme sind immer farbenfroh und witzig, weshalb ich auffalle. Ich mag Sachen, durch die ich mich von der Menge abhebe. Auch wenn ich keine Menschenmengen mag und sie zu meiden versuche.

Was ich nicht mag, ist, dass sich manche Kinder wie Monster verkleiden und sich bemühen, sich gegenseitig zu erschrecken. Ich habe immer Angst, dass sie versuchen, mich ebenfalls zu erschrecken, und dann weine ich vielleicht in Gegenwart anderer. Das lässt das Sorgenmonster in mir wachsen wie Efeu und alle guten Gefühle ersticken.

An diesem Halloween bin ich angezogen wie die Prinzessin

aus dem Film *Merida*. Mom hat mich geschminkt und all das. Robbie ist jetzt in der Highschool, und Mom sagt, dass das sein letztes Jahr Süßes-oder-Saures ist. Er verkleidet sich trotzdem, und er geht als verrückter Wissenschaftler. Es ist nur zur Hälfte ein Kostüm, denn er liebt Wissenschaft – nur dass er nicht verrückt ist. Maverick geht als Hockeyspieler, was eigentlich kein Kostüm ist, weil er nichts anderes tut, als Hockey zu spielen, und River ist Batman. Es bedeutet, er ist ganz in Schwarz gekleidet, Maske und Cape.

Robbie und Maverick sind länger unterwegs, weil sie älter sind und nicht früh ins Bett müssen. Ich klappere nur unsere Straße ab, gehe anschließend nach Hause und verteile Süßigkeiten zusammen mit Mom, während Dad den Jungs folgt. Er darf aber nicht *mit* ihnen gehen, weil ihnen das peinlich wäre.

In unserer Straße sind zahlreiche Kinder unterwegs, und bei vielen Häusern bekommt man wirklich leckere Süßigkeiten wie richtige große Schokoriegel anstelle der Minidinger. Queenie, die im selben Block lebt, macht mir ein besonderes Geschenk zusammen mit meinen Lieblingschips. Es ist eine Filztasche mit Nähzeug, und jetzt will ich nur noch nach Hause und die hübschen kleinen Yeti- und Bibersäckchen zusammennähen, aber ich will nicht, dass River mitgeht, weil es ihm draußen Spaß macht.

Sobald ein angsteinflößendes Kostüm auftaucht, streckt River seinen Arm aus und hüllt mich in sein Cape, bis die Bedrohung vorüber ist.

Kodiak wohnt nur drei Häuser weiter, also gesellt er sich zu Maverick und Robbie, und sie gehen vor uns her. Zwischen uns ist es anders seit dem Zwischenfall mit dem Schrank. Es ist schwer zu erklären. Wir stehen uns näher, aber auf größere Distanz.

An Abenden wie diesem habe ich das Gefühl, er ist eine Million Meilen weit entfernt, und das unsichtbare Band, das uns verbindet, ist brüchig und dünn.

Manchmal kann ich spüren, wie er mich beobachtet, so als wartete er darauf, dass ich zusammenbreche, damit er mich wieder aufrichten kann. Es ist schon oft passiert, seit ich in dem Schrank eingesperrt war – dass ich zusammengebrochen bin und er mich wieder aufgerichtet hat. Er will es wirklich jedes Mal tun.

Ich weiß, ich sollte mich nicht auf ihn verlassen. So wie ich weiß, ich sollte keine Eiscreme essen, weil es mir Magenschmerzen verursacht. Aber ich tue es trotzdem, weil es mir in dem Moment ein gutes Gefühl gibt. Danach fühle ich mich dann schuldig, weil ich nicht allein damit klargekommen bin. »Wir lassen das nächste Haus aus.« Rivers Arm taucht hinter mir auf, und ich bin plötzlich in Dunkelheit gehüllt.

»Was ist los?« Ein Schauer läuft mir über den Rücken. Ich kann Kodiaks Stimme zu meiner Rechten und Mav und Robbie lachen hören.

»Es ist das Spukhaus, das du nicht magst.«

»Oh.« Noch ein Schauer. »Okay.« Ich wäre gern tapfer genug, um zu dem Spukhaus zu gehen, aber seit dem Rummelplatz ist Halloween nicht mehr das Gleiche. Vielleicht wird es das nie mehr sein.

Nach weiteren Sekunden in der Dunkelheit lässt River sein Cape sinken und führt mich zum nächsten Haus. Da gibt es hübsche Kürbisse mit grinsenden Mündern. Ich blicke zu dem Spukhaus und dann wieder weg. Dort sind zu viele Blinklichter und schaurige Geräusche.

Als wir die Tür erreichen, klopft River. Eine Frau öffnet, und River sagt: »Süßes oder Saures.«

Ich schaffe es wenigstens, die Worte zu flüstern.

Sie lächelt uns an und richtet ihre freundlichen Augen auf mich. »Du bist wirklich die hübscheste Prinzessin, die ich je gesehen habe.«

»Unsere Mom hat das Kostüm genäht«, erzählt River ihr, auch wenn ich das mit ein wenig Mühe wahrscheinlich selbst geschafft hätte.

»Nun, es ist so schön wie du selbst.« Sie wirft eine Handvoll Bonbons in meinen Beutel und wendet sich an River. »Und wer bist du?«

»Ich beschütze die Prinzessin«, sagt River.

»Stimmt das? Nun, in ein paar Märchen tötet die Prinzessin ihren Drachen.« Ihr Lächeln ist jetzt nicht mehr so sanft; es birgt noch etwas anderes.

River zieht an meiner Hand, aber ich bleibe, wo ich bin. Ich öffne meinen Mund, einmal, zweimal, doch nichts kommt heraus. Beim dritten Mal finde ich die Worte. »Ich wäre gern diese Prinzessin.«

»Bestimmt wirst du die einmal sein«, sagt sie lächelnd.

Ich möchte ihr glauben, doch ich habe schon Angst vor den Zeichentrickdrachen, weshalb ich nicht davon ausgehe, dass ich dazu in der Lage wäre, einen echten zu töten.

Ich danke ihr für die Süßigkeiten und folge einem mürrischen River den Gehweg entlang. Er blickt über die Schulter, und im gleichen Moment kommen drei riesige geschminkte Clowns, die mich an Horrorfilme erinnern, den Weg entlanggerannt und machen einen fürchterlichen Krach.

Ich taumle ein paar Schritte rückwärts, stolpere über meine eigenen Füße und lande mit dem Hintern im kalten, feuchten Gras. Ich öffne den Mund, um zu schreien, doch meine Kehle ist wie zugeschnürt. Ich werde zurückversetzt in das Gruselkabinett mit den aufgeknüpften Clowns und den großen Teenagern, die drängelten, und dem hohläugigen Mann mit den grauen Zähnen. Ich kauere mich zusammen und bedecke meinen Kopf mit den Armen.

Ich sollte eine meiner Übungen machen, um mich selbst zu beruhigen, aber es ist laut, und River ruft nach unserem Dad, und ein gespenstischer Soundtrack spielt im Hintergrund. Es ist einfach zu viel. Ich kann mich auf nichts konzentrieren als auf die Panik, die mich packt.

Jemand versucht, mich zu berühren, und ich trete um mich und versuche vor den Händen wegzukriechen.

»Ich kann helfen. Lass mich helfen.«

Ich spüre, wie Knie neben mir auf den Boden plumpsen. »Lavender, ich bin's, Kodiak.« Warmer Atem, der nach Bonbons riecht, berührt meine Wange, und ich zittere heftig.

»Schon okay. Ich hab dich. Ich sorg dafür, dass es dir gleich besser geht.« Seine Stimme ist tiefer als sonst, so als wäre er auf dem Weg zum Teenager. Er legt eine Hand in meinen Nacken und umschließt ihn.

Die Welle der Erleichterung ist unmittelbar. Es braucht so viel weniger Energie, mich zu beruhigen, wenn Kodiak da ist. Ich weiß, das ist nicht gut für mich. Queenie und ich sprechen darüber, wie gefährlich es sein kann, von anderen abhängig zu sein, um die Angst zu lindern, selbst wenn es Mom und River sind, aber es ist schwer, ihn nicht helfen zu lassen, wenn es so viel leichter ist.

»Es sind nur ein paar Idioten, die Masken tragen. Du bist sicher hier mit mir. Atme einfach, und wenn du so weit bist, bringe ich dich nach Hause«, flüstert er mir ins Ohr, wobei seine Wange beim Sprechen beinahe meine berührt und mir versichert, dass alles gut wird und dass ich mich auf seine Stimme konzentrieren soll. Er nimmt meine Hand und drückt sie an seinen Hals, sodass ich spüren kann, wie sein Puls langsamer wird. Die andere Hand lässt er in meinem Nacken, und sein

Zeigefinger zeichnet Achten auf meine Haut. Die Bewegung ist beruhigend wie sein Herzschlag, und er verlangsamt sich wie unser beider Atmung. Als sich die Angst legt, taucht ein anderes Gefühl auf: Scham.

Ich hatte eine Panikattacke mitten auf dem Zugang zu jemandes Haus, weil mich als Clowns verkleidete Jungs erschreckt haben. Normalerweise gibt es dabei kein Publikum, jedenfalls nicht das hier. Vielleicht werden meine Eltern und Brüder und womöglich meine Cousins Zeugen, aber nicht die Nachbarskinder, die über mich reden werden. Außerdem wird das ein weiterer Grund dafür sein, dass River überfürsorglich ist, und ich mich vor der Welt verstecken möchte.

Als wüsste er, was ich denke, flüstert Kodiak: »Wir haben dich abgeschirmt. Du bist geschützt, Lavender. Die Jungs sind weg, und niemand weiß, dass du hier bist. Wir gehen quer über den Rasen zurück zum Haus, wenn das hilft. Ich kann dir zeigen, was ich neulich bei Queenie gemacht habe.«

Kodiak leidet ebenfalls unter Angstzuständen, also geht er auch zu Queenie. Aber er ist meistens besser darin, mit seinen klarzukommen. Es sind andere Dinge, die ihm das Leben schwer machen, wie immer zu wollen, dass alles perfekt ist, er selbst eingeschlossen. Mom sagt, es sei unmöglich, perfekt zu sein, weshalb er stets dafür sorgt, selbst zu scheitern, was mich traurig macht.

Kodiak bekommt nur Einsen, doch wenn er nur eine Frage falsch hat in einem Test, kriegt er einen Nervenzusammenbruch. Sie sind anders als meine. Er klappt zusammen wie eine Gartenliege. Macht sich selbst fertig. Setzt sich unter Druck, bis er Risse bekommt wie bei einer Windschutzscheibe und das ganze Ding zu bersten droht. Er schafft es normalerweise, sich wieder zusammenzureißen, bevor er an den Punkt kommt. Aber nicht immer.

Kodiak lässt seine Hand in meine gleiten und zieht mich hoch. River schubst ihn beiseite, legt seinen Arm um mich und hüllt mich in sein Cape. Ich will am liebsten nur die Ruhe, die Kodiak vermittelt, doch jetzt habe ich mit Rivers besitzergreifender Wut und seinen Schuldgefühlen zu kämpfen, weil er die Jungs mit den Masken erst gesehen hat, als es zu spät war.

Manchmal ist es schwer, die Dinge in der Balance zu halten, die dafür sorgen, dass ich mich schlecht fühle, so wie Rivers Schuldgefühle und Überfürsorglichkeit. Und wie sehr ich Kodiaks Aufmerksamkeit genieße.

12

Bloßgestellt

Lavender
Gegenwart

»Hast du versucht, mit Kody zu reden?«

Ich habe heute eine Online-Therapiesitzung mit Queenie. »Ich weiß nicht, ob Reden besonders hilfreich wäre«, sage ich zu ihr. Ich fische einen herzförmigen Marshmallow aus meiner Schachtel Lucky Charms und esse ihn.

»Wie kommst du darauf?«

»Weil bisher jede Unterhaltung, die ich mit ihm hatte, sämtliche Gründe noch einmal verstärkt hat, aus denen er aufgehört hat, mit mir zu reden.«

Queenie dreht den Kopf zur Seite und betrachtet etwas in der Ferne. Ihr Kiefer spannt sich einen Moment lang an, und sie tippt sich auf die Lippen. Manchmal frage ich mich, wie schwer das für sie ist, weil sie beide Seiten der Geschichte kennt. Ich bin mir nicht sicher, ob sie mit Kodiak spricht wie mit mir, aber jahrelang hat sie uns beide behandelt.

»Meine Beziehung zu ihm war wie ein verwilderter Garten«, platze ich heraus.

Sie wendet sich wieder mir zu, und ein kleines Lächeln erscheint in einem ihrer Mundwinkel. »Das ist ein interessanter Vergleich. Möchtest du das ausführen?«

»Na ja, wenn man einen Garten vernachlässigt, fängt das Unkraut an, alles zu überwuchern, stimmt's? Wenn man sich nicht darum kümmert, wird es alles Schöne ersticken und die zarten Blüten durch zählebige, hässliche und nicht zu vernichtende Parasiten ersetzen.«

Queenie nickt. »Für welches Prinzip gilt das noch?«

Ich denke einen Moment lang nach und setze die Teile meiner Vergangenheit mit Kodiak zusammen.

»Abhängigkeit.« Ich fische einen weiteren Marshmallow aus der Schachtel und drehe ihn zwischen meinen Fingern hin und her. »Kodiak wurde zu meiner Droge. Ich habe Sachen gemacht, von denen ich wusste, dass sie mich ins Schleudern bringen. Und ich habe keine der Strategien benutzt, an denen wir gearbeitet haben, weil ich *wollte*, dass er mir hilft.«

»Fairerweise muss man sagen, dass das nicht einseitig war«, sagt Queenie leise. »Aber du hast es schließlich geschafft, dich wieder auf dich selbst zu verlassen.«

»Ich weiß.«

Kodiak war an der Zerrüttung beteiligt, weil er mich jedes Mal retten wollte.

Für mich, jemanden, der sich die meiste Zeit machtlos fühlt, war es ein zugleich schreckliches und wunderbar berauschendes Gefühl.

Aber ich war es, die im Alleingang unsere Freundschaft zerstört hat. Er war die zarte Blume und ich die Klette. Ich habe den schönen, genialen Jungen mit einem Erlöserkomplex gebrochen – einen, dem er nie gerecht werden konnte, denn je stärker er sich bemühte, desto schlimmer wurde es.

Bis alles zusammengebrochen ist.

Der Donnerstag endet mit Kunst, meinem Lieblingsseminar zusammen mit Bühnen- und Kostümbild, und ich bin um halb sechs durch damit, was bedeutet, dass mein Wochenende offiziell in drei Stunden beginnt.

Natürlich habe ich eine Menge Hausaufgaben, aber Maverick hat dieses Wochenende ein Auswärtsspiel, und River muss zum Football, weshalb ich das gesamte Haus für mich habe. Keine müffelnden Jungs, keine Videospiele, und das Beste, keine fremden Mädchen und kein Kodiak.

Ich betrete den Kunstraum, und meine Stimmung bessert sich noch mehr, als ich die aufgestellten Staffeleien sehe. Ich dachte, wir würden sie in den nächsten ein, zwei Wochen nicht benutzen, also ist das eine tolle Überraschung. Mitten im Raum steht eine wunderschöne mit schwarzem Samt bezogene Chaiselongue.

Professorin Meyer begrüßt mich mit einem breiten Lächeln.

»Menschliches Subjekt?«, frage ich und schüttle den Kopf. »Tut mir leid. Ich freue mich einfach. Wie geht es Ihnen heute, Professor?«

»Kein Grund, sich zu entschuldigen, Lavender. Und ja, menschliches Subjekt. Wir haben ein Modell, dessen Stundenplan nicht sehr flexibel ist, und heute hat gepasst, also machen wir das.« Ihr Lächeln und ihr Ausdruck sind höchst vergnügt.

Ich blicke um mich und stelle fest, dass keine Paletten und Pinsel vorhanden sind. »Zeichnen wir?« Ich bin ein wenig enttäuscht. Ich liebe es, mit Farbe zu hantieren. Doch jede Gelegenheit, mit einem Modell zu arbeiten, ist großartig.

»Jawohl. Wieso suchen Sie sich nicht schon mal einen Platz?«

Ich wähle einen Platz weiter vorn und lege meine Sachen bereit, wobei ich regelrecht aufgedreht bin. Die Tatsache, dass ich meine Woche mit etwas beende, das ich mag, ist toll. Vielleicht wird das restliche Wochenende ja genauso gut. Nicht einmal die Hausaufgaben für den Ökonomiekurs werden mich runterziehen.

Die Plätze um mich herum füllen sich mit Studierenden, die genauso begeistert zu sein scheinen wie ich. Sobald wir bereit sind, nimmt Professorin Meyer ihren Platz in der Mitte des Raums ein. »Ich weiß, das kommt unerwartet, aber es hat sich die seltene Gelegenheit ergeben, dass jemand willens war, heute Modell zu sitzen. Diese Woche konzentrieren wir uns auf Zeichnen und Schattieren. Ich möchte Sie bitten, genau auf die Details zu achten. Ihr Ziel ist es, die ursprüngliche Authentizität des männlichen Akts einzufangen.«

Ein leises Murmeln erhebt sich im Raum. Ich blicke nach rechts und nehme zufällig Blickkontakt zu dem Mädchen neben mir auf, das ebenfalls eine von Bethanys Freundinnen ist. Ihr Name ist Elise. Sie war nie besonders nett zu mir, aber nach dem Zwischenfall in der Cafeteria ist sie noch wortkarger. Sie studiert Kunst im Hauptfach, und es passt ihr nicht, dass ich im Seminar bin, obwohl ich das eigentlich noch gar nicht dürfte.

Sie übt gern scharfe Kritik an der Arbeit der anderen, vor allem an meiner. Letzte Woche nannte sie die Art, wie ich Pastellfarben benutze, kindisch und uninspiriert. Wahrscheinlich nervt sie auch mein Schweigen, weil ich eigentlich noch nie mit ihr gesprochen habe.

»Bitte kommen Sie herein.« Professor Meyer richtet ihre Aufmerksamkeit auf den hinteren Teil des Raums, und sämtliche Seminarteilnehmer drehen sich um.

Meine Vorfreude verfliegt, als unser männliches Modell das Studio in einem weißen Frotteemantel betritt. *Das kann nicht wahr sein*, ist mein erster Gedanke, unmittelbar gefolgt von *Und ob es das kann.*

Ich bin mir außerdem zu hundert Prozent sicher, dass das wegen mir passiert. Ich verstehe nicht, wieso Kodiak das Bedürfnis hat, mich fortwährend daran zu erinnern, dass ich ihm nichts bedeute und das auch nie tun werde.

Ich drehe mich zu meiner Staffelei, nicht daran interessiert, dabei zuzusehen, wie alle anderen seinem Zauber verfallen. Kodiak ist genau wie der Ort, nach dem er benannt wurde – außergewöhnlich, rau, kalt, einzigartig. Egal wie sehr ich ihn hasse, es ist unmöglich, seine atemberaubende Schönheit zu leugnen, oder sich ihrer Wirkung zu entziehen.

Weißer Frotteestoff bewegt sich rechts an mir vorbei. Ich will nicht aufschauen, aber mir ist klar, dass ich muss. In den nächsten drei Stunden wird mein Hauptaugenmerk auf ihn gerichtet sein. Schlimmer noch, ich muss ihn zeichnen. Nackt. In einem Raum voller Kommilitonen.

Mir ist ebenfalls bewusst, dass die ganze Sache außerhalb seiner Komfortzone liegt – bisher zumindest. Als wir jünger waren, war er vor den Spielen stets angespannt, weil es bedeutete, von vielen Leuten beobachtet zu werden, und er hatte immer Angst, zu versagen. Aber er hat gelernt, wie man sich vor der Angst verschließt, wie man sie unterdrückt und in eine Schachtel packt, um ohne Ablenkung spielen zu können.

Vielleicht hat er ja gelernt, das Gefühl, beobachtet zu werden, zu mögen. Vielleicht hat er gelernt, etwas daraus zu ziehen, anstatt sich davon auffressen zu lassen. Jedenfalls ist er kurz davor, seinen Bademantel fallen zu lassen und sich vor einem Raum voller fremder Menschen zu entblößen.

Gott, wie sehr mich das ärgert. Und das wiederum macht mich wütend, weil ich in Bezug auf ihn oder für ihn nichts empfinden möchte. Überhaupt nichts. Ich will einfach, dass es mir total egal ist. Wenn es ihm so geht, warum dann mir nicht auch?

Seine Hand wandert zu dem Gürtel an seiner Taille und ruht dort sekundenlang. Weshalb zieht er sich nicht aus?

Vielleicht hat er eine Panikattacke. Vielleicht findet er es selbst nicht okay. *Vielleicht braucht er mich so, wie ich ihn gebraucht habe.* Es ist ein flüchtiger, kindischer und viel zu romantischer Gedanke. Kodiak braucht niemanden. Ich hebe den Blick. Sein Kinn zuckt, als sich unsere Blicke treffen. Seine Pupillen sind Stecknadelköpfe. *Akute Panik.*

Aber genau darauf hat er gewartet – meine Augen auf ihm. Er zieht an dem Gürtel, und ich sehe nicht weg. Wir sind in einem seltsamen Wer-zuerst-wegschaut-hat-verloren gefangen. Ich verstehe nicht, was er da tut. Welchen Sinn hat es, sich in Anwesenheit anderer vor mir zu entblößen? Ist es noch eine Art, mich zu demütigen?

Der Bademantel gleitet von seinen muskulösen Schultern und an seinen Armen hinunter und türmt sich zu seinen Füßen auf. Ein kollektives Luftholen folgt. Ein mädchenhaftes Kichern kommt von irgendwo hinter mir und verwandelt sich rasch in ein beschämtes Husten. Dann herrscht Stille.

Kodiak wendet den Blick nicht ab, während er zurücktritt und sich auf der Chaiselongue niederlässt. In diesem Moment wird mir bewusst, was das unangemessene Kichern ausgelöst hat. Abgesehen von der Tatsache, dass Kodiak wie ein griechischer Gott gebaut ist, wie von den begabtesten Händen in Marmor gemeißelt, hat er außerdem unübersehbar eine halbe Erektion. Schon in diesem Zustand gibt es da einiges zu sehen, und ich will gar nicht daran denken, was passiert, wenn er eine volle Erektion hat. Oder wieso er überhaupt erregt ist. Vielleicht turnt es ihn ja an, mein aktuelles Elend mitanzusehen.

Er macht keinerlei Anstalten, seine Erektion zu verbergen. Stattdessen lehnt er sich zurück und streckt die Arme auf der Rückenlehne der Chaiselongue aus. Seine Pose ist beinahe achtlos, aber ich erkenne, dass sie das nicht ist. Jeder Muskel ist angespannt und zittert unruhig. Er zieht ein Knie an, und das andere bleibt auf dem Boden, was bedeutet, das jeder im Raum einen hervorragenden Blick auf sein bestes Stück hat.

Er ist nicht beschnitten, was ich bis zum heutigen Tag nicht wusste. Obwohl mein Vater ebenfalls zu dieser Kategorie gehört. Als ich klein war, redete meine Mom immer von Snuffie und Super-RS. Schließlich fand ich heraus, dass sie den Penis meines Vaters damit meinte. Ja, ich bin gezeichnet fürs Leben.

Und ja, es ist auch irgendwie lustig.

Jedenfalls war es das, bis mir klar wurde, dass all die kleinen, röhrenförmigen Superheldenkostüme, die sie nähte, eine Funktion hatten. Es gibt Dinge über die eigenen Eltern, die man nie erfahren sollte.

Kodiak könnte leicht seine Hand anders hinlegen und ein wenig Anstand walten lassen, indem er sich teilweise bedeckt, aber stattdessen legt er seine Finger gespreizt auf seinen Oberschenkel. Auch das wirkt lässig, doch das hat er immer gemacht, wenn er zu verhindern versucht hat, dass ihm die Knie zittern.

Er starrt mich noch immer an, und ich starre noch immer zurück.

Ich dachte, ich hätte ihn schon vorher gehasst, aber das ist nichts gegen das, was ich ihm gegenüber gerade empfinde. Ich möchte ihm in die Eier treten, die zufälligerweise auf dem Samtbezug ruhen. Sieht so aus, als müsste dieser anschließend dampfgereinigt werden.

Von rechts ist ein Husten zu hören. Ich blicke zu Elise, und sie öffnet weit die Augen. Ich weiß nicht, welche Nachricht sie mir zu übermitteln versucht, aber es lenkt mich von meinem wütenden Starren ab. Ich atme frustriert aus und mache mich bereit für die Folter, den von mir meistgehassten Menschen in den nächsten Stunden betrachten zu müssen. Während er nackt ist.

Ich nehme meinen Bleistift und mache mich an die Arbeit, zeichne zuerst die Umrisse des Sofas und anschließend Kodiaks Gestalt. Ich vermeide es, höher als bis zu seinem Hals zu schauen. Trotz des geringen persönlichen Kontakts in letzter Zeit kann ich sein Gesicht auswendig zeichnen. Allerdings nehme ich mir dabei ein paar künstlerische Freiheiten.

Nachdem die Hälfte des Unterrichts vorbei ist, machen wir zehn Minuten Pause, und Kodiak, dessen halbe Erektion verschwunden ist – und dessen Penis trotzdem noch ziemlich eindrucksvoll ist – zieht sich den Bademantel über. Ein paar der mutigeren Studierenden, die offensichtlich wissen, wer er ist, kichern und lachen in sich hinein, als er vorbeigeht und sie mit seinem Grübchenlächeln ansieht.

Ich warte, bis er den Raum verlassen hat, bevor ich mich endlich entspanne. Ich muss dringend pinkeln. Anstatt die Toilette auf diesem Stockwerk zu benutzen, gehe ich eins tiefer, um nicht Kodiak auf dem Flur zu begegnen. Natürlich steht er dort draußen, umringt von Mädchen, sein Lächeln aufgesetzt und gezwungen.

Kodiak war immer gut mit Small Talk in kleiner Runde, aber belagert zu werden, vor allem von Leuten, die er nicht kennt, hat ihm noch nie gutgetan. Nicht dass ich ihn retten wollte. Das ist sein Problem, nicht meins.

Ein paar Minuten später kehre ich zu meiner Staffelei zurück, und Elise rutscht auf ihrem Platz herum, den Blick auf mich gerichtet.

»Was hat es damit auf sich?« Sie zeigt auf die leere Chaiselongue.

Ich blicke sie an, als wüsste ich nicht, wovon sie redet.

Sie verdreht die Augen. »Er starrt dich die ganze Zeit an.«

»Er spielt Hockey mit meinem Bruder.«

»Du bedeutest ihm was?«

»Nein.«

»Ich glaube dir nicht. Er sieht dich an, als wollte er dich entweder erstechen oder zum Abendessen vernaschen.«

»Es ist eher Ersteres.«

»Du weißt, dass Bethany ebenfalls auf ihn steht. Außerdem habe ich gehört, er sei echt pervers. Guckt gern dabei zu und so.«

Ich antworte nicht. Ich habe nichts dazu zu sagen.

Die anderen Seminarteilnehmenden kommen nach und nach zurück, und Kodiak lässt erneut seinen Bademantel fallen. Wenigstens hat er nicht schon wieder eine Erektion.

Ich verbringe die zweite Hälfte des Unterrichts damit, an den Details oberhalb seines Halses und zwischen seinen Beinen zu arbeiten. Professorin Meyer bleibt hinter mir stehen. Ich wäre nicht im Geringsten überrascht, wenn ich dafür eine schlechte Bewertung bekäme, aber das Endergebnis wird eine solche Genugtuung sein, dass es das wert wäre.

Sie räuspert sich, und es hört sich an, als versuchte sie, nicht zu lachen. »Das ist eine interessante Perspektive, Lavender.«

»Nur eine Verschönerung des Subjekts, damit es mit meinem Bild übereinstimmt.«

»Ich freue mich darauf, alles darüber in ihrer Beschreibung zu lesen.« Sie geht weiter zu Elise und ruft: »Noch zehn Minuten. Bitte vollenden Sie Ihr Werk.«

Ich schattiere noch ein bisschen und nehme mir die Freiheit, eine Spur Farbe zu ergänzen, als Professor Meyer den Unterricht für beendet erklärt und wir die Bleistifte weglegen müssen. Elise blickt zu mir herüber und versucht, unsere Arbeiten zu vergleichen, obwohl unser Stil völlig verschieden ist. Außerdem werde ich mein Leben damit verbringen, Kostüme zu nähen und nicht Meisterwerke auf Leinwand oder Papier zu erschaffen. Das hier ist meine Therapie, nicht meine Laufbahn.

Sie will gerade einen Schluck Wasser aus ihrer Flasche nehmen, als sie ihn über ihre Zeichnung und auf den Boden spuckt. »Oh mein Gott!«

Auf einmal habe ich die Aufmerksamkeit der gesamten Klasse. Ich bin wirklich überrascht, dass die Studierenden hinter mir bisher nichts bemerkt haben, aber vielleicht habe ich den Kopf ja mit meinem Körper verdeckt.

Kodiak lässt sich von der Neugier besiegen, denn er wirft seinen Bademantel über und kommt, um meine Zeichnung zu betrachten. Er hustet ein paarmal. »Wow, das ist …«

»Erstaunlich treffend«, ergänze ich.

Ich habe einen halb erigierten Penis gezeichnet, wo sein Kopf sein sollte, und dort, wo seine Eichel sein müsste, habe ich sein Gesicht gezeichnet – eine winzige, detaillierte Version davon, rot und wütend, mit Hörnern wie bei einem Teufel.

Sie gehört zu meinen besseren Zeichnungen.

13

Geheimnisse, die wir für uns behalten

Lavender
Gegenwart

Nach der Kunstklasse fahre ich zu Lovey und Lacey, um dort zu übernachten, weil ich einer Begegnung mit Kodiak zu Hause aus dem Weg gehen will. Er ist fortwährend bei uns. Ich weiß nicht, warum sie sich nicht bei ihm und BJ treffen. Ich freue mich, BJ zu sehen, aber er ist dauernd mit Kodiak zusammen.

Ich erzähle den Mädchen nicht, weshalb ich nicht nach Hause will, bevor ich nicht zwei Cooler getrunken habe. Dabei kommt mein Plappermaul zum Vorschein, und ich gebe die ganze Geschichte preis. Sie sind genauso verblüfft wie ich von der Tatsache, dass er ausgerechnet in meinem Seminar Modell gesessen hat. Das sieht ihm gar nicht ähnlich. Ich berichte ihnen auch, was mit Dylan passiert ist und dass ich an einer weiteren Nachhilfestunde eigentlich nicht interessiert bin und er wahrscheinlich auch nicht.

Ich schlafe miserabel und träume von Kodiak, wie er auf diesem Samtstuhl lümmelt – nur dass er im Traum angezogen ist und ich diejenige bin, die nackt ist und rittlings auf seinem

Schoß sitzt, während uns meine Kommilitonen zeichnen und er mir wieder und wieder sagt, dass er mich niemals lieben wird.

Sogar in meinen Träumen bin ich lächerlich.

Ich fahre erst am frühen Freitagnachmittag nach Hause. Lacey und Lovey sagen mir, ich könnte gern noch einmal übernachten, aber es gibt eine Party der Schwesternschaft, und Dylan kommt vielleicht auch. Ich würde ihm gern so lange wie möglich aus dem Weg gehen.

Als ich nach Hause komme, schläft BJ auf dem Fernsehsessel – ich glaube, er mag ihn lieber als sein Bett. Drei Typen besetzen das Ledersofa und tragen anscheinend nasse Badehosen, trinken Bier und spielen Videospiele. Einer von ihnen ist Quinn. Er ist nicht oft da. Er macht seinen Master in Physiotherapie. Er wurde zweimal für die NHL nominiert und abgelehnt, was verrückt ist, weil er wahnsinnig talentiert auf dem Eis ist.

Einer der Jungs ruft mir etwas Anzügliches zu, und Quinn wirft ihm einen wütenden Blick zu, der sogar mich dazu bringen könnte, mir in die Hose zu machen, würde ich ihn nicht kennen. »Sie ist eine Waters. Sprich nicht mit ihr, wenn du keine kostbaren Körperteile verlieren willst.«

Ich rolle mit den Augen. »Bitte kastriert niemanden wegen mir. Blutflecken kriegt man nur schwer aus dem Teppich raus.«

»Ich mach's im Garten, um eine Sauerei zu vermeiden.« Er zwinkert mir zu und setzt die Flasche an, wobei er den Kopf zurücklegt und den Inhalt hinunterkippt.

»Ich weiß nicht, ob ich dankbar oder besorgt sein soll, dass du bereits darüber nachgedacht hast.« Ich salutiere, nehme eine Schachtel Lucky Charms aus dem Schrank – wobei ich nachsehe, dass es nicht die ist, aus der ich längst sämtliche Marshmallows stibitzt habe – und gehe hinauf in mein Zimmer. Ich schließe die Tür ab, stecke mir die Ohrstöpsel rein und rufe ein Heavy-Metal-Album auf, um die Musik auszublenden, die aus den Outdoor-Lautsprechern dröhnt.

Ich gehe im Zimmer auf und ab und lasse die Finger über den Rock aus Satin und Samt gleiten, den meine Schneiderpuppe trägt. Es ist ein Projekt für meine Kostüm- und Bühnenbildklasse. Es ist erst in einem Monat fällig, aber weil ich Nähen noch mehr mag als Lucky Charms, setze ich mich direkt daran.

Er ist aufwendig und mehrlagig, mit vielen Rüschen und einer komplizierten Schicht aus Spitze und Perlenstickerei. Ich bin gerade an einem besonders vertrackten Teil, als es an der Tür klopft. Ich würde es am liebsten ignorieren, doch es geht weiter, zweimal Klopfen, Pause, einmal Klopfen. River.

Ich beende die Naht, lege das Kleid beiseite, schiebe den Stuhl zurück und stehe langsam auf. Meine Schultern sind von der gebeugten Haltung ganz verkrampft, und mein rechter Fuß ist steif. Ich humple zur Tür und öffne sie einen Spaltbreit.

»Hey, darf ich reinkommen?« Er blickt über meinen Kopf hinweg, als erwarte er, dass jemand hier wäre.

Die einzigen Personen, die auf mein Zimmer kommen, sind Lovey und Lacey, und das ist erst zweimal vorgekommen.

»Sicher. Was ist los?«

Er betritt mein Zimmer und schließt die Tür hinter sich. Seine Miene ist nachdenklich und ernst wie meistens. »Das ist wirklich nervig für dich, oder?«

Ich warte darauf, dass er das näher ausführt, aber er steht nur da und macht ein finsteres Gesicht. »Meine Kopfhörer blenden den meisten Lärm aus«, sage ich schließlich. Ich nehme an, dass er sich auf die Party bezieht, die im Erdgeschoss und draußen stattfindet.

»Ich meine nicht den Lärm. Also, schon auch den Lärm.

Aber es ist mehr als das. Es ist alles – die Sportlertypen, die Mädchen, die Leute, das Chaos.«

Ich zucke mit den Achseln. Das Chaos ist nicht das Problem. River und Mav sind nicht gerade ordentlich, doch wir haben eine Putzhilfe, die jeden Montag kommt.

Ich seufze, verschränke meine Finger mit seinen und drücke sie. »Ich brauche keinen Babysitter, River. Ich komme schon klar mit den Partys und dem Lärm und allem, was damit einhergeht. Ich will vielleicht nicht immer mitmachen, und es macht mir nichts aus, stummer Beobachter zu sein. Das ist normales College-Kid-Verhalten. Und wir haben ein hübsches Haus mit einem Pool, und du und Maverick habt viele Freunde. Ihr sollt nicht denken, dass ihr sie alle davonjagen müsst, weil ihr euch Sorgen um mich macht.«

Er dreht meine Hand um und fährt über die verblassten, fast verschwundenen Halbmonde. »Ich habe das Gefühl, ein mieser Bruder zu sein. Ich war es, der dich gedrängt hat, bei uns einzuziehen, und ich bin kaum hier. Und wenn, muss man sich immer um irgendwelche Leute kümmern, und du verkriechst dich hier oben.«

»Es ist meine Entscheidung, hier oben zu sein.«

Er nickt, aber ich weiß, dass er noch etwas loswerden will. Stattdessen lässt er den Kopf sinken und seufzt. »Ich bin heute Abend bei einer Freundin und übernachte wahrscheinlich dort.«

»Eine Freundin?« Ich ziehe eine Braue hoch.

»Ich bin nicht in Partystimmung, und ich habe Training morgen.« Er starrt auf seine Fingernägel.

»Okay. Kenne ich diese Freundin?«

Er verzieht das Gesicht und ignoriert die Frage. »Soll ich dich zu Lovey und Lacey bringen oder so was?«

Vielleicht hat er ja endlich jemanden kennengelernt, den er

mag. Die Vorstellung tut ein wenig weh, weil River und ich voreinander nichts verheimlichen. Jedenfalls nicht oft, obwohl alles, was mit Kodiak zu tun hat, die Ausnahme von der Regel ist. Ich lasse es vorerst auf sich beruhen. »Mav hat morgen ein Auswärtsspiel, stimmt's?«

River nickt, und dunkles Haar fällt über sein rechtes Auge. Er ist frisch geduscht, und er riecht leicht nach Eau de Cologne. Ich bemerke außerdem, dass er seine stylishe Jeans trägt, seine Lieblingslaufschuhe und ein Shirt, von dem ich gesagt habe, dass es seine Arme toll betont.

»Mir geht's gut hier«, sage ich zu ihm. »Ich arbeite an einem Kleid, und ich kann ausschlafen, wenn es morgen früh ruhig im Haus ist.«

»Okay. Schließ aber deine Tür ab. Ein paar von den Typen da unten sind Idioten.«

»Klar.«

Er zieht mich in eine seiner seltenen Umarmungen. Sie ist fest und voller aufgestauter Emotionen. »Ich werde immer dein Trampolin sein, Lav, selbst wenn du mich nicht brauchst.«

»Ich weiß, dass ich immer sicher landen werde.«

»Immer.« Er küsst mich auf den Scheitel, schlüpft hinaus und wartet darauf, dass ich die Tür verriegle, bevor er noch einmal klopft und die Treppe hinuntersteigt und mich mit der Frage zurücklässt, was er wohl vor mir geheim hält.

14

Alles abfackeln

Lavender
Gegenwart

Ich wache im Morgengrauen vom Zuknallen einer Tür auf. Mavericks Spiel findet am Nachmittag statt, und die Busfahrt dauert zweieinhalb Stunden. Sie sind vor heute Abend nicht zurück. Ich kann im Pyjama rumlaufen und Getreideflocken aus der Schachtel essen, ohne dass mich jemand deswegen anmacht. Ich kann auch im Wohnzimmer auf dem riesigen Bildschirm fernsehen, anstatt auf dem kleinen in meinem Zimmer. Aber zuerst werde ich ausschlafen.

Ich ziehe die Decke über den Kopf und schmiege mich in mein Kissen. Allerdings werde ich gefühlt schon ein paar Minuten später von dem penetranten Heulen einer Sirene erneut geweckt.

Ich vergrabe meinen Kopf unter dem Kissen, höre es jedoch noch immer. Und zwar sehr laut. Tatsächlich klingt es, als wäre es direkt vor dem Haus. Nach dreißig Sekunden durchdringenden Sirenengeheuls werfe ich schließlich die Decke zurück und spähe durch die Rollos. Ein Dunstschleier liegt in der Luft, und irgendwo ganz in der Nähe steigt Rauch auf.

Ich laufe zum nächsten Fenster – das mit Blick auf das Dach von BJs und Kodiaks Haus und einen Teil ihres Gartens. Der

Rauch kommt von dort, und die Blinklichter eines Löschfahrzeugs vor der Tür verursachen mir schlagartig ein Engegefühl in der Brust.

»Scheiße. *Scheiße.*« Alle müssten inzwischen im Bus sein – bis auf BJ, der schläft wie ein Toter.

Ich reiße meine Tür auf und renne die Treppe hinunter. Ich bin noch nicht ganz bei mir, und mein Körper ist im Kampf-oder-Flucht-Modus. Meine Koordination ist schon an den besten Tagen miserabel, also rutsche ich den ersten Abschnitt auf meinem Hintern hinunter, knalle auf dem Absatz an die Wand und nehme dann im Sauseschritt den zweiten. Bestimmt bekomme ich davon blaue Flecken, aber ich kann nur an BJ in dem brennenden Haus denken.

Ich will durchs Wohnzimmer rennen und bleibe wie angewurzelt stehen, als ich BJ auf einem der Sessel liegen sehe, den Mund offen, aus dem rechts ein Hotdog hängt wie eine nicht angezündete Zigarre. Um ihn herum sind leere Essensschachteln verstreut. Es riecht nach abgestandenen Fürzen und schlechtem Schlafatem, doch noch nie im Leben habe ich mich so gefreut, meinen Cousin zu sehen.

Ich laufe zu ihm hinüber, stolpere über eine Schachtel Ramen-Nudeln und plumpse auf ihn drauf. Der Hotdog gleitet aus seinem Mund irgendwohin auf dem Sessel. Er grunzt, rührt sich aber ansonsten nicht.

Ich rüttle in an den Schultern, bis er die Augen aufschlägt. Ich brauche einen Moment, bis ich in der Panik überhaupt etwas herausbringe. »Es brennt!«

Seine Verwirrung verwandelt sich in Besorgnis. »Was? Wo? Hier?«

Ich schüttle heftig den Kopf und klettere von dem Sessel, wobei ich rückwärts stolpere. BJ reagiert jedoch schnell und packt mich, bevor ich auf meinem Hintern lande.

»Bei euch. Komm.« Ich packe ihn am Handgelenk und ziehe ihn hinter mir her.

Statt in einen klaren, hellen Morgen treten wir hinaus in eine Wolke beißenden Rauchs.

»Heilige Scheiße!« Jetzt bin nicht ich es, die an BJ zerrt, sondern er an mir.

Ich stolpere, barfuß und schwindlig. BJ legt einen Arm um meine Taille und hebt mich hoch. Er rennt quer über den Rasen, um zu seinem Haus zu gelangen, doch die Polizei hält ihn auf. Es hat sich bereits ein Pulk Studierender auf der anderen Straßenseite versammelt und sieht zu, wie Rauch aus den Fenstern im Erdgeschoss quillt.

»Hey, langsam, Sie können da nicht rein«, teilt uns ein Officer mit.

»Das ist mein Haus. Was ist passiert? War jemand drin? Ist jemand drin?« Sein panischer Blick schnellt zu mir, beide mit den gleichen Ängsten im Ausdruck.

»Das Spiel.« Meine Stimme ist ein Flüstern, das er bestimmt kaum vernehmen kann angesichts der Rufe und dem Rauschen des Wassers.

»Scheiße. Stimmt. Gott sei Dank.« BJ fährt sich mit der freien Hand durch sein vom Schlaf verstrubbeltes Haar.

Der Polizeibeamte nickt bestätigend. »Das Haus ist leer. Das Feuer ist in der Küche ausgebrochen. Sie sagen, Sie wohnen hier, mein Junge?«

BJ streicht sich übers Gesicht und zeigt auf mich. »Ja. Ich habe bei meiner Cousine übernachtet.«

Der Polizeibeamte blickt von ihm zu mir und wieder zu ihm. »Ihrer Cousine?«

Ich brauche einige Sekunden, um zu begreifen, warum er so verwirrt dreinschaut. BJ trägt lediglich ein Paar tief hängende Jogginghosen. Sein drahtiger Oberkörper ist nackt, und die Tattoos auf seinen Armen bestehen hauptsächlich aus bunt blühenden Blumen. Lilien, um genau zu sein, denn seine Mom heißt Lily, und er liebt sie über alles.

Abgesehen davon, dass er kein Oberteil anhat, kann man an der Art, wie seine Jogginghosen herabhängen, erkennen, dass er keine Unterwäsche trägt. Ich stecke in einem Paar Schlafshorts und einem Tanktop. Zum Glück ist es schwarz, so verbirgt es meine Brustwarzen, aber ich trage keinen BH, und es hat ein tiefes Dekolleté. BJ hat seinen Arm um meine Taille geschlungen, wahrscheinlich, um mich vor dem Stolpern über meine eigenen Füße zu bewahren.

»Ja. Cousine. Sie wohnt dort.« BJ zeigt mit dem Daumen über die Schulter und dann auf das qualmende Haus. »Wie schlimm ist es? Wissen Sie, was passiert ist? Mein Dad wird sich ins Hemd machen.« BJ ist völlig fahrig, doch ich kann es verstehen, schließlich ist es sein Haus, das gerade brennt.

»Schwer zu sagen. Bald wissen wir mehr, aber wie's aussieht, war der Brand größtenteils auf die Küche beschränkt. Haben Sie Mitbewohner?«

»Ja, zwei, sie spielen allerdings Hockey für das College-Team, also kommen sie erst heute Abend zurück.« Er sieht mich an. »Das ist übel. Wir müssen alle anrufen.«

Ich schüttle den Kopf. »Ich rufe nicht Quinns Dad an.« Lance Romero jagt mir eine Heidenangst ein. Er ist ein netter Kerl, aber wenn er wegen irgendwas sauer ist, ähnelt er meinem Dad. Ihm brennt die Sicherung durch, und er explodiert. Ich habe es nur ein paarmal miterlebt, doch das hat genügt. »Denkst du, wir sollten lieber zuerst deine Mom und deinen Dad anrufen?«

BJ streicht sich über den Bart, als wollte er einen magischen Geist beschwören, und stößt einen Seufzer aus. »Keine Ahnung, wer am ehesten die Ruhe bewahrt. Wahrscheinlich meine Mom, obwohl sie sich bestimmt nicht darüber freut, dass die Küche in Flammen aufgegangen ist. Ich hoffe wirklich, es lag an der Verkabelung oder so etwas.«

Weil wir nichts anderes tun können, als herumzustehen und den Feuerwehrleuten bei ihrer Arbeit zuzusehen, kehren BJ und ich zu mir zurück, damit ich mich umziehen und ihm etwas von Maverick zum Anziehen heraussuchen kann. Ich nehme ein T-Shirt aus dem Schrank meines Bruders, weil ich nicht in seine Kommode schauen möchte. Es besteht eindeutig die Chance, dass ich vielleicht Dinge finde, die ich nicht finden will, wenn die Tube Gleitcreme und die Schachtel Kondome auf seinem Nachttisch ein Hinweis sein sollen.

Als ich zurückkomme, sitzt BJ am Küchentisch, sein Handy vor sich und die Hände in seinen Haaren. Ich werfe ihm das Shirt hin und schalte die Kapselmaschine ein.

»Kaffee?«

»Bitte.«

Keiner von uns sagt etwas, während ich zwei Latte zubereite; meinen mit Kokosmilch. Ich nehme eine Schachtel Lucky Charms aus dem Schrank und klemme sie mir unter den Arm. »Wir sollten wahrscheinlich wieder da rausgehen.«

Ich weiß nicht, wozu das gut sein soll, außer uns daran zu erinnern, dass wir Glück hatten, dass das Haus leer war, und BJ gern auf unserem Fernsehsessel schläft.

»Ja.« Er starrt noch immer auf sein Telefon.

»Hast du deine Eltern angerufen?« Ich werfe mir einen knusprigen Marshmallow in den Mund. »Du willst bestimmt nicht, dass sie es in den Nachrichten sehen.«

»Scheiße, du hast recht. Es wird sicherlich überall gesendet.« Er schwankt zwischen seiner Mom und seinem Dad und entscheidet sich schließlich für seinen Dad.

BJ ruft ihn über Videocall an. Als sein Gesicht auftaucht, ist es, als würde man in einen gealterten Spiegel schauen. BJ hat die dunklen Augen seiner Mutter, und seine Haare sind dunkler als die grau melierten seines Dads, aber im Grunde ist BJ ihm wie aus dem Gesicht geschnitten. Onkel Randys Lächeln ist wie weggewischt, als er BJs ernste Miene sieht. »Was ist los?«

BJ erklärt, was er bisher weiß – dass es einen Brand gab, dass er in der Küche ausgebrochen ist, doch dass er inzwischen unter Kontrolle ist. Onkel Randy bombardiert ihn mit tausend Fragen, weshalb wir schließlich wieder zum Haus rübergehen, damit sein Dad mit jemandem vom Einsatzteam sprechen kann.

Als Polizei und Feuerwehr klar wird, dass es sich um *den* Randy Ballistic handelt, ehemaliger NHL-Spieler, geraten sie aus dem Häuschen.

Wie meine Eltern wohnen BJs ungefähr eine Stunde Autofahrt entfernt. Sie haben vor ein paar Jahren ein Grundstück am Lake Geneva gekauft, und als unsere Väter – gemeinsam mit meinem Onkel Miller – beschlossen, ein eigenes Trainingscamp zu eröffnen, sind sie ebenfalls dorthin gezogen. Es hat nicht geschadet, dass ein paar ihrer früheren Teammitglieder auch wieder in die Gegend übergesiedelt sind.

Was natürlich bedeutet, dass BJs Eltern herkommen, um den Schaden zu begutachten. Innerhalb einer Stunde habe ich einen Anruf von meiner Mom, die mir mitteilt, dass sie ebenfalls kommen, gemeinsam mit den Romeros und Bowmans.

BJ und ich beenden unsere jeweiligen Telefonate, während der kein Platz für Streit ist, und seufzen beide gequält auf. Es nervt, dass wir die Einzigen sind, die sich darum kümmern müssen.

»Meine Eltern erzählen Mav nichts vor dem Spiel«, berichte ich.

BJ zupft ein paarmal an seinem Bart. Wenn er so weitermacht, reißt er sich ihn noch aus. »Ja, aber jeder hier im Block hat das Spektakel mitbekommen, und bestimmt haben es die Leute da draußen gefilmt und posten es. Irgendjemand schickt es den Jungs.«

Ich schlage mit dem Kopf gegen BJs Bizeps. Er hat recht. Sie werden es erfahren. »Dann ist es wohl besser, sie hören es von uns.«

»Wahrscheinlich.«

»Soll ich meine Brüder anrufen?« River ist vielleicht im Training, aber wenn er mitbekommt, dass BJs Haus gebrannt hat, wird er sich Sorgen machen, weil die beiden ziemlich eng befreundet sind. Ich verziehe das Gesicht, als hätte ich an einer Zitrone gelutscht. »Rufst du Quinn und Kodiak an? Oder soll Mav es ihnen sagen?«

BJ nickt energisch und ruft seine Kontakte auf, während ich Mav anrufe und ihm erzähle, was passiert ist.

»Oh Scheiße, Kody rastet bestimmt aus«, ist so ziemlich alles, was Mav dazu einfällt.

Danach rufe ich meinen Zwillingsbruder an. Ich versichere ihm, dass alles in Ordnung ist, und er sagt mir, dass er in zwei Stunden zu Hause sei.

BJ und ich sitzen auf meiner hinteren Terrasse, wo die neugierigen Arschgeigen, die filmen und alles in den sozialen Medien posten, uns nicht sehen können. Es gibt jetzt eine Polizeiabsperrung am Ende der Straße, damit die Leute nicht vorbeifahren. Nachbarn schmeißen Verandapartys und gucken der Feuerwehrmannschaft beim Aufräumen zu. Wie es scheint, ist das Schlimmste bereits beseitigt, aber in der Luft liegt ein beißender Geruch.

»Bestimmt riecht alles verdammt nach Lagerfeuer. Kody wird ausrasten.« BJ hört nicht auf, sich über den Bart zu streichen.

Ich lege den Kopf zurück und blicke zum Himmel. »Denkst

du, er erleidet einen Zusammenbruch?« Kodiak war in Bezug auf seine Sachen immer speziell.

»Auf jeden Fall.« BJ verschränkt die Hände hinter dem Kopf. »Er wird sich wie ein Irrer aufführen.«

Ich blicke zu BJ. »Was meinst du?«

»Er bekommt bestimmt irgendeinen Anfall, und das ist nicht schön, weil er nun einmal Kody ist, aber ich rede nicht vom Haus. Ich meine wegen dir. Er ist ein Idiot. Ich weiß, dass er sich dir gegenüber wie ein Arsch benimmt.«

»Seit unserer Kindheit benimmt er sich mir gegenüber gar nicht.« Was für eine dumme Lüge.

»Wenn du es so sehen willst, dann mach nur weiter so. Aber ich kenne euch beide mein ganzes Leben. Ihr wart euch immer so nah, so als …« Er schüttelt den Kopf. »Ich erinnere mich daran, dass ich als Kind eifersüchtig war.«

»Eifersüchtig? Auf was?«

»Ich weiß es nicht genau. Es ist seltsam. Alle wollten dich die ganze Zeit beschützen, und ich verstehe auch, warum, weil du eine Menge durchgemacht hast.«

Wie alle anderen auch, erwähnt BJ den Vorfall auf dem Rummel nicht.

»River war immer am schlimmsten, und ich verstehe das, denn er ist dein Zwillingsbruder, doch Kody, Mann, er hat für dich gelebt, und mit dir war es genauso. Es gab diese Sache, die niemand ansprechen durfte. Es hat River wahnsinnig gemacht.«

»Alles macht River wahnsinnig, und wir waren Kinder.«

»Nichts macht River so wahnsinnig wie Kodys Art und Weise, mit dir umzugehen, und du weißt das.«

Ich nicke, weil es stimmt.

BJ schlägt die Beine übereinander. »Ich kapiere, dass wir Kinder waren, aber wie gesagt, es ist irgendwie seltsam. Wir wussten alle, dass es etwas viel Bedeutenderes war. Ich meine, ich bin mit Quinn und River so eng befreundet, wie man es nur sein kann, doch du und Kody, ihr gehörtet einfach zusammen. Er hat mit niemandem sonst so etwas. Sogar Maverick hält er von sich fern. Aber damals, als wir Kinder waren, hat er sich bewegt, wenn du dich bewegt hast. Ihr habt völlig miteinander übereingestimmt. Es war, als würde man einem Paar beim Eislaufen zusehen.«

Ich habe BJ bei Paarlauf-Wettkämpfen zugesehen. Er ist wirklich beeindruckend, und es ist nicht schwer zu erkennen, weshalb so gut wie jede Partnerin, die er je hatte, sich hoffnungslos in ihn verliebt hat. Er tut so, als wäre nichts.

Ich überlege, wie meine Beziehung zu Kodiak auf unsere Freunde gewirkt haben musste. BJ hat recht; Kodiak und ich hatten stets eine seltsame Bindung zueinander.

»Alle fanden es süß, aber nach dem Abend, an dem du dich im Schrank eingeschlossen hattest, änderte sich alles.« BJ blickt mit fragendem Blick von seinem rauchenden Haus weg.

Niemand hat den Vorfall mit dem Schrank im Nachhinein je erwähnt. Eine Woche lang ging Maverick zu Kodiak, der nicht zu uns kam, was allerdings nicht an mir lag. River war das Problem. Lainey und meine Mom führten Gespräche hinter verschlossenen Türen, und ich traf mich in dieser Zeit täglich mit Queenie.

Je länger man uns trennte, desto schlimmer wurde meine Angst, und ich hatte Albträume davon, in den Schrank gesperrt gewesen zu sein. Ich schlief in Rivers Zimmer, aber die Albträume kamen trotzdem. Schließlich gaben die Erwachsenen klein bei und ließen Kodiak herüberkommen, wenn River mit Freunden unterwegs war. Ich erinnere mich noch gut daran, wie schwer es war, ihm nicht einfach um den Hals zu fallen und wie ein Schwamm seine beruhigende Anwesenheit in mich aufzusaugen.

Er hatte genauso müde ausgesehen wie ich. Und so ausgelaugt wie ich.

Dieses Ereignis hat in uns beiden einen Schalter umgelegt. Wir erkannten genau, was wir füreinander tun konnten, und es wurde … süchtig machend. Ich erkenne jetzt, wie gefährlich das wohl war. Macht, die man aufeinander ausübt, hat sowohl die Fähigkeit, einen zu stärken als auch zu brechen.

»Kodiak hat nur versucht, mir zu helfen. Nichts anderes hat er je gewollt. Es wurde nur ungesund für uns beide.« Zumindest haben unsere Eltern das schließlich so gesehen.

BJ schwieg einen Moment lang. »Aber irgendwas ist vor zwei Jahren mit euch passiert, als er hier im zweiten Studienjahr war.«

Mein Kopf schnellt zu ihm herum. »Nichts ist …«

Ich halte inne, weil er mir seinen typischen Erzähl-keinen-Scheiß-Blick zuwirft. »Er hat sich nach der Winterpause in was reingesteigert. Es muss also 'ne große Sache gewesen sein. Kody ist danach völlig in Düsternis versunken. Er hat tagelang nichts gegessen, und er ist immer so streng mit allem. Er hat Stunden im Gym verbracht, als wollte er sich bestrafen. Die Mädchen fingen schon an zu reden. Er war nie ein Typ für Affären, aber es gab Gerüchte …«

Ich will nicht an Kodiak mit einer endlosen Reihe von Mädchen denken, doch ich bin trotzdem neugierig. »Was für Gerüchte?«

»So Sachen wie, dass er niemandem erlauben würde, ihn anzufassen.« BJ seufzte schwer. »Ich sollte dir so'n Zeug gar nicht erzählen.«

»Wie meinst du das, er würde niemandem erlauben, ihn anzufassen? Ich habe schon oft gesehen, wie Mädchen ihn berühren.«

»Ich weiß nicht. Es sind nur Gerüchte.«

»Die normalerweise ein Körnchen Wahrheit beinhalten.«

»Ich sage nur, dass er nach dem, was in der Winterpause zwischen euch passiert ist, wirklich fertig war – jedenfalls mehr als sonst. Ich kann mir nicht vorstellen, wie es ist, in seinem Kopf zu leben. Es ist schon schlimm genug, dass er ein Elitesportler ist, aber auch noch so schlau zu sein? Es ist, als könnte er seine eigenen Fehler vorhersagen, bevor er sie macht. Mich würde das wahnsinnig machen.«

Ich nicke. »Seine Panikattacken waren legendär.«

»Das sind sie noch; er leidet jetzt nur stumm vor sich hin.«

Ich frage nicht, was das zu bedeuten hat.

15

Keine leeren Räume

Lavender
Gegenwart

Nach einer Weile wird BJ und mir klar, dass, wenn unsere Eltern kommen, das Haus nicht wie eine Männerhöhle aussehen darf, weshalb wir uns beeilen, das größte Chaos zu beseitigen. Wir brauchen eine ganze Stunde, um Küche und Wohnzimmer in Ordnung zu bringen.

Der Garten könnte besser aussehen, aber in der begrenzten Zeit, die wir haben, können wir nicht viel tun. BJ wirft das Leergut und die Wegwerfbecher in den Müll, bevor es an der Tür klingelt.

In dem Moment, in dem ich öffne, wird dank Moms Umarmung die Luft aus mir gepresst. Ich lasse es zu und nehme ihre Liebe in mich auf. Wir stehen uns sehr nahe. Wir mögen die gleichen Dinge – außer Mathe –, und als einziges Mädchen und Nesthäkchen und wegen meiner sozialen Ängste bin ich ein wenig zu Mamas Liebling geworden. Wogegen ich nichts einzuwenden habe.

»Es tut mir so, so leid, Schätzchen«, flüstert sie mir ins Ohr.

Ich tätschle ihren Rücken. »Es geht uns gut.«

Sie drückt mich noch einmal und murmelt: »Nein, ich meine, dass Gigi und Pops heute Nachmittag vorbeikommen wollen, und sie bringt dir ein Geschenk mit. Ich habe ihr zu vermitteln versucht, dass jetzt nicht der richtige Zeitpunkt ist, aber sie hat darauf bestanden, und, ehrlich gesagt, wirst du es wollen, weil es großartig ist, trotzdem tut es mir leid. Bitte öffne es nur nicht vor allen anderen.« Sie hält mich auf Armeslänge, und ihr Ausdruck ist eine Mischung aus Mitgefühl, Belustigung und Sorge.

»Danke für die Warnung.« Meine Gigi ist toll. Sie ist auch ausgesprochen liberal. Ich habe eine Schublade voller Sexspielzeug, weil sie sicher sein will, dass ich meinen Körper kennenlerne, bevor es jemand anders tut. Das ist eine gute Nachricht, aber es kann ziemlich peinlich sein, wenn sie mir diese Dinger in Gegenwart meiner Familie überreicht.

»Ich wollte nicht, dass du unvorbereitet in die Situation gerätst.« Mom umfasst mein Gesicht mit ihren Händen. »Du siehst müde aus. Schläfst du gut? Was ist mit Essen? Bist du erschöpft? Ich habe dir eine neue Dose Laktasetabletten mitgebracht.«

»Mir geht's gut, Mom, wirklich.«

Sie nickt und inspiziert den Bereich hinter mir, der zur Küche führt. »Was ist mit den Jungs? Sind sie chaotisch? Sie feiern doch nicht zu viele Partys, oder? Achten sie darauf, wen sie einladen? Hast du Pfefferspray? Vielleicht sollten wir welches besorgen, oder du könntest zur Auffrischung eine Stunde in Selbstverteidigung nehmen. Das ist wahrscheinlich eine gute Idee.«

»Mom.« Ich drücke ihre Schulter. »Mach mal 'ne Pause.«

Sie schließt sekundenlang die Augen, und sie und ich atmen tief ein, zählen dabei bis vier und atmen anschließend wieder aus. Als sie die Augen erneut öffnet, sieht sie ein bisschen weinerlich aus. Gott, ich vermisse sie. Sie war immer an meiner Seite, hat immer alles dafür getan, damit ich mich in meiner Haut wohlfühle.

»Ich bin so froh, dass niemand im Haus war.« Sie atmet noch einmal langsam aus.

»Ich auch.«

»Lainey ist bestimmt außer sich. Sie und Rook dürften bald hier sein.« Sie zupft an meinen Haaren. Ihre Nägel sind in glänzendem Violett lackiert, die Farbe meines Namens. »Wie läuft es mit Kody?«

Ich zucke unverbindlich die Achseln. »Ich sehe ihn nicht viel. Die Jungs sind dauernd beim Training oder im Unterricht und ich ebenfalls. Ich treffe mich dafür häufig mit Lovey und Lacey.« Ich wechsle das Thema, denn mit meiner Mom über Kodiak zu reden, ist nicht leicht, und ich will sie nicht anlügen.

Sie hat keine Gelegenheit, weitere Fragen zu stellen, weil die Eingangstür aufgeht. »Wie geht's meinem kleinen Mädchen?« Mein Dad kommt hereingestürmt, hebt mich wie ein Kleinkind hoch und umarmt mich ungestüm.

»Oh mein Gott! Du brichst mir noch die Rippen, Dad!« Er gibt mir einen Stoppelbartkuss auf die Wange und setzt mich wieder ab.

»Ich habe dich vermisst, Kindchen.« Er hält mich an den Schultern fest, und seine Lippen werden zu einem Strich. »Hast du abgenommen? Du siehst müde aus, Schatz. Machen die Jungs Probleme?«

»Alles ist gut.« Ich schlinge die Arme um seine Taille. »Ich vermisse euch auch.«

Ich lasse zu, dass er mich eine Weile im Arm hält. Es war nicht leicht für ihn, mich woanders aufs College gehen zu lassen. Er hat versucht, mich mit einem wirklich tollen Auto zu bestechen, damit ich in Lake Geneva bleibe. Dann ist River fast der Kopf geplatzt, als ich vorgeschlagen habe, ins Studierendenwohnheim zu ziehen, also bin ich hier gelandet. Trotzdem ist ein schicker Wagen für mich herausgesprungen, weil mein Dad nicht wollte, dass ich ohne eigenes Transportmittel bin. Natürlich habe ich niemandem gegenüber erwähnt, dass ich mich auf der Warteliste für das Studierendenwohnheim eingetragen habe. Kein Grund, unnötigerweise ein Drama zu provozieren.

Hinter ihm warten noch andere auf den Stufen, weshalb wir aus dem Weg gehen. Lainey begrüßt mich mit einer liebevollen Umarmung. Kodiak ist eine Mischung seiner Eltern. Er hat das dunkle Haar, die mandelförmigen Augen und vollen Lippen seiner Mutter, aber das Grübchen, die kantige Kinnlinie und die Körpergröße seines Vaters.

»Du bist wirklich erwachsen geworden, nicht wahr?« Sie drückt meine Hände.

Ich zucke mit den Achseln. Mir fehlt es beträchtlich an Körpergröße, aber ich bin nicht mehr das unbeholfene, kleine Mädchen, das sie wahrscheinlich in Erinnerung hat. »Geht uns wohl allen so.«

Sie lacht, und ihr Blick wird ganz sanft. »Ich hoffe, mein Sohn behandelt dich gut.«

Ich bemühe mich weiterzulächeln. »Ich sehe ihn nicht oft.«

Traurigkeit verdunkelt einen Moment lang ihre Augen. »Tatsächlich? Ich dachte, wenn er nur ein paar Häuser weiter wohnt, würdet ihr euch öfter über den Weg laufen.«

Ich schlucke mühsam. »Na ja, sie sind alle mit Sport und Seminaren beschäftigt.«

»Stimmt. Natürlich.«

Zum Glück kommen Onkel Randy und Tante Lily an, und ich kann das unangenehme Gespräch beenden. Ich kann Lainey nicht die Wahrheit sagen.

Am Nachmittag sind sämtliche Eltern auf der hinteren Veranda versammelt. Mein Dad wollte den Pool chloren, aber meine Mom hat ihm gesagt, er soll es auf kurz vor ihrer Rückfahrt verschieben. Er hat allerdings den Whirlpool gereinigt. Die Kondomverpackungen, die er daneben fand, haben ihn nicht aus der Fassung gebracht.

Lance und Poppy, Quinns Eltern, kommen als Letzte an und bringen seine jüngeren Schwestern mit. Heather ist fünfzehn und Celeste dreizehn, und ich habe sie furchtbar gern. Wir hüpfen in den Pool, während wir darauf warten, dass die Jungs nach Hause kommen.

Gerade als Dad und Rook zum Campus aufgebrochen sind, um sie abzuholen, tauchen Gigi und Gram-Pot auf.

»Ich habe ein ganz besonderes Geschenk für dich!« Gigi reicht mir eine kleine, verpackte Schachtel. Bei näherer Betrachtung wird mir bewusst, dass auf dem Geschenkpapier Penisse mit Gesichtern abgebildet sind. Zum Glück bedeutet die Anwesenheit von Heather und Celeste, dass ich es erst später öffnen kann, und ich bringe es hinauf in mein Zimmer.

Nachdem sie die Jungs abgeholt haben, besorgen sie auf dem Heimweg noch Essen zum Mitnehmen, und als sie wieder da sind, setzen wir uns alle auf die hintere Veranda und schlagen uns den Bauch voll, während unsere Eltern überlegen, wie mit der Situation umzugehen ist.

Kodiak sitzt neben seiner Mutter am anderen Ende der Veranda. Er wackelt ununterbrochen mit dem Knie, ein Zeichen für seine Anspannung. Nicht dass ich ihm einen Vorwurf mache. Die Küche in ihrem Haus ist zerstört.

»Ich habe auf dem Weg hierher mit einem befreundeten Handwerker gesprochen, und er meint, es dauert ein paar Wochen, bis der Brandgeruch aus dem Haus verschwunden und die Küche renoviert ist«, sagt Onkel Randy.

»Ja, ich habe auch ein paar Anrufe gemacht, und alle sagen das Gleiche«, fügt Rook hinzu.

»Sollen wir den Jungs was anderes mieten?«

»Ich kann eine Weile bei einem Freund wohnen«, sagt Quinn.

Sein Vater wirft ihm einen prüfenden Blick zu. »Was für eine Sorte Freund?«

»Jemand aus dem Seminar.«

Seine Mutter blickt ihn ebenfalls kritisch an. »Vielleicht eine Freundin?«

Er schüttelt den Kopf. »Nur ein Kumpel, keine Sorge, Ma.«

»BJ kann bei uns wohnen«, schlägt Liam vor, und Lane nickt zustimmend.

»Du hast ein Gästezimmer?«, fragt Randy.

»Im Keller ist ein Zimmer mit einem Schrankbett«, antwortet BJ. »Für ein paar Wochen geht das.«

»Na schön, dann sind zwei von drei untergebracht«, sagt Onkel Randy.

»Was ist mit dem Gästezimmer hier? Kody könnte bei uns wohnen. Einen Schrank und ein Bett gibt es bereits«, schlägt Maverick vor.

Mein Dad und Rook tauschen Blicke. »Ich weiß nicht, ob das eine gute Idee ist«, sagt mein Vater.

»Das ist genau richtig, stimmt's, K?« Mavericks Augen leuchten vor Begeisterung bei der Vorstellung, seinen besten Freund im Zimmer auf demselben Flur zu haben. »Dann haben ja alle einen Ort, an dem sie bleiben können, und ihr müsst euch nicht um ein Mietobjekt kümmern. Außerdem ist es nur für ein paar Wochen.«

Ein paar Wochen lang Kodiak im Zimmer unter meinem. Ein paar Wochen, in denen ich ihm vielleicht zufällig auf dem Flur, in der Küche oder sonst wo begegne. Ein paar Wochen mit seiner durchgehend miesen Art. Was, wenn er Mädchen mitbringt? Was, wenn ich ihm durch die Belüftung dabei zuhören muss, wie er sie vögelt?

»Lavender, Schatz?« Meine Mom drückt mein Knie.

»Was?« Beim Blick in die Runde stelle ich fest, dass mich alle anschauen. Einschließlich Kodiak. Seine Miene ist ausdruckslos, aber sein Knie wackelt noch immer, bis er eine gespreizte Hand auf seinen Oberschenkel legt, um es festzuhalten.

»Bist du damit einverstanden?«

Ich zucke gespielt teilnahmslos die Achseln. »Es sind nur ein paar Wochen.«

Wie schlimm kann es schon werden?

Aber angesichts der bisherigen Vorkommnisse weiß ich, dass es das Potenzial besitzt, richtig schlimm zu werden.

16

Die Abhängigkeit hängt von mir ab

Kodiak
Dreizehn Jahre alt

Lavender und River haben zu ihrem elften Geburtstag Handys bekommen. Ich habe erst eins gekriegt, als ich zwölf war, aber Lavender ist ein Mädchen, und ihre Eltern machen sich große Sorgen um sie. Sie wollten, dass sie die Leute in ihrem Unterstützerkreis kontaktieren kann, weshalb sie nachgegeben und beiden eins geschenkt haben.

Das soll ihr helfen, unabhängiger zu werden.

Es bedeutet auch, dass wir uns Textnachrichten schicken können.

Was gut ist, denn sie braucht mich manchmal, und nicht jeder versteht das. Es macht mich nervös, wenn ich nicht bei ihr sein kann, um sie zu beruhigen. Ich weiß, das ist, als wäre ich in meinem Kopf gefangen, unfähig, mich von dem negativen Kreisen der Gedanken zu lösen. Sobald ich in der Spirale drin bin, ist es schwer, wieder herauszukommen.

Auf dem Weg zum Hockeytraining summt mein Handy, weshalb ich es umdrehe und das Display checke. Eine Nachricht von Lavender.

Ich hatte ein Foto mit ihrem Kontakt verbunden. Es zeigt sie bei Queenie, unserer Therapeutin, wie sie an einem ihrer Kunstwerke arbeitet, und sie trägt darauf ein Kleid, das sie selbst genäht hat. Ihr Ausdruck ist vor Konzentration ganz grimmig.

Ich habe es aber mittlerweile durch ein Unendlichzeichen ersetzt und ihren Namen mit dem eines Jungen vertauscht, weil ich nicht will, dass unsere Eltern wissen, wie häufig wir uns schreiben. Ich glaube nicht, dass es ihnen gefallen würde, denn es passiert täglich. Ich lösche alle Nachrichten, wenn wir fertig gechattet haben, weil Mom und Dad manchmal mein Handy checken und sich den Nachrichtenaustausch mit Freunden ansehen. Meistens geht es dabei um Hockey und Schule, aber mit Lavender ist das anders. Wir reden über andere Sachen, und ich will ihr Vertrauen nicht missbrauchen, weil sie sich mir anvertraut.

Sie erzählt mir, wie River ihr manchmal das Leben schwer macht. Oder wie alle so beschützend sind. Ich bin ebenfalls beschützend, doch bei mir scheint das Lavender nicht zu stören.

Als sie anfangs das Telefon hatte und mein Dad sah, wie oft wir uns schreiben, hat er sich mit mir hingesetzt und mit mir darüber gesprochen, dass Lavender noch immer ein kleines Mädchen sei, ich hingegen ein Teenager, und dass ich erwachsen würde, sie aber noch nicht so weit sei. Ich wollte es nicht hören, obwohl ich weiß, dass er recht hat.

Lavender und ich haben uns immer nahegestanden, und ich will nicht, dass sie mir jemand wegnimmt, also versprach ich ihm, dass es *so* nicht sei. Ich sagte zu meinem Vater, dass sie für mich wie meine kleine Schwester sei, mich aber nicht so nervt wie Aspen.

Ich verstehe allerdings, warum er besorgt ist. Im Hockeytraining unterhalten sich die älteren Jungs, die vor uns spielen, manchmal über ihre Freundinnen und was sie so miteinander machen.

Maverick hat letzten Monat Abby Saunders auf einer Party geküsst, und mit ihrer Zahnspange hat sie ihn an der Lippe verletzt. Trotzdem sagt er, dass er es wieder tun würde.

Ich bin zu konzentriert auf Hockey, um was mit Mädchen anzufangen. Lavender ist das einzige Mädchen, mit dem ich gern Zeit verbringe, und sie ist die Einzige, die mich versteht, so wie ich sie auch verstehe. Ich begreife die meisten Mädchen nicht. Oder überhaupt die meisten Leute. Es gefällt mir nicht, so tun zu müssen, als würde mich interessieren, was jemand sagt, und größtenteils füllen Menschen die Stille mit dummem Zeug.

Lavender redet nicht viel, wenn wir in größeren Gruppen sind, aber allein oder mit Leuten zusammen, bei denen sie sich wohlfühlt, wie bei ihren Cousinen zum Beispiel, ist sie gesprächig und witzig und nachdenklich.

Meine Mutter sagt, sie wird mal eine Wucht, wenn sie älter ist und mehr Selbstvertrauen hat. Insgeheim weiß ich nicht, ob ich das überhaupt will, denn dann braucht sie mich vielleicht nicht mehr.

Lavender ist das, was meine Mutter eine alte Seele nennt. Sie sieht Menschen, wie sie sind, und sie empfindet alles wirklich intensiv. Wahrscheinlich hat sie deshalb diese schlimmen Panikattacken – bei denen sie kein Wort mehr herausbringt, weil ihr die Angst die Kehle zuschnürt.

Ich weiß, wie ich Abhilfe schaffen kann. Nicht einmal Queenie ist so gut darin wie ich, sie zu beruhigen. Oder River. Und wenn ich ehrlich bin, gefällt es mir, dass Lavender auf mich angewiesen ist. Es gefällt mir, dass sie mich braucht, dass ich der Einzige bin, der Dinge für sie in Ordnung bringen kann, wenn sie die Kontrolle verloren hat. Es gibt mir das Gefühl, dass *ich* die Kontrolle habe, weil mein Kopf hauptsächlich ein großes, wirres, unangenehmes Durcheinander ist.

Die einzigen Momente, in denen wirklich Frieden einkehrt, sind, wenn ich auf dem Eis bin oder wenn ich Lavender helfe. Manchmal schlafe ich auch friedlich, aber in letzter Zeit werde ich von Träumen geweckt, die mir ein mieses Gefühl bescheren, obwohl ich keine Kontrolle über meine Gedanken habe. Ich erzähle Queenie nicht davon. Oder sonst jemandem. Ich weiß, dass sie nicht normal sind, deshalb behalte ich sie lieber für mich.

Manchmal überschneiden sich meine Sitzungen bei Queenie um ein paar Minuten mit denen von Lavender, und ich bekomme zu sehen, woran sie gerade arbeitet. Ich bin meistens zu früh, weil mich die Möglichkeit, zu spät zu kommen, stresst, aber es gewährt mir auch einen kurzen Einblick in Lavenders Kopf, einem faszinierenden Ort. Sie ist brillant; nicht auf akademische Weise wie ich, denn sie begreift die Welt auf einer anderen Ebene.

Ich verstehe Logik und Mathe und Rationalität. Sie versteht Menschen und Gefühle und Empfindungen. Ich weiß nicht, wer von uns beiden sich deswegen mehr quält.

Meine Mom sagt mir, wir seien beharrlich. Ich habe herausgefunden, dass es eine nette Art ist zu sagen, wir seien obsessiv und zerbrächen uns endlos den Kopf über alles. Das Schwierige daran, ein Genie zu sein, ist, dass man sämtliche Grundlagen kennt, aber nicht dazu in der Lage ist, mit jemandem über irgendetwas Alltägliches zu sprechen, ohne sich wie ein Arschloch anzuhören.

Meine Mom klingt nett und freundlich und aufrichtig. Ich klinge, als würde ich jeden hassen. Weil ich das auch meistens tue. Ich mag Maverick, weil er mich versteht, und wir beide lieben Hockey. Ich mag meinen Dad, weil wir die gleiche

Leidenschaft teilen und er mich anspornt, besser zu werden. Ich liebe meine Mom, weil wir ähnlich ticken, und sie hat das gleiche schlechte Gewissen wie ich, wenn ich mich mit anderen langweile. Außerdem verehre ich Lavender, weil sie alles ist, was ich nicht bin. Sie ist sensibel und aufmerksam, nett und freundlich, und sie ist sanft und mitfühlend. Aber sie ist auch eine Kämpferin.

Sie weiß, wie man in dieser Welt existieren kann, ohne ununterbrochen ein Teil von ihr zu sein. Sicher, sie bricht manchmal zusammen, doch wenn sie das nicht täte, hätte ich nicht dieselbe Rolle in ihrem Leben, also lebe ich für die Momente, in denen sie mich braucht.

Ich blicke hinüber zu meinem Dad, er ist jedoch auf die Straße konzentriert. Ich gebe mein Passwort ein und tippe die Nachricht. Lavender kennt meinen Hockeytrainingsplan, weil ich mit Maverick spiele.

Lavender: Schon auf der Eisbahn?
Kodiak: Auf dem Weg zum Training, was ist los?

Ich warte auf eine Antwort, aber es dauert. Schließlich erscheinen die Punkte, die dann wieder verschwinden und wieder auftauchen. Eine vertraute Unruhe sorgt dafür, dass meine Füße anfangen zu zucken, als gäbe es einen Juckreiz unter meiner Haut, gegen den ich nichts tun kann. Ich drücke die Füße auf den Boden und versuche, nicht mit den Knien zu wackeln.

Kodiak: Geht's dir gut?
Lavender: Ja, wir reden nachher

Ich starre auf die vier Worte, als könnte ich sie zwingen, sich in die Wahrheit zu verwandeln. Lavender schreibt normalerweise erst später am Abend, vor allem, wenn ich Training habe.

Kodiak: lüg mich nicht an

Die Punkte tauchen wieder auf. Diesmal ist die Nachricht irgendwie konfus, so als hätte sie Probleme zu tippen, was passiert, wenn sie einen Angstanfall hat und ihre Finger nicht so funktionieren, wie sie sollten.

Lavender: gehtschon schreib mir nach traning

Ich würde sie am liebsten anrufen, aber mit meinem Dad neben mir geht das nicht. Ich brauche nicht noch einen seiner Vorträge darüber, dass es nicht gut für mich und Lavender sei, so abhängig voneinander zu sein.

Kodiak: wo bist du
Lavender: Theaterunterricht in d Schule

Lavender hilft dabei, das Bühnenbild zu malen, weil sie wirklich gut darin ist. Sie kann singen, doch sie mag es nicht, wenn zu viel Aufmerksamkeit auf sie gerichtet ist. *Überhaupt* Aufmerksamkeit.

Das Lehrpersonal weiß, dass es sie im Unterricht nicht aufrufen soll – nicht, weil sie die Antworten nicht wüsste, sondern weil sie die vielen Blicke nicht ertragen und nicht sprechen kann, wenn alle sie ansehen.

Sie liebt den Theaterclub, aber in letzter Zeit hatte sie es schwer dort, weil es ein Mädchen gibt, das nicht besonders nett zu ihr ist.

Kodiak: ärgert dich Courtney?
Lavender: sie läst mic nicht in Ruhe

Unsere Schule ist nicht weit weg vom Eisstadion. Ich schaue auf die Uhr. Wir können vorbeifahren, und ich kann in Ordnung bringen, was auch immer schiefgegangen ist, und trotzdem noch pünktlich zum Training kommen.

Ich hole tief Luft und unterdrücke die Panik, die wegen der kleinen Lüge, die ich gleich erzählen werde, an meinem Rücken hinaufkriecht. »Oh Mist!«

Mein Dad blickt mich mit gerunzelter Stirn an. »Was ist?«

»Ich habe meine Mathemappe in der Schule liegen lassen, und wir haben am Freitag einen Test, für den ich lernen muss.«

»Keine Sorge, Junge. Wir fahren vorbei und holen sie nach dem Training.«

Ich beginne mit dem Knie zu wackeln und streiche mit den Händen an meinen Oberschenkeln auf und ab. »Können wir auf dem Hinweg vorbeifahren? Manchmal werden die Türen zu dem Flur mit meinem Spind vor fünf abgeschlossen, und dann komme ich nicht mehr rein. Es ist ein Algebratest, und ich hatte bei der letzten Hausaufgabe ein paar Sachen falsch. Ich will es nicht vermasseln.«

Mein Dad schaut auf die Uhr und dann auf meine wackelnden Beine. Wegen der kleinen Lügen habe ich einen Kloß im Hals. Wir haben wirklich einen Algebratest, aber ich habe fast immer Supernoten in Mathe. Nur wenn mein Dad glaubt, dass ich deswegen während des Trainings angespannt bin, fährt er wegen mir wahrscheinlich vorbei. Er versteht meine Besorgnis nicht so gut wie meine Mutter, und er kann die Anzeichen auch nicht auf die gleiche Weise lesen.

Meine Mom wüsste, dass ich simuliere, und sie würde mich

dazu bringen, mich selbst zu beruhigen. Mein Dad hingegen geht immer direkt in Problemlösungsmodus.

»Du darfst nicht zu spät zum Training kommen.« Er umklammert das Lenkrad, offensichtlich denkt er darüber nach.

»Das würde ich nicht. Es dauert nur eine Minute, sie zu holen. Bitte. Ich muss heute Abend wirklich lernen.« Meine Stimme bricht, denn meine Besorgnis ist real. Ich muss zu Lavender, und wenn er nicht vorbeifährt, bekomme ich noch eine echte Panikattacke. Dann läuft das Training schlecht und daraus wird eine mächtige Abwärtsspirale, aus der herauszukommen Stunden dauern wird.

Ich würde mich schuldig fühlen, weil ich mein Team im Stich gelassen hätte, und noch schlechter, weil ich Lavender nicht hätte helfen können. Je früher ich zu ihr komme, desto besser wird alles.

»Okay, aber du läufst nur rein und schnappst dir die Mappe.« Er trommelt stirnrunzelnd auf das Lenkrad.

Ich nicke eifrig. »Ich beeile mich.«

Er fährt vor dem Haupteingang der Schule vor, und ich springe heraus, bevor der Wagen ganz hält. Sobald ich drin bin, schreibe ich Lavender eine Nachricht, um ihr zu sagen, dass ich da und auf dem Weg zum Theater bin.

Sie stellt keine Fragen, wie zum Beispiel, wie ich es geschafft habe zu kommen, wo ich doch eigentlich Training habe.

Lavender: In der Requisitenkammer

Ich stürze durch die Tür, die direkt zur Bühne führt. Ich kenne den Schauspielsaal sehr gut, auch wenn ich niemals bei einer Aufführung mitmachen würde.

Ich halte in der Gruppe von Kids nach Courtney Ausschau, kann sie aber nirgends sehen.

Ich laufe zum Gang, der zur Requisitenkammer führt, als einer der Jungen johlt: »Das Gym ist auf der anderen Seite des Gebäudes.«

Die Schauspiellehrerin Miss Garrett ruft meinen Namen, doch ich ignoriere sie. Mein gesamter Körper bricht in kalten Schweiß aus. Dafür werde ich Ärger kriegen – mit Miss Garrett und sicher auch mit meinem Dad, wenn ich nicht in zwei Minuten wieder zurück bin – aber das ist mir egal. Lavender braucht mich.

Hinter den Vorhängen ist es dunkel wie in einer sternenlosen Nacht, weil die Wände schwarz gestrichen sind. Sobald ich den Gang entlanggehe, verschwinden die Geräusche der Schüler auf der Bühne und werden durch Courtneys nasale Stimme ersetzt.

»Was ist los mit dir? Du tust das nur, um Aufmerksamkeit zu erregen. Du weißt, dass dich niemand mag, ja? Alle halten dich für 'ne komische Tussi und 'ne Loserin. Sie sind nur nett zu dir wegen deiner Brüder und Kody.«

Ich eile auf die Stimme und das leise klagende Geräusch von Lavender zu, die klingt, als würde sie nicht zu weinen versuchen. Als ich sie endlich erreiche, ist Courtney da in Gesellschaft zweier Freundinnen. Sie bilden eine Mauer vor der Requisitenkammer und versperren so den Weg hinaus. Der Raum ist dunkel, aber das Leuchten eines Handys erhellt die Gesichter der Mädchen und zeigt, dass eine von ihnen den Lichtschalter mit der Hand bedeckt.

Sie bemerken mich nicht, weshalb ich mich langsam nähere und warte, bis ich direkt hinter ihnen bin, bevor ich knurre: »Was zum Henker tut ihr da?«

Courtney schreit auf, und die anderen beiden Mädchen wirbeln kreischend herum. Ich schlage auf den Lichtschalter an der Wand und tauche die Requisitenkammer in einen harten

Neonschein. Zorn kocht in mir hoch, als ich Lavender in einer Ecke entdecke, zusammengerollt auf dem Boden, Unterarme auf die Ohren gepresst, um sich vor den Worten zu schützen, das Gesicht gegen die Knie gepresst, die Hände zu Fäusten geballt.

Courtney hebt die Hände, Augen weit aufgerissen, und tut unschuldig. »Kody! Oh mein Gott, Lavender hat einen ihrer Anfälle, und wir versuchen, ihr zu helfen.«

Ich trete dicht vor sie hin und senke die Stimme. »Indem du sie komische Tussi und Loserin nennst? Verschwinde von hier, sofort.«

Ich schiebe mich zwischen sie und gehe wie ein schützender Schild vor Lavender in die Hocke. »Lasst uns allein«, fauche ich und streiche ihr über den Hinterkopf und sage in sanftem Ton. »Alles okay, ich bin hier.«

Ein Schauer durchläuft ihren gesamten Körper, und sie gibt ein Geräusch von sich, aber noch keine Worte. Ich nehme sie in eine schützende Umarmung und flüstere die besänftigenden Worte, die mir helfen, sie wieder auf den Boden zu holen.

»Ignorier sie einfach, Lavender. Hier sind nur du und ich. Ich hab dich.« Ich lege meine Hand auf ihre und ermutige sie, ihre Faust zu öffnen, damit ich ihre Handfläche an meinen Hals legen kann. Am meisten hilft, wenn sie spürt, wie sehr ihre Panik auch meine ist, und dann atmen wir zusammen, bis sie sich wieder beruhigt hat.

Ihre Handfläche ist feucht und glitschig, und sie bohrt kurz ihre Fingernägel in meinen Hals, als ich ihre Hand dorthin lege. Ich befürchte, sie hat sich selbst verletzt. Es passiert manchmal, wenn ihre Panik wirklich groß ist, wie damals, als sie im Schrank eingesperrt war.

Das Geräusch von Absätzen auf dem Flur wird kaum registriert, während Lavender tief und rasselnd Luft holt und sich bemüht, ihre Atmung an meine anzupassen.

»Was ist hier hinten los?«, fragt Miss Garrett.

»Lavender hat einen Anfall. Wir haben versucht, ihr zu helfen, aber Sie wissen ja, wie sie sein kann, Miss G«, lügt Courtney.

»Ihr hättet zu mir kommen sollen, anstatt das selbst zu versuchen«, rügt sie sie. »Kody? Was tust du hier?«

»Ich helfe. Und Courtney ist eine Lügnerin. Sie haben Lavender gequält und sie beleidigt und alles nur noch schlimmer gemacht.« Ich gebe mir keine Mühe, über die Schulter zu schauen, während ich mit der Lehrerin spreche.

Plötzlich gehen Courtney und ihre Freundinnen auf Abwehr, werden laut und nennen *mich* einen Lügner.

Lavender versucht, näher an mich heranzukommen, um sich noch besser zu verstecken. Sie ist winzig, die Kleinste in der Klasse, und ich bin bereits eins vierundsiebzig, also überrage ich sie und bedecke sie beinahe komplett, um sie vor Courtney und den anderen fiesen Mädchen zu schützen. Sie vergräbt ihr Gesicht an meiner Brust und versucht, die verzweifelten Geräusche zu dämpfen, die aus ihr herausdringen.

Ich sage ihr die ganze Zeit, dass alles in Ordnung ist, dass ich da sei und niemand sie sehen könne, während Miss Garrett den Mädchen befiehlt, in ihr Büro zu gehen.

»Kody, du musst Lavender jetzt loslassen, bitte«, sagt Miss Garrett.

»Nur einen Moment. Ich kann dafür sorgen, dass es besser wird«, sage ich zu ihr.

Miss Garrett berührt meine Schulter. »Ich weiß, dass du ein guter Freund sein möchtest, aber das ist nicht angemessen.«

»Sie braucht mich!«, fauche ich.

»Wenn du nicht tust, was ich sage, Kody, werde ich den Direktor rufen müssen.«

Lavender nimmt einen tiefen Atemzug und hebt den Kopf, und ihre leuchtenden blauen Augen begegnen meinem Blick. Sie formt die Worte *Tut mir leid* mit den Lippen und lässt ihre Hand von meinem Hals herabgleiten.

Ich will sie nicht gehen lassen, doch ich will auch keinen Ärger mit dem Direktor, und ich werde wegen dem hier sowieso schon Probleme bekommen mit meinem Dad. Gewinnen kann ich das also nicht. Lavender wird es peinlich sein, und die Wahrscheinlichkeit ist hoch, dass sie deswegen morgen nicht die Schule besucht.

»Oh mein Gott, Kody! Geht es dir gut?« Miss Garretts aufgerissene Augen sind starr vor Schreck, und ihr entsetzter Blick ist auf meinen Hals gerichtet.

Ich verstehe nicht, jedenfalls, bis ich mir über die schweißnasse Haut streiche und auf Lavenders Handflächen hinabblicke, die mit halbmondförmigen Schnitten bedeckt sind, die bluten, weil ihre Fingernägel schon wieder zu lang sind. Sie ballt die Hände zu Fäusten, um die Verletzungen zu verbergen.

»Alles gut. Ich bin nicht verletzt; Lavender ist es«, sage ich zu ihr.

»Haben die Mädchen dir das angetan?« Miss Garrett geht neben uns in die Hocke.

Lavender schüttelt den Kopf, und ihr Blick schnellt zwischen uns hin und her.

»Es passiert, wenn sie sehr aufgewühlt ist; sie kann es nicht kontrollieren«, erkläre ich, um Lavender zu ermutigen, ihre Finger zu öffnen.

Miss Garrett will sich die Hand vor den Mund schlagen, kontrolliert jedoch rasch ihre Gestik und räuspert sich, wobei ihr Blick ganz sanft wird. »Wir müssen dich ins Büro bringen, damit wir uns das anschauen können, Lavender.«

Jetzt, wo sowohl Lavenders als auch meine Panik verschwunden sind, kann ich sehen, wie groß die Probleme hier sind und bin wegen viel mehr als dem Hockeytraining und meinem Dad, der wegen meiner Lüge wütend sein wird, besorgt. Ich bin besorgt, dass Lavender wegen dem hier noch mehr getriezt wird, und was Queenie sagen wird, wenn ich Ende der Woche Therapiesitzung habe. Aber ich packe das in eine Schachtel in meinem Kopf und sperre sie vorerst weg. Ich habe später ausreichend Zeit, mir darüber den Kopf zu zerbrechen.

»Können wir bitte zuerst ihre Hände säubern, Miss Garrett?«

Sie schürzt die Lippen und nickt langsam. »Natürlich.« Ich merke, dass sie nicht sicher ist, ob sie mich mit Lavender allein lassen soll, aber sie richtet sich auf. »Ich bin gleich zurück.«

Sobald sie gegangen ist, wende ich mich wieder Lavender zu. »Ist es schon länger so schlimm? Und lüg nicht; ich merke, wenn du nicht die Wahrheit sagst.«

Sie leckt sich die Lippen, wobei ihre Zunge über die Narbe in der Unterlippe fährt. »Ich bin bis heute damit klargekommen«, flüstert sie. »Tut mir leid.«

»Entschuldige dich nicht. Du kannst nichts dafür.«

»Du kriegst Ärger.«

Ich zucke mit den Achseln, als wäre es egal. Sie ist sowieso schon neben der Spur. Sie braucht nicht noch mehr, worüber sie sich Gedanken machen muss. Also lüge ich, weil ich nicht will, dass sie erneut in Panik gerät. »Es wird alles gut.«

Miss Garrett kehrt mit feuchten Papiertüchern zurück, und wir säubern Lavenders Hände und meinen Hals. Auf dem Weg zum Empfang merke ich schließlich, dass mein Handy vibriert. Ich habe Angst ranzugehen, weil mein Dad bestimmt ausrastet. Ich habe jedoch nicht die Gelegenheit, mir zu überlegen, was ich ihm sagen soll, denn er ist im Büro, als wir hinkommen.

Mein Dad ist wirklich ein imposanter Typ. Er ist über eins achtzig und hat breite Schultern. Meistens ist er entspannt und regt sich nicht besonders auf. Meine Mom nennt ihn ihren großen Teddybären. Es ist irgendwie abgefahren, wie sie miteinander umgehen. Aber meine Mom hat recht; mein Dad ist sanftmütig, und in dem Moment, in dem er Lavender sieht, den Kopf gesenkt und die Schultern hochgezogen, so als wollte sie sich vor der Welt verstecken, ist die Verärgerung wie aus seinem Gesicht gewischt, und Mitgefühl tritt an ihre Stelle.

Manchmal nervt es mich, wie anders sich Dad in Bezug auf Lavender und Moms Besorgnis verglichen mit meiner verhält.

Sein Blick bewegt sich zwischen Lavender und mir hin und her, als er das Puzzle zusammensetzt, doch er richtet das Wort an Miss Garrett. »Was ist hier los?«

Ihr Lächeln ist angespannt und fragend. »Es gab einen Zwischenfall, und Kody hat versucht zu helfen.«

»Lavender, bist du okay, Schätzchen?«, fragt mein Dad sanft.

Sie ringt die Hände und nickt, wobei sie zu ihm hinaufspäht. »Es tut mir leid. Ich will nicht, dass Kodiak Ärger bekommt.«

Seine Miene wird noch mitfühlender, und er verzieht die Mundwinkel zu einem traurigen Lächeln. Ich bekomme ein seltsames Gefühl in der Magengrube, das mir nicht gefällt.

»Ich weiß das, Schätzchen.«

Miss Kay, die Vertrauenslehrerin, taucht im Türrahmen auf, und sie und Miss Garrett tauschen Blicke, als Lavender wortlos in ihr Büro geht. Sie blickt noch einmal verunsichert über die Schulter.

Ich verbringe die nächste halbe Stunde mit meinem Dad und Miss Garrett im Büro des Direktors, um zu berichten, was passiert ist. Ich kenne die Geschichte nicht von Lavenders Seite, aber ich erzähle ihnen meine – dass ich weiß, dass

Courtney Lavender schon eine Weile mit ihren Äußerungen traktiert habe, dass ich nicht gewusst hätte, wie schlimm es war und dass ich mit angehört hätte, wie sie gemeine Sachen zu ihr gesagt haben, als ich sie dabei ertappt hätte, wie sie Lavender in der Requisitenkammer festgehalten haben.

Schließlich bitten sie mich, im Büro Platz zu nehmen und zu warten, während sie mit meinem Dad sprechen. Im Büro sind keine elektronischen Geräte erlaubt, weshalb ich frage, ob ich die Toilette benutzen darf. Als ich dort bin, lösche ich alle Nachrichten zwischen Lavender und mir. Ich werde deswegen Ärger bekommen, und es wird Folgen haben, aber in diesem Moment ist es mir im Grunde egal.

Ich habe Nachrichten von Maverick, ich lasse sie jedoch unbeantwortet. Er wird schließlich herausfinden, was passiert ist, und er ist noch immer auf dem Eis, wo ich ebenfalls sein sollte. Ich spritze mir kaltes Wasser ins Gesicht und versuche, ruhig zu atmen. Ich kann im Moment nichts tun, also gebe ich mir Mühe, nicht an die ganzen Eventualitäten zu denken.

Als ich ins Büro zurückkehre, wartet mein Dad mit finsterem Blick auf mich. Auf dem Weg zum Auto schweigt er, und mein Unbehagen wächst, bis ich das Gefühl habe zu ersticken. Ich klettere auf den Beifahrersitz, aber am liebsten würde ich rennen, um mein Gehirn abzuschalten. Mein Mund ist trocken, und meine Handflächen sind feucht.

Mein Dad streckt die Hand aus, Handfläche nach oben. Er muss nichts sagen, damit ich weiß, was er will. Ich ziehe mein Handy aus der Tasche und lege es auf seine Hand. Ich war schlau genug, Lavenders Kontakt wieder auf ihren Namen einzustellen, als ich auf der Toilette war. Ich habe sogar ein Bild mit violetten Blumen hinzugefügt.

Er starrt sekundenlang auf den leeren Nachrichtenscreen, bevor er das Handy hochhält. »Dass du deinen Austausch mit

Lavender löschst, verrät mir, dass du etwas zu verbergen hast, Kodiak.«

Ich lege meine Handflächen fest auf meine Oberschenkel, damit sie nicht zucken und ich nicht herumfuchtle. »Ich wollte nicht, dass sie in Schwierigkeiten gerät.«

Ich kann seinen Blick auf mir spüren. Ich beiße mir auf die Wange, bis ich Blut schmecke, und halte den Kopf gesenkt.

»Das ist wohl ein Teil des Problems, oder nicht?«

Verwirrt sehe ich zu ihm hinüber.

»Wenn der Inhalt deiner Nachrichten Lavender in Schwierigkeiten bringen könnte, dann ist das ebenfalls ein Problem, ganz zu schweigen davon, dass das mit der Mathemappe, die du angeblich in der Schule vergessen hast, eine glatte Lüge war. Ich verstehe gar nicht, was du eigentlich vorhattest. Du hättest wissen müssen, dass ich es herausfinde.«

Ich werfe die Hände in die Luft. »Du hättest nicht an der Schule gehalten, wenn ich dir gesagt hätte, wieso!«

»Damit hast du vollkommen recht. Ich hätte die Schule angerufen und sie von einem Erwachsenen – nämlich ihrer Vertrauenslehrerin – suchen lassen, damit sie das Problem auf Schulebene lösen. Ich hätte außerdem Violet oder Alex angerufen, um ihnen mitzuteilen, dass es ein Problem gibt. Du bist dreizehn. Du kannst dich nicht zu ihrem Retter aufschwingen.«

»Du weißt nicht, wie das ist! Ich sorge dafür, dass es ihr besser geht! Ich kann helfen, wenn sonst niemand es kann.«

»Du hast mich angelogen in dem Wissen, dass ich es herausfinden würde. Das ist ein echtes Problem.«

»Aber ich hatte recht. Courtney hat sie runtergemacht! Du hast nicht gehört, was sie zu Lavender gesagt hat!«

»Ein Lehrer hätte das unterbunden«, antwortet er.

Ich schnaube. »Ja, klar. Du weißt, was passiert, wenn Lavender eine Panikattacke bekommt. Sie kann nicht einmal mehr reden, wie sollte ihr also jemand helfen?«

Mein Dad schweigt so lange, dass ich einen Blick riskiere. Er reibt sich die Stirn mit gesenktem Kopf, was nach Resignation aussieht. »Was ist, wenn du nächstes Jahr in die Highschool kommst, und sie ist noch immer in der Mittelschule?«

Ich will nicht über nächstes Jahr reden. »River wird da sein.«

Es ist seltsam. Sie sind Zwillinge, aber er kann ihr nicht helfen, wenn sie in diesem Zustand ist. Sie sagt, das liegt daran, dass sie seine Frustration darüber, dass er sie nicht versteht, spüren kann.

»Er war heute auch nicht da, und sie hat nicht ihn benachrichtigt, oder?«, fragt mein Dad.

»Vielleicht hat sie ihm vorher geschrieben, doch ich habe als Erster reagiert.«

»Vielleicht, aber ich habe das Gefühl, da läuft etwas anderes. Das hier wird schlimmer, nicht besser, und das geht jetzt schon eine ganze Weile so.«

Ich beiße mir erneut in die Backe, weil ich die Wahrheit nicht zugeben will.

»Was ist, wenn sie dir nächstes Jahr eine Nachricht schickt, weil sie deine Hilfe braucht? Was willst du tun, wenn deine Highschool Kilometer von ihr entfernt ist?«

Meine Beine beginnen zu wackeln, obwohl ich versuche, sie festzuhalten und die Füße flach auf dem Boden zu lassen. In meinem Kopf dreht sich alles, meine Gedanken sind außer Kontrolle. Ich sehe nur Lavender vor mir, wie sie sich irgendwo zusammengekauert hat, wo ich nicht hinkomme – ein dunkler Abgrund, in den ich nicht hineingreifen und aus dem ich sie nicht herausholen kann.

Plötzlich fühlt es sich so an, als wäre die gesamte Luft aus dem Wagen gesaugt worden. Ich balle meine Hände zu Fäusten und öffne sie wieder, wobei ich mir bewusst bin, dass es Dinge gibt, durch die ich das beenden kann, aber ich kann den Willen dafür nicht aufbringen. Stattdessen lasse ich zu, dass Panik von mir Besitz ergreift und mich wie ein Gift durchdringt.

»Scheiße«, murmelt mein Dad.

Er legt mir die Hand auf die Schulter, doch ich schüttle sie ab und schreie: »Tu das nicht!«

Als wir in die Auffahrt einbiegen, zucke ich, als wollte ich aus der Haut fahren. Kaum hat mein Dad den SUV geparkt, als ich bereits durch die Garage renne. Ich will mit meinen Gedanken allein sein, damit ich mich in Ruhe hineinsteigern kann.

Aber meine Mom steht schon da und versperrt den Weg nach oben. Ihr Gesichtsausdruck sorgt dafür, dass die Schuldgefühle nicht mehr zu kontrollieren sind. So viel Enttäuschung.

Und Angst.

Ich weiß nicht, was für eine Angst das ist. Hat sie Angst vor mir, um mich?

Ich drücke meine Handflächen gegen die Schläfen – die Kopfschmerzen haben bereits angefangen –, kneife die Augen zu, damit ich ihr Gesicht nicht sehen muss, und packe meine Haare. Irgendwas, um mich von den wirbelnden Gedanken in meinem Kopf abzulenken.

Was, wenn ich nächstes Jahr nicht mehr da bin?

Was, wenn sie uns voneinander trennen?

Was, wenn ich die Dinge nicht mehr in Ordnung bringen kann?

Was, wenn jemand anders besser darin ist, ihr zu helfen?

Ich sehe schwarze Punkte und ringe mühsam nach Luft.

»Kodiak, Liebling, du musst dich hinsetzen.« Meine Mom packt mich an den Schultern. »RJ, hilf mir bitte.«

Zwei starke Hände packen mich unter den Achseln, und ich sinke zu Boden.

Mein Kopf schwimmt. Er ist so voll. Ich will nur, dass es Lavender gut geht.

»Das ist außer Kontrolle geraten«, sagt mein Dad.

»Queenie ist auf dem Weg hierher.« Meine Mutter legt ihre warme Hand auf meine Wange.

»Was ist mit …« Mein Dad beendet den Satz nicht, aber er will wahrscheinlich wissen, was mit Lavender ist, und ich ebenfalls.

Meine Mom beantwortete die nicht gestellte Frage indirekt. »Ich weiß nicht, was ich noch tun soll«, sagt sie. »Ich weiß nicht, wie ihnen zu helfen ist.«

17

Zertrennen

Kodiak
Dreizehn Jahre alt

Am nächsten Tag gehe ich nicht zur Schule. Meine Sitzung mit Queenie war ermüdend, und ich habe schlecht geschlafen. Ich stehe erst spät auf und fühle mich noch immer müde. Ich will wissen, wie es Lavender geht und mich vergewissern, ob alles okay ist. Meine Eltern haben mein Handy konfisziert, weshalb es keine andere Möglichkeit gibt, um mit ihr in Kontakt zu treten, als zu ihr zu gehen. Maverick ist mein bester Freund, also bin ich häufig dort, aber ich befürchte, das könnte sich ändern.

Womit ich recht habe.

Als ich nach unten gehe, sitzen meine Eltern und Lavenders Eltern um die Kücheninsel herum. Ihr im Flüsterton geführtes Gespräch erstirbt, sobald sich meine Mom zu mir umdreht. »Guten Morgen, Schätzchen, hast du gut geschlafen?«

Ich zucke mit den Achseln. Ich hatte Albträume, in denen ich Fetzen von Lavenders Kleid und ihre zerbrochene Brille vor einer Tür finde, die ich nicht öffnen kann. Jedes Mal, wenn ich ihren Namen rufen wollte, kam nur ein Flüstern heraus. Es fühlt sich an, als hätte ich überhaupt nicht geschlafen.

Meine Mom steht auf und kommt um die Insel herum, um

mich zu umarmen. Normalerweise wäre mir das in Gegenwart Dritter peinlich, aber heute Morgen brauche ich es. Ich mag es nicht, wenn sich meine Eltern über mich ärgern, und gestern Abend haben sie das getan. Ich bin bereits größer als meine Mom, also muss ich mich hinunterbeugen. Als sie mich wieder loslässt, glänzen ihre Augen, als versuchte sie, nicht zu weinen.

»Was ist los?«

Sie streicht mir die Haare aus der Stirn. »Wir müssen uns unterhalten.«

»Das haben wir doch gestern Abend gemacht.« Mein Magen krampft sich zusammen.

»Ich weiß, aber wir dachten, es wäre das Beste, wenn alle anwesend sind, und Queenie kommt auch.«

Ich blicke zu den anderen hinüber. Sie sehen müde und traurig aus. »Was ist mit Lavender?«

»Queenie bringt sie mit. Du solltest dich anziehen, sie sind bald da. Ich mache dir einen Toast, okay?«

»Okay.« Ich nicke benommen und gehe wieder nach oben, um mich anzuziehen. Das alles fühlt sich falsch an.

Zwanzig Minuten später sitze ich am Tisch mit einem Glas Orangensaft und gebuttertem Toast, den ich sowieso nicht essen kann, so nervös bin ich – vor allem, weil Lavender mir gegenüber am Tisch sitzt, ihre Eltern zu ihrer Rechten wie auch meine neben mir.

Sie hat dunkle Ringe unter den Augen, was das Blau noch mehr leuchten lässt. Sie verschränkt die Hände auf dem Tisch und fährt ein ums andere Mal mit den Zähnen an der Narbe auf ihrer Unterlippe entlang. Ihre Lippen sind gerötet und wund.

Queenie sitzt am Kopfende des Tisches. Ihre Augen sind sanft und voller Mitgefühl, aber heute sieht sie ebenfalls nervös aus und so, als wäre ihr ein wenig unbehaglich.

»Wisst ihr, warum wir alle hier sind?«, fragt sie.

»Wegen mir«, sagt Lavender leise.

Ihre Mom legt ihre Hand auf Lavenders, drückt sie aber nicht.

»Hier geht es nicht nur um dich, Lavender. Wenn das so wäre, wärst nur du hier«, erklärt Queenie. »Was gestern passiert ist, hat uns deutlich gemacht, wie diese Situation außer Kontrolle geraten ist. Wir dürfen uns nicht von einer anderen Person abhängig machen, um unsere Ängste zu besänftigen.«

»Das ist nur, wenn es ganz schlimm ist«, erwidere ich. »Und ich sorge dafür, dass sie aufhören.«

»Lavenders Panikattacken haben an Häufigkeit und Intensität zugenommen in den letzten Monaten«, sagt Queenie.

»Das liegt daran, dass Courtney sie drangsaliert. Und die Mittelstufe ist anders. Es war für mich auch schwer am Anfang«, kontere ich.

»Ich stimme zu, dass die Mittelstufe anders ist, und Lavender hat mir von dem Mobbing erzählt, mit dem wir uns befassen werden. Aber es ist mehr als das, Kody. Du verbirgst Sachen, und das ist für keinen von euch beiden gut.«

»Ich verberge gar nichts!« Doch das ist schwer zu glauben, denn es ist gelogen.

Queenie nickt Lavenders Dad zu, der eine dicke Mappe zum Vorschein bringt. Darin liegt ein Stapel weißer Blätter. Er schlägt sie auf und breitet die Blätter aus. Sein Blick begegnet meinem; er sieht nicht wütend aus, aber glücklich auch nicht. »Das sind die Textnachrichten zwischen dir und Lavender der letzten zwei Wochen.«

Ich blicke zu Lavender. Ihr Kinn zittert, und ich kann die Bitte um Entschuldigung in ihren Augen sehen. Sie hat nicht daran gedacht, die Nachrichten zu löschen, oder vielleicht haben ihre Eltern die Nachweise aufbewahrt. Ich habe meine gelöscht, aber nicht daran gedacht, dass Gleiche auch für Lavender zu tun.

Tränen laufen ihr über die Wangen, und ihre Schultern zucken, als sie sich zusammenkrümmt. Ihre Mom nimmt ihre Hand, wahrscheinlich damit sie sich nicht wieder selbst verletzt, obwohl ihre Fingernägel geschnitten sind.

»Ich weiß, dass dir Lavender wichtig ist, Kody, und du würdest ihr nie wehtun, aber dieses« – ihr Dad muss sich räuspern – »Kommunizieren fast vierundzwanzig Stunden am Tag, ohne dass jemand Bescheid wusste. Das ist für euch beide nicht gut.«

Meine Angst steigert sich rasant, als ich an die ganzen Nachrichten denke, die wir geschickt haben, die Dinge, die wir geschrieben haben, die Male, die Mädchen etwas Fieses zu ihr gesagt haben und ich Lavender versichert habe, das Mädchen sei eifersüchtig, weil Lavender viel hübscher sei. Ihr Dad hatte sie alle gelesen. Er weiß, dass wir uns manchmal spätabends schreiben, wenn sie nicht einschlafen kann, und dass unser Nachrichtenaustausch kontinuierlich ist; es ist das Erste, was wir morgens tun, und dann den ganzen Tag über. Wir sind die Rettungsleine für den jeweils anderen. Wieso verstehen sie das nicht?

»Sie ist meine Freundin«, sage ich. »Ich will nur helfen.«

Meine Mom drückt meine Hand. »Das wissen wir, Honey.«

»Ich denke, es wäre gut, ein paar Grenzen zu ziehen«, sagt Queenie sanft.

In Lavenders Gesichtsausdruck spiegelt sich die Panik wider, die ich empfinde.

»Grenzen?«, flüstert sie.

»Ihr beide braucht ein bisschen Abstand voneinander«, sagt meine Mom.

Queenie blickt zu meiner Mom, die Lippen geschürzt, und

ich weiß, dass sie angestrengt darüber nachdenkt, was sie sagen möchte. »Diese Abhängigkeit wird langsam ungesund. Es ist nicht gut, dass ihr Dinge vor euren Eltern verheimlicht.« Queenie nimmt Lavenders freie Hand. »Es ging dir so gut, Lavender. Ich weiß, Mittelstufe ist anders, aber wir können im Leben nicht rückwärtsgehen; wir können nur immer weitermachen, was passiert nämlich sonst?«

»Wir bleiben in ungesunden Mustern stecken.« Lavenders Blick wandert kurz zu mir und dann wieder weg von mir. Zwei Tränen fallen auf die Tischplatte. »Ich kann mich bessern. Ich werde mich bessern. Ich werde an meiner Strategie arbeiten. Nur bitte …« Ihre Stimme bricht.

»Ich weiß, dass du das kannst, und es wird leichter sein, wenn wir euch beiden ein paar Grenzen setzen. Wir werden versuchen …«, sagt Queenie.

»Das Beste ist wohl, wenn die beiden eine Weile keinen Kontakt haben«, unterbricht Lavenders Dad. »Kody kommt nächstes Jahr in die Highschool. Er wird nicht da sein, Lavender, um dir zu helfen.«

»Aber er kann doch mein Freund sein, auch wenn wir nicht an derselben Schule sind.« Lavenders Augen sind groß und schnellen von ihrem Dad zu mir und zu Queenie.

»Natürlich kann er das, allerdings darfst du dich nicht allein darauf verlassen, dass er dir durch deine Panik hindurchhilft. Du musst dich auf dich selbst verlassen«, sagt Queenie.

Auch wenn ich es nicht sehen, es mir nicht eingestehen, es nicht glauben will, hat Lavenders Dad recht.

Ich werde nächstes Jahr nicht da sein. Und was dann? Wie kommt sie ohne mich klar? Ich habe Lavender geschadet, ohne es überhaupt zu merken. Indem ich sie behindert habe, anstatt ihr dabei zu helfen, sich weiterzuentwickeln.

Mir dreht sich der Magen um.

Aber Lavender war so hilflos gestern.

»Du musst auch ohne eine menschliche Krücke klarkommen«, erklärt Queenie.

Lavender bricht völlig zusammen.

Ich kann nur dabei zusehen, wie es passiert, wobei ich weiß, dass ich alles schlimmer gemacht habe für sie.

Ich will sie vor ihren Dämonen schützen und mich vor meinen. Aber sie sind immer da. Egal wie sehr wir versuchen, ihnen zu entkommen.

Etwas Dunkles breitet sich in meinem Inneren aus. Zorn, wie ich ihn zuvor noch nie gespürt habe, kocht hoch und mischt sich mit Verzweiflung, weil mir endlich klar wird, was alle anderen bereits zu wissen scheinen: Lavender ist ohne mich besser dran.

18

Lebe mit deinen Entscheidungen

Kodiak
Gegenwart

»Verdammter Mist, Mann, schau dir diesen Arsch an«, sagt irgendein idiotischer Studienanfänger, der ein Bier zu viel hatte, zu dem Kerl neben ihm.

Ich weiß, das war keine gute Idee, aber ich habe es trotzdem zugelassen. Maverick wollte eine letzte Party, bevor wir den Pool stilllegen, und dann ist er mit seinem Mädchen des Monats nach oben in sein Zimmer verschwunden und hat es mir überlassen, mich um alles zu kümmern.

Es sollten nur ein paar Leute sein, doch dann haben die ein paar anderen Leuten davon erzählt, und von da an ist die Sache aus dem Ruder gelaufen. Es sind sicherlich fünfzig Leute in unserem Garten. Und es ist erst acht Uhr. Bestimmt ist Mav in einer Stunde wieder unten, nur bis dahin muss ich mich um die Leute kümmern, und das ist so ziemlich das Letzte, worauf ich Lust habe.

Würden bei mir nicht gerade Renovierungsarbeiten stattfinden dank eines schadhaften Kabels, das beim Tischbackofen einen Kurzschluss verursacht hat, und wäre die Küche nicht völlig ausgebrannt, könnte ich ihm das Chaos hier überlassen. Aber weil ich bis auf Weiteres hier wohne, habe ich keine große Wahl. Das Gute daran ist, wir werden eine hübsche neue Küche haben, wenn mal alles fertiggestellt ist.

Zum Glück ist River heute Abend unterwegs, also muss ich nicht mitansehen, wie er Löcher in mich starrt. Und Lavender hat sich wahrscheinlich in ihrem Zimmer verkrochen, was sie meistens tut, seit ich nach dem Brand hier eingezogen bin. Ihr Zimmer ist direkt über meinem.

Ihr Bettgestell quietscht, wenn sie nachts keine Ruhe findet. Ihre Nähmaschine summt in den frühen Morgenstunden unaufhörlich, wenn sie nicht schlafen kann. Unter der Dusche singt sie immer. Aber am schlimmsten sind die Nächte, wenn ich irgendeine abscheuliche Bemerkung ihr gegenüber mache, um uns beide daran zu erinnern, was für ein absolut schrecklicher Mensch ich bin. Und später bekomme ich das bestätigt, worauf ich schon gewartet hab, wenn ich höre, wie sie um Luft ringt. Ich war immer derjenige, der sie gerettet hat. Jetzt bin ich der Grund dafür, wenn sie zusammenbricht. Das sind die Nächte, in denen sie stundenlang näht.

Als die Party in vollem Gange ist, lenke ich mich damit ab, dass ich durch meine Nachrichten scrolle. Meine Mom hat vor einer Stunde angerufen, um zu hören, wie es mir geht. Ich habe gelogen und ihr gesagt, dass ich in der Bibliothek sei, um zu lernen, aber dass ich sie morgen anrufen würde.

»Oh Scheiße.« BJ stellt sein Bier hin, an dem er während der letzten Stunde genuckelt hat. Es muss inzwischen pisswarm sein. Ich blicke zu ihm hinüber, doch mein Telefon meldet sich erneut; diesmal ist es Instagram. Ich bin gelangweilt. Ich wünschte, Lavender würde aufhören, sich zu verstecken, damit sich mein Kopf mit irgendwas beschäftigen kann.

»Jemand soll Clarke ablenken, damit ich mich vorstellen

kann.« Der Erstsemester-Idiot leert den Rest seines Biers und knallt den Plastikbecher auf das Geländer, womit er ihn zusammenknautscht.

»Ich bin dabei«, sagt ein anderer Neuling. »Aber das heißt, ich bekomme die, mit der du's gerade getrieben hast.«

»Vielleicht steht sie ja auch auf Gruppensex.«

»Verdammt, ja.« Sie machen einen Faustcheck.

»Ich würde euch dringend empfehlen, die Schnauze zu halten«, sagt BJ.

Der Erstsemester-Idiot blickt ihn finster an. »Wieso? Schau sie dir an – der Bikini schreit, beug dich über mich und versohl mir den Hintern, während du mich von hinten nimmst.«

»Weil das meine Cousine ist, und wenn du auch nur in ihre Richtung atmest, werde ich bei meiner nächsten offiziellen Veranstaltung deine Eier als Fliege tragen.«

Das erregt meine Aufmerksamkeit. Ich folge dem Blick des Idioten zum Pool und ramme ihm beinahe die Faust ins Gesicht, als mir klar wird, wen er meint. »Was soll der Scheiß denn?«

Am Poolrand steht Clarke – Student im letzten Jahr und einer der rücksichtslosesten Spieler im Team – und wird, als er ihr gerade einen Shot reicht, von Lavender angelächelt. Schlimm genug, dass sie eigentlich noch keinen Alkohol trinken darf – was allerdings für mehr als die Hälfte der Leute hier zutrifft – und einen gottverdammten weißen Bikini trägt, dessen Top kaum ihre Nippel bedeckt. Das Unterteil ist ein Tanga. Ihr gesamter Hintern ist zu sehen, einschließlich des Feuermals, das an ein Herz erinnert. Ich habe es einmal zu Gesicht bekommen, zufällig, als wir Kinder waren. Wenn Maverick und River das mitansehen würden, würden sie ihren Verstand verlieren. Und so wie BJ grinst, darf ich die Verantwortung dafür übernehmen.

»Lavender, komm hierher!«, rufe ich.

Ihr Lächeln wird breiter, aber sie wendet den Blick nicht von Clarke ab. Stattdessen hebt sie die Hand und zeigt mir den Mittelfinger.

BJ bricht in schallendes Gelächter aus.

»Schluss mit dem Schwachsinn.« Ich knalle mein Bier voller Wucht auf die nächste Oberfläche, und weil es beinahe noch voll ist, reagiert es wie ein Geysir und bespritzt mich und jeden, der im Radius von einem Meter steht, einschließlich ein paar Mädels ganz in der Nähe, die unser Gespräch belauscht haben – oder auf den passenden Moment gewartet haben, um ihre Brüste an irgendjemandem zu reiben, mit dem sie an diesem Abend anbandeln wollen. Schon drei Mädchen haben das heute bei mir versucht, einschließlich des einen Mädchens, das im August in mein Zimmer gekommen ist und sich mir gleich nach dem Sex mit einem meiner Freunde ebenfalls angeboten hat.

Ich sehe rot, als Clarke die Hand ausstreckt und das Ende von Lavenders Pferdeschwanz berührt, der passenderweise nur Zentimeter von ihrer rechten Brust herabhängt. Auf die er starrt. Wie alle anderen Typen hier draußen. Oder auf ihren Hintern.

Das ist anscheinend die Rache für den Kunstunterricht. Der große Unterschied ist, dass es hier Alkohol und einen Haufen testosterongesteuerter Sportler gibt. Ich bin mir nicht sicher, ob sie es so richtig durchdacht hat, bevor sie so angezogen hier aufgetaucht ist. Denn egal, wie sehr sie lächelt und lacht, ihre Haut rötet sich. Sie wird zuerst an ihrer Brust fleckig, was sich auf Schultern und Hals ausbreitet und schließlich auch auf ihrem Rumpf.

Die meisten Leute würden es nicht sofort bemerken. Aber ich sehe es. Denn es handelt sich um Lavender. Und auch wenn sie nicht will, dass ich alle ihre verborgenen, dunklen und schmerzhaften Geheimnisse kenne, tue ich das trotzdem.

»Fass sie noch einmal an, und du verlierst deine Vorderzähne«, rufe ich beim Näherkommen.

Ich mache eine Szene – eine, die ich wahrscheinlich bereuen werde, weil Mav und River davon erfahren. Aber wenn sie hier wären, würde das nicht passieren.

Lavender schaut schließlich in meine Richtung. »Geh wieder zu deinen Mädels, Kodiak. Ich brauche keinen Bodyguard oder Babysitter.«

Clarke lacht und grinst mich an. »Hast du gehört? Uns geht's gut.« Er legt den Arm um ihre Schulter und zieht sie an sich. Ich bin mir ziemlich sicher, dass ihre Hinterbacke an seinen Oberschenkel gepresst ist, und seine Finger hängen gefährlich nah neben ihrer Brust herab.

Ich verliere die Kontrolle. Meine Frustration darüber, nicht zu bekommen, was ich will, macht mich mürbe. Jeder glaubt zu wissen, was gut für mich ist – wie ich mit meinen Impulsen umgehen soll, dass ich mich nicht von meinen Obsessionen beherrschen lassen soll, was nicht immer gelingt. Aber das hier ist mehr, als ich ertragen kann. Seit Wochen kämpfe ich gegen das Bedürfnis an, ein Arschloch zu sein, weil die Alternative bedeutet, wieder die alte Fixierung zuzulassen – und wenn ich das tue, bin ich sehr besorgt darüber, dass sie mich auffrisst. Genauso wie sie Lavender verschlingen würde.

Aber wir leben im selben Haus. Und sie ist jede Nacht direkt über mir. Nah genug, um sie zu hören, und zu weit weg, um sie zu berühren.

Die Vernunft in meinem Gehirn setzt aus. Ich schlage Clarke mit beiden Händen gegen die Brust, und er stolpert rückwärts. Als er den Halt verliert, landet er mit einem lauten Platschen im Pool.

Lavender wirft die Hände in die Luft, auch wenn ihre Wut nicht annähernd so groß ist wie meine. Noch nicht jedenfalls. »Was hast du nur für ein Problem, Kodiak?«

»Du bist mein verdammtes Problem. Du bist immer das Problem«, fauche ich.

Ein verletzter Ausdruck huscht über ihr Gesicht, doch sie strafft die Schultern. »Das Problem wäre ziemlich leicht zu lösen, indem du gehst, denn das hier ist *mein* Haus, nicht *deins*.«

Sie hat recht. Natürlich. Ich hätte überall sonst einziehen können, während mein Haus eine neue Küche bekommt, aber ich wollte nicht. Ich wollte hier sein, um sie so zu quälen, wie sie mich jahrelang gequält hat, ohne es zu merken. Wie es scheint, bin ich ein bisschen masochistisch. Clarke steigt prustend und wutentbrannt aus dem Pool. »Hast du sie noch alle, Bowman?«

Ich zeige mit dem Finger auf ihn. »Halt dich da raus. Es geht dich nichts an, und sie ist nicht für dich bestimmt.«

Lavender macht den Mund auf, bringt aber kein Wort heraus. Übelkeit steigt in mir auf. Ich tue das an einem öffentlichen Ort, etwas, das sie so sehr hasst. Diese ganze Aufmerksamkeit, die auf sie gerichtet ist, und sie ist beinahe nackt.

Ich habe genug von dem Publikum. Ich versuche, ihre Hand zu nehmen, aber sie wehrt mich ab. Ich schlinge einen Arm um ihre Taille, ziehe sie an mich und hebe sie hoch. Sie tritt und schlägt um sich, und ich kann ihr kaum ausweichen. Ich sinke auf ein Knie, lege meinen Arm um ihre Beine und werfe sie über meine Schulter. Sie kreischt, schrill und hörbar erschrocken. Ich gehe auf das Haus zu, wobei ich ihre Oberschenkel fest umklammere, denn ich will auf keinen Fall, dass sie auf ihr Gesicht fällt.

Sie saugt hörbar die Luft ein und stößt keuchend meinen Namen aus. »Kodiak!«

Ihre Brüste wippen an meinem Rücken, als ich eilig die Stufen hinaufsteige, vorbei an dem Erstsemester-Idioten, den verzweifelten Mädchen und BJ, der eine Braue hochgezogen hat, als wäre er in ein Geheimnis eingeweiht.

»BJ!«, kreischt Lavender und streckt eine Hand aus, aber sie ist viel zu weit weg, um ihn zu erreichen.

Er grinst, schüttelt den Kopf und hebt geschlagen die Hände. »Tut mir leid, Lav, ich kann dir gerade nicht helfen.«

Sie packt den Türrahmen, als ich hineingehen will. Eins muss ich ihr lassen, sie setzt sich kräftig zur Wehr – nicht wie damals, als sie ein ängstliches kleines Kind war.

»Lass mich runter!«, sagt sie, laut und hoch und genervt.

Ich drehe mich ein Stück, nicht um ihr Folge zu leisten, sondern um ihre Finger loszumachen. Als ich die erste Stufe auf dem Weg ins Obergeschoss nehme, schlägt sie mich auf den Hintern, fest. Was sie ein paarmal wiederholt, also tue ich das Gleiche bei ihr.

Sie kreischt, weil sie eine Vergeltung anscheinend nicht erwartet.

»Überleg es dir lieber zweimal, bevor du das noch einmal tust«, warne ich sie.

»Du bist ein Arschloch, Kodiak!«

»Hast du das eben erst festgestellt?« Meine Haut prickelt, als wir an den Zimmern im ersten Stock vorbeigehen in Richtung Dachgeschoss, wo Prinzessin Lavender residiert.

Der brennende Schmerz ihrer Zähne, die sich in meine Seite bohren, bringt mich beinahe ins Stolpern. Mein Griff um ihren Oberschenkel wird noch fester, und ich drehe den Kopf und beiße in das weiche, warme Fleisch neben meinem Ohr. Sie schmeckt wie etwas, das ich nicht haben wollen sollte.

»Au!«, schreit sie.

Ich löse die Zähne von ihrer Haut, obwohl ich kaum dem Bedürfnis widerstehen kann, daran zu saugen und einen

Knutschfleck zu hinterlassen. Sie tritt die Tür zu ihrem Zimmer auf, und ich stöhne beinahe auf, als ich in Lavenders Welt eintauche – Poster an den Wänden, funkelnde Nähnadeln und Gerüche. Es gibt neuen Stoff, Lavendelkerzen zur Beruhigung und Pfefferminzöl, das zum Lernen anregt. Der Geruch nach ihrem Shampoo liegt ebenfalls intensiv in der Luft.

Ich war schon ein paarmal hier drin, obwohl ich es nicht hätte sein sollen – hauptsächlich als Experiment, um zu sehen, ob ich damit klarkomme. Tue ich nicht. Meine Knie geben beinahe nach, als ich die vertrauten Gerüche einatme, die hier oben so viel stärker sind. Alles in ihrem Raum sind bunt zusammengewürfelte Fotos von ihr mit Familie und Freunden.

Von mir gibt es nichts. Nicht ein Foto. Nicht eine Erinnerung.

Ich habe dafür gesorgt. Ich war das.

Weil ich sie nicht ersticken wollte. Weil ich nicht wollte, dass sie auf mich angewiesen ist. Weil es für uns beide gefährlich war, auf sie angewiesen zu sein. Weil ich wusste, dass die Grenzen immer verschwimmen würden und meine Fähigkeit, sie von der Obsession zu trennen, vielleicht unmöglich würde. Ich konnte es nie einfach hinnehmen, dass ich sie im Stich gelassen habe, selbst als ich versucht habe, ihr zu helfen, und dass meine Fehler sie und uns unwiderruflich verändert haben.

Ich gehe hinüber zum Bett und werfe sie dort ab. Ihre Brüste hüpfen wie auch der Rest von ihr. Ich werde diesen Bikini verbrennen. Ihn anzünden und dabei zusehen, wie er in Flammen aufgeht.

Sie geht auf die Knie, ihr Gesicht ist gerötet und schweißbedeckt, und ihre Augen funkeln. »Was zum Teufel stimmt nicht mit dir?« Sie reibt sich den Hintern und blickt über die Schulter, wahrscheinlich, um nach Knutschflecken zu suchen.

»Was mit mir nicht stimmt? Was zum Teufel stimmt nicht mit dir, wenn du dich in so einer Aufmachung blicken lässt?« Ich zeige mit einer Hand in ihre Richtung, während mein Blick über ihren entblößten Körper wandert. Den Clarke wie seine nächste Mahlzeit begutachtet hat. Von dem der Erstsemester-Idiot auch ein Stück abhaben wollte.

Ihre Augen blitzen, und ihre Lippen kräuseln sich wütend. »Machst du Scherze? Du hast drei Stunden lang splitternackt vor meiner Kunstklasse gesessen, und du gehst mit diesem Schwachsinn auf mich los?«

»Es ist überhaupt nicht dasselbe!«, kontere ich laut.

»Du hast recht. Ist es nicht. Ich habe was an, und du hattest nichts an. Und nur, um mich wieder einmal daran zu erinnern, dass ich dir nichts bedeute?« Sie zeigt auf meine Brust. »Alle Mädchen dort unten sind genau gleich angezogen. Ich habe versucht dazuzugehören.«

Was nicht im Entferntesten stimmt, aber sie ist stinksauer und ich ebenfalls.

Mein Körper reagiert auf eine Weise, auf die er nicht reagieren sollte, was mich nur noch wütender macht. »Ist es das, was du willst, Lavender? Eins dieser Häschen sein, dieser geistlosen Lemminge da unten? Deine Runde durchs Team drehen, bis auf die, mit denen du verwandt bist? Wenn du damit durch bist, kannst du ja vielleicht mit dem Footballteam weitermachen.«

»Und wenn ich das wollte?« Sie stemmt die Faust in die kurvige Hüfte. »Wer bist du, um mir zu diktieren, was ich tun darf und was nicht? Ganz bestimmt genießt du die Vorzüge, die all diese Partys bieten. Wieso sollte ich das nicht ebenfalls tun?«

Ich weiß nicht, welche Gerüchte sie gehört hat, oder was sie über mich zu wissen glaubt, doch ich bezweifle, dass es stimmt. Ich bin kein Heiliger, aber ich bin auch nicht wie Maverick oder BJ. Trotzdem könnte ich bei dem Gedanken, dass sie mit einem oder gar mehreren meiner Teammitglieder rummacht, ausrasten, und ich werde zur schlimmsten, verabscheuungswürdigsten Version meiner selbst.

»Das ist nur ein Trick, um meine Aufmerksamkeit zu erregen, nicht wahr, Lavender? Wolltest du mich wieder allein erwischen und sehen, was passiert? Hatten wir das nicht schon?« Ich nehme ihr Gesicht in meine Hände, warm und lebendig und so wunderschön, dass es wehtut, sie anzuschauen. Aber ich beuge mich trotzdem nach vorn, die Folter, ihr so nah zu sein, ist besser als die Alternative, nämlich, dass Clarke oder irgendein anderes Arschloch sie in die Finger kriegt. »Nichts hat sich geändert, Lavender. Ich will dich noch immer nicht.« Lügen. Alles Lügen.

Ein verletzter Ausdruck huscht über ihr Gesicht, aber sie verbirgt die Reaktion rasch und verzieht die vollen Lippen zu einem Schnauben. »Bist du dir da sicher?« Ihre Fingerspitzen berühren meine Brust, und ich bekomme eine Gänsehaut. Sie hält meinem Blick stand, während sie ihre Hand abwärts gleiten lässt, die Provokation ist in ihren Augen zu sehen. Naiv gehe ich davon aus, dass sie nicht den Mut hat, so weit zu gehen, bis sie es tut. Sie streicht über meine Erektion und umfasst mich durch den dünnen Stoff. »Wie kaputt musst du inzwischen sein, Kodiak, dass es dich anturnt, mich mies zu behandeln?«

Ich beiße die Zähne zusammen gegen den Wunsch, mit den Lügen aufzuhören und diese Qual zu beenden. Stattdessen tue ich, worauf ich mich selbst programmiert habe: ein Arschloch zu sein. »Du bist praktisch nackt. Du bist nur Arsch und Titten und nackte Haut, wie beim letzten Mal. Wie wär's mit ein wenig Selbstachtung, Lavender.« Ich lasse sie los und verlasse den Raum, wobei ich die Tür hinter mir zuknalle.

Ich hasse mich für das, was ich gesagt habe und wie ich sie behandelt habe.

Ich wünschte, die Dinge lägen anders, dass ich uns nicht in diese Situation gebracht hätte, an diesen Punkt, an dem sie glaubt, ich hasse sie, wo ich doch mich selbst nicht ausstehen kann.

19

Zum Teufel mit dem Schwachsinn

Lavender
Gegenwart

Ich bewege mich minutenlang nicht, nachdem Kodiak weg ist, unsicher, was ich von seiner Reaktion und seinen Handlungen versus seinen Worten halten soll. Ich bin völlig verwirrt.

Ich lasse mich auf mein Bett plumpsen, während ich mir wie eine Idiotin vorkomme. Ich wollte es ihm heimzahlen wegen des Kunstunterrichts. Das habe ich davon, dass ich auf Loveys und Laceys Ratschläge gehört habe, nachdem sie Cooler getrunken hatten. Ich hatte nicht die ganzen betrunkenen Athleten bedacht, die mich betatscht haben. Ich meine, mir war klar, dass ich eine gewisse Aufmerksamkeit erregen würde, nur eben nicht so viel. Aber mit Kodiak und seinem fiesen Benehmen umzugehen ist erschöpfend.

Ich werde das hier morgen bestimmt bereuen. Mehr noch, als ich es schon tue.

Am nächsten Morgen bin ich mit einem neuen Kostüm beschäftigt. Ich habe das andere bereits Ende letzter Woche abgegeben und angeboten, mit etwas Neuem zu beginnen. Ein geräuschvolles Plumpsen lässt mich zusammenfahren, und beinahe hätte ich mich mit einer Nadel gestochen. Ich ziehe meine Ohrstöpsel heraus, und der Klang lauter Männerstimmen dringt durch meine Tür. Ich stoße meinen Stuhl zurück und mache taumelnd ein paar Schritte. Ich bin ganz steif davon, die letzten Stunden in derselben Haltung verharrt zu haben. Und ich brauche ein paar Sekunden, bis ich die Tür entriegelt habe, weil meine Augen noch immer darauf eingestellt sind, auf winzige Stiche zu starren.

Ich eile die Treppen hinunter und stoße auf die Quelle für den Lärm. »Was ist hier denn los?«

River sitzt auf Kodiak und zielt mit seiner Faust auf sein Gesicht. »Ich habe dir gesagt, du sollst sie nicht anfassen!«

»Sie war betrunken und hat mit Clarke geredet!« Kodiak hat gute Reflexe und wehrt sämtliche Schläge ab, was meinen Bruder nur noch wütender macht.

Woher weiß River von gestern Abend, wo er nicht einmal hier war?

Ich habe nicht viel Zeit, darüber nachzudenken, weil bei dem Tempo, das die beiden vorlegen, bald ein Zahn fehlen und Blutspuren auf dem Teppich sein werden. Jemand muss die beiden aufhalten, und ich befürchte, dass ich das sein werde.

Ich umklammere Rivers Arm, den er gerade abwärtsschwingt, weshalb ich neben Kodiak auf dem Boden lande. Als ich einen Ellbogen gegen den Hals bekomme, komme ich rasch zu dem Schluss, dass es ein Fehler war, mich in den Kampf einzumischen.

Plötzlich ist der Kampf vorbei, weil ich mich auf dem Boden winde, während ich mir den Hals halte und nach Luft schnappe. Ich komme mir vor wie ein sterbender Fisch, aber es tut echt weh.

»Oh mein Gott! Alles okay mit dir?« River streckt die Hand nach mir aus, aber ich trete nach ihm, weil er sich das sparen kann.

Der Kampf wird fortgesetzt.

»Schau nur, was du gemacht hast!«, schreit River Kodiak an.

»Du hast mich angegriffen! Und du hast sie auf den Boden geworfen!«, brüllt Kodiak zurück.

»Stopp!«, keuche ich.

Sie machen beide dieses Männerding, wo sie nicht wissen, wie sie helfen sollen, also ringen sie miteinander und versuchen wohl, jeweils die Oberhand zu gewinnen.

Ich rolle herum und stehe auf, wobei ich schützend meinen Hals umklammere. Wenigstens weiß ich jetzt, wie meine Verteidigung aussehen wird, sollte mich jemals wieder jemand angreifen. »Was ist los mit euch beiden?«, krächze ich.

River hält mir sein Handy vor die Nase.

Ich schnappe es mir, um zu sehen, was auch immer das Problem ist. »Woher ist das?«

Es ist ein Foto von mir, wie ich über Kodiaks Schulter hänge. Ich schlage um mich, und er sieht aus, als würde er gleich einen Mord begehen.

»Jemand hat es gestern Abend gemacht«, knurrt River und wirbelt zu Kodiak herum. »Ich habe dir gesagt, dass du deine Finger von ihr lassen sollst!«

»Denkst du, es wäre besser gewesen, wenn Clarke sich an sie rangemacht hätte? Dieser Typ ist ein Vollidiot!«, brüllt Kodiak zurück.

Ich habe so die Nase voll davon. »Meint ihr das wirklich ernst?«, schreie ich. Es ist die einzige Chance, sich bei ihrem Gezanke Gehör zu verschaffen.

Beide drehen sich um.

»Zuerst einmal bin ich nicht blöd. Ich weiß, dass Clarke ein

Idiot ist, und ich wäre nie so dumm, allein mit ihm in einem Raum zu sein. Und zweitens, hört ihr euch eigentlich zu? Ich bin kein Kind mehr, ich bin erwachsen. Wenn ich zu viel Alkohol trinken, einen Tangabikini tragen und mit einem Blödmann flirten will, ist das mein gutes Recht.« Auch wenn ich es laut ausspreche, kann ich sämtliche Schwachstellen in dem schrecklichen Plan sehen. »Ich werde meine eigenen Fehler machen, wie alle anderen auch. Es ist erbärmlich, wie hier mit zweierlei Maß gemessen wird! Maverick hat jeden Monat eine neue ›Freundin‹, und an euch hängen doch die ganze Zeit irgendwelche Bunnys. Dann rede ich ein einziges Mal mit einem Typen, und Kodiak verwandelt sich in einen Höhlenmenschen, und ihr beide wollt jetzt was tun? Euch deswegen prügeln?« Ich werfe die Hände in die Luft. »Wisst ihr was? Ich habe genug davon. Ich kann und will mich nicht von etwas definieren lassen, was mir im Alter von sechs passiert ist. Ich brauche keine Bodyguards.«

Die beiden keuchen wütend, und das bin ich jetzt auch. Ich drängle mich an ihnen vorbei und gehe wieder nach oben.

»Ich wollte dich nur von etwas abhalten, das du bereuen würdest!«, ruft mir Kodiak hinterher.

Ich wirble herum. »Nein. Wolltest du nicht. Du hast dich wie ein Arsch benommen, und ich hab genug davon. Und du«, – ich zeige mit dem Finger auf River – »du solltest dich abregen und diese fürsorgliche Belagerung ein Stück runterfahren. Ich weiß, dass du mich beschützen willst oder was du da auch immer machst, aber Kodiak ist nicht der einzige Bösewicht da draußen. Er ist nur zufällig derjenige, auf den du's abgesehen hast.« Ich kehre in mein Zimmer zurück und knalle die Tür zu.

Es ist gerade mal zehn. Ich werfe Sachen in meinen Rucksack. Ich muss hier weg, bevor ich wirklich noch die Nerven verliere. Ich bin mit Lovey und Lacey zum Lunch verabredet, um ihnen zu erzählen, wie mein idiotischer Plan ausgegangen ist.

Ich wäre besser gestern Abend zu ihnen gefahren und hätte das alles vermieden. Ich stecke mein Ökonomielehrbuch in meinen Rucksack. Ich schnappe mir auch ein paar Sachen zum Wechseln, weil die Chancen nicht schlecht stehen, dass ich bei Lacey und Lovey übernachte. Dieses ganze Testosteron treibt mich in den Wahnsinn.

Das Türschloss klickt leise. Ich muss mich nicht umdrehen, um zu wissen, dass es mein Zwillingsbruder ist.

»Ich brauche weder eine Belehrung noch einen Aufpasser.«

»Geht's dir gut?« Seine Stimme klingt sanft und leise.

»Es geht mir gut.«

»Ich hätte gestern hier sein sollen.«

»Das hätte nichts geändert. Ich habe etwas gemacht, ohne es zu Ende zu denken, und dieses Ende war Kodiak, wie er überreagiert. Wäre er es nicht gewesen, dann du oder Mav.« Ich drehe mich zu ihm um.

River macht wie gewohnt ein finsteres Gesicht. Er sieht noch immer wütend aus, aber da ist noch etwas anderes … Verwirrung? Traurigkeit?

»Ich kapiere nicht, wieso du so etwas überhaupt tust. Du hasst Aufmerksamkeit, und es passt so gar nicht zu dir. Und seit wann besitzt du einen Tangabikini?«

Das ist eine einfache Frage. »Seit ich mit Gigi zum Sonnenbräunen war, bevor wir letztes Jahr nach Cancún geflogen sind.« Sie meinte, man könnte so Bräunungsstreifen vermeiden. Das Ergebnis war ein schwerer Sonnenbrand auf meinem Hintern. Ich habe helle Haut, und ein Po, der noch nie die Sonne gesehen hat, ist anscheinend empfänglicher für einen Sonnenbrand, auch mit Sonnencreme.

»Es erklärt noch immer nicht, weshalb du ihn in der Öffentlichkeit getragen hast.«

»Weil ich genug habe von dem Schwachsinn.«

»Meinst du Kody?«

»Ich meine das Ganze. Das Messen mit zweierlei Maß, nicht daten zu können, ohne dass ihr Typen euch wie hungrige Pitbulls auf jeden stürzt. Ich brauche eine Pause.«

»Ich hätte nicht zulassen dürfen, dass er hier einzieht.«

»Es ist nicht nur er.«

»Aber er ist ein Teil davon.«

»Er ist sowieso hier, River. Er ist Mavs bester Freund. Sie spielen zusammen Hockey, und er wohnt ein paar Häuser weiter.«

»Es war früher nicht so mit euch beiden.«

Ich massiere mir die Schläfen. »Es ist schon Jahre her, dass es mal anders war.«

Er senkt den Kopf und stupst mich mit seinem Fuß an. Wie alles andere an mir – außer meinen Brüsten – sind meine Füße klein. Seine hingegen sind riesig. »Darf ich dich was fragen?«

»Klar, aber ich behalte mir vor, nicht zu antworten, wenn mir nicht danach ist.«

Er nickt einmal. »Habe ich das kaputtgemacht? Bin ich der Grund dafür, dass es so ist?«

»Nein, River. Ich bin der Grund dafür, dass es so ist.«

Er zieht die Unterlippe zwischen seine Zähne und ähnelt so mehr einem Kind als einem jungen Mann. »Als wir Kinder waren, habe ich ihn gehasst.«

Ich lache. »Ich glaube nicht, dass sich das sehr geändert hat.«

Er zuckt mit den Achseln. »Es gefiel mir nicht, dass er anscheinend immer da war, wenn du eine Krise hattest.« Er schweigt einen Moment lang, und ich warte ab, weil mir bewusst ist, dass er noch nicht fertig ist. »Und jetzt, ich weiß nicht. Ich habe das Gefühl, alles nur noch schlimmer gemacht zu haben.«

»Wie kommst du darauf, wo du doch gar nichts damit zu tun hast?«

Er hält den Blick auf unsere Füße gerichtet. »Habe ich doch irgendwie.«

»Kannst du das bitte erklären?«

Er seufzt. »Ich habe nach der Sache in der Mittelschule ein Gespräch zwischen Mom und Dad mitangehört. Als Kody Ärger bekam, weil er seinen Dad angelogen und das Hockeytraining verpasst hat.«

Schon lustig, wie anders jeder diesen Vorfall erlebt hat. »Wegen mir. Er hatte Ärger wegen mir.«

»Du hattest es schwer zu der Zeit, und ich wusste, dass du viel mit Kody redest, weil er dich auf eine Weise verstand, wie ich es nicht konnte.« Er hält inne, und die Falte auf seiner Stirn vertieft sich. »Das habe ich auch gehasst, dass ich nicht verstehen und nicht helfen konnte.«

»Ich weiß, aber es gab einen Grund, weshalb niemand wollte, dass ich mich auf Kodiak verlasse, um meine Panikattacke zu überstehen. Sogar er hat das verstanden.« Und sie hatten alle recht.

»Darüber haben Mom und Dad gesprochen, weil du so niedergeschlagen warst und sie nicht wussten, was sie tun sollten. Aber Mom hat ein paar Sachen gesagt, und ich habe ihre Bedeutung missverstanden, weil ich nicht glauben wollte, dass es dir wegen Kody schlechter ging. Ich wollte, dass es aufhört, und ich dachte, dass du dich mehr auf mich verlassen würdest als auf ihn.«

Da war sie. Die Schuld, die er wie einen Anker mit sich herumschleppt. Jetzt, weil er denkt, er ist der Grund dafür, dass Kodiak und ich so zerstritten sind. »Zuerst einmal hätte sich nichts verbessert, wenn ich mich mehr auf dich als auf Kodiak verlassen hätte. Das Problem war, dass ich überhaupt jemanden gebraucht habe. Und ich verstehe noch immer nicht, wieso du verursacht haben solltest, was passiert ist.«

»Also ich war das mit den Textnachrichten.«

»Du hast was gemacht?« Dieses Gespräch verursacht mir Kopfschmerzen.

»Ich habe den Kontakt auf deinem Telefon blockiert, damit du sie nicht mehr bekommst.«

»Wie bitte? Wann hast du das getan? Wieso?« Meine Kehle ist plötzlich wie zugeschnürt.

»Gleich nachdem Kodiaks Familie am Ende der sechsten Klasse nach Philly gezogen ist. Ich wusste, dass es nur noch schwerer für dich wäre, wenn er dir weiter Nachrichten schicken würde, wo er so weit weg war. Ich habe nach ihrem Umzug gesehen, dass er dir geschrieben hat, ohne dass du es schon bemerkt hattest, und habe ihm geantwortet.«

»An meiner Stelle?«

Er nickt. »Ich weiß, dass es anfangs schwer für dich war, aber ohne ihn warst du besser dran. Jedes Mal, wenn er geschrieben hat, hast du geheult und wieder einen Zusammenbruch gehabt, also habe ich ihm mitgeteilt, dass es zu schwer sei, mit ihm befreundet zu bleiben und dass er aufhören sollte zu schreiben. Dann habe ich ihn blockiert. Ich weiß, dass es falsch war, aber es war so schwer, dir dabei zuzusehen, wie du dich quälst. Ich wollte einfach, dass es aufhört. Und ich weiß, dass es eine Zeit lang schlimmer war, doch dann ging es dir immer besser, und ich dachte, ich hätte das Richtige getan.«

Mir ist übel, und ich hebe eine Hand. »Du hattest kein Recht, dich einzumischen.«

»Ich weiß, Lav. Tut mir leid.« Er streicht sich mit beiden Händen durchs Haar.

»Das wird nicht sofort vergeben.« Ich werfe mir den Rucksack über die Schulter und gehe an ihm vorbei.

»Wohin gehst du?«

»Weg von dir und dem Schwachsinn, der in diesem Haus passiert.« Ich weiß nicht einmal, wie ich das Ganze verarbeiten soll, oder ob es überhaupt etwas zu bedeuten hat. Es ändert nichts an der Tatsache, dass Kodiak schrecklich zu mir war. Aber vielleicht erklärt es das. Ich weiß es nicht.

Kodiak ruft meinen Namen, als ich an seinem Zimmer vorbeigehe, aber ich ignoriere ihn und gehe weiter.

Das Wohnzimmer ist ausnahmsweise einmal leer. Kein Maverick, keine x-beliebigen Typen, kein BJ auf dem Fernsehsessel. Ich schlüpfe in meine Schuhe und schlage die Tür hinter mir zu, womit ich das Poltern auf der Treppe abschneide. Ich drücke auf den Startknopf und danke den Karmagöttern, dass ich daran denke, ihn zu entriegeln, bevor ich den Wagen erreiche. Ich reiße die Tür auf, schleudere meinen Rucksack auf den Beifahrersitz und werfe mich regelrecht hinein, wobei ich die Tür hinter mir zuziehe und mir die Finger am Sperrknopf einklemme.

Ich schaffe es, den Schlüssel ins Schloss zu stecken und den Sicherheitsgurt anzulegen, als plötzlich die Vordertür aufgeht. Ich erinnere mich daran, dass ich den Schlüssel umdrehen muss, um hier wegzukommen, und wenn ich das tue, das Auto wieder vom Klang eines Hörbuchs erfüllt sein wird. Zum Glück ist es diesmal nicht mitten in einer Sexszene.

Kodiak steht in Jogginghosen auf der vorderen Veranda. Ich weiß, dass er irgendetwas ruft, weil sein wahnsinnig schöner Mund auf- und zugeht. Er rauft sich die Haare und wirbelt herum, als River sich zu ihm gesellt. Ich erhasche einen Blick auf einen blauen Fleck in Form von Zahnabdrücken an seiner Seite. Ich muss gestern Abend ganz schön zugebissen haben.

Ich lege den Rückwärtsgang ein und wünschte mir, ich hätte vorher schon rückwärts in die Einfahrt eingeparkt, damit meine Flucht reibungsloser verläuft. Ich biege auf die Straße ein und zeige ihnen im Wegfahren den Stinkefinger.

Ich bin erst um halb zwölf mit Lovey und Lacey verabredet, also beschließe ich spontan, beim Büro des Studierendenwohnheims vorbeizufahren. Es waren mindestens zehn Mädchen auf der Warteliste, aber es springen auch dauernd Leute ab. Als ich das letzte Mal da war, um mich zu erkundigen, waren noch immer vier Mädchen vor mir. Das Glück scheint mir nicht gewogen zu sein, doch vorbeizuschauen schadet nicht.

Als ich ankomme, sitzt eine Frau mittleren Alters hinter dem Schreibtisch und scheint nicht gerade begeistert zu sein von dem, was auf ihrem Bildschirm zu sehen ist. Ich erhasche die Spiegelung auf ihrer Brille und stelle fest, dass es Facebook ist. Sie tippt eine Minute lang wütend vor sich hin und schlägt dann auf die Entertaste, bevor sie sich mir zuwendet. Ich versuche, ruhig zu bleiben, indem ich die gelben Gegenstände auf ihrem Schreibtisch zähle.

Sie zwingt sich zu einem Lächeln. »Wie kann ich dir helfen?«

»Hallo. Ich bin auf der Warteliste für das Studierendenwohnheim. Ich weiß, dass man mich anruft, falls sich irgendetwas tut, aber ich bin vorbeigefahren und dachte, ich schau mal rein und sehe nach, wo ich auf der Liste bin.«

Ihre Wange zuckt leicht genervt, und Hitze kriecht an meinem Rücken hinauf. Ich hasse es, Leuten auf den Wecker zu gehen.

»Lass mich kurz nachsehen. Ich brauche deinen Namen und die Nummer deines Studierendenausweises.«

»Vielen Dank. Ich heiße Lavender Waters.«

Sie blickt mich an. »Lavender? Das ist ein hübscher Name.«

»Dabei sind meine Eltern nicht einmal Hippies.«

Sie lächelt, diesmal freundlicher. Danke, Mom, für den merkwürdigen Namen. Ich gebe ihr die Nummer meines Studierendenausweises, und sie tippt auf ihrem Computer herum.

Plötzlich schnellen ihre Brauen hoch. »Oh! Wie's aussieht, bist du die Nächste auf der Liste. Also eine gute Nachricht für dich.« Weiteres Tippen folgt. »Und anscheinend ist ein Platz im gemischten Wohnheim frei geworden.«

»Das ist ja toll! Wann kann ich einziehen?« Vielen, vielen Dank, Karma, dass du heute nicht fies zu mir bist.

Sie drückt noch ein paar Tasten. »Scheint sofort verfügbar zu sein. Ich muss mich beim Wohnheimteam rückversichern, aber möglicherweise kannst du heute Nachmittag schon einziehen.«

»Im Ernst?«

»Sieht so aus. Ich kann gleich anrufen und es herausfinden, wenn du möchtest.«

»Das wäre toll. Danke.« Ich setze mich und warte, während sie den Anruf tätigt. Ich kann mein Glück gar nicht fassen. Bestimmt ist River sauer, wenn ich ausziehe, aber nach dem ganzen Mist, der sich zuletzt abgespielt hat, brauche ich ein wenig Freiraum und Unabhängigkeit. Ich will nicht im Schatten meiner Vergangenheit leben oder dem Rest meiner Familie erlauben, meine Entscheidungen zu beeinflussen, weil sie ihr Schuldgefühl belastet.

Tatsächlich kann ich noch diesen Nachmittag umziehen. Ich fülle den erforderlichen Papierkram aus, als mir auf einmal bewusst wird, dass ich meine Eltern anrufen und ihnen sagen muss, was ich tue. Von Rechts wegen bin ich erwachsen und darf meine eigenen Entscheidungen treffen, aber ich habe ihnen nicht gesagt, dass ich mich auf die Warteliste habe setzen lassen, weil ich dachte, ich würde nie anrufen müssen.

Außerdem muss ich das entweder von meinem Ersparten bezahlen oder zusehen, dass meine Eltern dafür blechen.

Meine Begeisterung schwankt, als ich zu meinem Wagen zurückkehre und mich auf das gefürchtete Telefonat einstelle. Videochat ist wahrscheinlich die klügste Vorgehensweise, auch wenn sich mir bei der Vorstellung der Magen umdreht. Ich atme ein paarmal tief ein und aus und rufe Moms Nummer auf – sie ist die vernünftigere von den beiden – und drücke auf Anrufen. Sie geht beim zweiten Klingeln ran, und ihr Gesicht erscheint auf dem kleinen Bildschirm.

Ihr Haar ist zu einem unordentlichen Pferdeschwanz zusammengebunden, und sie trägt eine Lesebrille. Dem Hintergrund nach zu urteilen, ist sie in ihrem Büro/Nähzimmer. »Wie geht es meiner Lieblingstochter?«

Ich lächle. Als einzigem Mädchen steht mir der Lieblingstochter-Titel zu. »Gut. Und dir?«

»Auch gut. Ich arbeite gerade an einem Projekt.« Sie runzelt die Stirn. »Bist du im Auto? Ist alles okay?«

»Äh, ja, klar. Alles gut. Aber ich muss dir was sagen.«

Sie setzt sich aufrechter hin und etwas fällt klappernd zu Boden. Meine Mom und ich haben beide das Ungeschicklichkeitsgen. »Ist was passiert?«

»Es ist nichts Schlimmes«, beruhige ich sie.

Sie zieht die Brauen hoch. »Wieso siehst du dann so aus, als wolltest du dir die Lippe abkauen?«

Ich lasse meine Lippe los. »Ich brauche ein besseres Pokerface.«

Meine Mom lacht. »Entschuldige, Schätzchen, du hast meine besten und schlimmsten Eigenschaften.« Ihr Ausdruck wird sanft und gleichzeitig ernst. »Du kannst mit mir reden. Das weißt du, ja? Egal, was es sein mag, ich bin immer auf deiner Seite.«

Ich nicke und blicke zum Autodach hinauf. Über meinem Kopf ist ein Fleck. Ich will gar nicht wissen, was es ist und wie er dort hingekommen ist. »Du weißt noch, wie wir entschieden haben, dass ich bei Mav und River wohne, um mich einzugewöhnen, anstatt ins Studierendenwohnheim zu ziehen.«

»Lass mich raten, mit deinen Brüdern zusammenzuleben, ist ein Albtraum.«

Ich blinzle ein paarmal, von ihrer Reaktion überrascht. Obwohl ich das vielleicht gar nicht sein sollte. Wir reden schließlich von meiner Mom. Sie und ich waren stets eine geeinte Front gegen das unerschöpfliche Testosteron und die müffelnde Sportausrüstung. Oder gegen Robbies grässliche Wissenschaftsexperimente. »Ähm, es ist jedenfalls nicht das, was ich unter Spaß verstehe.«

»Weil sie überbeschützende Chaoten sind, die zu viel Party machen, und das Haus ist immer voller angetrunkener Sportler?«, bemerkt sie.

»Ähhh … stimmt genau.«

»Das habe ich mir gedacht. Deine Brüder sind übrigens Dummköpfe. Ganz unter uns, ich folge ihnen und allen ihren Freunden in den sozialen Medien unter einem Fake-Account, also bekomme ich so gut wie alles mit, was sie tun.«

»Oh mein Gott.« Ich schlage mir die Hand vor den Mund. »Wie haben sie das noch nicht bemerkt?«

»Weil es ein Catfish-Account ist. Ich benutze Stockfotos von sexy Mädchen in Bikinis.« Sie verdreht die Augen.

»Du bist genial.«

»Nur raffiniert.« Sie legt den Kopf schräg. »Also ist es nicht das Traumszenario, das wir uns alle erhofft haben?«

»Nicht so richtig. Ich habe mich sogar auf die Warteliste für das Studierendenwohnheim setzen lassen.«

»Ich kann verstehen, dass du dir Optionen offenhältst.«

»Und heute hat man mir mitgeteilt, dass ein Zimmer verfügbar ist.«

Meine Mom nickt langsam, fast so, als wäre das keine Überraschung. »Kody ist doch kein zusätzlicher Grund dafür, dass du da rauswillst, oder? Und bevor du mir mit einem schrillen Nein antwortest, ich habe das Bild von euch beiden von gestern Abend schon gesehen.«

»Oh Scheiße.«

Sie macht *Hmmm* und streicht sich über die Unterlippe. Sie tut das immer, wenn sie mit mir redet, wahrscheinlich wegen der Narbe auf meiner. »Es sah nicht nach einem netten, spaßigen Lass-mich-dich-reintragen-damit-wir-es-uns-gemütlich-machen aus.« Sie sagt das absichtlich leicht dahin, aber ihre Besorgnis scheint hindurch.

Ich seufze. »Ich habe ihn verärgert.«

»Das habe ich mir gedacht. Was war los? Und war das ein Tangabikini?«

Ich kann spüren, wie meine Wangen brennen. Meine Mom ist nicht annähernd so exzessiv mit persönlichen Informationen wie Gigi, aber sie hat überhaupt kein Problem, manchmal unangenehme Themen anzusprechen.

»Gigi hat ihn mir fürs Sonnenbräunen vor unserer Cancún-Reise besorgt.«

»Na klar. Ich muss mich mal mit ihr unterhalten.« Meine Mom verdreht die Augen. »Dann war die Show mit dem nackten Hintern also dazu gedacht, jemandes Aufmerksamkeit zu erregen.«

»Mom.«

»Na ja, du bist nicht gerade exhibitionistisch, also gehe ich davon aus, du wolltest damit etwas Bestimmtes erreichen.«

Ich seufze und erkläre, was passiert ist – nicht alles, aber den

Teil, als Kodiak meinen Stundenplan gelesen und wie von Zauberhand als Aktmodell in meiner Kunstklasse aufgetaucht ist.

»Akt im Sinne von …«

»Pudelnackt.«

»Wirklich? Kody übergibt sich vor Spielen, und vor deiner gesamten Klasse hat er sich nackt ausgezogen?«

»Woher weißt du, dass er vor den Spielen kotzen muss?«

»Rook und dein Dad reden, und dein Dad erzählt mir alles, bevor er einschläft.«

»Oh ja, klar. Er war völlig nackt. Fast drei Stunden lang.«

»Nicht wahr.« Meine Mom tippt sich auf die Lippen. »Eine interessante Art, seine unsterbliche Liebe kundzutun.«

Jetzt ist es an mir, die Augen zu verdrehen. »Er hat sich mies verhalten.«

Meine Mom schenkt mir einen strafenden Blick, senkt den Kopf und kichert wie ein Teenager, was auch ungefähr ihr Sinn für Humor ist.

»Ehrlich, Mom.«

»Ach, komm schon. Es ist irgendwie lustig.«

»Vielleicht, wenn er sich nicht die ganze Zeit mir gegenüber wie ein Arschloch aufgeführt hätte.«

Das scheint sie zu ernüchtern. »So schlimm?«

Ich zucke mit den Achseln. »Ich weiß, dass alles irgendwie verkorkst war, als wir Kinder waren, aber das ist Jahre her. Ich begreife nicht, wieso er mich immer wieder daran erinnern muss, dass ich sein Leben ruiniert habe.«

»Du hast sein Leben nicht ruiniert, Lavender.«

»Na ja, er ist ziemlich erpicht darauf, mir das Gefühl zu geben. Und erzähl Lainey ja nicht, dass ich das gesagt habe. Ich kann es wirklich nicht gebrauchen, dass Lainey Kodiak bittet, nett zu mir zu sein. Dann bin ich das dumme Baby, das zu Mama rennt, wenn es nicht klarkommt«, fauche ich.

»Mit deiner Mutter zu reden macht dich nicht zu einem dummen Baby.«

Es gefällt mir irgendwie, dass sie gekränkt klingt.

Ich zeige auf ihr zweidimensionales Gesicht auf dem Screen. »Du erzählst es ihr nicht.«

Sie macht ein finsteres Gesicht. Sie hasst es wirklich, wenn man auf sie zeigt, was ich als Kind oft gemacht habe. »Tue ich nicht, aber ich wünschte, du hättest etwas zu mir gesagt, bevor wir zugestimmt haben, dass er bei euch einzieht, auch nur vorübergehend. Lainey und ich dachten, wir täten euch einen Gefallen, und ich glaube nicht, dass Kodiak denkt, du hättest sein Leben ruiniert.«

»Wir können ja anerkennen, dass wir darüber verschiedener Meinung sind. Du bist nicht hier, um die Nettigkeiten zu hören, die er in meiner Gegenwart von sich gibt.«

»Kody hat noch nie Nettigkeiten von sich gegeben, außer bei dir und Lainey. Er ist ein Mamakind durch und durch. Kodys Gehirn arbeitet nicht so wie das der anderen.«

»Das ist mir bewusst.«

»Ist dir ebenfalls bewusst, dass er ein Tattoo mit einem Unendlichkeitssymbol hat?«

»Ich bin mir ziemlich sicher, dass ich ein Tattoo gesehen hätte, als er nackt vor meiner Klasse posiert hat.«

»Unwahrscheinlich, weil es zwischen Ring- und Mittelfinger seiner linken Hand ist.« Ihr Gesichtsausdruck ist unglaublich süffisant.

»Woher weißt du so etwas?«

»Lainey und ich reden. Er hat es sich vor zwei Jahren machen lassen.« Sie seufzt, bevor sie fortfährt. »Sieh mal, Schätzchen, wir haben eine Menge Fehler gemacht, als ihr klein wart – die Situation eingeschlossen, als die Dinge außer Kontrolle gerieten. Lainey hat genauso ein schlechtes Gewissen deswegen wie ich. Wir haben unsere eigenen Ängste auf deine Beziehung zu ihm projiziert, weil wir uns Sorgen um die Zukunft gemacht haben. Ich glaube, keiner von uns hat bedacht, wie sehr euch das beide treffen würde, oder zu welchen Maßnahmen Kody greifen würde, um dir nicht länger wehzutun.«

»Um mir nicht *länger* wehzutun?« Ich runzle die Stirn. »Er ist ein Riesenarschloch. Im Vergleich zu ihm ist Rivers schlechte Laune eitel Sonnenschein.«

Meine Mutter verzieht das Gesicht. Es sieht wirklich aus, als hätte sie Schnupfen, was bedeutet, sie verkneift sich ihren Kommentar.

»Spuck's schon aus, Mom.«

Sie seufzt und massiert sich die Schläfen. »Ich glaube, ich habe mich genug eingemischt.«

»Ach, komm! Du kannst hier nicht einen auf sorgenvoll machen und dann beschließen, deine Meinung nicht zu sagen!« Ich würde gern die Hände in die Luft werfen, aber ich halte mein Smartphone fest. Ich stecke es in die Armaturenhalterung, damit ich gestikulieren kann.

»Wir haben als Eltern ein paar große Fehler begangen. Wir wollten euch vor all den Dingen beschützen, die euch wehtun könnten, und manchmal haben wir übertrieben, weil wir euch in der Vergangenheit im Stich gelassen haben. Du hast eine Menge durchgemacht, Kleines, und dein Dad und ich sind wahnsinnig stolz auf dich. Was Kody betrifft, glaube ich nicht, dass er dich hasst.«

»Bei allem Respekt, aber da bin ich anderer Meinung.«

»Erinnerst du dich an das Stiftemäppchen, das du ihm zum Geburtstag gemacht hast, als du zehn warst?«

Peinlich berührt blicke ich weg. Wie könnte ich das vergessen? Ich war so aufgeregt. Ich hatte es mit allem möglichen Schreibzeug mit Hockey- und Wissenschaftsbezug gefüllt, weil das Kodiaks Lieblingsthemen waren. »Was spielt das hier für eine Rolle?«

»Er hat es noch immer.«

Ich sage nichts und bin mir der dramatischen Pause bewusst.

»Er hat es immer bei sich. Das letzte Mal, als er bei seinen Eltern zu Besuch war, hätte er beinahe ein Training verpasst, weil er fast einen Herzinfarkt gekriegt hätte, als er es nicht finden konnte und nicht ohne es gehen wollte.«

Ich habe keine Ahnung, wie ich das verstehen soll. Es steht in solchem Widerspruch dazu, wie er mit mir vom ersten Moment an, als er mich dieses Jahr gesehen hat, umgegangen ist. »Also was meinst du? Soll ich nicht ins Studierendenwohnheim umziehen? Soll ich ihn mir vorknöpfen?«

»Wenn du ins Wohnheim ziehen willst, dann solltest du genau das tun. Kody muss allein damit klarkommen, und vielleicht bist du ja der Tritt in den Hintern, den er braucht, indem du deine Unabhängigkeit zeigst.«

»Du bist also einverstanden damit?« Ich hatte einen Streit erwartet.

»Jawohl.«

»Was wird Dad wohl dazu sagen?« Schon allein der Gedanke an seine Reaktion macht mich nervös.

»Ich glaube nicht, dass er das zu Ende gedacht hat, als er wollte, dass du bei deinen Brüdern einziehst.«

»Wie meinst du das?«

»Die ganzen Partys und so weiter. Er ist wohl davon ausgegangen, dass du in einer geschützten Blase bist mit River und Maverick in der Nähe, aber er hat nicht bedacht, dass die Jungs nicht nur beschützerisch sind, sondern auch ihren Hormonen folgen.«

»Ich will sowieso nicht ihre Mannschaftskumpel daten«, murmle ich.

Meine Mom macht ein unbestimmtes Geräusch. »Ich habe mich nicht mit River und Dad angelegt, nur weil ich dachte, es wäre ein guter und sicherer Übergang. Ich dachte außerdem, es gäbe dir und Kodiak die Gelegenheit, wieder Kontakt aufzunehmen, was scheinbar nicht so gut geklappt hat wie erhofft. Ich kümmere mich um Dad.«

»Sicher?« Ich habe nicht wirklich die Absicht, mit ihm zu sprechen, aber ich sollte es wohl zumindest anbieten.

»Oh ja. Es gibt keinen Grund, dich jetzt auch noch mit Dad auseinanderzusetzen, du hast schon genug um die Ohren.«

Sie ist wirklich meine wichtigste Cheerleaderin und Unterstützerin. »Danke, Mom.«

»Was immer du brauchst, Schätzchen.«

Ich sage ihr, dass ich sie liebhabe und beende den Anruf mit dem Versprechen, ihr zu berichten, wie es mit dem Umzug läuft.

20

Zeit und Wunden

Lavender
Vierzehn Jahre alt

Die Zeit heilt ja angeblich alle Wunden. So sagt es jedenfalls das Sprichwort, aber ich weiß nicht, ob ich das glauben soll. Was ich allerdings glaube, ist, dass es möglich ist, sämtliche Erinnerungen entweder in ein Märchen oder ein düsteres Drama umzuwandeln.

Kodiaks Familie ist im Sommer, bevor die Highschool anfing, in einen anderen Staat umgezogen, und das Leben ging ohne ihn weiter.

Und mir ist es besser gegangen. Ich habe gelernt, meine Panikattacken zu kontrollieren. Mir ist klar geworden, dass sie mit Erinnerungen verbunden sind, die ich unterdrückt habe. Sie sind nach und nach hochgekommen, und sie ähneln immer mehr einem Traum als der Wirklichkeit. Ich hasse Clowns und enge Räume. Aber ich habe gelernt, mit den Monstern, die in meinem Kopf leben, klarzukommen.

Ich habe außerdem eine Gruppe von Freunden gefunden, die meine seltsame und schweigsame Art mögen. Ich nehme in meiner Freizeit Nähunterricht. Ich treffe Queenie regelmäßig. Ich helfe freiwillig im Art-Center aus und arbeite mit anderen Kids, die unter Angstzuständen und PTBS leiden. Ich verwende meine Energie auf produktive Dinge. Ich versuche, nicht an Kodiak zu denken.

Aber wie eine echte Suchtkranke habe ich Rückfälle.

Ich schreibe keine Nachrichten. Ich weiß, dass das keine gute Idee ist. Doch manchmal tummle ich mich heimlich auf seinen Social-Media-Accounts mit meinem Fake-Profil, das ich eingerichtet habe. Heute Abend bin ruhelos, vermisse mein altes Leben und die Leute, die mir einmal ein Gefühl von Sicherheit gegeben haben.

Ich rufe sein Profil auf, und mein Herz setzt einen Moment lang aus. Kodiak ist im dritten Jahr, und ich bin Schülerin im ersten Jahr. Wir wären wieder an derselben Schule, wenn sie nicht umgezogen wären. Er ist kräftiger geworden in den letzten zwei Jahren. Er ist groß und breit gebaut und wächst in seinen Körper hinein.

Kodiaks fast rabenschwarzes Haar hängt ihm in die Stirn, und seine Nordlichtaugen blicken mich an. Er lächelt nicht. Er sieht wegen des Bilds, das man von ihm macht, sogar ziemlich genervt aus. Er ist verschwitzt, und der Hintergrund verrät mir, dass es nach der Trainingszeit ist. Die Bildunterschrift lautet:

Ich vermisse meinen Jungen Mav, und mein Bruder ist getaggt.

Ich sage mir, dass ich mir drei Bilder anschauen darf, und dann logge ich mich wieder aus. Ich scrolle nach unten, und plötzlich ist es, als würde die gesamte Luft und Gelassenheit aus meinen Lungen entweichen. Ich wünschte, ich hätte dieses Foto nie gesehen.

Denn Kodiak lächelt darauf und er hält ein Mädchen im Arm. Hübsch, blond und groß. Sie sieht aus wie ein Model. Ich zwinge mich, die Bildunterschrift zu lesen. *Dating-Abend mit meinem Lieblingsmädchen.*

Und mein armes, kleines Herz zerbricht erneut.

Aber es ist das letzte Mal, dass ich ihn ausspioniere.

Es war schon schlimm genug, als ich gesehen habe, wie er sie am Abend, bevor er weggezogen ist, geküsst hat. Ich hatte den Mut zusammengenommen hinüberzugehen, um mich zu verabschieden. Als ich das Gefühl hatte, dafür bereit zu sein, blickte ich aus meinem Schlafzimmer, und da war er und küsste dasselbe Mädchen, das er zu seinem Abschlussball in der achten Klasse mitgenommen hatte.

Meine Brust fühlte sich an, als würde sie sich zusammenziehen, und genauso fühlt es sich jetzt an. Ich kann nicht dabei zusehen, wie er sich verliebt, nicht solange ich in einer Blase lebe, die meine überbeschützende Familie geschaffen hat und in der ich kaum mit jemandem vom anderen Geschlecht sprechen und erst recht kein Date haben kann.

Nach einer ruhelosen Nacht verläuft die Therapiesitzung mit Queenie am nächsten Tag nicht wie geplant. Ich will am liebsten nur nähen. Ich sehne mich nach dem befriedigenden Gefühl kreativer Arbeit, während ich mich selbst zerfleische. Die vielen kleinen Lügen, die ich mir erzählt habe, damit die Wahrheit nicht so schmerzhaft ist, haben mich schließlich eingeholt.

Ich nehme die Fingerfarben – die ich kaum noch benutze, aber auf die ich bei starken Gefühlsschwankungen zurückgreife.

Queenie kommt herbeigewatschelt. »Schlechter Tag?«

Sie legt die Hand auf ihren dicken Bauch, schwanger mit Baby Nummer drei. Kingston, ihr Ehemann, spielt seit Ewigkeiten für Seattle. Er ist Torwart und wird bald ausscheiden – jedenfalls ging es darum in dem Gespräch zwischen ihm und meinem Dad, das ich mitangehört habe. Kingston hat die Sorte Persönlichkeit, die auf jeden beruhigend wirkt. Er erinnert mich an stilles Wasser, stets in Bewegung, aber trotzdem irgendwie ruhig; während Queenie wie ein kohlensäurehaltiges Getränk ist – prickelnd, spritzig und immer anregend.

Ich hole tief Luft, ein Versuch, den Sturm in mir zu besänftigen. Ich will Queenie nicht anfahren, und mir ist bewusst, dass ich ein schlechtes Gewissen hätte, wenn ich gegenüber einer schwangeren Frau launisch wäre, aber ich bin heute kurz davor.

Also platze ich mit der Wahrheit heraus. »Kodiak hat eine Freundin.«

Die Hand auf ihrem Bauch hält inne, und sie macht große Augen, was mir verrät, dass ich sie mit dieser Enthüllung überrascht habe.

»Hast du mit ihm gesprochen?«

Ich kann ihren Ton nicht einordnen. Sie klingt halb besorgt, halb hoffnungsvoll.

Ich tauche meine Finger in die lindgrüne Farbe, weil ich dringend etwas mit meinen Händen machen möchte. »Nein.«

»Woher willst du dann wissen, dass er eine Freundin hat?« Ihre sorgfältig abgewogenen Worte spricht sie trotzdem im Plauderton.

Queenie ist eine hervorragende Therapeutin. Ich habe von ihr im Laufe der Jahre eine Menge gelernt. Sie ist fast meine Freundin. Fast, aber nicht ganz. Sie ist teilweise wie eine Mutter, weil sie nur zehn Jahre jünger als meine Mutter ist. Sie wird auch dafür bezahlt, mir zu helfen, obwohl ich weiß, dass nicht alle unsere Sitzungen abgerechnet werden, weil sie und ihr Mann Freunde meiner Eltern sind. Aber ich vertraue mich ihr nun schon seit über zehn Jahren an.

Manchmal frage ich mich, ob wir uns zu nahestehen, als dass es so wirkungsvoll sein könnte, wie es sollte. Queenie ist eine Gewohnheit, eine Quelle des Trostes in einer Welt voller Unbekannter. Sie ist eine Konstante in einem Meer der Ungewissheit – etwas, das mir meine Eltern nicht wegnehmen wollen.

Ich könnte lügen und ihr erzählen, mein Bruder hätte es erwähnt. Maverick redet fortwährend mit Kodiak. Aber ich sehe keinen Sinn darin, und alles, was ich im Augenblick will, ist, ihn nicht mehr in meinem Leben zu haben. »Er hat ein Foto in den sozialen Medien gepostet.«

Sie schweigt einen Moment lang. »Wart ihr zwei überhaupt in Kontakt?«

Ich wende mich wieder dem Blatt Papier zu und mische die Farben, bis sie so hässlich sind wie meine Eifersucht. »Nein.«

»Und wie findest du, dass er eine Freundin hat?«

Ich tauche meine Finger in die schwarze Farbe, ohne die anderen Farben vorher abzuwischen, und mische sie miteinander. Wie ich das finde, dass Kodiak eine Freundin hat? »Es ist wohl unvermeidlich. Teenager tun das nun mal. Sie daten, experimentieren, fallen auf die Nase und rappeln sich wieder hoch, erleben das erste Mal, wie es ist, unter anderem ein gebrochenes Herz zu haben.«

Robbie war mit demselben Mädchen zwei Jahre befreundet, aber dann sind sie auf verschiedene Colleges gegangen und haben es beendet. Maverick hatte schon eine Menge Freundinnen und hat eine Spur gebrochener Herzen hinterlassen. River hat immer Mädchen, die ihm hinterherlaufen, aber er ist viel zu sehr mit Football beschäftigt.

»Das klingt alles sehr rational, verrät mir allerdings nicht, wie du dich fühlst«, bohrt Queenie weiter.

»Ich habe seit zweieinhalb Jahren nicht mit ihm gesprochen. Ich habe ihn seit über zwei nicht gesehen. Ich sollte gar nichts fühlen.«

»Aber das tust du«, sagt sie sanft. »Und das ist in Ordnung, Lavender. Es ist menschlich. Ihr habt euch lange Zeit sehr nahegestanden.«

Ich starre auf die Wirbel und Linien auf dem Papier, auf das hässliche Bild, das ich gemalt habe. »Ich will nichts fühlen. Ich will keinen Schmerz fühlen oder eifersüchtig oder enttäuscht sein. Ich will mich nicht verraten fühlen.« Ich tauche meinen Zeigefinger in die rote Farbe und ziehe ihn durch das Durcheinander, das ich gemalt habe, wodurch ich es in zwei Hälften teile, sodass es mein Inneres widerspiegelt.

»Ich dachte, ich wäre damit durch, aber das bin ich nicht, Queenie. Er war ein so großer Teil meines Lebens, und dann war er auf einmal weg.« Ich schnipse mit den Fingern, und rote und schwarze Tropfen besprenkeln das Papier. »Niemand versteht, wie es war und wie es manchmal noch immer ist. Und ich weiß, dass es nicht gesund war. Ich weiß das. Aber er war *mein*, und dann war er *nichts* mehr. Ist nichts mehr.«

Wir haben im Nachhinein viel über den Verlust dieser Freundschaft gesprochen, wie es an einen Tod erinnerte. Ich konnte mir nicht vorstellen, wie furchtbar es sein würde, jemanden wirklich zu verlieren. Wie erholt sich ein Herz davon, etwas Grundlegendes seines Daseins zu verlieren? Es hat eine neue, tiefere Angst in mir ausgelöst. Ich war eine Zeit lang vom Tod besessen, wollte unbedingt wissen, wohin wir gehen, wenn wir sterben. Hört unser Körper auf zu sein, und unser Geist lebt weiter, ohne Stimme und im Nichts schwebend? Sind wir auf alle Ewigkeit mit uns allein?

»Ich werde etwas sagen«, verkündet Queenie, »nicht als deine Therapeutin, sondern als jemand, dem du und Kody wichtig sind.«

Ich halte inne, meine Kehle ist wie zugeschnürt, als ich auf die Worte warte, die diesen Schmerz zum Verschwinden bringen werden. Ich begegne ihrem Blick und kann in sie hineinsehen, direkt auf ihre Unsicherheit. Und in diesem Moment begreife ich, dass Erwachsene nicht unfehlbar sind, dass sie nicht immer Antworten haben und manchmal auch etwas Falsches tun.

»Niemand hat damit gerechnet, dass sich die Dinge so entwickeln.« Ihre Stimme ist weich wie Satin und traurig wie ein Begräbnis.

»So entwickeln?«

Queenie senkt den Kopf, während sie zur Beruhigung – ihrer eigenen oder der ihres Babys – in gleichmäßigen Kreisbewegungen ihren Bauch streichelt.

Als ihr Blick meinem begegnet, spüre ich ihr Bedauern. »Wir haben nicht damit gerechnet, dass Kody so extrem dichtmacht. Ihr wart beide so jung, und eure Verbindung war so stark. Wir waren besorgt, was das für die Zukunft bedeuten könnte.«

Es sind alles Dinge, die ich weiß. Über die wir gesprochen haben.

Und sie hatten Recht damit, sich Sorgen zu machen, weil wir außer Kontrolle waren. Ich konnte es damals nicht erkennen, aber jetzt schon. Kodiak hätte für alle Zeiten versucht, mich zu retten, und ich hätte mich an meine Angst geklammert, damit er es tut. Ich wollte es mehr, als gesund zu werden.

»Du hast das Richtige getan.« Ich drücke meine Handfläche auf das Papier. »Die einzige Möglichkeit, eine schlechte Angewohnheit aufzugeben, ist, sie aus seinem Leben zu verbannen. Und genau das hat er getan. Mission erfüllt.« Ich ziehe meine Hand über das Papier und verwische die Linien. Alles zerläuft ineinander, meine Kreation ist zerstört. Wie passend, wenn man bedenkt, dass ich es war, die eigentlich alles zerstört hat.

21

Mitbewohnerinnen

Lavender
Gegenwart

»Was heißt, du ziehst aus?« River folgt mir die Treppe hinunter und tritt mir dabei fast in die Hacken.

Ich habe Lovey und Lacey als Verstärkung mitgebracht. Am besten werfe ich die wichtigsten Sachen in meinen Koffer und in ein paar Kisten und kümmere mich später um den Rest.

Meine Nähutensilien sind ein Problem. Vielleicht muss ich hier an Projekten arbeiten, weil sie nicht so leicht zu transportieren sind. Aber das kann ich mir überlegen, sobald ich in meinem Zimmer bin und eine Vorstellung von dem Raum habe.

»Ich habe mich auf die Liste setzen lassen, und ein Zimmer ist frei geworden. Ich habe beschlossen, es zu nehmen.«

Am Fuß der Treppe versucht er, sich um mich herumzuschlängeln, aber ich bin vor ihm an der Eingangstür. Lovey und Lacey sind mit zwei Kisten hinter ihm. Die Tür zu öffnen ist ein Problem, weil ich keine Hand frei habe und River mir auf die Pelle gerückt ist.

Ich schaue ihn böse an. »Im Ernst jetzt, River?«

»Wieso willst du im Studierendenwohnheim wohnen? Du wirst es hassen. Die Mädchen sind gemein. Du kennst niemanden. Was ist, wenn-wenn-wenn … du einen dollen Angstanfall hast?«

Ich halte eine Kiste mit Badezimmersachen und anderem Zeug. Sie ist schwer. Nicht dass ich so etwas nicht erwartet hätte, aber meine Arme protestieren. »Dann gehe ich damit um, wie ich es die letzten sieben Jahre getan habe.«

»Aber, aber …« Er gestikuliert und taumelt. »Ist es wegen gestern Abend? Oder weil ich mit Kody aneinandergeraten bin?«

»Dass du überhaupt diese Frage stellen musst, ist Grund genug auszuziehen. Und jetzt geh aus dem Weg, damit ich die Tür öffnen kann.«

Die Tür geht auf, trifft mich am Rücken und lässt mich vorwärtsstolpern. Und natürlich ist es Kodiak, der versucht, sich in den Eingangsbereich zu drängen, der schon mit mir und River und den siebentausend stinkenden Paar Schuhen auf dem Boden voll ist. Diese Jungs und ihre Schuhe.

»Was ist los hier?« Sein T-Shirt ist verschwitzt. Seine Haare sind feucht, und Schweiß rinnt ihm an den Schläfen herunter. Er war laufen. Er sollte eigentlich abstoßend aussehen, tut er aber nicht.

»Lavender zieht aus«, stößt River hervor. »Und das ist ganz allein deine Schuld.«

»Ich halte das nicht aus.« Ich nutze ihre momentane Ablenkung, um an Kodiak vorbeizuschlüpfen. Lacey und Lovey tänzeln um sie herum.

»Wieso soll das mein Fehler sein? Ich bin nur für ein paar Wochen hier, und dann wohne ich wieder bei mir«, sagt Kodiak spöttisch, klingt aber gereizt.

Ich stelle die Kiste in den Kofferraum und drehe mich zu ihnen um. River und Kodiak stehen mit verschränkten Armen da und versperren die Tür. Ich komme wegen der restlichen

Sachen, die ich benötige, morgen wieder, wenn sie nicht zu Hause sind.

Ich starre sie wütend an. »Ich brauche eine verdammte Pause von den gegenseitigen Schuldzuweisungen und dem ganzen Schwachsinn.« Lovey und Lacey stellen ihre Kisten ebenfalls in den Kofferraum, und ich knalle ihn zu.

»Was ist mit deiner Nähmaschine?« Rivers Augen werden vor Panik ganz groß. »Und was ist mit Mom und Dad? Wissen sie Bescheid? Mom kann unmöglich damit einverstanden sein.«

»Ich habe schon mit Mom gesprochen. Sie ist ganz auf meiner Seite. Um meine Nähmaschine kümmere ich mich später. Fahren wir, Mädels.«

Wir steigen ein, und ich verriegle die Türen, weil River bereits die Verandastufen hinunterkommt. Er versucht, die Fahrertür zu öffnen, als ich den Rückwärtsgang einlege. Er klopft ans Fenster. »Komm schon, Lav! Du kannst doch nicht ernsthaft ausziehen wollen!«

Ich ignoriere ihn, weil es keine andere Möglichkeit gibt, und ich werde nicht bleiben, um das zu diskutieren. Ich werde ihm nicht die Chance geben, mich vom Bleiben überzeugen zu wollen. Er folgt mir ein Stück die Straße entlang, bevor er schließlich aufgibt.

Ich umklammere das Lenkrad so fest, dass das Plastik quietscht und meine Fingerknöchel weiß werden. Ich tue das wirklich, damit meine Hände nicht zittern. Mir ist bewusst, dass das die Dinge mit River und Kodiak nur noch schlimmer macht, aber ich komme einfach nicht mehr damit klar. River nachzugeben hilft keinem von uns.

»Geht's dir gut?«, fragt Lovey.

»Ich weiß nicht«, gebe ich zu.

»Denen hast du's echt gezeigt«, sagt Lacey vom Rücksitz aus.

»Danke.« Ich atme lange aus, um mich ein wenig zu beruhigen. Meine Zellen fühlen sich an, als würden sie in einer hohen Frequenz vibrieren.

»Kodiak hat ausgesehen, als hätte ihn ein Bus gestreift«, sagt Lovey.

»Gut so.« Ich habe den beiden nicht erzählt, was gestern Abend vorgefallen ist. Oder von dem Gespräch mit meiner Mom, bevor ich mich mit ihnen getroffen habe, oder dass River mir das mit dem Blockieren von Kodiaks Nummer gestanden hat. Ich weiß noch immer nicht, was ich von dem Ganzen halten soll, außer dass das meinen Blick auf die Sache völlig verändert. Kodiak kann sehr unnachgiebig sein. Er war schon immer so, außer bei mir. Ich war die Ausnahme der Regel.

Es gab eine Hierarchie bei ihm, und Hockey stand schon immer ganz oben auf der Liste, gefolgt von seiner Mom, Lernen, mir und Maverick – bis alles zusammengebrochen ist. Und jetzt, wo die Teile des Puzzles an ihren Platz kommen, ergibt sein Verhalten nach und nach viel mehr Sinn. Aber das ist keine Entschuldigung dafür, dass er sich in den vergangenen zwei Jahren wie ein riesiges Arschloch aufgeführt hat.

Wir kommen am Hartford House an, einem sechsstöckigen Wohngebäude mit Mehrbettzimmern im Apartment-Stil. Ich fahre auf einen leeren Parkplatz in der Kurzparkzone, und jeder von uns schnappt sich eine Kiste.

Ein Typ, wahrscheinlich ein Student, sitzt hinter dem Empfangstresen. So wie er den Kopf gesenkt hält, ist er irgendwie mit seinem Telefon beschäftigt. Er hält ihn so lange gesenkt, dass Lovey sich räuspert. Als er schließlich aufblickt, verwandelt sich seine genervte Miene in echte Überraschung. Sein Blick schnellt von Lovey zu Lacey und dann zu mir. Er fingert an seinem Telefon herum und lässt es schließlich mit dem Screen nach oben auf den Schreibtisch plumpsen. Er schaut sich irgendein Video an, bei dem sich jemand zum Deppen macht. Rasch dreht er es um und nimmt eine lockere Haltung ein. Er trägt ein T-Shirt mit Unilogo. »Hi. Hallo. Ich bin Mitchell.« Er tippt auf sein Namensschild. »Wie kann ich euch behilflich sein?«

Ich brauche drei Sekunden, bis ich meine Stimme wiederhabe, was nicht sehr lang klingt, aber wenn jemand auf eine Antwort wartet, kommt es einem vor wie eine Ewigkeit. »I-ich …«

»Es gibt ein freies Zimmer für Lavender Waters. Die Verwaltung hat gesagt, sie könnte heute einziehen«, beeilt sich Lovey, die Stille zu durchbrechen.

Ich weiß das wohl zu schätzen, hasse es aber auch. Hätte sie mir noch eine Sekunde gegeben, hätte ich die Worte schon herausgebracht.

»Oh, das ist ja toll.« Er nickt eifrig, als hätte Lovey ihm gerade mitgeteilt, er hätte einen Preis für besondere Leistungen erhalten.

Ich hebe die Hand. »Ich bin Lavender.«

»Ach so. Cooler Name. Lass mich nachsehen.« Er setzt ein breites Grinsen auf und dreht sich so, dass er auf seinen Computer schauen kann. Nachdem er ein paar Tasten gedrückt hat, ist ihm das Grinsen plötzlich wie aus dem Gesicht gewischt, und seine Miene gleicht mehr einer Grimasse. »Äh, okay. Ich hab's gefunden. Es ist ein Zweierapartment.« Er lächelt steif. »Deine Mitbewohnerin ist Beth Gull. Sie ist im zweiten Jahr.«

»Okay. Großartig. Danke.«

Er macht einen kurzen Anruf und übergibt mir meine Schlüssel. Zwei Minuten später stellt sich ein Mädchen namens Sydney als zuständig für die Zimmer auf meiner Etage vor und gibt mir einen schnellen Überblick über die Hausregeln. Ich stelle sie Lovey und Lacey vor und sage ihr, dass sie mir beim Umzug helfen.

»Du musst Besucher am Empfang melden. Manchmal versuchen Leute, sie hereinzuschmuggeln.« Sie macht eine missbilligende Miene. »Aber man kann dafür gerügt werden.«

Ich tausche Blicke mit Lovey und Lacey. »Okay, Gäste registrieren lassen.« Oh je, das klingt wie die weniger spaßige Version eines Sommercamps. Nicht dass ich je im Sommercamp gewesen wäre, aber meine Brüder schon. River hat es geliebt, bis er einmal in einen wilden Kampf mit einem anderen Kind geriet und dafür, dass er ihm die Nase brach, nach Hause geschickt wurde. Wenigstens hat man mir das erzählt.

Die Flure sind nichtssagend, die Türen ebenfalls, obwohl ein paar davon mit Namensschildern versehen sind, und an ein paar sind so etwas wie Tafeln befestigt, an denen man Nachrichten hinterlassen kann. Als wir Zimmer 414 erreichen, murmelt Sydney etwas vor sich hin und reibt mit der Hand über die Tafel, um wegzuwischen, was immer dort gestanden hat.

Sie klopft und wartet gut fünfzehn Sekunden, bevor sie es noch einmal versucht. Erneutes Gemurmel und Lovey stößt mich in die Seite und schaut mich mit ihrem großäugigen *Was-zur-Hölle*-Blick an. Ich zucke die Achseln. Ich weiß nicht, ob diese Fluraufsicht einfach komisch ist oder ob wir ihren *Vampire-Diaries*-Marathon unterbrochen haben, aber sie ist eindeutig schlecht gelaunt.

Sie öffnet die Tür und späht hinein, wobei sie erleichtert seufzend die Schultern sinken lässt. »Beth scheint nicht da zu sein.« Sie zeigt auf den Raum vor ihr. »Das ist euer Gemeinschaftsraum. Es gibt einen Fernseher, ein Sofa, Stuhl, Sofatisch, Minibar, Mikrowelle und Kaffeemaschine. Kochplatten sind nicht erlaubt, weil das gegen die Regeln verstößt. Rauchen auch nicht.«

»Kein Rauchen und keine Kochplatten, verstanden«, wiederhole ich.

Der Gemeinschaftsbereich ist ein Schweinestall. Leere Essensschachteln bedecken so gut wie jede Oberfläche, und Servietten sind über den Boden verteilt. Mir scheint, unter dem Sofatisch liegen außerdem ein paar Kondomverpackungen, aber ich traue mich nicht, näher hinzuschauen.

»Und wir durchsuchen die Zimmer regelmäßig nach Alkohol. Dafür kann man ebenfalls rausgeworfen werden«, sagt Sydney.

»Okay. Kein Alkohol.« Ich nicke zustimmend. Wir halten noch immer unsere Kisten, und es gibt keinen Platz, um sie abzustellen.

»Das ist Beths Zimmer.« Sydney zeigt auf die Tür mit dem BETRETEN-VERBOTEN-BITCHES-Schild darauf. »Und das ist deins.«

»Klasse.«

»Hast du Fragen?«

»Mir fällt gerade keine ein.«

»Okay, ich bin in Zimmer 420, falls du etwas brauchst. Viel Glück.« Damit dreht sie sich auf dem Absatz um und verschwindet auf dem Flur.

Ich stütze den Karton ungeschickt auf meine Hüfte, um mein Zimmer aufzuschließen. Die Tür geht quietschend auf. Ich taste nach dem Lichtschalter und mache das Licht an. Dann lasse ich meinen Karton mit einem Stöhnen auf den Schreibtisch plumpsen. Lacey und Lovey tun das Gleiche, und wir stehen sekundenlang schweigend da und betrachten mein neues Zimmer.

»Es ist …« Lovey scheinen die Worte zu fehlen.

Es sieht aus wie eine bessere Gefängniszelle in gebrochenem Weiß. Es gibt eine schlichte Garderobe, eine Kommode und ein Einzelbett plus einem Schreibtisch und einem Bürostuhl, der alles andere als ergonomisch aussieht.

»Es ist gemütlich.« Mein Schrank in Lake Geneva ist wahrscheinlich genauso groß wie der gesamte Raum.

»So kann man es auch nennen«, murmelt Lacey.

»Bist du dir sicher, dass du das tun willst?«, fragt Lovey.

Die Antwort lautet Nein. Ich bin mir überhaupt nicht sicher. Während ich hier stehe und das winzige, hässliche Zimmer betrachte, dämmert mir, dass ich unheimlich verwöhnt bin. Mit einem Dad aufzuwachsen, der wahnsinnig viel Geld verdient, bedeutet, dass wir immer in hübschen Häusern wohnten und überdurchschnittliche schöne Sachen hatten.

Sobald ich fünfzehn wurde, habe ich eine Teilzeitstelle angenommen, weil meine Eltern wollten, dass ich Verantwortung übernehme und Sparen lerne. Sie wollten auch, dass ich dazu in der Lage bin, mit anderen zu interagieren, ohne eine Panikattacke zu bekommen. Na schön, ich habe immer in Bibliotheken gearbeitet, wo Ruhe das A und O ist, und die meiste Zeit habe ich entweder Bücher eingeräumt oder sie ausgeliehen, trotzdem war es ein Job, der mich zu sozialer Interaktion gezwungen hat.

»Sobald ich ein paar von meinen Sachen an den Wänden habe, ist es bestimmt gemütlicher.« Es liegt außerdem ein etwas muffiger Geruch in der Luft, den ich nicht näher bestimmen kann.

Wir verbringen die nächste Stunde mit Auspacken. Mit meiner Steppdecke und den persönlichen Sachen ist das Zimmer zwar noch immer klein und schäbig, aber es ist auch weg von Kodiak und meinen Brüdern, was ein Gewinn ist.

Lacey und Lovey haben ein Projekt, das fertig werden muss, und ich habe eine Aufgabe in Ökonomie, mit der ich mich vor dem Seminar heute Abend befassen sollte, also brechen sie auf mit dem Versprechen, sich später bei mir zu melden, und ich stecke mir die Ohrstöpsel rein und nehme die Fragen in Angriff. Ich habe die meisten beantwortet, bevor ich zum Seminar aufbreche, aber ich habe keine Zeit, mir irgendwo ein Abendessen zu besorgen, weshalb ich mir eine Handvoll Lucky Charms nehme, ehe ich gehe.

Als das Seminar vorbei ist, fühlt sich mein Kopf an, als würde er gleich explodieren, außerdem bin ich am Verhungern. Dazu kommt, dass ich Dutzende Nachrichten von River habe, die ich nicht zu beantworten gedenke. Ich kehre zu meinem Studierendenwohnheim zurück in der Erwartung, vielleicht meine Mitbewohnerin zu treffen, aber unser Gemeinschaftsraum ist noch immer ein leerer Schweinestall.

Ich werfe meine Tasche auf den Boden, schnappe mir die Schachtel mit Lucky Charms, weil die Cafeteria zuhat, und lasse mich mit einem Psychologietext aufs Bett fallen. Irgendwann muss ich beim Lesen eingeschlafen sein, weil ich plötzlich aus dem Schlaf hochschrecke.

Es ist dunkel in meinem Zimmer, und die Uhr zeigt nach Mitternacht an. Es ist nicht unüblich für mich, zwölf Stunden zu schlafen, wenn ich mit einer seelisch belastenden Sache konfrontiert war. Das Gespräch mit meiner Mom über Kodiak und den Auszug aus dem Haus kann man durchaus als seelisch aufwühlend bezeichnen.

Eine schrille, weibliche Stimme dringt durch meine Tür, gefolgt vom tiefen Klang einer männlichen Stimme, Kichern und etwas, das zu Boden fällt. Schnell verwandelt sich das Lachen in ein Seufzen und Stöhnen. Großartig. Meine neue Mitbewohnerin hat Sex in dem verdreckten Wohnzimmer.

Ich stecke mir die Ohrstöpsel rein und drehe die Lautstärke auf, um sie auszublenden. Jedes Mal, wenn ein Song zu Ende geht, bekomme ich einen Ausschnitt ihres Sexspaßes mit. Das dauert eine gute halbe Stunde, bevor es endlich vorbei ist. Mein Leben im Studierendenwohnheim beginnt also mit einer ordentlichen Nummer.

Am Morgen ist meine Angst auf ziemlich hohem Level. Um halb sechs siegt mein Bedürfnis zu pinkeln über meinen Wunsch, diesen Raum nie zu verlassen in der Hoffnung, ein Zusammentreffen mit meiner Mitbewohnerin und ihrem Freund, Fuckbuddy oder was immer er ist, zu vermeiden. Ich muss meinen Zimmerschlüssel mit ins Bad nehmen, weil sich meine Tür hinter mir automatisch schließt. Das ist nicht sehr praktisch, aber ich verstehe, warum es notwendig ist.

Neben dem Dunst von Essensresten riecht es im Gemeinschaftsraum jetzt außerdem nach benutztem Gummi und Vagina.

Ich mache im Bad so schnell ich kann und stoße auf dem Weg aus dem Badezimmer beinahe mit einer nackten Brust zusammen.

»Lavender?«

Ich richte den Blick von Männerbrustwarzen nach oben auf ein vertrautes Gesicht. »Oh, hallo, Clarke.«

Er sieht völlig verdutzt aus. »Ich wusste nicht, dass du im Studierendenwohnheim wohnst.« Er streicht sich mit der Hand durchs Haar und lässt dabei seinen Blick auf eine Weise über mich gleiten, die mir ein Kribbeln verursacht.

Ich trage eins dieser BH-Tanktops und Schlafshorts. Meine Nippel grüßen ihn wahrscheinlich. Ich verschränke die Arme vor der Brust, um sie zu verstecken. »Dann weißt du es jetzt«, ist meine ausgesprochen geistreiche Antwort.

Seine Augen flackern, als würde ihm plötzlich etwas klar. »Tut mir leid wegen des Lärms letzte Nacht.«

»Es gibt nichts, was eine hübsche Hardrock-Playlist nicht

ausblenden könnte.« Das wäre jetzt durchaus der richtige Moment gewesen, kein Wort hervorzubringen. »Das Badezimmer ist jedenfalls frei.« Ich schlüpfe an ihm vorbei, weil ich unbedingt verschwunden sein möchte, bevor meine Mitbewohnerin aufwacht und es noch unangenehmer wird. Clarke ist ein Hockeyspieler, und jetzt frage ich mich, ob meine Mitbewohnerin vielleicht eines der Bunnys ist, denen ich leider zuvor schon begegnet bin.

Als ich angezogen und zum Gehen bereit bin, ist es Viertel vor sieben.

Ich schleiche mich unbemerkt hinaus und laufe zur Cafeteria. Es ist viel los, und ich bin es nicht gewohnt, um diese Zeit mit jemand anders als Familienmitgliedern zu kommunizieren – und das meist nur mit anzüglichen Handzeichen.

Der Lärm und die schiere Menschenmasse sind mehr, als ich ertragen kann, weshalb ich mir einen Kaffee und einen Muffin besorge und zum Gebäude der Künste gehe. Mein Seminar beginnt erst in vierzig Minuten, also suche ich mir eine ruhige Ecke, stecke die Ohrstöpsel rein, rufe eine Playlist auf und beschäftige mich mit meiner Hausaufgabe, während ich an meinem Kaffee nippe. Ich habe Anfang nächster Woche einen Test, und solange ich die Grundlagen nicht beherrsche, habe ich keine Chance zu bestehen. Ich bin in Arbeitslosenraten vertieft und bemühe mich, die Prozentzahlen zu verstehen, als vor mir ein Schatten auftaucht und sich nicht mehr bewegt. Ich hebe den Kopf und bin erleichtert, dass es weder meine Brüder noch Kodiak noch eine meiner Cousinen sind.

»Hallo, Josiah, wie geht's dir?« Er hat einen Knutschfleck am Hals, den er mit dem Kragen eines Harry-Potter-Polos zu verbergen versucht.

»Gut. Und dir?« Er lässt sich auf den Stuhl neben mir sinken.

»Danke, Sir, das ist eine Fangfrage.«

»Äh-oh. Welches neue Drama hat sich im Haus der Athleten abgespielt?«

Josiah wohnt in einer Wohnung mit seinem Mitbewohner namens Ali, der im Ingenieursprogramm ist und fast immer in der Bibliothek oder bei seiner Freundin lernt.

Ich erzähle ihm die abgespeckte Version der Ereignisse – sprich, dass ich genug von dem Schwachsinn habe. »Ich bin gestern ins Studierendenwohnheim gezogen.«

Er macht große Augen. »Dann sind die Brüder also noch immer überbeschützend?«

»Jawohl.«

»Benimmt sich dieser Kodiak noch immer so fies?«

»Ebenfalls jawohl.«

»Dem Typ muss mal einer Bescheid stoßen. Wie war die erste Nacht im Studierendenwohnheim?«

»Meine Mitbewohnerin hat einen Hockeyspieler mitgebracht und ihn im Wohnzimmer gevögelt.«

»Stilvoll. Warte, woher weißt du, dass es ein Hockeyspieler war?« Seine Augen funkeln. »Hat er etwa solche Sachen gesagt wie *Lass mich dir zeigen, wie gut ich mit meinem Schläger umgehen kann*?«

Ich kichere. »Nein, ich bin ihm heute Morgen vor dem Badezimmer begegnet. Er war auf den Partys meines Bruders.«

Josiah verzieht das Gesicht. »Wie unangenehm.«

»Wohl wahr.« Ich kenne die Sexgeräusche meiner Mitbewohnerin, ohne sie überhaupt getroffen zu haben. Ich stupse ihn am Hals. »Der sieht neu aus. Potenzielles Beziehungsmaterial oder eine Affäre?«

»Wahrscheinlich eine Affäre. Er denkt noch immer, dass es nur eine Phase ist.« Josiah reibt sich die Stelle und blickt weg. Offensichtlich ist mehr dran, aber ich will nicht aufdringlich sein. »Wie läuft's mit Mathe?«

Ich schlage das Buch zu. »Ich habe momentan achtundvierzig Prozent im Unterricht und einen großen Test nächste Woche, den ich hoffentlich bestehe. Aber solange ich das Zeug nicht in den Griff bekomme, wird das nicht passieren.«

»Soll ich mal einen Blick drauf werfen?«

»Gern.« Ich reiche ihm das Lehrbuch und blättere zur Lernstoffwiederholung für den bevorstehenden Test. »Es gibt haufenweise Übungsfragen, und ich habe alle falsch beantwortet.«

Er geht die Seiten durch. »Als du gesagt hast, du machst ein Matheseminar, habe ich gedacht, du meinst reine Mathe und nicht Makroökonomie. Ich hatte das letztes Jahr, also kann ich dir wahrscheinlich helfen.«

»Hast du auch ganz sicher Zeit dafür? Ich würde ja gern sagen, ich kapiere schnell, aber das stimmt womöglich nicht. Die Zahlen und ich stehen miteinander auf Kriegsfuß.«

»Ja, bestimmt. Ich muss mich von dem hier ablenken.« Er tippt sich auf den Knutschfleck. »Und einer Freundin zu helfen wäre eine tolle Ablenkung.«

Ich packe ihn an den Oberarmen. »Ich bin gern bereit, dich abzulenken, aber vielleicht bereust du es irgendwann, mir Hilfe angeboten zu haben.«

Er kichert. »So schlecht kannst du nicht sein. Und ich hätte das schon früher getan, wenn ich gewusst hätte, dass ich helfen kann.«

»Du unterschätzt mich, mein Freund, und du solltest froh sein, dass du sie mir nicht früher angeboten hast.«

Wir packen unsere Sachen zusammen und gehen ins Kostüm- und Bühnenbildseminar. Weil ich mein Kostümprojekt bereits abgegeben habe, arbeite ich an ein paar Teilen des Bühnenbilds für die Herbstvorstellung mit. Ich male gedankenverloren an einer Backsteinmauer und höre dabei Musik, als meine Professorin neben mir in die Hocke geht.

Ich ziehe meine Ohrstöpsel heraus. »Tut mir leid. Ich war ganz in meiner Welt versunken.«

»Nicht nötig, sich zu entschuldigen, Lavender. Haben Sie nach dem Unterricht Zeit für ein Gespräch?«

»Äh, sicher. Ist alles okay?« Mein Mund ist plötzlich ganz trocken, und ich ringe die Hände. Ich hoffe, ich habe mein Kostümprojekt nicht vermasselt. Vielleicht ist es ja gar nicht so gut, wie ich dachte.

Sie schenkt mir ein beruhigendes Lächeln. »Kein Grund zur Sorge. Aber es gibt etwas, das ich mit Ihnen besprechen möchte. Es wird nicht lange dauern, und es gefällt Ihnen bestimmt.«

Am Ende des Seminars verabreden Josiah und ich uns für später am Nachmittag zur Nachhilfe, und ich schreibe Lacey und Lovey, dass ich das Mittagessen ausfallen lassen muss, mich aber später noch einmal melde. Meine Handflächen sind feucht, als ich das Büro von Professorin Martin erreiche. Ich stecke mir ein Minzbonbon in den Mund und atme tief durch, bevor ich an ihre Tür klopfe.

»Lavender, kommen Sie herein.« Sie zeigt auf den leeren Stuhl neben ihrem Schreibtisch.

Poster kleben an den Wänden, Bücher sind auf Regalen aufgereiht und Kostüme hängen an einem Kleiderständer in der Ecke. Es ist chaotisch und visuell überwältigend, aber mir gefällt es. Kodiak würde hier drin durchdrehen. Ich sage meinem Gehirn, dass es Ruhe geben soll, denn an ihn will ich jetzt ganz bestimmt nicht denken.

Ich setze mich und verschränke die Finger im Schoß, um nicht das zu tun, was meine Mutter das »Otterstreicheln« nennt und was aussieht, als wollte ich mir die Hände wärmen, indem ich unaufhörlich mit der einen Hand über die andere streiche.

Sie schenkt mir ein beruhigendes Lächeln. »Sie fragen sich bestimmt, worum es geht.«

Ich nicke und bringe ein leises *Ja* heraus.

»Ich wollte mit Ihnen über Ihr Kostümprojekt sprechen.«

»Oh.« Tausend Bedenken schwirren mir augenblicklich im Kopf umher.

Sie hebt eine Hand. »Es ist nichts Schlimmes, Lavender. Ganz im Gegenteil.«

»Oh. Okay.« Ein Teil meiner körperlichen Anspannung löst sich, und ich fühle mich nicht mehr so sehr wie ein Stück Blech, sondern eher wie eins dieser weichen Plüschkissen.

»Sie sind eine begabte Schneiderin, Lavender, eine der besten Studentinnen, die ich je hatte. Ich weiß, dass Sie noch kein Hauptfach ausgewählt haben, aber ich hoffe, dass Sie mit dem Kostümdesign weitermachen wollen.«

Ich nicke, und mein Herz pocht in meiner Brust. »Das habe ich eigentlich vor, ja.«

»Das ist wundervoll zu hören.« Sie dreht sich mir zu, um mich anzuschauen. »Ich wollte mit Ihnen über eine besondere Gelegenheit sprechen. Normalerweise ist sie den Studierenden im zweiten Jahr vorbehalten, aber ich hatte das Gefühl, ich sollte es Ihnen gegenüber erwähnen. Ich bin mir nicht sicher, ob Sie das wissen, doch wir haben Verbindungen zu ein paar sehr exklusiven Praktikumsprogrammen in New York.«

»Mit Off-Broadway-Theatern, nicht wahr?« Mein Magen schnürt sich zusammen bei dem Gedanken an das Gewühl und die Energie in einer so riesigen Stadt.

»Das stimmt. Wenn Sie erlauben, würde ich Ihren Namen gern vorschlagen.«

»Für *kommenden* Sommer?«

»Ja. Es ist hart umkämpft, aber ich denke, einen Versuch ist es wert, sich wenigstens zu bewerben. Sie würden zwei Monate in New York verbringen und mit einer der besten Kostümdesignerinnen der Branche arbeiten. Wäre das etwas für Sie?«

»Ja«, platze ich heraus. »Ich müsste mit meinen Eltern sprechen, aber ja, es ist definitiv etwas, woran ich interessiert bin. Kann ich ein paar Tage darüber nachdenken?«

»Natürlich! Die Bewerbungsfrist ist Anfang Dezember, also haben Sie genügend Zeit, um eine Entscheidung zu fällen. Mir ist bewusst, dass es eine Menge zu bedenken gibt, also wollte ich Ihnen gern die Gelegenheit bieten, gründlich darüber nachzudenken. Es besteht keine Garantie, aber ich denke, Ihre Chancen stehen nicht schlecht. Lassen Sie es sich durch den Kopf gehen, und wir sprechen nächste Woche.«

Als ich ihr Büro verlasse, fühle ich mich sowohl beschwingt als auch bange. Ich überlege, mit wem ich zuerst darüber sprechen möchte. Normalerweise wäre es meine Mom, aber ich habe sie schon genug strapaziert damit, dass ich ins Studierendenwohnheim umgezogen bin und es ihr überlassen habe, mit Dad zu reden – von dem ich noch nichts gehört habe. Doch es ist gerade mal vierundzwanzig Stunden her. Vielleicht hat Mom ihm das Versprechen abgenommen, nicht anzurufen, bis er sich wieder beruhigt hat. Das ist jedenfalls meine Vermutung.

Ich komme zu dem Schluss, dass ich die Informationen erst einmal sacken lasse und mir eine Liste mit Pros und Kontras mache, bevor ich irgendetwas unternehme. Doch es fühlt sich an wie ein Zeichen. Eine solche Gelegenheit gibt es nicht jeden Tag, und ich wäre dumm, sie mir entgehen zu lassen, auch wenn die Vorstellung, allein nach New York zu gehen, mir Brechreiz verursacht.

Das Treffen mit meiner Professorin hat dazu geführt, dass ich völlig verschwitzt bin, und ich denke, es ist eine gute Idee, ins Studierendenwohnheim zurückzukehren und rasch zu duschen und mich umzuziehen, bevor ich Josiah zur Nachhilfe treffe. Meine Angst schießt hoch, als ich mich meinem neuen Zimmer nähere.

Ich stehe ein paar Sekunden vor der Tür und horche … falls etwas im Gange ist, das ich besser nicht unterbrechen sollte. Als alles still bleibt, schließe ich die Tür auf und öffne sie langsam. Ich bin erleichtert, dass niemand auf dem Sofa vögelt.

Doch diese Erleichterung ist von kurzer Dauer, weil die Tür zum Badezimmer aufgeht und meine neue Mitbewohnerin auftaucht. Wie befürchtet bin ich ihr schon früher begegnet. Schlimmer noch, Beth ist die Kurzform von Bethany, und es handelt sich um dasselbe Mädchen, das am ersten Collegetag aus Kodiaks Haus kam und damit angab, bei ihm in seinem Zimmer gewesen zu sein, gleich nachdem er mich schlimmer als einen Kaugummi behandelt hatte. Sie war es auch, die mir Suppe auf mein Bein gekippt hat.

Sie trägt aktuell ein Handtuch um den Kopf. Und sonst nichts.

Ich halte den Blick auf die Decke gerichtet, während sie durch das Zimmer stolziert. »In einer halben Stunde kommt ein Freund vorbei, also gehst du besser, damit du uns nicht belauschst wie gestern Abend.« Die Tür knallt hinter ihr zu.

Ich halte sekundenlang schockiert inne, bevor ich meinen Füßen schließlich befehle, mich in mein Zimmer zu tragen.

Ich habe meinen Schlüssel bereits in der Hand, bleibe aber wie angewurzelt stehen, als ich bemerke, dass meine Tür mit Post-its übersät ist. Sie bedecken wirklich jeden Zentimeter der Fläche, und auf jedem ist ein Vergehen vermerkt, das ich in den letzten vierundzwanzig Stunden begangen habe – von der Zahnbürste, die ich im Bad habe liegen lassen, über das Belauschen ihrer Sexaktivitäten (sie waren in dem verdammten Gemeinschaftszimmer) bis zum Versuch, ihr heute Morgen den Freund auszuspannen durch das Angebot sexueller Dienste.

Ich bin so geistesgegenwärtig, ein paar Fotos zu machen, bevor ich mich eilig in meinem Zimmer einschließe.

Ich schicke sie River und frage, ob es ihm was ausmachen würde, mir zu helfen, meine Sachen wieder nach Hause zu schaffen. Ich schreibe außerdem Josiah, um ihm mitzuteilen, dass ich den Nachhilfeunterricht verschieben muss und ihm den Grund dafür ein andermal nenne.

River kommt zwanzig Minuten später mit Maverick und BJ. Bethany streckt den Kopf heraus, und einen kurzen Augenblick lang leuchten ihre Augen begeistert auf, bis sie merkt, dass sie nicht wegen ihr hier sind.

»Bethany, ich bin sicher, du erinnerst dich an meinen Cousin BJ, und das sind meine Brüder Maverick und River.«

Bethany eilt zu meiner Zimmertür und reißt hektisch die Post-its ab. »Es war ein Scherz«, ist ihre schwache Ausrede.

Maverick schenkt ihr ein freundliches Lächeln, aber sein Ausdruck passt nicht dazu. »Du stehst auf der schwarzen Liste, Süße. Ich würde mich an deiner Stelle auf keiner Party mehr blicken lassen.«

Wir müssen zweimal laufen, um alles zum Wagen zu bringen.

So viel zum Studierendenwohnheimexperiment. Wenigstens habe ich es versucht.

»Tut mir leid, dass es nicht funktioniert hat, Lav«, sagt River, sobald wir auf dem Weg nach Hause sind.

»Nein, tut es nicht«, erwidere ich.

Er seufzt. »Im Studierendenwohnheim sind hauptsächlich Idioten.«

»Die Welt ist voller Idioten, River. Du kannst mich nicht vor allen beschützen.« *Vor allem nicht vor dem in unserem Haus.*

»Ich weiß.« Er streckt die Hand aus und verschränkt seinen kleinen Finger mit meinem. »Aber ich will es versuchen. Und es tut mir wirklich leid, dass ich dir das Gefühl gegeben habe, es versuchen zu müssen, und du diese blöde Kuh als

Mitbewohnerin hattest. Wir wollen nicht, dass es dir schlecht geht, und wir wollen nicht, dass du nicht gern mit uns zusammenwohnst.«

Ich seufze. »Ich liebe dich, und wenn das stimmt, dann könnt ihr ja vielleicht ein paar Dinge ändern.«

22

Ich dachte, ich wäre darüber hinweg

Kodiak
Neunzehn Jahre alt
Winterpause

Mein erster Gedanke ist, dass ich nicht hier sein sollte. Es ist zu nah, um angenehm zu sein. Ich bin völlig angespannt, und nicht einmal ein paar der Esswaren von Mavs Großvater können mich entspannen.

Es sind auch viel zu viele Leute da. Ich komme mit einem voll besetzten Stadion klar, weil wir durch eine Wand aus Plexiglas getrennt sind. Hier gibt es keine Trennwand zwischen mir und den anderen. Es gefällt mir nicht – zu viele Unbekannte und Variablen, die ich nicht kontrollieren kann. Ganz zu schweigen davon, dass alle sturzbetrunken sind und dummes Zeug reden. Ich kann Leute kaum in nüchternem Zustand ertragen.

Aber es ist der erste Tag der Winterferien, und Maverick hat darauf bestanden, dass wir bei seinen Eltern am Lake Geneva eine Party schmeißen, weil sie nicht da sind.

Es ist wahnsinnig kalt, doch im Whirlpool drängen sich die Mädels, und hier draußen sind mindestens ein Dutzend Leute, die Gras rauchen.

Weil Mav und ich beide im Hockeyteam des Colleges sind und es stichprobenartig Drogentests gibt, machen wir normalerweise nicht mit. Aber wir haben zwei Wochen Pause, weshalb er sich zudröhnt.

Unsere Eltern haben kurz entschlossen einen viertägigen Trip nach Mexiko gebucht, um vor den Feiertagen ein wenig Sonne zu tanken, was bedeutet, dass wir das gesamte Wochenende nach Belieben über das Haus verfügen können. Maverick soll ein Auge auf River und Lavender haben, die hiergeblieben sind, um Zeit mit ihren Cousinen zu verbringen. Doch anstatt dafür zu sorgen, dass sie nicht in Schwierigkeiten geraten, hat Maverick jeden eingeladen, den er in der Gegend zwischen achtzehn und zweiundzwanzig kennengelernt hat. Er denkt, was seine Eltern nicht wissen, stört sie auch nicht.

Ich mache mir schon Sorgen, dass irgendetwas zu Bruch gehen könnte, was es kosten wird, das Haus wieder sauberzumachen, und dass jemand heimlich Fotos knipsen und uns damit eins auswischen könnte.

Ich gehe aus dem Weg, als zwei Mädchen in Bikinis vorbeirennen und laut genug kreischen, um sämtliche Hunde in der Nachbarschaft in Aufruhr zu versetzen. Sie quetschen sich zu den anderen Mädchen in den Whirlpool, die uns fortwährend fragen, wann wir uns dazugesellen.

Whirlpools sind eine Petrischale voller Bakterien und Reue. Außerdem hat Maverick vorhin mit seiner Freundin darin herumgemacht, weshalb die hohe Wahrscheinlichkeit besteht, dass sein Sperma da herumschwimmt.

»Kennst du auch nur die Hälfte der Leute?«, frage ich.

Maverick zuckt mit den Achseln. »Nein. Aber falls die Sache aus dem Ruder laufen sollte, rufe ich einfach die Polizei.«

»Ein paar von denen sind minderjährig«, wende ich ein.

»Jeder hier darf fahren und wählen. Die Tatsache, dass das

Alter zum Trinken nicht damit übereinstimmt, ergibt nicht den geringsten Sinn.«

»Das ändert nichts an der Tatsache, dass es ein Gesetz ist und wir dutzendweise dagegen verstoßen.« Nicht dass es mir etwas ausmachen würde. Es geht mehr darum, dass Maverick sich mit dieser Party nicht in Schwierigkeiten bringt. Er ist ein Partylöwe und ich … überhaupt nicht. Leute kosten Energie, und ich stecke meine am liebsten in Hockey und College.

Trotzdem bin ich hier. Aber nicht, weil Maverick mein bester Freund ist und mich dazu gedrängt hat.

Sein jüngerer Bruder, River, taucht plötzlich auf. Er ist groß und schlaksig und hasst die ganze Welt – bis auf seine Zwillingsschwester jedenfalls. Und bis auf Football. Er nimmt einen tiefen Zug von einem Joint.

»Wo hast du den her?« Mav versucht, ihn ihm wegzunehmen, doch River duckt sich weg.

»Rat mal. Ich hab ihn aus Robbies Botanikexperiment stibitzt.« Er zeigt auf das Gewächshaus auf der Rückseite des Grundstücks, das hinter einer Baumgruppe und Rosensträuchern verborgen ist. Es ist gesichert wie Fort Knox, also kann keins der Arschlöcher reinkommen, aber Mav weiß, wo der Schüssel liegt, und River anscheinend auch. Er nimmt noch einen tiefen Zug und bläst seinem Bruder den Rauch ins Gesicht. Sein Blick wandert zu mir, und er verengt kurz die Augen, bevor er sich wieder Mav zuwendet. »Lav müsste in einer Viertelstunde hier sein.«

»Ich dachte, sie wäre auf irgend 'ner Ausstellung mit L und L«, sagt Maverick.

»War sie auch.«

»Es ist erst Viertel vor elf. Wieso kommen sie so früh zurück?«

River schnipst die Asche ab, die neben meinem Fuß auf die Veranda fällt. »Mom und Dad haben ihre Ausgeherlaubnis bis elf Uhr gegeben.«

»Sie sind nicht einmal hier, um sich einzumischen.«

River schaut ihn an, als wäre er der dümmste Idiot auf Erden. Ist er nicht: Er ist betrunken und high, weshalb die Hälfte seiner Gehirnzellen schläft. »Sie tracken sie übers Telefon.« Das »Du Dummkopf« schwingt in seiner Stimme mit.

Das ist keine Überraschung. Lavender ist der Inbegriff des braven Mädchens, und es ist unwahrscheinlich, dass sie in Schwierigkeiten kommt. Trotzdem sind alle so überbeschützend.

»Sie kann das Telefon doch zu Hause lassen?«, fährt Mav fort. »Dann wüssten sie es nicht.«

River verzieht die Lippen. »Willst du wirklich, dass unsere siebzehn Jahre alte Schwester ohne Telefon bis in die Puppen unterwegs ist?«

»Schon klar«, murmelt Mav. »Du bist dazu verpflichtet, ein Auge auf sie zu haben.«

»Du weißt, das ist nicht ihr Ding hier. Lavender verschwindet nach oben, und man bekommt sie erst morgen wieder zu Gesicht.« River zieht sein Telefon aus der Hosentasche und setzt eine finstere Miene auf. »So ein Mist.«

Die Eingangstür wird aufgerissen, und eine Gruppe Mädchen kommt hereingestolpert.

Das Merkwürdige ist, dass die Mädchen anscheinend glauben, dass Halloween ist. Sie tragen Superheldenkostüme. Und als klar wird, wer sie sind, fühlt sich mein gesamter Körper an, als würde er gleichzeitig in Feuer und Eis getaucht.

Dawson, einer der Verteidiger des College-Hockeyteams, dessen Familie zwanzig Minuten entfernt wohnt, gesellt sich zu unserem Kreis und stößt einen leisen Pfiff aus. »Seit wann ist das eine Kostümparty? Wisst ihr was? Wenn kümmert's? Diese Wundertitten gehören mir.«

Mav hechtet vor River hin und packt ihn an der Taille, als sich dieser auf Dawson stürzen will.

»Fass meine Schwester an, und ich schneide dir die Zunge raus und ersetze sie durch deinen Schwanz«, schäumt River.

»Langsam, Riv, beruhige dich.« Mav hat Mühe, ihn festzuhalten.

River mag zwei Jahre jünger sein, aber er ist fast genauso groß und wird immer muskulöser.

Dawson lacht nervös. »Schwester? Scheiße, Mann. Tut mir leid. Das wusste ich nicht.«

»Atmest du auch nur in ihre Richtung, schlage ich dir jeden einzelnen Zahn aus, du Schwachkopf.« Er boxt Mav in die Seite. »Lass mich los, Arschloch, oder ich blamier dich bis auf die Knochen, indem ich dir in den Arsch trete.«

Mav stößt ihn weg. »Solltest du nicht schon längst im Bett sein?«

River nimmt einen tiefen Zug von dem Joint, schnipst die Kippe gegen Dawson und bläst mir den Rauch ins Gesicht. »Sie ist wegen dir genügend Tode gestorben, Kodiak. Halt dich von ihr fern.«

»Zwillingsbruder!« Lavender stolpert über die Leiste der geöffneten Balkontür. Beinahe fällt sie hin, aber River fängt sie auf und stellt sie auf die Füße. Sie fasst ihn um die Taille.

»Was ist los?« River blickt hinunter auf seine Schwester, die ihr Gesicht gegen seine Brust drückt. »Bist du betrunken?«

»Mir geht's gut«, murmelt Lavender an seinem Hemd.

Er sieht fragend zu Lovey und Lacey. »Ist sie betrunken?«

»Es tut uns leid«, sagen sie im Chor. »Sie hatte Jell-O in ihrer Tasche, einen für jeden von uns, aber weil Lacey und ich Veganerinnen sind, hat sie alle drei gegessen.« Lovey ringt die Hände.

»Scheiiiiße.« Maverick reibt sich den Nacken. »Das erklärt jedenfalls, wohin die Jell-O-Shots verschwunden sind.«

Lovey schenkt ihm einen missbilligenden Blick. »Jell-O-Shots gehören normalerweise in diese kleinen Plastikbecher, nicht in riesige Puddingbecher! Wie viel Alkohol war da drin?«

»Keine Ahnung, vielleicht wie in so 'ner Miniflasche? Ich hatte keine kleinen Becher, und Lav ist auf dem Jell-O-Trip, als wäre sie sieben, also dachte ich, ich tue der Welt einen Gefallen, indem ich die Dinger recycle. Außerdem sind wir Kerle.« Er deutet auf mich und die anderen Jungs. »Shots in Puddingbechergröße sind vertretbar.«

»Du bist ein Idiot, Mav«, faucht River. »Schau sie dir an.« Er zeigt auf Lavender, die sich noch immer an ihren Bruder klammert. »Wenn sie kotzt, darfst du das wegwischen.«

»Sei nicht sauer, Rivy. Ich verspreche, ich kotze nicht.« Lavender tätschelt ihm unbeholfen die Wange.

River stößt einen frustrierten Seufzer aus. »Versprich nichts, was du vielleicht nicht halten kannst, Lav.«

»Okay. Wenn ich also kotzen muss, werde ich Stillschweigen darüber bewahren.« Lavender legt den Kopf zurück und lächelt zu ihrem Bruder hinauf, der gut einen Kopf größer ist, obwohl das auf fast jeden zutrifft.

Sogar diese kleine Bewegung bringt sie aus dem Gleichgewicht, und sie stolpert einen Schritt rückwärts. River packt sie am Arm, damit sie nicht hinfällt.

Lavenders Körperkoordination war noch nie gut. Sie könnte über einen Einfall stolpern. Und eine betrunkene Lavender ist ein Desaster.

Ein ziemlich heißes Desaster.

Ein ziemlich heißes, sexy Desaster.

Lavender ist nicht mehr das stille, ungeschickte, ängstliche Mädchen mit den knubbligen Knien, blauen Flecken überall und Farbe in den Haaren. Sie ist in den Jahren, seit ich sie das letzte Mal gesehen habe, erwachsen geworden. Sehr sogar. Sie ist mehr Frau als Mädchen, und sie hat sämtliche Rundungen, die das beweisen.

»Es geht mir gut.« Sie schlägt die Hand ihres Bruders weg. »Außerdem macht es mir nichts mehr aus, Kodiak zu sehen, was gut ist.« Sie zittert, und ihr Atem bildet weiße Wolken. Sie senkt die Stimme zu einem Flüstern. »Ist er noch immer hier?« Sie wischt sich die Haare aus dem Gesicht und rückt ihren Haarreifen zurecht. Er sitzt noch immer schief. »Kann ich mich sehen lassen?« Sie streicht sich über die Hüften.

River schließt die Augen, atmet langsam aus und reckt das Kinn. Als er sie wieder anschaut, wird seine Miene düster und grimmig. »Oh ja, er ist leider noch immer da.«

Lavenders Augen werden weit, und sie wirbelt herum, wobei ihr Blick auf mir landet. Ich sehe, wie sich in ihren blauen Augen ein Dutzend Gefühle widerspiegeln, wegen der ich am liebsten den Kopf gegen eine Backsteinmauer schlagen würde. »Kodiak.«

Mein Name klingt gehaucht und nicht gesprochen, aber es wirkt auf mich wie Kokain.

»Sie ist siebzehn, Knalltüte. Komm ja nicht auf die Idee, mit deinem Schwanz zu denken.« River boxt mich in die Seite und legt einen schützenden Arm um sie und dreht sie von mir weg. »Los, Lavender. Besorgen wir dir ein paar Kohlenhydrate, und dann ab ins Bett.«

»Er war die ganze Zeit da.« Sie blickt über die Schulter und stolpert neben ihm her, als er sie rasch ins Obergeschoss zu bringen versucht. Sie ist zu unkoordiniert, um sich im gleichen Tempo zu bewegen, weshalb er sie hochhebt und durch die Küche trägt. Sie wehrt sich nicht, aber ihr Körper ist steif, und ihr Blick ist starr auf mich gerichtet, bis sie auf der Treppe verschwindet.

Maverick fährt sich mit den Händen durchs Haar. »Scheiße, das ist übel.«

»Wir gehen hinauf und bleiben bei ihr«, sagen Lacey und Lovey im Chor.

»River wird ihr jetzt nicht von der Seite weichen.« Mavericks Blick schnellt zu mir und wieder zu ihnen zurück.

Lovey stemmt eine Faust in die Hüfte. »Aber sie braucht jemanden, der ihr beim Ausziehen ihres Kostüms hilft.«

»Schlafen kann sie jedenfalls nicht darin«, pflichtet Lacey ihr bei. Sie ergreift die Hand ihrer Zwillingsschwester, und sie eilen hinter River und Lavender her.

»Ist das deine kleine Schwester, Mav?« Dawson grinst. »Darf ich sie vielleicht daten, wenn sie nicht mehr minderjährig ist?«

Mavericks grimmige Miene weicht einem breiten Lächeln, das aber überhaupt nicht freundlich ist. Er umklammert Dawsons Schulter mit der Hand. »Wenn du meine Schwester auch nur anschaust, halte ich deine Arme fest, während mein Bruder deine Zunge durch deinen Schwanz ersetzt. Und glaub mir, er ist verrückt genug, um so was zu tun.«

Dawson macht große Augen und hebt unterwürfig die Hände. »Langsam, Alter, ich mache nur Spaß.«

Maverick wirft den Kopf zurück und lacht, und Dawson fällt mit ein. Doch es ist ein nervöses Lachen. »Ich auch«, sagt Mav grinsend und schüttelt den Kopf. Sein Lächeln verschwindet. »Lavender ist tabu.« Sein strenger Blick wandert zu mir. »Für jeden.«

Maverick und ich reden nicht über Lavender. Nie. Es besteht Einvernehmen darüber, dass sie kein Gesprächsthema ist.

Nachdem meine Familie nach Philly umgezogen ist, war es leichter, so zu tun, als würde sie nicht existieren und ich hätte ihr nicht geschadet, weil ich eben ich bin. In den fünf Jahren zwischen dem Umzug und jetzt habe ich sämtliche Familienfeiern gemieden, bei denen ich womöglich im selben Raum wie Lavender gelandet wäre.

Bis zum heutigen Tag.

Weil es keine Möglichkeit gibt, ihr während der Ferien nicht über den Weg zu laufen, ist es vielleicht besser, das Pflaster abzureißen und es hinter sich zu bringen. Nur dass ich langsam denke, dass es kein guter Plan war. Nicht nach all den Jahren.

So muss sich ein Süchtiger fühlen, wenn er eine Heroinspritze sieht und niemand da ist, um ihn daran zu hindern, sich die Nadel in den Arm zu stechen.

River kommt nicht wieder herunter und die Mädchen auch nicht. Die Party geht bis nach fünf Uhr morgens. Maverick ist vor zwei Stunden mit seiner derzeitigen Freundin verschwunden. BJ hat sich auf dem Sofa hingehauen mit einem Mädchen, das sich wie eine Katze in seinem Schoß zusammengerollt hat. Ich sollte ein Uber rufen und nach Hause fahren.

Ich gehe mit dem Telefon in der Hand den Flur zur Eingangstür entlang. Ich drücke auf den Knopf, aber der Bildschirm bleibt dunkel. Scheiße. Mein Handy ist tot. Ich bin zugleich angespannt und erschöpft. Mein Magen krampft sich zusammen, als ich zur Treppe blicke. Ich sollte nach einem Ladegerät suchen. Stattdessen steige ich die Treppe ins Obergeschoss hinauf.

Mein Mund ist ganz trocken, und meine Hände feucht. Das ist keine gute Idee. Ich habe mir jahrelang immer wieder ins Gedächtnis gerufen, wie sehr ich Lavender geschadet habe, als sie noch zu jung war, um zu verstehen, wie gefährlich ich für sie bin. Fünf Jahre, in denen ich sie gemieden habe. Fünf Jahre, in denen ich sie mir selbst ausgetrieben habe. Und trotzdem bin ich hier, darauf aus, wieder von ihr in Bann geschlagen zu werden, ohne genau zu verstehen, warum.

Nun, das stimmt nicht. Ich weiß exakt, warum.

Nächstes Jahr soll sie noch hierbleiben und aufs örtliche College gehen, aber im Jahr darauf kommt sie vielleicht zu uns aufs College nach Chicago.

Robbie ist dort und Mav jetzt ebenfalls. River redet über das Kinesiologie-Programm, außerdem hat die Universität ein ausgezeichnetes Hockeyteam.

Ich muss lernen, irgendwann wieder mit Lavender klarzukommen. Ich kann ihr nicht für alle Zeiten aus dem Weg gehen.

So begründe ich mein Verhalten. Ich laufe nacheinander an geschlossenen Türen vorbei und bleibe vor der stehen, an der ein Schild befestigt ist. Darauf steht MÄDCHENZIMMER: EINTRETEN AUF GEFAHR VON … gefolgt von einem Foto mit einem Eichhörnchen, das ein Paar Nüsse hält.

Ich blicke den Flur entlang; nirgends fällt Licht durch den Türspalt, auch nicht bei dem Zimmer, vor dem ich stehe. Ich lausche, aber alles, was ich hören kann, sind meine Atemgeräusche und das Rauschen des Bluts in meinen Ohren.

Ich umschließe den Türknauf. Und ich spüre das berauschende Gefühl vom Adrenalin, als ich ihn ganz langsam drehe. Es ist so still, dass ich die Mechanik klicken höre, wie eine Bombe kurz vor der Explosion. Als er sich nicht weiterdrehen lässt, drücke ich dagegen und halte den Atem an, als die Türangeln leise quietschen.

Es wäre unmöglich, das hier Maverick oder, was noch schlimmer wäre, River gegenüber zu rechtfertigen, falls mich einer von ihnen hier erwischen würde. Ich hätte keinen besten Freund mehr, und nach Jahren des Getrenntseins ist es schön, ihn endlich zurückzuhaben, endlich wieder für dasselbe Team Hockey zu spielen.

Aber nicht einmal das kann mich aufhalten, was mir mehr verrät, als ich wissen möchte. Ich bin wirklich kaputt.

Einfach völlig kaputt.

Ich öffne die Tür ein bisschen weiter, schnell diesmal, damit sie nicht quietscht. Auf dem Nachttisch zwischen den beiden Betten leuchtet ein Wecker. Ein schwacher Lichtstrahl reicht vom Badezimmer bis zum Bett und bildet einen Strich auf Lavenders Körper. Sie liegt zusammengerollt auf der Seite, Gesicht zur Tür. Die Decken sind größtenteils weggestrampelt, und ihre bloßen Beine liegen ausgestreckt auf hellen Laken.

Ihr langes Haar ist wirr auf ihrem Kissen ausgebreitet, ein Arm deutet in Richtung Tür, die Handfläche nach oben. Ich verstehe nicht, wie ich nach so langer Zeit noch immer die gleiche unwiderstehliche Anziehung verspüren kann. Jahrelang musste ich Mauern errichten, um mich von ihr und den ganzen schlechten Entscheidungen zu lösen, die wir als Kinder getroffen haben; die *ich* getroffen habe. Ich muss sie nur sehen und den Klang meines Namens hören, und die Tore fliegen auf, und es zwingt mich in die Knie.

Mir ist nicht bewusst, dass ich mich bewege, bis der Boden unter meinen Füßen knarrt. Ich habe den Raum schon zur Hälfte durchquert, als Lavender im Bett hochschießt. Sie saugt die Luft ein, und ihre Augen schnellen hin und her. Sie hat seit jeher einen leichten Schlaf – außer, wenn sie eine besonders schwere Panikattacke hatte; dann konnte sie schlafen wie eine Tote. Nicht einmal eine wilde Party hätte sie geweckt.

»Hallo?« Ihre Stimme ist belegt vom Schlaf. Sie zwinkert und beugt sich zum Nachttisch hinüber, wo sie nach ihrer Brille tastet. Ich nutze die kurze Ablenkung, um auf den Flur zu treten und die Tür hinter mir zuzuziehen.

Ich bleibe nicht, um zu sehen, was sie als Nächstes tut. Stattdessen gehe ich eilig zum Ende des Flurs, zum letzten freien Zimmer auf diesem Stockwerk. Die Decke ist bereits zerwühlt, was mir verrät, dass ich nicht der Erste bin, der dieses Zimmer heute Nacht benutzt.

Ich schließe die Tür, zerre mein T-Shirt über den Kopf und ziehe meine Jeans aus. Dann schlage ich die Laken zurück, schlüpfe darunter und lasse den Kopf auf das Kissen fallen. »Wie kann man nur so dumm sein.«

Ich weiß nicht, was ich mir dabei gedacht habe, mich bei Lavender hineinzuschleichen. Es hat keinen anderen Zweck erfüllt, als mir bewusst zu machen, dass ich nicht einmal im Ansatz über ihren Verlust hinweg bin.

Ich starre zur Decke hinauf, gewöhne mich an die Dunkelheit und versuche, Herzschlag und Atmung zu beruhigen. Über mir hängt ein Kronleuchter, und die tränenförmigen Kristalle glitzern trotz des extrem schwachen Lichts. Ich konzentriere mich auf sie, darauf, die Panik angesichts meines rücksichtslosen Verhaltens zu bezähmen.

Das Geräusch von Schritten auf dem Flur beschleunigt meinen schon wilden Herzschlag. Ich halte den Atem an, unsicher, ob ich mir das vielleicht einbilde. Ich schwöre, ich kann sie spüren auf der anderen Seite. Der Türknauf dreht sich, und Sekunden vergehen, bevor die Tür knarrend aufgeht.

Sie schlüpft durch den schmalen Spalt und schließt die Tür hinter sich. Ihr Atem geht schnell und ist flach. Sie trägt ein Shirt, das ihr bis zur Hälfte der Oberschenkel reicht. Ich bewege mich nicht und konzentriere mich darauf, gleichmäßig weiter zu atmen. Es ist sinnlos. Sie ist keine Idiotin. Sie weiß, dass ich mich wie ein verzweifelter Dummkopf in ihr Zimmer geschlichen habe. Schließlich kommt sie auf mein Bett zu.

Ich weiß nicht, was sie erwartet. Oder was ich tun werde. Es ist bald sechs Uhr morgens. Ich habe zwölf Stunden lang Alkohol getrunken – ganz zu schweigen von dem Gras, das ich am früheren Abend geraucht habe. Ich bin entweder nur schlecht oder überhaupt nicht dazu in der Lage, Entscheidungen zu treffen.

Lavender erreicht den Fuß des Bettes und kommt auf meine Seite. Ihre Fingerspitzen gleiten am Rand meines mit der Daunendecke zugedeckten Beins entlang. Meine Hand zuckt zurück, als ihre Finger sie streifen.

»Was tust du hier?« Meine Stimme ist kaum ein Krächzen.

Sie legt den Kopf schräg und blinzelt in die Dunkelheit. Sie trägt ihre Brille nicht, was heißt, dass sie mich verschwommen sieht. »Das Gleiche könnte ich dich fragen.« Ihre Stimme ist rauchiger als ich sie in Erinnerung habe. Sanft, sexy, wissend.

Ich versuche, ein wenig missbilligend zu klingen. »Du solltest wieder in dein Zimmer gehen.«

Sie lässt ihre Fingerspitzen an meinem Arm hinaufgleiten, was mir Gänsehaut verursacht. »Und du hättest nicht bei mir hereinschleichen sollen, also sind wir wohl quitt.«

»Was willst du?«, fauche ich, wütend auf mich selbst, weil ich dieses Problem geschaffen habe, von dem ich nicht weiß, wie ich es lösen soll.

Sie lacht leise, aber tonlos und matt. »Antworten. Bestätigung. Eine Erklärung.«

Das ist nicht die Lavender, die ich kenne. Sie war nicht so mutig. Vielleicht ist es ja der Alkohol. »Du bist betrunken und redest Unsinn. Geh wieder ins Bett, Lavender.«

»Glaubst du wirklich, du kannst mir noch immer sagen, was ich tun soll, und ich tue es einfach? Ich bin kein kleines Mädchen mehr, Kodiak. Ich kann selber denken. Wieso warst du in meinem Zimmer?«

»I-ich habe einen Platz zum Hinhauen gesucht.«

Sie schnaubt. »Und ich dachte, ich bin eine schlechte Lügnerin.« Sie beugt sich herunter, wobei langes Haar meinen Arm streift. »Wolltest du sehen, was du zurückgelassen hast?«

»Du warst es doch, die nicht gekommen ist, um sich zu verabschieden«, ätze ich. Es ist wirklich das Einzige, was mir im Augenblick einfällt.

Sie stößt ein freudloses Lachen aus. »Das hatte ich vor, aber du weißt, weshalb ich es mir anders überlegt habe.«

Mir wird flau, und ich erwidere nichts.

»Ich habe gesehen, wie du dieses Mädchen geküsst hast, die, die du zum Abschlussball der Junior Highschool eingeladen hast.« Ihre Fingerspitzen bilden rhythmisch eine Acht nach, eine Endlosschleife, die wie ein Spiegel derjenigen ist, in der ich gefangen bin, was sie betrifft. Ich habe keine Ahnung, ob es zu meiner oder ihrer Beruhigung gedacht ist. »Ich weiß, dass sie damals mit Mavericks Freundin befreundet war. Ich dachte, du hättest ihr vielleicht einen Gefallen getan. Es hat wehgetan, aber ich konnte verstehen, weshalb du sie mitgenommen hast. Sie war hübsch.« Sie setzt sich auf die Bettkante, die Hüfte an mein Bein gepresst. »Ich habe aus dem Fenster geschaut und dich dort gesehen, und einen Moment lang dachte ich, du würdest vielleicht warten, bis ich den Mut aufbrächte, zu kommen. Aber das hast du nicht. Du hast sie auf *unserem* Platz geküsst.«

»Sie hat mich geküsst.« Ich war damals so wütend. Wütend, dass mich Lavender völlig aufgegeben hatte. Wütend, dass sie stark genug war, um ohne mich zu überleben.

»Du hast den Kuss erwidert.« Es ist kein Vorwurf; nur eine Feststellung. »Und vielleicht wäre ich darüber hinweggekommen, aber es war dort, wo wir sonst immer hingegangen sind, als wir Kinder waren und von den anderen in Ruhe gelassen werden wollten. Der Ort, wo du immer hingegangen bist, wenn du allein sein mochtest. Du hast dort die ganze Zeit gesessen, nachdem …« Sie verstummt, denn sie muss den Satz nicht beenden. Nachdem sie dich mir weggenommen haben. »Und dann hast du die ganzen Erinnerungen ruiniert.«

»Lavender.«

»Warum, Kodiak? Warum dort? Warum irgendwo, wo ich dich sehen konnte? Warum war sie überhaupt da?«

Weil Maverick sie eingeladen hatte. Weil er nur an sich und das, was er wollte, gedacht hatte. Aber das erzähle ich ihr nicht, weil ich damit eine Tür aufstoßen würde, durch die ich nicht treten darf.

Sie stößt einen bebenden Seufzer aus. »Egal. Es spielt keine Rolle mehr. Nichts davon.« Sie streicht mit ihrer Hand über die Decke, gefährlich nah an den Körperteilen, die zu berühren ich mir von ihr nicht wünschen darf. Aber ich tue es trotzdem, auch wenn es mich durcheinanderbringt. Wir sind keine Kinder mehr. Wir sind Teenager, vital und lebendig, mit einem exzessiven Vorrat an Hormonen, die unsere Entscheidungen beeinflussen.

Sie fährt bis zum Rand der Daunendecke, und ihre Fingerspitzen berühren meinen nackten Oberkörper. Sie legt ihre Hand auf mein Herz, ganz sanft und warm.

»Da bist du ja«, flüstert sie.

Meine Finger neben ihrem Knie zucken. »Lavender.«

»Es ist okay. Wir sind okay.« Dort, wo sie ihre Hand hat, brennt meine Haut. »Ich musste einfach wissen, ob es sich nach so langer Zeit noch genauso anfühlen würde.« Ihre Handfläche gleitet über mein Schlüsselbein und an meinem Hals hinauf. »Ich war mir nicht sicher, ob sich das nicht nur in meinem Kopf abspielt.« Und da ist wieder die altbekannte Verletzlichkeit.

Ich sage nichts und tue nichts. Ich muss ihr erklären, dass sie aufhören soll, doch ich will nicht. Ich will dieses Gefühl in mich aufsaugen, weil es sich in vielerlei Hinsicht gleich anfühlt. Aber es ist auch so völlig anders, weil die kindliche Unschuld verschwunden ist, in ihrem Kielwasser allerdings Gefühle vorhanden sind, die zuvor nur ganz vage existierten – eine komplett andere Art von Verlangen. Etwas Neues, wonach man süchtig und wovon man besessen werden kann.

Noch etwas, das ich mir nicht erlauben darf.

»Das ist keine gute Idee«, bringe ich mühsam heraus.

»Oh, ich weiß.« Sie dreht sich, und plötzlich sitzt sie rittlings auf meinen Hüften und lässt sich mit einem leisen Stöhnen auf meine Erektion herab.

Das geht zu weit. Viel zu weit. Ich verstehe jetzt, worüber alle so besorgt waren. Was sie alle befürchtet haben. Denn es geschieht, genau jetzt, und ich will es nicht beenden.

Die Wirklichkeit trifft mich mit voller Wucht, als sich Lavender herunterbeugt und ihr Haar über meine Brust und ihr Atem über mein Gesicht streicht. Sie riecht noch immer leicht nach Wodka. Kann sein, dass sie noch halb betrunken ist, auch wenn sie schon ein paar Stunden geschlafen hat. Das würde Sinn ergeben. Lavender ist sonst nicht so dreist, zumindest nicht die frühere Version von ihr.

Ich bedenke die Folgen, wenn ich das hier geschehen lasse, was immer es auch werden mag. Lavender geht noch auf die Highschool. Ich kann kein Highschool-Mädchen daten, schon gar nicht die kleine Schwester meines besten Freundes – mit der mich bereits eine stürmische Geschichte verbindet.

Und das ist nur das Offensichtliche. Es geht auch darum, wie einfach es für mich ist, sie wieder in meine Hölle hinabzuziehen, wo sie völlig davon abhängig ist, dass ich alles in Ordnung bringe.

Wir sind geliefert. Ich werde sie zerstören, wie man es mir prophezeit hat. Ich will nicht jemanden zerbrechen, der bereits Risse aufweist.

Ich nehme ihre Hände in meine, sanft – sie sind so zart, so warm, so verdammt perfekt – und setze mich hastig auf. »Nein, Lavender.«

Ich lege den Kopf zurück, und ihre Lippen berühren meinen Hals. »Ich kann dich aber spüren«, flüstert sie an meiner Haut und lässt die Hüften kreisen. »Du willst mich.«

Ich darf nicht zugeben, dass sie recht hat. Ich darf ihr nicht sagen, was sie hören will, weil sie sonst dem falschen Eindruck erliegt, dass wir vielleicht eines Tages zusammen sein können. Aber das geht nicht. Das können wir nicht. Wenn ich sie noch einmal breche, werde ich das nicht überleben. Es ist mir schon beim ersten Mal kaum gelungen. Also tue ich, was ich muss, um sie vor mir zu retten.

Ich lasse meine freie Hand in ihr Haar über ihrem Nacken gleiten und packe zu. Einen Augenblick lang atme ich nur und bin mir bewusst, dass es das letzte Mal ist, dass ich sie so erlebe – so nah, sehnsuchtsvoll und verletzlich. Und ich hasse mich dafür, zu schwach zu sein, um sie zu lieben, ohne sie zu zerstören.

»Ich bin neunzehn, Lavender. Jeder Windhauch macht mich hart. Du tauchst mitten in der Nacht halb nackt in meinem Zimmer auf und setzt dich auf mich drauf. Es braucht sich nur jemand ein bisschen an mir zu reiben, egal wer.«

Sie erstarrt und versucht, ihre Handgelenke zu befreien. »Du warst als Erster in meinem Zimmer.«

Sie hat recht, aber das werde ich nicht zugeben. Ich flüstere ihr ins Ohr: »Was hast du gedacht, was passieren würde, wenn du hier hereinkommst? Dachtest du, ich würde dich küssen? Dich anfassen?«

Sie zuckt zusammen. »Kodiak, bitte.«

Ich streiche ihr mit meiner Nasenspitze über die Wange, wofür ich mich verachte, und noch mehr hasse ich mich dafür, dass ich noch immer einen Steifen habe. »Ist das ein Ja?«

Sie schluckt schwer. Ich spüre an ihrem Hals, wie sie versucht, Worte zu bilden. Übelkeit erfasst mich, als ich mit dem

Daumen über ihren Hals streiche. Ihre Haut ist feucht, und ihr Puls hämmert.

»Schhhh«, beruhige ich sie und drücke ihr die Lippen auf die Schläfe. Ich atme sie ein, den süßen Duft ihrer Haut, ihr Shampoo, ihre verdammte Angst, während ich mich für das, was ich gleich tun werde, wappne. »Dachtest du, wir würden nach so vielen Jahren einander noch immer etwas bedeuten?«

Sie macht ein ersticktes Geräusch, und ich lasse ihre Handgelenke los, damit ich ihr Gesicht umfassen kann. Meine Art, sie zu berühren, ist ein Widerspruch zu meinen Worten – zärtlich gegen schneidend. Sie versucht, ihren Kopf wegzudrehen, aber ich halte sie fest. Ihr Schlafshirt ist auf ihren Oberschenkeln gefährlich weit hochgerutscht. Sie riecht wie die erwachsene Version des Mädchens, das ich einmal geliebt habe, nach Lavendelshampoo und Verlangen.

Und plötzlich bin ich wütend – so voller Zorn darüber, dass sie noch immer eine solche Macht über mich hat und es nicht einmal weiß. Ich bin sauer, weil ich so nie die Kontrolle haben werde, die ich so dringend brauche, um gut für sie zu sein. »Schau mich an, Lavender.«

Ihre Augen schnellen hin und her, während sie weiter versucht, den Kopf wegzudrehen.

»Hör auf, dich zu wehren, und schau mich an«, verlange ich von ihr.

Sie hält inne, ihre Atmung geht schwer und schnell. Ich bin mir sicher, dass sie am Rand einer Panikattacke steht, und ich bezweifle, dass sie das hier erwartet hat, als sie zu mir gekommen ist. Ich habe auch nicht damit gerechnet, dass es so laufen würde. Ihr Körper zittert. Aber ihre Augen, diese hellblauen Augen, die mich unbarmherzig verfolgen, begegnen schließlich meinen – so voller Angst und, was mitleiderregend ist, schwacher Hoffnungsfunken.

Ich bin kurz davor, sie für immer zum Erlöschen zu bringen. Zorn steigt in meiner Kehle auf, doch ich zwinge mich, fortzufahren. »Ich habe dich immer wieder zurückgewiesen, und trotzdem willst du mich.«

Ihre Lippen bilden die Worte *Bitte nicht*, aber ich kann jetzt nicht mehr aufhören. Ich muss den Deckel auf diesen Sarg nageln. Ich muss sicher sein, dass so etwas nie wieder passiert, weil ich das nächste Mal nicht dazu in der Lage sein werde, Nein zu sagen, und dieses Risiko darf ich nicht eingehen.

»Du musst mir zuhören, Lavender. Hör dir an, was ich dir zu sagen habe.« Ich kann nicht damit aufhören, ihr die Tränen abzuwischen, als sie zu laufen beginnen. Ihr Kinn zittert, und ihre Zähne bohren sich in ihre Unterlippe, genau dort, wo die Narbe ist.

Ich ziehe mit meinem Daumen an ihrer Lippe, weil ich nicht will, dass sie noch mehr Schaden nimmt – abgesehen von dem, den ich ihrem Herz antue. »Wir tun uns gegenseitig nicht gut.« *Ich tue ihr nicht gut.* »Sag es, damit ich weiß, dass du mich hörst.«

Sie schüttelt den Kopf, und noch mehr Tränen fließen, zu schnell, um sie wegzuwischen.

»Doch, Lavender. Du und ich? Wir sind Gift füreinander.« *Ich vergifte deine reine Seele.* »Sag es.«

Sie saugt bebend die Luft ein. Dreimal öffnet und schließt sie den Mund, bevor sie schließlich fast unhörbar flüstert: »Wir sind Gift füreinander.«

»Das ist richtig.« Ich nicke zustimmend, und mein Magen krampft sich zusammen. »Du bist zu bedürftig, und ich komme damit nicht klar.« *Ich ersticke dich mit meiner Abhängigkeit.*

Sie gibt ein gequältes Geräusch von sich und verzieht das Gesicht, und es fühlt sich an, als würde mir bei jedem ihrer mühsamen Atemzüge ein Dolch ins Herz gestoßen. »Ich bin zu bedürftig.« Diesmal formt sie die Worte nur mit ihrem Mund, tonlos.

Ich dränge weiter, zwinge sie, die Worte auszusprechen, auch wenn es sich anfühlt, als würde ich bei lebendigem Leib gehäutet. »Wir tun einander nicht gut.« *Ich weiß nicht, wie ich dich lieben soll, ohne dir wehzutun.*

Sie beginnt zu schluchzen, geräuschlos, wie es Lavenders Art ist. Ihr gesamter Körper bebt, und sie versucht, den Kopf zu senken. Es braucht eine ganze Minute, bis sie sich so weit gefangen hat, dass sie stotternd die Worte hervorbringt: »W-w-wir tun e-e-einander nicht gut.«

»Braves Mädchen.« Das Lob steht in direktem Kontrast zu den schrecklichen Lügen, die zu wiederholen ich sie zwinge. »Es war schon schlimm, als wir noch Kinder waren. Ich kann den Mist nicht noch einmal durchstehen.« *Ich werde es nicht überleben, wenn du mich verlässt, und das ist unvermeidlich.* »Ich will dich nicht, auch in Zukunft nicht.« *Ich werde nie über das hinweggekommen, was ich dir gerade antue.*

Ich kann spüren, wie sie über mir zusammensinkt.

»Ich muss es hören, Lavender.« Ich kämpfe dagegen an, ihr über die Wange zu streichen, meine Lippen auf ihre zu pressen.

»D-d-du willst mich nicht.«

»Ich kann dich nicht lieben.« *Ich werde nie aufhören, dich zu lieben.*

Lavender wird unheimlich still, und das Licht in ihren Augen erlischt wie bei einer Kerze, die vom Wind ausgeblasen wird. Eine schreckliche Ruhe senkt sich auf uns herab. Ihre Atmung ist langsam und gleichmäßig, ganz anders als meine.

»Verstehst du, Lavender?« Die Worte fühlen sich wie Säure in meinem Mund an.

»Fick dich, Kodiak.« Ihre Stimme ist überraschend fest.

»Keine Chance. Dann werde ich dich nie wieder los.« *Ich werde nie dazu in der Lage sein, dich loszulassen.*

Die Ohrfeige habe ich nicht erwartet. Aber ich genieße das Brennen und die Kraft dahinter. Es bedeutet, dass mir gelungen ist, was ich mir vorgenommen habe.

Ich lasse sie los, und sie klettert vom Bett. Ihre Füße verheddern sich in der Bettdecke, und sie landet zusammengekauert auf dem Boden. Ich umklammere die Laken, um mich selbst daran zu hindern, ihr zu helfen. Unbeholfen steht sie auf, reißt die Tür auf und rennt den Flur entlang, um so schnell wie möglich von mir und meinen Lügen wegzukommen.

Lavender ist die Achillesferse aller.

Und ich hab meine gerade bis auf den Knochen durchtrennt.

23

Keine Kontrolle

Kodiak
Gegenwart

Lavenders Experiment mit dem Studierendenwohnheim dauert keine sechsunddreißig Stunden. Ich frage nicht, was passiert ist. In den zwei Tagen, seit sie wieder hier ist, habe ich nicht viel von ihr gesehen, aber ich habe sie gehört.

Ihr Zorn zeigt sich in dem unaufhörlichen, aufdringlichen Surren der Nähmaschine und in der Musik, die sie hört. Ich würde gern durch die Wand greifen und ihren Schmerz aufsaugen, weil ich derjenige bin, der ihn verursacht hat. Ich weiß nicht, wie lange ich hier noch in dem Säurebad meiner Reue sitzen kann, ohne den Verstand zu verlieren.

Ich blicke zum zehnten Mal auf die Uhr des Fernsehers. Donnerstags ist sie um diese Uhrzeit normalerweise zu Hause. Ich mag es nicht, wenn ihr Zeitplan nicht vorhersagbar ist. Manchmal kommt sie erst Stunden nach dem Unterricht nach Hause. Ich hasse es, ihren Stundenplan zu kennen. Ich hasse es, dass ich mich ihr gegenüber wie ein Arschloch verhalte und dass sie sich weigert, etwas anderes dagegen zu unternehmen, als mir zu sagen, dass sie mich verabscheut. Ich hasse es, dass ich die meiste Zeit damit und auch mit ihr und meinen Emotionen nicht klarkomme und alles nur in Zorn mündet.

Ich versuche, mich auf das Videospiel zu konzentrieren, aber ich habe keinen klaren Kopf, und so verliere ich gegen BJ und reiche River den Controller. Er grunzt, bedankt sich jedoch nicht mit Worten. Das tut er selten. Es ist, als würde man mit einem Stachelschwein zusammenwohnen.

Maverick ist mit der Flamme des Monats ausgegangen. Ins Kino. Sie hat darauf bestanden, dass er sie auf ein richtiges Date ausführt, weil sie sonst die Zeit nur in seinem Schlafzimmer verbringen. Sie hat nicht unrecht damit, aber angesichts ihrer kommunikativen Fähigkeiten würde ich sagen, es gibt einen guten Grund dafür.

Die Eingangstür öffnet sich und lenkt mich vom Fernsehbildschirm ab. Nicht dass ich auf das, was dort vor sich geht, überhaupt geachtet hätte, weil ich wie üblich in Gedanken bin. Sekunden später taucht Lavender auf. Sie trägt Jeans und einen übergroßen Hoodie mit dem College-Logo.

Sie ist allerdings nicht allein.

Der Typ in ihrem Schlepptau kommt mir irgendwie bekannt vor. Er ist schlaksig und trägt eine schwarz gerahmte Brille.

»Wieso kommst du so spät, und wieso beantwortest du meine Textnachrichten nicht?« River hält im Spiel inne, um sie finster anzuschauen.

Lavender setzt ein künstliches Lächeln auf. »Hallo, Zwillingsbruder. Ich freu mich auch, dich zu sehen. Wie war dein Tag?«

»Er war toll.« Sein Blick wandert zu dem Typen, der nervös hinter ihr lungert, und seine Wange zuckt. »Was willst du hier?«

Lavender sieht aus, als würde ihr gleich der Kopf platzen. »Was ist los mit dir? Man könnte meinen, du wärst von Wölfen großgezogen worden. Josiah ist ein Kommilitone und Freund, also schalte mal einen Gang runter und benimm dich.«

Rivers Blick schnellt zwischen ihnen hin und her. »Stimmt, du hast recht, sorry. Hallo Josiah.«

»Hallo.« Josiah hebt die Hand zu einem unbehaglichen Winken, und er wird rot, als er uns drei ansieht.

»Der mit dem Bart ist mein Cousin BJ.«

BJ winkt zur Begrüßung.

»Und das ist Kodiak«, murmelt sie, ohne mich dabei anzuschauen. »Wir wollten lernen, also bis später.« Sie packt Josiah am Arm, zieht ihn vor sich und schubst ihn in Richtung Treppe. Über die Schulter hinweg zeigt sie uns den Mittelfinger. Wahrscheinlich bin hauptsächlich ich damit gemeint, und River womöglich.

Wir sehen zu, wie die zwei nach oben verschwinden. In ihr Zimmer. Wo sie »lernen« wollen.

BJ schaut zuerst mich und dann River an, der bei dem Videospiel auf Play drückt.

Ich erwarte, dass River sich wegen Lavender in die Hose macht, weil sie einen Typen mit in ihr Zimmer genommen hat. Weil es einfach unmöglich ist, dass sie dort oben nur lernen. Er ist nicht ihre Liga, und ich bin mir zu hundert Prozent sicher, dass er das weiß.

Ich blicke BJ an. Er zieht eine Braue hoch. Ich beiße mir auf die Zunge. Ich darf nichts sagen, weil ich sonst völlig durchschaubar wäre. Schließlich tut er mir den Gefallen – obwohl ich nicht sicher bin, ob ihm das bewusst ist – und spricht die Frage aus, die ich nicht stellen darf. »Äh, River?«

»Was ist?« River mäht eine Horde Zombies nieder.

»Findest du das okay?«

»Was okay?« Er sprengt ein gesamtes Lagerhaus voller Zombies in die Luft. »Ja, verdammt.«

»Das da.« BJ zeigt auf die Treppe.

River wendet den Blick nicht vom Bildschirm ab. »Was das?«

»Lavender. Den Typen.«

»Sie ist neunzehn. Sie kann jemanden mit auf ihr Zimmer nehmen, wenn sie will. Außerdem wollen sie lernen.« Eine weitere Horde Zombies drängt durch eine Tür und setzt seinen Spieler außer Gefecht. Er wirft mir den Controller wieder hin. »Sie entscheidet selbst. Ich gehe laufen. Ich kann diesen Gestank nach Verzweiflung hier drin nicht ausstehen.« Er steht ruckartig auf und geht in Richtung Eingangstür. Ein paar Sekunden später wird sie geöffnet und wieder zugeknallt.

Ich schnappe mir den Controller und starre auf den Fernseher, wobei ich ruhig zu bleiben versuche. Wieso jetzt? Wieso ist River auf einmal einverstanden damit, dass Lavender einen Kerl mit auf ihr Zimmer nimmt? Wieso bin ich auf einmal so durchschaubar? Das vertraute Gefühl, von meinem Körper losgelöst zu sein, macht sich breit, und mein Knie beginnt zu zittern.

»Zum Henker damit.« Ich werfe den Controller neben mich und stehe vom Sofa auf.

»Was genau hast du vor?«, fragt BJ, die Ruhe selbst.

»Jemand muss sich darum kümmern.« Ich zeige auf die Decke. »Und River und du seid offensichtlich unbrauchbar.«

BJ zieht eine dunkle Braue hoch. »Ich glaube, du solltest dich um deinen eigenen Scheiß kümmern.«

»Hier geht es nicht um mich.«

Er lacht schnaubend und schüttelt den Kopf. »Wirklich? Du kannst einfach die Vorstellung nicht ertragen, dass jemand, den du nicht leiden kannst, zur Tat schreitet. Hör zu, Mann, ich weiß nicht, was du und Lavender für einen Deal habt oder was zwischen euch passiert ist, dass die Dinge so sind, wie sie sind, aber du musst aufhören, sie zu quälen. Das bist du nicht, Mann. So ein Mensch bist du nicht.« Er zeigt in meine Richtung. »Sie verdient es nicht, was immer es ist.«

»Du hast keine Ahnung, wovon du redest.«

Er wirft die Hände in die Luft. »Du hast recht. Ich weiß es nicht. Keiner tut das, weil ihr zwei nur um den heißen Brei herumredet. Was ist passiert, als ihr Kinder wart? Genauer gesagt, was ist vor zwei Jahren an Weihnachten geschehen? Und weshalb bist du so darauf aus, sie zu quälen? Hat sie nicht schon genug durchgemacht?«

Ich kann keine der Fragen beantworten. Nicht ohne ein gewisses Maß an Aufrichtigkeit. Also tue ich es nicht. Stattdessen drehe ich mich um und gehe in Richtung Treppe.

»Was bist du nur für ein Idiot«, knurrt BJ, hält mich jedoch nicht auf.

Vor meiner Zimmertür bleibe ich stehen. Ich sollte die Finger davon lassen. Sollte Lavender in Ruhe lassen. Aber ich kann die Vorstellung nicht ertragen, dass sie mit dem Kerl dort oben ist. Wenn ich sie nicht haben kann, will ich nicht, dass sie jemand anders bekommt. Darauf läuft es im Grunde hinaus.

Ich habe das angerichtet. Es ist meine Schuld.

Ich gehe auf die Treppe zu, die zu Lavenders Zimmer führt. Ihrem Elfenbeinturm. Der unberührbaren Prinzessin. Ich steige langsam die Stufen hinauf, wobei ich die meide, die knarren. Seit meinem Einzug hier bin ich so oft hinaufgestiegen – habe vor ihrer Tür gesessen und wollte ihr die Wahrheit erzählen. Habe dem Surren ihrer Nähmaschine gelauscht, ihrer weichen Stimme, wenn sie ihre Lieblingssongs gesungen hat.

Es gleicht einer Farce, dass so wenige Menschen wissen, was für eine wunderschöne Stimme sie hat. Beinahe. Aber es gefällt mir, dass ich so viele Dinge von ihr weiß, die sie für sich behält.

Als sie in das Wohnheim gezogen ist, hatte ich eine Krise und habe ihr Schloss geknackt, um mich in meinem Leid zu suhlen, wie ich es verdient hatte.

Ich lege meine Hand um den Türknauf und drücke die Stirn

gegen das Holz. Der vertraute Duft nach Lavendel dringt hindurch. Sie ist fortwährend auf der Suche nach Gleichmut, die so schwer zu finden und zu wahren ist, trotz ihres Namens.

Bei ihrem leisen Lachen tut mir das Herz weh.

Gott. Wann habe ich zuletzt diesen Klang gehört?

Es ist bestimmt Jahre her.

Es folgt Stille, und Dutzende Szenen gehen mir wie in einem Daumenkino durch den Kopf – von keiner wünschte ich mir, dass sie wahr wäre.

Ich drehe den Türknauf, und die Tür fliegt auf. Das sollte der erste Hinweis darauf sein, dass ich überreagiere, aber ich bin im Panikmodus und kann keinen klaren Gedanken mehr fassen. Was auch immer es sein mag, ich will es beenden – meine rasenden Gedanken, die Angst, dass der Schaden, den ich angerichtet habe und noch immer anrichte, irreparabel geworden ist.

Lavender hockt mit gekreuzten Beinen auf dem Bett. Sie hat kein Sweatshirt mehr an, sondern nur noch ein Tanktop, das viel zu viel Dekolleté zeigt. Sie lehnt mit dem Rücken am Kopfende, und Josiah sitzt in der gleichen Position ihr gegenüber, Ellbogen auf die Knie gestützt, Köpfe einander zugeneigt. Ihre Hand liegt auf seinem Knie. Berührt ihn.

»Das darf nicht wahr sein!«, belle ich.

Lavender sieht mich an, als wäre ich nicht ganz bei Trost. »Was soll das, Kodiak?«

»Das hier ist Mist.« Ich zeige auf Josiah. »Du spielst so gar nicht in ihrer Liga, dass ihr nicht einmal in derselben Zeitzone seid.«

Lavender glotzt mich an. »Hast du den Verstand verloren? Was bildest du dir eigentlich ein?«

»Was ich tue? Was tust denn du?« Ich zeige wie ein Idiot wild gestikulierend zwischen ihnen hin und her.

Sie hebt ihr Lehrbuch hoch. »Lernen für den Test, also raste gefälligst irgendwo anders aus.«

»Völliger Schwachsinn, Lavender.« Ich mache noch einen Schritt in den Raum hinein, wobei ich in ihren Geruch und alles andere von ihr eintauche. Ich will, dass der Typ verschwindet, und ich tue alles, damit das geschieht. Spöttisch blicke ich sie an. »Weiß er, wie du wirklich bist?«

»Wovon redest du?« Röte schießt ihr ins Gesicht.

»Hat er überhaupt eine Ahnung, was du tust, wenn du allein bist?« Ich weiß nicht, was ich da tue, außer wütend und ausgesprochen irrational zu sein.

»Außer nähen und dir aus dem Weg gehen?«

Verdammt, es gefällt mir, wenn sie so aufsässig ist. Ich schnaube und hasse mich, bevor ich überhaupt den Mund aufmache, diesmal an Josiah gerichtet. »Sie ist nicht so unschuldig, wie du vielleicht denkst, nicht wahr, Lavender?«

Er sieht aus, als würden ihm gleich die Augen aus dem Kopf fallen, und er hat die Hände erhoben, als würde jemand eine Waffe auf ihn richten. Lavender wirkt einfach nur entgeistert.

Meine nächste Aktion ist in vielfacher Hinsicht vernichtend. Für sie. Für mich. Ich gehe hinüber zu ihrem Bett und bleibe vor ihrem Nachttisch stehen.

»Im Ernst, Kodiak, verlass mein Zimmer.« Ihre Stimme schwankt und klingt nervös.

Ich schüttle den Kopf und starre sie hämisch an. »Findest du nicht, dass dein Freund wissen sollte, womit er es zu tun hat?« Ich packe den Griff der zweiten Schublade.

Mir ist bewusst, dass das ein schreckliches Verhalten ist, dass das alles nur noch schlimmer macht, dass ich sie auf eine Weise demütigen werde, die nicht mehr wiedergutzumachen ist, und dass ich völlig die Kontrolle verloren habe – das bisschen, das ich noch hatte.

Ihre Augen werden ganz groß, als sie kapiert, und dann zu schmalen Schlitzen. »Du Wichser.«

Ich reiße die Schublade heraus und kippe sie um, woraufhin die Hälfte des Inhalts auf dem Bett und die andere zu meinen Füßen auf dem Boden landet.

Josiah zieht die Brauen bis zum Haaransatz hoch, als er die vielen Sexspielzeuge sieht. Das Sortiment ist wirklich beeindruckend, vor allem wenn es nicht in eine Nachttischschublade gestopft ist. Es gibt diverse Tuben mit Gleitmittel und eine Reihe von Vibratoren, Dildos und ein seltsam geformtes Ding, aus dem ich nicht schlau werde.

Lavender klatscht ganz langsam mit angewiderter Miene. »Sehr dramatisch, Kodiak.«

Ich bin völlig überrascht, dass sie kein Nervenwrack ist. In dieser Sache scheine ich das zu sein.

Josiah kratzt sich an der Schläfe und grinst. »Verdammt, Lavender, du hast es wohl echt drauf, was?«

Sie grinst ebenfalls und verdreht die Augen, als handele es sich um einen Insider-Witz. »Meine Gigi hält sehr viel von Selbsterkundung.«

»Ich weiß zwar nicht, wer Gigi ist, aber ich würde sie gern kennenlernen.«

»Sie ist meine Großmutter, und sie ist toll – ein bisschen zu mitteilsam, doch du würdest sie mögen.«

Ich gebe ein Geräusch von mir wie von einem tollwütigen Tier, weil es überhaupt nicht so läuft wie geplant. Na schön, einen richtigen Plan hatte ich nicht, aber wie sich die beiden über ihre Großmutter unterhalten, während sie von einer Ladung Sexspielzeug umgeben sind, stand nicht auf meiner Liste der Möglichkeiten.

Sie schauen zuerst beide mich und dann einander an. »Darf ich es ihm erzählen?«, fragt Lavender.

Josiah sieht jetzt angemessen skeptisch aus. Ich weiß nicht, ob wegen des Sexspielzeugs auf dem Bett, auf dem er sitzt, oder weil ich am Rande eines Nervenzusammenbruchs bin. Beides wäre logisch. Ironischerweise reagiert er kaum auf die zahlreichen Fake-Schwänze um ihn herum. Im Gegensatz zu mir.

Er zuckt mit der Achsel. »Ich habe nichts zu verbergen.«

Panik schnürt mir den Brustkorb zusammen. Vielleicht war er vorher schon einmal hier. Vielleicht läuft da ja bereits mehr, als ich weiß.

»Josiah ist nicht an mir interessiert«, sagt Lavender nüchtern.

Ich schnaube. »Ja, klar.«

Kein Typ geht hinauf in das Zimmer eines Mädchens, um dort abzuhängen und tatsächlich Hausaufgaben zu machen, vor allem dann nicht, wenn das Mädchen Lavender heißt. Sie ist so wunderschön, dass es wehtut. Und sie hat einen tödlichen Humor und ein großes Herz.

Sie verdreht die Augen. »Josiah würde wahrscheinlich lieber mit dir anbandeln als mit mir.«

Josiah hebt einen Finger. »Ähm, das ist nicht wahr.«

Lavender wirft ihm ihren *Im-Ernst-jetzt*-Blick zu.

»Was Lavender zu sagen versucht, ist, dass ich schwul bin.«

Okay, das ändert eine Menge. Zum Beispiel, wie sehr ich neben der Spur bin. Und wie unnötig es war, hier heraufzukommen und mich wie ein Riesenarschloch aufzuführen. Wieder einmal.

Als ich den Mund aufmache, fällt er mir augenblicklich ins Wort. »Du bist ein Arschloch, und es ist mir egal, wie gut du aussiehst, ich würde nie mit jemandem was anfangen, der meine Freunde so mies behandelt, wie du es mit Lavender tust.« Er dreht sich zu ihr um. »Willst du mit zu mir kommen?«

Sie reibt sich die Stelle zwischen den Augen. »Danke für das

Angebot, aber ich muss mit dem hier wohl klarkommen.« Sie macht eine abschätzige Handbewegung in meine Richtung.

»Bist du sicher?«

»Ja. Ich muss mit der Situation umgehen, und du sollst nicht Zeuge des Anschisses sein, den er gleich kassiert.« Sie schlägt ihr Buch zu.

Er steht auf und geht vorsichtig um die Gegenstände auf dem Boden herum. Er ist knapp zehn Zentimeter kleiner als ich und bestimmt fünfundzwanzig Kilo leichter, aber er strafft die Schultern und reckt das Kinn.

Ich reibe mir den Nacken. »Ich, äh …«

Er schüttelt den Kopf. »Falls du vorhaben solltest, dich zu entschuldigen, spar's dir – vor allem nicht bei mir, weil ich es nicht annehmen werde. Ich bin sowieso nicht der Mensch, bei dem du dich entschuldigen solltest. Ich weiß nicht, was du für ein Problem hast, aber nach dem, was ich gesehen hab, verdienst du Lavender oder ihre Vergebung nicht.« Er wendet sich wieder Lavender zu, die ebenfalls inmitten der Gegenstände aus ihrer Schublade steht. Er umarmt sie und starrt mich dabei über ihre Schulter hinweg wütend an und flüstert etwas, das ich nicht mitbekomme.

Josiah ist ziemlich mutig. Er ist ein guter Freund, und widerstrebend gestehe ich mir ein, dass ich froh darüber bin, ihn an ihrer Seite zu wissen.

Sie nimmt seine Hände in ihre und drückt sie, wobei sie auf die Zehenspitzen geht, um ihn auf die Wange zu küssen, und dabei flüstert. »Danke, dass du ein so toller Freund bist. Ich verspreche, mir passiert nichts.«

Die Eifersucht ist beinahe mehr, als ich ertragen kann. Aber ich unterdrücke sie, weil ich schon genug Chaos angerichtet habe. Im wörtlichen wie im übertragenen Sinne. Lavender bringt ihn zur Tür, und sie flüstern sich etwas zu, bevor sie die

Tür mit einem leisen Klicken schließt und sich zu mir umdreht. Sie ist stinksauer, gleichzeitig aber extrem ruhig.

Sie stemmt die Hände in die Hüften. »Wie oft warst du in meinem Zimmer?«

24

Reinen Wein einschenken

Kodiak
Gegenwart

Ich reibe mir den Nacken und suche nach einem Weg, mein Verhalten zu erklären. Es gibt wirklich keine gute Ausrede, ohne reinen Wein einzuschenken. Und zwar ohne jede Einschränkung. Und ich bin so erschöpft und müde, gegen das hier anzukämpfen, sie dazu zu bringen, mich zu hassen, mich selbst ins Elend zu stürzen … »Ein paarmal.«

»Also zweimal?«, will sie wissen.

Das ist nicht die Lavender, die ich kenne. Sie war schüchtern und still und hat mich noch nie so mit meinen Problemen konfrontiert. Obwohl ich ihr in der Regel zu Hilfe gekommen bin, kein Arschloch war und nicht zur Rede gestellt werden musste. »Ähhh, ich vermute …« Ich schlucke, als sie mich weiter anstarrt. Mir nicht glaubt. Ich denke daran, wie ich einfach vor ihrer Tür gesessen habe, um ihr nah zu sein. Und an die paar Male, die ich ihr Schloss geknackt habe. »Mehr als zweimal.«

Sie zieht die rechte Braue hoch. Sie scheint zu dem Schluss zu kommen, dass die tatsächliche Anzahl nicht wichtig ist. Zum Glück. »Wieso?«

»Was?« Es ist schwer, nicht die auf dem Boden verstreuten Gegenstände anzuschauen – die ich dort ausgekippt habe, um ein Statement abzugeben. Das hilft auch nicht gegen das Durcheinander in meinem Kopf.

»Wieso warst du hier drin? Es ist eine ziemlich klare Frage und sollte für dein geniales Gehirn nicht schwer zu beantworten sein.«

»Ich war … Ich wollte nur sehen …«, stottere ich, während ich gegen aufsteigende Panik ankämpfe.

»Was sehen?« Sie streckt ihre Hand in Richtung Bett aus. »Was ich in meiner Nachttischschublade aufbewahre? Hast du auch nachgeschaut, ob es ein Tagebuch gibt? Wolltest du wissen, ob ich mich noch immer nach dir sehne? Hast du nach Möglichkeiten gesucht, mich noch mehr zu demütigen? Und hast sie als kleine Granaten haben wollen, die du jedes Mal zündest, wenn ich daran erinnert werden sollte, wie sehr du mich hasst?«

Sie kommt näher, und ich halte den Atem an und wünsche mir, dass sie mich berührt – mich schubst, mir eine Ohrfeige gibt, was auch immer, aber sie tut es nicht. Ihre meerblauen Augen lodern zornig. »Nachricht angekommen, Kodiak. Du hast sie vor zwei Jahren klar und deutlich rübergebracht, und ich habe ganz bestimmt nicht vergessen, wie sich das angefühlt hat. Ich brauche keine weiteren Erinnerungen, obwohl du das anscheinend gerne machst. Ich habe dein Leben zerstört. Schon kapiert. Ich war noch ein Kind, und ich hatte keine Ahnung, dass es so schlimm werden könnte, aber ich habe diese Entscheidungen nicht allein getroffen, also hör auf, mich für etwas zu bestrafen, über das ich keinerlei Kontrolle hatte.«

»Das war nicht … Ich hab nicht … Ich bin nicht …« Ich gehe auf und ab, vor allem, um nicht irgendwelchen Impulsen nachzugeben. Ich kicke aus Versehen eine Tube Gleitmittel über den Fußboden. Sie bleibt vor Lavenders Füßen liegen. Sie beugt sich hinunter, um sie aufzuheben, und dreht sie zwischen den Fingern hin und her.

»Worum ging es dann?«

Sie wirft die Flasche auf mich. Normalerweise ist ihre Treffsicherheit grottenschlecht, aber sie trifft mich am Oberschenkel, ein paar Zentimeter vom Schritt entfernt. Ich fange sie, bevor sie zu Boden fallen kann. Ich versuche, nicht daran zu denken, wofür sie sie benutzt, doch die Bilder steigen bereits wie Blasen in meinem Kopf auf.

»Ich wollte nicht, dass du mit ihm hier oben allein bist«, gestehe ich.

»Wieso? Du hast doch klargestellt, dass du mich nicht willst. Welchen Grund könntest du haben, mir die Tour zu vermasseln, außer um mir eins auszuwischen?«

Ich reibe mir mit der Hand das Gesicht. »Das ist nicht wahr.«

»Oh doch, das ist es! Es ist ein Albtraum, mit dir zu tun zu haben. Jedes Mal, wenn ich mich umdrehe, bist du da und machst mir das Leben zur Hölle. Wieso kannst du mich nicht einfach in Ruhe lassen? Wieso hast du das Bedürfnis, mich endlos zu quälen?«

»Weil ich dich nicht haben kann!«, schreie ich.

Sie sieht verwirrt drein. »Hast du den Verstand verloren? Du willst mich doch nicht einmal, weshalb spielt das dann eine Rolle?«, schreit sie zurück. »Wer zum Henker bist du? Was zum Teufel ist mit dir passiert?«

Ich verstehe nicht, wieso sie nicht sieht, was sie direkt vor Augen hat. Warum muss sie mich dazu zwingen, alles auszusprechen? Weshalb können wir nicht mehr einfach zusammen sein und wissen, was der andere empfindet? »Du! Du bist passiert!«

Sie wirft die Hände in die Luft. »Ich werde mich nicht

für die Fehler entschuldigen, die wir als Kinder gemacht haben!«

Ich habe genug davon, gegen das hier und gegen sie anzukämpfen. Ich kann das nicht mehr oder ich verliere den Verstand, und angesichts dessen, was ich heute Abend getan habe, bin ich bereits auf dem besten Weg dorthin. Ich kann nicht klar denken, ich kann mich nicht konzentrieren ... Die ganzen Jahre, die ich das alles für mich behalten habe, haben an mir genagt und mich zu jemandem gemacht, den ich kaum wiedererkenne.

Verzweiflung dringt an die Oberfläche und bricht sich Bahn. »Wie kannst du es nicht sehen?«

»Was sehen?«

»Kapierst du es nicht? Das war alles Blödsinn!«, schreie ich. »Ich habe gelogen!«

Ihre Stimme wird unheimlich ruhig. »Wobei genau gelogen?«

Ihr Frust angesichts meiner fehlenden Erklärung ist verständlich, aber ich habe so viele Jahre damit verbracht, Dingen aus dem Weg zu gehen und meine Gefühle zu unterdrücken, dass ich nicht weiß, wie ich ihr die Wahrheit sagen soll. Ich habe Angst, das mit uns vermasselt zu haben, unwiederbringlich – und dass sie mir das nie verzeihen wird.

Und ich werde sie erneut verlieren.

»Bei allem.« Ich fahre mir mit den Händen durchs Haar.

Sie reibt mit den Zähnen über die Narbe auf ihrer Unterlippe. »Erklär mir das, bitte«, sagt sie, und ihre Stimme ist kaum ein Flüstern.

»Nachdem unsere Eltern sich mit uns zusammengesetzt und uns mitgeteilt haben, dass wir eine Pause bräuchten, war ich so wütend. Es tat weh, dich nicht mehr zu sehen. Ich hasste es, aber mir wurde auch klar, dass ich die Kontrolle verloren hatte.

Nicht, was dich betraf. Es musste alles oder nichts sein. Ich sorgte dafür, dass es dir schlechter ging. Dass es *mir* schlechter ging. Ich machte dich von mir abhängig, und das Schlimmste daran war, dass ich es so wollte. Sie hatten recht damit, uns auseinanderbringen zu wollen. Ich war wirklich nicht gut für dich.«

»Das hast du gesagt, dass wir nicht gut füreinander wären.«

Ich schüttle den Kopf. »Das galt nicht für dich, sondern für mich. Eine Weile habe ich das nicht erkannt, aber es ging dir langsam besser. Ich habe es gehasst, dass es dir ohne mich gut ging. Ich wusste, dass es dich zerstören würde, wenn ich immer wieder ankäme, und du hattest bereits so viel durchgemacht.« Ich verschränke die Finger im Nacken und gehe im Zimmer auf und ab. »Aber an dem Abend, bevor wir umgezogen sind, wollte ich dich einfach sehen, um mich persönlich davon zu überzeugen, dass es dir wirklich besser ging und ich das Richtige getan hatte.«

»Du hast an dem Tag, an dem du weggezogen bist, dieses Mädchen geküsst! Ich habe es mit eigenen Augen gesehen.«

»Ich war wütend! Du bist nicht gekommen, um dich zu verabschieden.«

Ihre Augen blitzen vor Empörung. Was verständlich ist und gleichzeitig Furcht einflößend. »Du hast monatelang kaum mit mir gesprochen. Wozu sollte ich mich verabschieden? Und es ist ja nicht so, dass du dich *nach* deinem Umzug bemüht hättest, mich zu erreichen!«

»Ich habe es versucht, aber du hast schließlich den Kontakt zu mir abgebrochen!«

»River hat deine Nachrichten blockiert«, sagt sie leise. »Ich hab's gerade erst erfahren.«

»Natürlich hat er das. Und weißt du was? Er hatte recht damit, weil ich nicht dazu in der Lage gewesen wäre, dich in Ruhe zu lassen. Nachdem wir umgezogen waren, habe ich dich die ganze Zeit vermisst. Es hat mich fertiggemacht, dass du aus meinem Leben verschwunden warst, doch es gab keine andere Möglichkeit. Ich wäre nicht gut für dich gewesen. Alle außer mir haben das erkannt. Ich war so naiv zu glauben, dass ich nach fünf Jahren damit klarkäme, in deiner Nähe zu sein. Ich kam aber überhaupt nicht klar damit. Ich brauchte dich nur einmal zu sehen, und alles kam wieder zurück. Ich wäre noch immer nicht gut für dich. Und du bist kein Kind mehr gewesen, was es nur noch schlimmer gemacht hat. Nichts hatte sich geändert, Lavender. Nicht für mich. Ich habe mich ganz genauso gefühlt wie an dem Tag, als ich von dir weggezogen bin, also habe ich gelogen.« Sie schweigt und zeigt keinerlei Regung, also fahre ich fort damit, mir mein Grab zu schaufeln. »An dem Abend, als du kamst und mich bei deinen Eltern antrafst …«

»Du meinst den Abend, an dem ich dich dabei erwischt habe, wie du bei mir reingeschlichen bist und ich dir in dein Gästezimmer gefolgt bin, und du mich dazu gebracht hast, all diese schrecklichen Dinge zu wiederholen, die du gesagt hast?« Ihre Stimme ist kalt und schneidend.

Ich bleibe vor ihr stehen. »Du warst siebzehn, und ich war schon im College. Wenn ich getan hätte, was ich wollte, hätte ich dafür gesorgt, dass wir nachgeben. Ich wäre mit der Entfernung und damit, nicht für dich da zu sein, wenn du mich gebraucht hättest, nicht klargekommen. Ich wusste bereits, wie es sich anfühlt, dich zu verlassen. Ich dachte, das würde ich nicht noch einmal überleben.«

»Also hast du mir gesagt, du hättest mich nie gewollt und würdest mich nie wollen.«

»Ich habe gelogen, um dich vor mir zu schützen.« Die Brust tut mir weh, und es fühlt sich an, als müsste ich mich gleich übergeben.

Sie reibt die Narbe auf ihrer Unterlippe. »Und der ganze Schwachsinn, den du dieses Jahr abgezogen hast? Die schrecklichen Sachen, die du gesagt und getan hast? Soll ich dir das einfach vergeben, weil du beschlossen hattest, mich auf diese Weise zu beschützen?«

»Nein. Ja. Ich weiß nicht. Ich wollte nur, dass du verstehst.«

»Du hast mir das Gefühl gegeben, ein Niemand zu sein. Du warst ein wichtiger Teil meines Lebens, und du hast mich im Stich gelassen.«

»Weil ich dich geliebt habe, ich l…«

Sie zuckt zurück und hebt abwehrend die Hände. »Beende den Satz nicht. Du verdienst es nicht, diese Worte zu sagen, nicht, nachdem du mich so behandelt hast. Vom ersten Tag an, seit ich hier bin, hast du mir das Gefühl gegeben, eine Nervensäge zu sein.«

»Ich war nicht darauf vorbereitet, wie es sein würde, dir wieder so nahe zu sein.«

Ich habe die letzten beiden Jahre eine Rekrutierung durch die NHL hinausgeschoben, indem ich meine Eltern davon überzeugt habe, dass ich zuerst meinen Abschluss machen muss. Sie glauben mir, denn so sehr Hockey auch mein Leben bestimmt, wollte ich doch immer einen Ausweichplan. Gehirnerschütterungen können große Schäden verursachen, und ich bin so schon geschädigt genug. Ich werde nicht mein Gehirn für einen üppigen Scheck riskieren.

Aber die eigentliche Wahrheit ist, ich wollte bleiben, weil die Chancen gut standen, dass Lavender hierherkommen würde. Ein Teil von mir wollte beweisen, dass ich über sie hinweg war, obwohl ich wusste, dass es nicht stimmte. Ich musste nicht sehr tief graben, um zu diesem Schluss zu gelangen. Es brauchte nur eine fünfminütige Fahrt in einem Wagen mit ihr, um festzustellen, dass ich geliefert war.

»Stattdessen hast du dich also wie ein Arschloch aufgeführt.« Sie atmet langsam aus. »Und Bethany, das Mädchen, das keine halbe Stunde, nachdem du mich am ersten Tag abgesetzt hattest, aus dem Haus kam, hast du gevögelt, gleich nachdem du mir das Gefühl gegeben hattest, wertlos und nichtssagend zu sein?«

»Was? Nein.« Keine Ahnung, woher sie weiß, dass Bethany überhaupt in meiner Nähe war.

Als könnte sie meine Gedanken lesen, sagt sie: »Ich war auf dem Weg zurück zum Campus, als sie an mir vorbeiging. Sie hat davon geredet, wie sie in deinem Zimmer war und es mit dir getrieben hat. Du kannst genauso gut die Wahrheit sagen, Kodiak. Die vielen kleinen Lügen türmen sich auf und begraben dich noch unter sich.«

»Ich hab sie nicht angefasst.« Mir wird ganz schlecht, wenn ich an den Tag denke. Wie ich mich benommen habe. Was ich beinahe hätte geschehen lassen.

»Ich kann das *Aber* hören. Etwas muss passiert sein. Ich habe dich noch einmal mit ihr gesehen.«

Ich reibe mir das Nasenbein. »Aber ich habe sie nicht angefasst.«

»Die Abgrenzung scheint dir ja wichtig zu sein, was, Kodiak? Als würde deine Passivität es besser machen. Hat sie dich an diesem ersten Tag angefasst, nachdem du mich gedemütigt und nach Hause gefahren hattest? Hast du zugelassen, dass sie bei dir Hand anlegt?«

Ich schüttle den Kopf und schlucke mühsam.

Lavender legt nachdenklich den Kopf schräg. Zu erwartungsvoll. Nach all den Jahren kennt sie mich noch immer besser, als gut für mich ist. »Was ist dann passiert?«

»Sie ist nicht gegangen.«

»Hast du es mit Worten versucht, Kodiak? Du bist doch

sonst ziemlich gut darin, Menschen wegzustoßen, wenn du willst.« Sie dreht sich zur Seite und zeigt mir ihr Profil, während sie die Hände zu Fäusten ballt und wieder loslässt. »Hast du sie gevögelt?«

»Nein.«

»Hat sie dich gevögelt?« Sie lächelt angesichts der Unterscheidung, auch wenn es zynisch ist.

»Nein.« Obwohl sie es mehrmals darauf angelegt hat. Sie ist aufdringlich und bedürftig, wobei ich mit Letzterem bestens vertraut bin.

Lavender streicht sich mit einem Finger über eine Braue und massiert sich die Schläfe, als wolle sie einen Kopfschmerz loswerden. »Und jetzt erzählst du mir, du willst mich? Dass das immer so war und du mich zu meinem eigenen Besten wie Dreck behandelt hast?« Sie blickt an meinen Basketball-Shorts hinab, die nicht sehr viel verbergen. »Bist du etwa geil?«

Ich zucke mit den Achseln. »Du bist heiß, und auf dem Boden liegt überall Sexspielzeug.«

»Du kriegst also eine Erektion davon, dich wie ein Arsch zu benehmen?«

»Es turnt mich an, wenn du mir die Hölle heiß machst.« Ich wedle mit der Hand in ihre Richtung und kapituliere vollends. »Du turnst mich sowieso an, alles an dir.«

»Was hast du denn gedacht, was passieren würde, wenn du hier hereinschneist und mit meinen falschen Schwänzen um dich wirfst? Hast du geglaubt, ich fände das so romantisch, dass ich mich gleich auf deinen setzen würde?«

»Natürlich nicht. Ich dachte nur … Ich wollte nur …«

»Dir auf die Brust trommeln und Josiah wissen lassen, dass er mich nicht haben kann? Deine Ansprüche anmelden?« Sie zeigt erneut auf meinen Schritt. »Das war wohl der Plan von deinem Schwanz.«

»Ich hatte keinen Plan. Ich wollte nicht, dass dich der Kerl anrührt.« Ich spucke die Worte aus wie bittere Pillen.

»Damit du es tun könntest?«

Ich werfe die Hände in die Luft. »Ja. Nein. Ich weiß nicht. Ich habe dir gesagt, dass ich gelogen habe, dass ich dich will.«

»Du klingst, als wärst du wirklich euphorisch deswegen.«

»Maverick ist mein bester Freund, und River droht mir noch immer damit, mich umzubringen, wenn ich dich nur ansehe.« Irgendwie glaube ich auch, dass er das tun würde. River wirkt immer so, als wäre er kurz davor überzuschnappen.

Sie strafft ihre Schultern und reckt das Kinn, herausfordernd und schmerzhaft schön.

»Reiß dich gefälligst zusammen, Kodiak. Du hast mich jahrelang wie ein Arschloch behandelt. Du hast mir das Gefühl gegeben, lästig zu sein und jemand, dem du immer nachgegeben hast, seit du ein Teenager warst. Und du hast nichts anderes getan, als mir dieses Semester zu versauen. Hast du eine Ahnung, was es heißt, hier mit euch dreien zu wohnen? Ihr seid die größten Spielverderber aller Zeiten. Mein gesamtes Leben lang haben mich immer alle beschützt. Wer bist du, um zu entscheiden, was am besten ist für mich?«

»Lavender …«

»Lass es sein, Kodiak. Ich brauche diesen Kumpelpapa-Schwachsinn nicht. Du willst mich? Dann tu etwas dafür und hör auf, dich wie ein Arschloch aufzuführen oder dir wie ein Neandertaler auf die Brust zu trommeln. Du bist ein verdammtes Genie. Benutz deinen Verstand und finde heraus, wie du mit der Situation fertigwirst.«

Ich kann das. Was dafür tun. Ich mache einen Schritt auf sie zu, aber Lavender hebt die Hände, um mich zu stoppen.

»Was soll das?«

»Ich tue etwas dafür.«

»Und was soll das sein?«

»Äh …« Ich kratze mich am Kinn. »Für den Anfang wollte ich dich küssen.«

Lavender schnaubt. »Glaubst du etwa, du hast es verdient, mich zu küssen nach der Hölle, durch die ich wegen dir gegangen bin? Das kommt überhaupt nicht infrage, du Wichtigtuer. Wenn du wissen willst, wie mein Mund schmeckt, musst du es dir verdienen, und alles andere auch.«

Meine Erektion in meinen Basketball-Shorts zuckt. »Äh, na schön. Okay. Was kann ich tun? Soll ich mich … erneut entschuldigen?«

Sie fährt sich mit der Zunge über die Unterlippe, die Augen schmal, während sich ihre Lippen langsam zu einem Lächeln verziehen. »Du sollst dich hinsetzen.«

Ich mache mehrere Schritte rückwärts und lasse mich auf ihren Computerstuhl plumpsen, der unter meinem Gewicht quietscht, denn er ist für ihre zarte Gestalt bestimmt.

Lavender zieht sich ihr Tanktop über den Kopf und wirft es mir hin. Ihre Brüste schmiegen sich in einen weißen Satin-BH. Es gibt viel Dekolleté. Lavender hat große Brüste. Sie wird oft gefragt, ob sie überhaupt echt sind, vor allem weil ihr restlicher Körper so verdammt klein ist. Wirklich klein.

»Was tust du da?« Meine Stimme ist ungefähr zwei Oktaven zu hoch.

»Du denkst wohl, du weißt, was läuft, wenn ich allein hier oben bin. Also zeig ich's dir. Vielleicht motiviert es dich ja ein bisschen, mit deinem ganzen Kram klarzukommen.« Sie greift nach hinten und öffnet den BH-Verschluss.

Die Träger gleiten an ihren Armen herunter, und sie lässt ihn zu Boden fallen und entblößt ihre Brüste. Sie umfasst sie und spielt an den Nippeln. »Bestimmt möchtest du das auch tun?«

»Gott, ja, das möchte ich gern«, grunze ich. Ich will sie in den Mund nehmen. Ich will mich zwischen diesen vollen, üppigen Brüsten vergraben.

Ich stehe auf.

Sie hebt eine Hand, damit ich innehalte. »Setz dich, oder die Show ist vorbei.«

Ich lasse mich wieder auf den Stuhl sinken, der rückwärts rollt und gegen den Schreibtisch stößt, sodass der Becher mit Stiften umfällt. Sie öffnet den Knopf an ihrer Jeans und zieht den Reißverschluss herunter.

Mein Schwanz wird entsetzlich hart, und ich packe die Armlehnen, um mich nicht auf sie zu stürzen, denn das Letzte, was ich will, ist, dass sie aufhört. Sie schiebt sich den Jeansstoff über die Hüften und an ihren Oberschenkeln hinunter.

Sie dreht mir den Rücken zu, zeigt mir ein Paar schwarzer Cheekies und beugt sich nach vorn, als sie auch diese loswird. Lavenders Hintern ist fan-fucking-tastisch. Rund und voll und zum Reinbeißen. Und zum Klapsen. Ich muss es wissen, weil ich bereits beides getan habe.

Sie zögert einen Augenblick, und ihr Rücken spannt sich an, als sie tief Luft holt. Ihre Arme hängen herab, und sie zeichnet eine Acht außen an ihrem Bein, als wolle sie sich selbst beruhigen.

»Du bist perfekt, Lavender«, sage ich zu ihr, denn ich fürchte, dass sie die Nerven verliert und mit dem, was sie da tut, aufhört.

Sie blickt verschämt über die Schulter, während sie sich mit den Händen über die Hüften streicht.

Ich nicke ihr ermunternd zu. »Ich will dich so berühren.«

»Das glaube ich dir.« Sie umfasst ihren Hintern, drückt ihn und lässt einen Klaps folgen, der mich zusammenzucken lässt, was ihr ein Lächeln entlockt.

Mir schießt der Gedanke durch den Kopf, dass sie vielleicht keine Jungfrau mehr ist.

In dem Fall würde ich gerne ein paar Gräber schaufeln.

Sie lässt die Finger durch ihr langes, welliges Haar gleiten, streicht es nach hinten und bindet es mit einem Haargummi zusammen, bevor sie sich umdreht.

Ich betrachte sie eingehend, nackt und entblößt. Nur für mich, nicht wie bei mir in einem Raum voller Menschen, die alle drei Stunden lang auf meinen halb steifen Schwanz gestarrt haben, weil ich sie zu einer Reaktion verleiten wollte. Weil ich sie wollte, aber mich nicht den Konsequenzen stellen konnte, wenn ich es zugegeben hätte. Weil ich ein Arschloch war.

Ich atme zitternd aus, und die Armlehnen des Stuhls quietschen unter meinem Griff.

Sie ist fast haarlos. Ein schmaler kastanienbrauner Streifen lenkt meinen Blick zu ihrer hübschen Mitte zwischen ihren Oberschenkeln. »Siehst du etwas, das dir gefällt?«, neckt sie mich.

»Ja«, stöhne ich.

»Wie schade, dass du dich viel zu sehr wie ein Arschloch aufgeführt hast, um mich zu verdienen.« Sie streicht sich mit einer Fingerspitze über die Lippen. Unter ihren Fingernägeln ist rosa Malfarbe. Sie lässt den Finger über ihre Kehle gleiten, umkreist ihre Nippel und gleitet weiter hinab, bis sie ihn zwischen ihre Beine taucht.

»Tut mir leid«, krächze ich.

»Das wird es gleich.« Sie lässt sich auf die Knie sinken, mitten zwischen das Sexspielzeug. Sie greift nach einem ziemlich großen, authentisch aussehenden Dildo samt Eiern, und knallt ihn auf den Holzfußboden. Erst da wird mir bewusst, dass er einen Saugnapf am Ende hat. Ohne hinzuschauen fasst sie nach einer Tube neben ihrem Knie und klappt den Deckel auf. Sie drückt einen schmalen Streifen auf die Spitze des von Adern durchzogenen falschen Schwanzes und beginnt ihn zu streicheln.

Eigentlich bin ich zufrieden mit meiner Größe – sogar mehr als das. Aber das Ding scheint für jemanden von so zarter Gestalt wie Lavender vergleichsweise groß zu sein. »Baby, ich denke nicht …«

»Kosenamen? Du bist wohl ziemlich scharf. Und du hast vollkommen recht; du hast nicht gedacht, überhaupt nicht – hast keinen Gedanken daran verschwendet, wie schlimm dein beschissenes Verhalten für mich war und ob *ich* nicht auch eine Bedeutung hatte. Du hast deine Freundschaft mit Maverick als faule Ausrede benutzt. Ich habe genug davon, ignoriert und beschützt zu werden. Ich bin fertig mit diesem Schwachsinn, Kodiak.«

»Ich habe dich vor mir beschützt.«

»Noch mehr Ausreden, verstehe. Ganz schön dumm für jemanden, der so schlau ist.« Sie kniet sich vor den Dildo, sodass ich nicht sehen kann, was sie tut, als ihre Hand zwischen ihren Schenkeln verschwindet, aber ihr leises Stöhnen genügt, um mir eine Vorstellung davon zu vermitteln.

Ihre Hand taucht wieder auf, und sie hebt die Finger zu ihrem Mund und leckt den mittleren ab. »Mmm, schmeckt wie *nicht* deins.«

Ein Teil von mir möchte widersprechen – denn was mich betrifft, war sie immer mein –, aber der andere Teil, die voyeuristische Seite in mir, will sehen, wohin das führt. Will sie das tatsächlich durchziehen, oder ist das die Lavender, die mich in den Wahnsinn zu treiben versucht?

Ich müsste es wissen.

Lavender war jahrelang auf Warteposition, hinter ihren

Brüdern, hinter einer Bühne, hinter einer Malerleinwand oder einer Nähmaschine. Lavender ist normalerweise die Leise, die Zuschauerin – außer, wenn sie trinkt.

Doch sie ist im Augenblick stocknüchtern.

Sie umfasst den Dildo und gleitet an ihm hinauf. Sie reibt mit der Spitze über ihre Mitte. Ihre Lider flattern, als sie sich hinabsinken lässt, gedehnt wird, ihn in sich aufnimmt, und sie *stöhnt*. Ihre Oberschenkel spannen sich an, als sie heruntergleitet und der Kopf erscheint, bevor er wieder verschwindet, und diesmal nimmt sie ihn noch tiefer in sich auf, hoch und runter, rein und raus, bis die gesamte Länge und der komplette Umfang von ihr verschlungen werden.

Ich kann einzig und allein daran denken, wie es wäre, wenn sie mich so reiten würde, mit hüpfenden Brüsten, meiner Zunge in ihrem Mund und wie sich mein Atmen mit ihrem Stöhnen vermischen würde.

»Hast du eine Vorstellung davon, wie das ist?« Ihre Finger tauchen zwischen ihre Beine und kneifen sanft ihre empfindsamste Stelle, während sie erneut an dem Dildo hinabgleitet. »Von all dem hier umgeben zu sein … den ganzen Egos. Jeder will der Beste sein, der Größte, der Bedeutendste, und ich will nur wahrgenommen werden. Bemerkt.« Sie gleitet wieder nach oben. »Du hast mich gesehen, Kodiak, nicht wahr?«

Niemand nennt mich bei meinem vollen Namen. Nie. Nicht einmal meine Eltern. Nicht einmal auf meinen Zeugnissen steht der vollständige Name. Nur Lavender nennt mich so. Sobald sie meinen Namen sprechen konnte, hat sie mich immer so gerufen.

»Ja. Ich habe dich gesehen. Ich *sehe* dich.«

»Aber du wolltest es nicht.« Sie lässt sich mit einem leisen Stöhnen wieder hinabsinken. »Viel zu kompliziert.«

»Du warst siebzehn.«

»Ich rede nicht von vor zwei Jahren.« Sie gleitet hinauf. »Ich rede von jetzt.« Gleitet hinab. »Es ist furchtbar, etwas zu wollen, das man nicht haben darf, nicht wahr?«

»Tut mir leid. Es gab so viel zu verlieren.« Ich bewege meine Hand zu meinem Oberschenkel.

»Nicht«, faucht sie. »Fass dich ja nicht an. Du sollst wissen, wie es sich anfühlt, ich zu sein. Immer außen vor.« Sie umkreist ihre empfindsamste Stelle. »Mit dem Wunsch, gewollt zu werden.« Sie schließt die Augen. »Aber immer in dem Glauben, dass die Person, die man will, einen nicht will.«

Sie erschauert, und auf typische Lavender-Art senkt sie den Kopf und wimmert leise, während ihr gesamter Körper erbebt. Denn sie kommt.

Aber sie verbirgt es.

Wie sie alles verbirgt.

Ihre Wünsche. Ihre Bedürfnisse. Ihre Angst. Ihren Schmerz.

Bis heute Abend.

Stille folgt, schwer und voller Lust und etwas, das mir Angst macht. Mein Schwanz ist so hart, es tut weh, aber es kommt auf keinen Fall infrage, dass ich in diesem Moment um etwas bitte.

Langsam erhebt sich Lavender. Sie taumelt ein paar Schritte, findet die Balance und durchquert den Raum. Sie greift nach ihrem Morgenmantel an der Rückseite der Tür, wirft ihn über und öffnet die Tür.

»Raus hier.«

Ich löse meine Finger von der Armlehne und erhebe mich. Ich muss meine Hose ein wenig zurechtrücken, und schon allein diese Berührung lässt mich beinahe kommen. »Lavender.« Ihr Name klingt kehlig – ein Appell, eine Entschuldigung.

Ihr Blick gleitet von der offenen Tür zu mir, kalt und wütend. »Ich hoffe, das ganze Leiden war es wert. Wenn du mich wirklich willst, musst du es dir wohl irgendwie verdienen.«

25

Leide stumm mit mir

Lavender
Gegenwart

Als ich am nächsten Morgen aufwache, sind meine Gedanken sofort bei dem, was ich gestern Abend getan habe. Vielleicht ist es ein seltsamer Fetisch, wenn man bedenkt, wie ich gekommen bin, als ich Kodiak dazu gebracht habe, mir dabei *zuzusehen*. Meine Oberschenkel spannen sich an, und ich verziehe das Gesicht. Ich müsste wohl mehr Kniebeugen machen, aber das halte ich wahrscheinlich nicht lange durch.

Ich reibe mir das Gesicht und bin mir bewusst, dass ich mit Kodiak und dem, was auch immer diese neue Entwicklung in unserer Beziehung zu bedeuten hat, zurechtkommen muss. Ich versuche noch immer, darüber hinwegzukommen, dass er fünf Jahre damit zugebracht hat, mir aus dem Weg zu gehen und sich in den letzten Monaten wie ein Arschloch benommen hat, weil er Angst hatte, mich zu zerstören. Ich bin mir nicht sicher, ob das narzisstisch, lieb oder etwas völlig anderes ist. Wenn ich meine Gespräche mit meiner Mom und Queenie berücksichtige, ergibt es insgesamt wohl Sinn.

Ich habe keinen Unterricht, aber ich will heute Vormittag zum Theater fahren, um an einem Projekt zu arbeiten, also ziehe ich mich an und wappne mich, irgendjemandem in der

Küche zu begegnen. Hoffentlich sind alle bereits aus dem Haus oder schlafen noch.

So viel Glück sollte ich schon haben.

Am Küchentisch sitzt mit einem riesigen Lehrbuch vor sich Kodiak. Er trägt ein Seattle-Hockey-T-Shirt, das wahrscheinlich früher seinem Dad gehört hat, wenn man bedenkt, wie verwaschen es ist. In der kurzen Zeit, die er hier wohnt, habe ich ihn nie in der Küche oder sonst irgendwo außerhalb seines Zimmers lernen sehen.

Die Tatsache, dass sich auf dem Tisch eine Schachtel Lucky Charms, eine Schale, ein Löffel, Kokosmilch und ein Kanister mit etwas befinden, das ich nicht identifizieren kann, weil es halb hinter der Schachtel mit den Getreideflocken versteckt ist, sagt mir, dass das mit dem Lernen nur ein Trick ist.

Er blickt von seinem Lehrbuch auf, als ich den Geschirrschrank öffne, um einen Becher herauszunehmen. Meine laktosefreie Sahne steht bereits auf der Theke, zusammen mit dem Bio-Agavensirup und einer Stempelkanne.

»Der Kaffee ist frisch.« Seine Stimme ist leise und rinnt an mir herunter wie warme Butter.

Ich antworte nicht, weil die Bemerkung das nicht erfordert. Ich fülle meinen Becher, füge Sahne und Sirup hinzu und rühre viel länger als nötig. Ich wappne mich für das, was auch immer gleich passieren wird. Wird er sich wieder wie ein Arschloch verhalten? Wird er etwas Schreckliches sagen über das, was ich gestern Abend getan habe? Oder wird er auf märchenhafte Weise wieder der Kodiak sein, den ich einmal geliebt habe?

Ich wende mich zu ihm um, den Becher an meinen Lippen wie einen Schild.

»Hi.« Er schiebt den Stuhl zurück und steht auf. Er streicht sich durchs Haar, während er den Blick über mich gleiten lässt, was mir das Gefühl gibt, so nackt zu sein wie gestern Abend.

Er leckt sich die Lippen und zeigt zu der Schale und den Getreideflocken. »Ich dachte, du hast vielleicht Hunger.«

»Ja, ich habe mir gestern Abend einen ganz schönen Appetit geholt.« Normalerweise bin ich morgens nicht gleich so sarkastisch, doch ich muss ein ziemlich intensives Schamgefühl abwehren.

Kodiak hustet erstickt, kommentiert das aber nicht weiter.

Ich schiebe die Schale und den Löffel zu dem Stuhl ihm gegenüber, um jeden Körperkontakt zu vermeiden. Ich ziehe den Stuhl zurück und setzte mich behutsam.

Kodiak wirkt, als wolle er etwas sagen oder fragen, ohne zu wissen, was, weshalb er sich wieder hinsetzt und nichts sagt. Er sieht außerdem müde aus, als hätte er nicht gut geschlafen – im Gegensatz zu mir, die ich wie ein Baby geschlafen habe. Es war der gleiche totenähnliche Schlaf, wie ich ihn nach Panikattacken habe. Und wahrscheinlich habe ich das auch, weil ich jahrelang etwas für wahr gehalten habe, nur um gestern Abend das genaue Gegenteil gesagt zu bekommen.

Vermutlich kann ich das Ganze nur mit Gleichgültigkeit überspielen, wenn ich nicht irgendeinen dramatischen, mädchenhaften Anfall, Kreischen und vielleicht Weinen eingeschlossen, haben will.

»Harte Nacht?«, frage ich, als ich die Getreideflocken in meine Schüssel kippe.

Kodiak nimmt gerade einen Schluck Kaffee, den er über seinem Lehrbuch wieder ausspuckt. Er hustet ein paarmal und wischt sich mit dem Handrücken den Mund ab. »Im Ernst jetzt, Lavender?«

Ich zucke die Achseln und greife nach der Kokosmilch. »Du siehst müde aus.«

»Na ja, ich musste über 'ne Menge Dinge nachdenken.« Er schiebt mir die andere Schachtel hin.

Ich drehe sie um, damit ich das Etikett lesen kann. »Marshmallow-Cerealien?«

»Du isst immer alle aus den Lucky Charms, weshalb es dann eigentlich nur noch Alpha-Bits sind, wenn du fertig bist. Ich denke, so halten die Schachteln länger, und du kannst das Verhältnis von Marshmallows zu Flocken anpassen.« Er errötet, und der Tisch wackelt, wahrscheinlich weil er mit dem Fuß auf den Boden schlägt.

»Du meinst also, dass Marshmallow-Cerealien Jahre der Lügen und dein beschissenes Verhalten wiedergutmachen?«

Er klappt sein Lehrbuch zu und verschränkt die Hände auf dem Tisch. Sein Ausdruck ist gequält. »Ist das mit uns nicht zu reparieren?«

»Ich weiß es nicht, Kodiak.«

Er verstummt und schließt die Augen, und ich sehe, wie sich sein Brustkorb langsam hebt, während er bis vier zählt, und ihn sein Atem noch langsamer durch leicht geöffnete Lippen wieder verlässt. Es fühlt sich an, als wäre auf einmal die Luft aus dem Raum entwichen.

Ein großer Schmerz schimmert in seinen Nordlichtaugen, als er sie erneut öffnet. »Können wir es versuchen?«

»Was genau versuchen?«

»Wieder etwas aus uns zu machen.«

»Ich will nicht, dass es so wird wie früher. Ich will nie mehr dieses Mädchen sein, und du kannst Schaden, der bereits angerichtet wurde, nicht ungeschehen machen.«

Er nickt. »Ich will auch nicht, dass es wieder so ist wie früher. Das geht auch nicht, denke ich, weil du nicht mehr dieselbe bist. Ich meine, gestern Abend warst du …«

Ich ziehe eine Braue hoch, und er senkt den Kopf und stößt einen Seufzer aus, bevor er sich korrigiert. »Vielleicht könnten wir versuchen, etwas Besseres zu sein, etwas … Gleichwertiges?«

»Hältst du das für möglich?« Ich will nicht kompliziert oder fies sein, aber ich weiß es wirklich nicht. Ich habe ihn als Kind für einen Gott gehalten und tue das eigentlich noch immer, wo er in Wahrheit genauso fehlbar ist wie der Rest von uns.

»Ich weiß nur, dass es Folter ist, in deiner Nähe zu sein und das Gefühl zu haben, dass du unerreichbar bist. Ich wollte über dich hinwegkommen, aber ich kann nicht, und ich weiß nicht, ob mir das jemals gelingt, also bitte, können wir es einfach versuchen?«

»Was willst du Maverick erzählen?«

»Nichts, was er nicht sowieso längst weiß, auch wenn er so tut, als wäre es nicht so.«

Er hat nicht ganz unrecht. Maverick hat schon immer gewusst, dass zwischen uns etwas ist, und er hat nie irgendwas gesagt. »Und River?«

»Du kommst schon klar mit ihm.« Er beißt sich auf die Lippe, um ein Lächeln zu unterdrücken.

Ich drehe den Kopf und lache schnaubend. »Kaffee zu machen und eine Schachtel Getreideflocken aus dem Schrank zu nehmen tilgt nicht all die schrecklichen Dinge, die du gesagt und getan hast.«

»Ich weiß.« Er greift über den Tisch, Handfläche nach oben. »Ich habe genug davon, dich dazu zu bringen, dass du mich hasst. Ich will dich einfach wieder lieben, aber diesmal auf angemessenere Weise.«

Ich strecke ihm meine Hand entgegen, und unsere Fingerspitzen berühren sich. »Ich brauche nicht mehr gerettet zu werden, Kodiak. Ich erlege meine Drachen selbst.«

Er schlingt seinen kleinen Finger um meinen und nickt.

Und wir fangen noch einmal von vorn an.

26

Lass mich wieder herein

Lavender
Gegenwart

Ironischerweise ist keiner meiner Brüder an diesem Morgen zu Hause, weshalb Kodiak und ich mit meinem Wagen zum College fahren. Es ist ziemlich seltsam. Er macht keine abfälligen, blöden Bemerkungen. Er sagt tatsächlich sehr wenig, aber ich kann erkennen, dass er sehr angespannt ist.

»Rede«, befehle ich ihm.

»Was?«

»Was nagt an dir?« Ich zeige auf seine Beine.

»Ich weiß nicht. Wohl alles.«

»Könntest du etwas genauer werden?«

»Ich weiß nicht, wie ich mich in deiner Nähe verhalten soll. Ich will dich berühren, aber ich darf das wahrscheinlich noch nicht.« Er streicht mit den Händen an seinen Oberschenkeln auf und ab.

»Damit hast du wohl recht.«

Er nickt und stößt einen Seufzer aus. »Ich muss erst dein Vertrauen zurückgewinnen.«

»Stimmt«, sage ich. »Und wir kennen uns auch gar nicht mehr richtig, Kodiak. Was, wenn dir die aktuelle Version von mir nicht gefällt?«

»Sie gefällt mir bereits. Mir gefällt, dass du dir nichts gefallen lässt. Mir gefällt, dass du Rücksicht darauf genommen hast, was am besten für River ist, als du dich dafür entschieden hast, dieses Jahr hier mit ihnen in diesem Haus zu wohnen, obwohl du wusstest, was am besten für dich ist. Und dass du das mit deinem Hauptfach verschoben hast, um dich erst einmal zurechtzufinden. Es gefällt mir, dass du mir nicht einfach vergibst und es dabei bewenden lässt. Und auch wenn ich keine Ahnung habe, ob du je dazu in der Lage sein wirst, mir zu vergeben, fühle ich mich mehr im Reinen mit mir selbst als in den vergangenen Jahren.«

Dass er so aufmerksam ist, gibt mir Hoffnung, dass wir vielleicht eine bessere Version unser selbst sein können. Etwas Neues und neu Definiertes. Ich biege auf den Parkplatz ein und finde einen Platz im hinteren Teil, stelle den Hebel auf Parken und schalte den Motor aus. »Wieso ist das so mit uns?«

»Ich weiß nicht, aber dagegen anzukämpfen war eine Qual.« Er legt seine Hand auf die Mittelkonsole und spreizt die Finger. Ich erspähe das kleine Unendlichkeitszeichen, das in die Haut zwischen seinem Ring- und Mittelfinger seiner linken Hand tätowiert ist.

Ich zeichne es auf seinem Handrücken nach. »Wann hast du dir das machen lassen?«

»In den Weihnachtsferien vor zwei Jahren.« Er dreht seine Hand wieder um, und seine Miene ist hoffnungsvoll.

»Wieso?« Ich lasse meine Finger zwischen seine gleiten, und er umschließt sie und drückt sie sanft.

»Ich brauchte eine Mahnung, damit ich nicht den gleichen Fehler noch einmal mache.«

»Fehler?«

»Zu glauben, ich käme klar damit, in deiner Nähe zu sein, ohne es zu vermasseln.« Er blickt auf unsere verschränkten

Hände. »Ich denke, ich habe den Abend auf dem Rummelplatz nie verwunden. Ich wusste, wir hätten auf dich und River warten sollen, aber das haben wir nicht, und dann bist du verschwunden. Es war die längste Stunde meines Lebens, Lavender, und keiner von uns war danach … noch derselbe. Du auch nicht. Doch als ich dann herausfand, dass ich dir mit deiner Angst helfen kann, fühlte es sich an, als hätte ich dich zurückgewonnen, dass wir wieder eine Verbindung hätten, und die wollte ich nicht verlieren. Also habe ich getan, was ich konnte, um die Nähe zu dir aufrechtzuerhalten und damit uns beiden geschadet. Nachdem wir umgezogen sind, dachte ich, es würde einfacher, aber das wurde es nie. Und dann hast du aufgehört, meine Nachrichten zu beantworten, und ich war mir sicher, dir wäre klar geworden, wie schlecht ich für dich bin.«

»Nur dass River deine Nachrichten geblockt hat.« Mit River darüber zu sprechen wird nicht angenehm sein.

Wir sitzen einen Moment lang schweigend da, Blicke aufeinander gerichtet, während wir die neue Situation verdauen, als sein Handy einen Hinweiston von sich gibt. Er blickt auf die Uhr auf der Armatur. »Mist. Ich habe in fünfzehn Minuten Seminar.«

Wir lösen unsere Hände. Diese harmlose Berührung bringt mich aus dem Gleichgewicht, weil jetzt, wo die Mauern bröckeln, so viel mehr möglich ist. Außerdem steht der Mist, den ich in meinem Zimmer abgezogen habe, noch unangenehm zwischen uns.

Es sollte mich also nicht überraschen, dass Kodiak im Gleichschritt neben mir hergeht, als wir den Campus überqueren, und murmelt: »Äh, das mit gestern Abend …«

»Willst du wirklich jetzt darüber reden?« Überall sind Leute. Mädchen glotzen ihn an, als würde ich nicht existieren. Er geht dicht neben mir her, berührt mich aber nicht.

Er blickt mich von der Seite an. »Ich habe mich gefragt, ob das eine einmalige Sache war oder ob das wieder passiert?«

»Soll das heißen, dass du dir das wünschen würdest?« Wie kann man bereits um neun Uhr morgens ein solches Gespräch führen?

»Ich hätte nichts dagegen, bis ich mir das Recht verdient habe, das selbst zu tun.« Wir bleiben vor dem Theater stehen, und er vergräbt eine Hand in seiner Hosentasche. Seine Miene ist halb ernst und halb so, als wollte er mich verschlingen.

»Dann redest du besser mit Maverick.« Ich drehe mich um und gehe, während ich in mich hineinlächle. Es ist seltsam, bei Kodiak die Oberhand zu haben. Aber vielleicht hatte ich die ja immer und es nur nie bemerkt. So oder so muss er wissen, mit wem er es zu tun hat.

Ich könnte es Mav erzählen, und ich bin mir ziemlich sicher, dass er kein großes Gewese darum machen würde, aber Kodiak ist schon seit jeher sein bester Freund, also müssen sie diese Unterhaltung führen, ohne mich als Vermittlerin. Wie ich ihm außerdem gestern Abend gesagt habe, muss sich Kodiak dem Ganzen endlich stellen.

Obendrein habe ich River am Hals, und das genügt.

Ich sehe meine Brüder oder Kodiak den ganzen Tag nicht, allerdings treffe ich die Zwillinge und BJ im Café auf einen laktosefreien Latte und einen ihrer Edamamebohnensalate. Ich kann wahrscheinlich nicht allein von Lucky Charms und Muffins leben, obwohl ich es versuchen würde.

Lovey und Lacey springen auf und umarmen mich, als ich komme. »Wie geht's? Wie läuft's bei dir?«, fragen sie fast im Chor. »Du weißt, du kannst jederzeit zu uns kommen, wenn du willst.«

»Mir geht's gut. Alles in Ordnung. Ich weiß das Angebot zu schätzen, aber ich kann ohne meine Nähmaschine nicht leben.«

Das ist die Wahrheit. Ich hatte nach spätestens zwölf Stunden Entzugserscheinungen. Die Tatsache, dass meine Mitbewohnerin vor meiner Tür gevögelt wurde, hat meine Verzweiflung nur noch schlimmer gemacht.

Ich setze sie über die gesamte Situation ins Bild, weil ich sie nicht mehr gesehen habe, seit die Jungs meine Sachen abgeholt haben. BJ sagt nicht viel, außer dass Bethany nicht ganz dicht sei, und bezeichnet die Jungs aus dem Team, die mit ihr geschlafen haben, als Idioten.

Lacey und Lovey müssen ins Seminar, und ich bleibe mit BJ allein zurück. Er zieht eine Braue hoch. »Also …«

Ich schiebe mir eine Gabel voll Salat in den Mund und wünsche mir, es wäre ein Blaubeermuffin. Ich halte mir eine Hand vor den Mund und nuschle: »Also was?«

»Was ist gestern Abend mit Kody passiert?«

»Was meinst du mit passiert?« Meine Stimme klingt schrill.

»Na ja, er ist zehn Minuten nach dir und deinem Freund, der zum Lernen gekommen ist, nach oben gegangen und nicht mehr runtergekommen. Was war los?«

»Kodiak und ich hatten einen Streit.« Das ist nicht gelogen.

»Was ist mit deinem Freund geschehen?«

»Er ist nach Hause gegangen.«

BJ runzelt die Stirn und streicht sich über den Bart. »Hmm.«

»Was hmm?«

»Nichts, ich muss wohl auf Toilette gewesen sein, als er gegangen ist.« Er macht eine wegwerfende Geste und schlägt die Beine übereinander. »Erzähl mir von dem Streit.«

»Kodiak hat sich wie ein Idiot benommen, ich habe ihn zur Rede gestellt und wir haben uns ein paar Sachen an den Kopf geworfen, und jetzt versuchen wir, das klarzukriegen.«

»Was heißt das? Wie klarkriegen?«

»Es ist kompliziert.«

»Das ist es nicht. Es war schon immer ganz einfach, nur ihr beide macht es kompliziert.«

»Was soll das heißen?«

Er verschränkt die Arme hinter dem Kopf. »Er ist bereits seit seiner Kindheit in dich verliebt. Er wusste nur nicht, wie er dich lieben soll, ohne dein gesamtes Leben zu bestimmen oder du seins. Du musstest stark genug sein, um ihn in die Schranken zu weisen, und das bist du, was bedeutet, dass es langsam so läuft, wie es sollte.«

Ich blicke ihn sekundenlang an, um zu sehen, ob er fortfährt oder nicht. »Hast du etwa das *Tao Te Puh* noch mal gelesen oder so was?«

»Oder so was. Es war zum Davonlaufen, faszinierend und ziemlich nervig, euch dabei zuzusehen, wie ihr es dieses Jahr versaut. Ich meine, meistens hat Kody irgendwelchen Mist gemacht, und du hast dich zurückgelehnt und es geschehen lassen, aber mal im Ernst, es ist schön zu sehen, dass du Eier hast.«

Ich lache und schüttle den Kopf. »Er hat noch nicht die Absolution für jeden Mist bekommen, den er abgezogen hat.«

BJ senkt den Kopf, halb zur Bestätigung und halb in Gedanken. »Kody ist vor allem gut darin, sich selbst zu bestrafen, Lavender. Du musst ihm nicht sofort vergeben, aber wirf ihm nicht wieder die alten Fehler vor, wenn er neue macht. Er wird diese Schuld den Rest seines Lebens mit sich herumtragen, wenn du es zulässt.«

Ich nicke. Kodiak trägt seine Fehler wie vernarbte Stellen in seinem Inneren. »Ich weiß schon, dass ich das nicht mit ihm tun darf.«

BJ lächelt, und etwas Sehnsüchtiges liegt darin. »Es ist irgendwie verkorkst, seinen Seelenverwandten gefunden zu haben, bevor man überhaupt weiß, was das bedeutet.« Er zerzaust mein Haar und steht auf. »Ich muss ins Seminar.«

Ich schaue auf die Uhr. Es ist noch immer früh, aber ich kann ins Theater, weshalb ich meine Sachen nehme und gemeinsam mit BJ aufbreche.

Nachdem ich im Theater fertig bin, checke ich mein Handy. Ich habe eine Nachricht von Kodiak, in der er schreibt, dass er schon den ganzen Tag an mich denkt. Er geht nicht näher darauf ein, doch ich bin mir hundertprozentig sicher, dass ich weiß, was er meint.

Ich habe außerdem eine Nachricht von River, in der er mitteilt, dass er heute Abend unterwegs ist, aber dass ich schreiben oder anrufen soll, wenn ich etwas brauche. Das geschieht in letzter Zeit häufig – das mit dem nicht nach Hause kommen. Bei Maverick ebenfalls, allerdings ist das nicht unüblich. Das heißt jedenfalls, dass ich keine Gelegenheit haben werde, mit ihm über Kodiak zu sprechen, weil ich das nicht am Telefon tun will.

Allerdings setze ich meine Mom darüber in Kenntnis, dass ich wieder zu meinen Brüdern gezogen bin und bitte sie, sich wegen Kodiak keine Sorgen zu machen, weil ich mich selbst behaupten kann. Zum Glück hat sie Dad noch nichts vom Studierendenwohnheim erzählt, was uns beiden einen Ausraster erspart. Ich erwähne außerdem die Gelegenheit, ein Sommerpraktikum zu machen, stelle es jedoch als unwahrscheinlich dar, weil ich erst im zweiten Jahr bin und meistens Studierende im dritten oder vierten Jahr genommen werden. Aber, erzähle ich ihr, schade es nicht, sich zu bewerben, um sich mit dem Procedere vertraut zu machen. Sie stimmt zu.

Bevor ich es mir anders überlegen kann, gehe ich kurz beim Büro meiner Professorin vorbei und teile ihr mit, dass ich mich gern bewerben würde, damit sie mir den Antrag schickt.

Als ich nach Hause komme, ist es bereits nach sechs. Maverick, BJ und Quinn sitzen vor dem Fernseher und spielen

Videospiele, vor sich eine fast leere Pizzaschachtel auf dem Tisch.

Maverick blickt kurz auf, unterbricht das Spiel aber nicht. Ich hatte irgendwie sofort eine Auseinandersetzung erwartet. Stattdessen drückt er wie wild auf den Controller. »Auf der Theke liegt ein schwarzes Päckchen ohne Absender von Gigi.«

»Großartig.« Ich durchquere das Wohnzimmer. Offensichtlich hat sie die Bitte meiner Mutter ignoriert, mir keine sexpositiven Gegenstände mehr zu schicken.

»Bringst du mir ein Bier?«, ruft Mav.

»Mir auch!«, fügt BJ hinzu.

»Ihr habt alle Beine. Wieso könnt ihr euer Bier nicht selbst holen?« Ich stelle meinen Rucksack auf die Kücheninsel und betrachte die schwarze Tüte mit Kirschen darauf, die auf der Theke liegt. Äußerst diskret. Ich stecke sie in meinen Rucksack, um sie später zu öffnen, wenn ich allein in meinem Zimmer bin.

Ich nehme drei Flaschen aus dem Bierkühlschrank. Eigentlich ist er für Wein gedacht, aber in diesem Haus ist niemand so anspruchsvoll, als dass er so etwas trinken würde, also ist er mit Bier und allerlei Coolers gefüllt, die ich manchmal trinke.

Ich atme ein paarmal tief durch, gefasst darauf, dass Maverick hereinkommt und irgendetwas über die Sache mit Kodiak sagt, aber stattdessen steckt BJ den Kopf herein. Er ruft etwas von einem Snack in Richtung Wohnzimmer.

»Wer erzählt es Mav?«, fragt er, als er die Tür zur Speisekammer öffnet und zwei Tüten Chips vom oberen Regal nimmt.

Ich hatte keine Ahnung, dass sie dort waren, weil ich auf einen Stuhl steigen müsste, um sie zu sehen. »Kodiak.«

BJ zieht eine Braue hoch. »Wann soll das passieren?«

Ich zucke die Achseln. »Ich dachte, er hätte bereits etwas gesagt.«

»Kody ist gleich, nachdem er nach Hause gekommen ist, in seinem Zimmer verschwunden, und Mav scheint wie üblich nichts mitzukriegen, also vermute ich mal, dass das nicht der Fall ist.«

Ich verschränke genervt die Arme. »Nun, ich werde es ihm bestimmt nicht erzählen.«

BJ lacht schnaubend. »Vielleicht musst du deinem Jungen ja einen Anreiz bieten.«

»*Meinem Jungen.*« Ich verdrehe die Augen. »Das könnte dir so gefallen, was?«

»Oh ja. Darauf warte ich seit Jahren. Ich kann es kaum erwarten, River ausrasten zu sehen.«

Ich nehme meinen Rucksack und mache mich auf in Richtung Treppe, aber ich komme nicht weit, denn BJ zieht mich in eine feste Umarmung. »Im Ernst, Lav, ihr beide gehört zusammen. Schon immer.«

Als ich die Stufen hinaufsteige, krampft sich mein Magen in einer Mischung aus Beklommenheit, Verärgerung und Erwartung zusammen. Auf dem ersten Absatz bleibe ich stehen und ziehe das schwarze Päckchen heraus und reiße es auf. Darin liegt eine Karte.

Lavender,
Deine Mom hat mir gesagt, dass Du gerade eine Menge durchmachst, und ich dachte, das heitert Dich ein wenig auf.
Liebste Grüße
Gigi

Ich nehme den Gegenstand heraus, der meine Stimmung heben soll, und schaue ihn an. Ich mag Verfilmungen von Marvel und DC Comics. Es sind meine liebsten. Wahrscheinlich weil meine Mom ihr seltsames Faible für Superhelden an mich weitergegeben hat. Deshalb sollte ich nicht schockiert darüber sein, dass ich einen Aquaman-Dildo in der Hand halte. Ich bin es trotzdem. Und weil es sich um die fürsorgliche und unanständige Gigi handelt, sind auch Reinigungstücher und Gleitmittel dabei. Die hat sie mir schon ein Dutzend Mal geschickt.

Ich steige die Treppe weiter hinauf und bleibe vor Kodiaks Zimmer stehen. Ich bin genervt, dass er noch nichts zu Maverick gesagt hat, vor allem, weil sie heute Nachmittag Training hatten und er ausreichend Gelegenheit hatte, ihn beiseitezunehmen.

Ich denke nach über Gigis Stimmungsaufheller, die Unterhaltung mit Kodiak im Wagen auf dem Weg zum Campus und BJs Idee mit dem Anreiz. Bevor ich den Mut verliere, drehe ich den Türknauf – überrascht, dass sie nicht abgeschlossen ist – und schiebe sie ein paar Zentimeter auf.

Kodiak sitzt mit dem Rücken zu mir an seinem Computerschreibtisch, hat einen Kopfhörer auf und ist über ein Lehrbuch gebeugt, Stift in der linken Hand, während er zu schreiben versucht, ohne den Text zu verschmieren. Linkshänder zu sein ist lästig.

Ich schlüpfe in den Raum und schließe die Tür hinter mir ab. Ich schaue mich einen Augenblick lang im Zimmer um, in dem ich nicht mehr war, seit er hier eingezogen ist. Alles ist ordentlich aufgeräumt, das Bett gemacht, Kissen perfekt arrangiert, das Ende der Tagesdecke umgeschlagen, das Laken fest unter die Matratze gesteckt. Ich wette, es hat diagonale Faltlinien an den Ecken. Es ist fast, als hätte er eine militärische Ausbildung, obwohl das nicht so ist.

Aber was mir den Atem verschlägt, sind die alten Kunstwerke, die an den Wänden hängen. *Meine* Kunst von damals, als ich noch ein Kind war – das meiste davon sind Farbklecksereien.

Auf dem Schreibtisch neben ihm liegt das schäbige, alte Federmäppchen, das ich genäht habe, als ich zehn war. Ich war so stolz darauf. Ich habe das Unendlichkeitssymbol in seiner Augenfarbe direkt in den schwarzen Stoff gestickt.

Die Musik ist so laut, dass ich sie bis zur Tür hören kann. Er braucht das manchmal, um alles andere, was ihm durch den Kopf schwirrt, auszublenden. Er klopft mit der Ferse auf den Boden, und ich kann seine Anspannung spüren. Er ist immer ganz anders als ich damit umgegangen. Hockey ist sowohl Heilmittel als auch Ursache.

Er wirft den Bleistift auf den Tisch und ballt die Fäuste dreimal hintereinander. Dann verschränkt er die Hände hinter dem Kopf, und beide Knie beginnen zu wackeln, während er atmet. Ich zähle mit, während er ein- und ausatmet. Einatmen bis vier, ausatmen bis acht, achtmal hintereinander. Seine Schultern sinken nach vorn, und mit einem leisen Stöhnen entspannt er die Hände. Er greift nach der Maus und macht einen Doppelklick. Der Bildschirm flackert, und er tippt rasch sein Passwort ein. Ein paar Sekunden später öffnet er einen Ordner und fährt mit dem Cursor ein paarmal über ein Bild, bevor er es schließlich anklickt.

Ich erscheine auf dem Bildschirm.

Es ist eine Momentaufnahme von mir am Pool, und ich trage einen riesigen Hut und einen Umhang, während ich unter einem Sonnenschirm ein Buch lese. Die Sonne und ich pflegen eine Hassliebe. Nach dem, was ich trage und lese, ist das Bild vom Anfang des Semesters. Er lässt eine seiner Hände in seinen Schoß sinken.

Es besteht auf jeden Fall die Möglichkeit, dass er sich zu einem Bild von mir, auf dem ich vollständig angezogen bin und ein Buch lese, einen runterholt, wenn ich mich nicht bemerkbar mache.

Das verändert meinen Ansatz, mit ihm und der Situation umzugehen, dramatisch. Er hat einen zweiten Tisch zum Lernen im Raum, auf dem eine Art Versuch angeordnet ist. Es ist der einzige Platz in diesem Raum, der nicht fein säuberlich aufgeräumt ist. Neben PVC-Rohren und einem Haufen Werkzeuge liegt eine Rolle Klebeband.

Ich schnappe es mir, bevor ich zu ihm hingehe und meinen Rucksack neben sein Lehrbuch stelle, womit ich ihn zu Tode erschrecke. Er versucht, seine Ohrstöpsel herauszunehmen – sie sind schnurlos, weshalb er einen auf den Boden fallen lässt.

»Lavender? Herrje. Wie lange bist du schon hier? Es ist nicht das, wonach es aussieht.«

Ich blicke hinunter auf seinen Schoß. Er trägt graue Jogginghosen – wieso sind sie immer grau? –, und seine Erektion drückt gegen den Stoff.

»Ach ja? Es hat ausgesehen, als wolltest du dir zu diesem Bild von mir einen runterholen.«

Er öffnet und schließt ein paarmal den Mund, wahrscheinlich, um irgendeine Ausrede vorzubringen. »Ich habe eine Lernpause gemacht.«

Ich lache schnaubend. »Wie oft war ich schon der Mittelpunkt deiner Lernpausen, Kodiak?«

»Wahrscheinlich öfter, als du solltest«, gibt er zu.

»Verstehe.« Ich löse ein Stück Klebeband ab, und das Geräusch ist wahnsinnig laut.

»Was tust du da?« Seine Stimme ist sowohl neugierig als auch nervös.

»Kommt darauf an.«

»Worauf?«

»Auf deine Selbstbeherrschung, und darauf, ob du glaubst, deine Hände bei dir behalten zu können. Wie sehr hast du dich gerade unter Kontrolle?«

Seine hellgrün leuchtenden Augen begegnen meinen, groß vor Verlangen, und er umklammert die Armlehnen. »Nicht besonders.«

»Hmm, dann sollte ich wahrscheinlich ein wenig nachhelfen, oder nicht?«

Er nickt. Seine Brust hebt und senkt sich unregelmäßig, während ich das Klebeband um sein Handgelenk wickle. Ich habe keine Ahnung, was ich da tue, außer das Kräftegleichgewicht in dieser verkorksten Beziehung wiederherzustellen. Ich reiße ein zweites Stück ab und fixiere sein anderes Handgelenk am Stuhl.

Ich frage mich, ob das unser Ding wird, meinen zukünftigen Freund mit Klebeband an seinen Computerstuhl zu fesseln, damit ich auf ihm masturbieren kann, ohne dass er Hand an mich legt. Er scheint ihm zu gefallen.

Nicht dass ich nicht wollte, dass er mich berührt, aber er muss noch mit Maverick reden, und ich bin noch immer sauer, weil er dieses Jahr so ein Arsch war.

Ich richte meinen Blick auf seinen. »Bist du nervös?«

»In diesem Moment?«

»Ja, in diesem Moment.«

Er zuckt die Achseln, als wäre er sich nicht ganz sicher.

»Habe ich dir schon einmal wehgetan?«

Er runzelt die Stirn. »Nein.«

»Hast du mir schon einmal wehgetan?«

Er schließt die Augen und presst seine vollen, perfekten Lippen zusammen. »Ja.«

»Absichtlich?«

Er schlägt die Augen auf, und Schmerz steht in seinen Augen. »Nur weil ich nicht geglaubt habe, dass es einen anderen Weg gibt, um dich vor mir zu schützen.«

»Du hast ständig versucht, mich zu retten.« Ich gebe nach

und streichle seine Wange, sanft, genauso, wie er es getan hat, als wir jung waren und uns auf einfache, unverdorbene Weise geliebt haben, wie es unschuldige Seelenverwandte tun. Er schließt die Augen, und sein gesamter Körper erschauert.

Ich lasse meine Hand sinken und wühle in meiner Tasche. Ich würde gern sagen, ich kann gar nicht glauben, dass ich das tue, doch ich kann, weil ich es gestern bereits getan habe.

Nur dass ich es diesmal auf ein ganz anderes Niveau von versaut hebe. Ich nehme das vom Aquaman inspirierte Spielzeug und das Gleitmittel heraus.

»Was ist das?« Er klingt entsprechend verwirrt.

»Ein Geschenk von Gigi.«

»Oh verdammt.« Ihm dämmert die Erkenntnis, und sie ist verbunden mit Erregung.

Ich lege es in seinen Schoß. Falls ihm bewusst sein sollte, dass ich nicht annähernd so viel Selbstvertrauen habe, wie ich vorgebe, lässt er sich das jedenfalls nicht anmerken. Und egal, wie widerlich er mir gegenüber war in den letzten Monaten, weiß ich trotzdem, dass ich sicher bei ihm bin.

Aber manchmal hasse ich ihn dafür. Weil es dadurch unmöglich ist, jemand anderen zu lieben. Nicht dass ich mich darum bemüht hätte.

Kodiak hat die Knie gespreizt, also lasse ich den Aqua-Dildo, komplett mit Eiern – wie der von gestern Abend, nur ohne den Saugnapf – zwischen seine Beine gleiten. Ich reiße ein Stück Klebeband mit den Zähnen ab und tippe auf seinen Oberschenkel. »Knie zusammen.«

Er gehorcht, ohne Fragen zu stellen, wahrscheinlich weil er weiß, wohin das führt, und er ist versaut genug, um es zu wollen.

Ich reiße ein paar Extrastreifen Klebeband ab und bringe sie auf beiden Seiten unten am Aqua-Dildo an, damit er bleibt, wo er ist. Das bedeutet, ich befestige das Klebeband auf Kodiaks Schwanz, der unter dem grauen Stoff vor Erregung zuckt.

Ich streichle erneut seine Wange. »Geht's dir gut? Soll ich aufhören? Kann ich machen.« Und es ist mir ernst damit. Ich will ihn reizen, nicht verstümmeln.

»Nein. Alles okay.« Er schüttelt den Kopf, und seine Stimme ist vor Erregung ganz erstickt.

Ich trete zurück und ziehe mein Shirt über den Kopf, greife nach hinten. Öffne meinen BH und lasse ihn auf den Boden fallen.

»Verdammt.« Kodiaks ballt die Fäuste und löst sie wieder, als wollte er nach mir greifen.

Diese Macht ist berauschend, überwältigend und süchtigmachend.

Ich lasse meine Hose und Unterwäsche über meine Hüften fallen und trete sie weg.

Kodiak lässt seinen Blick über meinen Körper gleiten, wild und begehrlich. Ich umfasse seine Unterarme und setze mich rittlings auf seinen Schoß. Es ist nicht besonders bequem. Er hat Hockey-Oberschenkel, und sie nehmen einen Großteil des Stuhls ein, weshalb meine Schienbeine an den Metallstangen anliegen, mit denen die Armlehnen am Stuhl befestigt sind. Aber jetzt höre ich nicht mehr auf.

Kodiak senkt den Kopf und schmiegt sich an meinen Hals, und sein Stöhnen ist wehklagend und verzweifelt. Seine Lippen öffnen sich, und seine warme, feuchte Zunge streicht über meine Haut. Er murmelt *Oh mein Gott* und versucht sich so weit nach vorn zu beugen, dass er sein Gesicht zwischen meinen Brüsten vergraben kann.

Ich lasse meine Hände unter sein Shirt gleiten und ziehe es hoch, sodass man seine markanten Bauchmuskeln und seinen klar definierten Brustkorb sieht. Kodiak zwingt sich bei allem, was er tut, an seine Grenzen zu gehen. Und es ist sichtbar, dass er hart an seinem Körper gearbeitet hat, um im Hockey überragend zu sein.

Hätte ich das besser geplant, hätte ich ihm das Shirt ausgezogen, bevor ich ihn mit Klebeband an den Stuhl gefesselt habe. Weil ich das jetzt nicht mehr tun kann, ziehe ich ihm die Vorderseite über den Kopf, und der Stoff spannt sich in seinem Nacken und schneidet ihm in die Schultern.

Ich streiche sein zerwühltes Haar glatt. Er beugt sich nach vorn, als wollte er mich küssen, und ich packe sanft seine Haarsträhnen. Ich schüttle den Kopf, wobei sich unsere Lippen beinahe berühren. »Du hast gesagt, du würdest mit Mav reden.«

»Mach ich auch. Bestimmt.« Sein Atem ist warm und süßlich, als hätte er Jolly-Rancher-Bonbons mit Melonengeschmack gelutscht. Er hat sie fortwährend gegessen und nur mit mir geteilt, als wir Kinder waren – kleine Geschenke, die alles und nichts bedeuteten.

Ich stelle keine weiteren Fragen. Stattdessen warte ich darauf, dass er mir das sagt, was ich hören will.

»Wir haben morgen ein Spiel, und wir spielen auf derselben Linie. Es ist unsere stärkste gegnerische Mannschaft, und ich will es nicht vermasseln, also wollte ich danach mit ihm reden.«

»Bist du nervös?« Ich fahre noch immer durch sein seidiges Haar und sehe dabei zu, wie ihm die Strähnen wieder in die Stirn fallen.

»Weil ich es ihm erzählen will?« Seine Beine wackeln, und ich rutschte nach vorn, wobei meine Brüste seinen Brustkorb berühren.

»Und wegen dem Spiel.« Ich zeichne ein Unendlichkeitssymbol seitlich auf seinen Hals, und ich kann den Wassermelonengeschmack des Jolly Rancher beinahe riechen, so dicht vor seinen Lippen bin ich.

»Ja und ja. Wir haben bereits einmal gegen sie verloren dieses Jahr, und ich will nicht, dass das noch einmal passiert. Und Maverick ist Teammitglied und mein bester Freund; das will ich auch nicht verlieren. Aber du gehörst auf eine Weise zu meinem Leben, wie er es nicht tut, und ich habe das Gefühl, seit sieben Jahren draußen im Weltall zu sein, ohne eine Sonne zu umkreisen.«

Ich nicke, und unsere Nasenspitzen berühren sich bei der Bewegung, weil ich inzwischen genau verstehe, wie sehr ihn das gequält hat. Trotz des ganzen Schmerzes, den er verursacht hat, kann ich nachvollziehen, warum er es für nötig hielt.

»Wir sind ein bisschen kaputt, oder?«

»Alle sind kaputt, Lavender. Wir sind nur zufällig zueinander passend kaputt.« Er atmet bebend aus. »Es tut mir leid, dass ich uns so viel Schmerz zugefügt habe.«

Seine Worte sind bedeutungsschwanger, eine Entschuldigung, auf der das Gewicht von Jahren der Schuld und Abwesenheit lastet.

Ich senke seinen Kopf und drücke meine Lippen auf seine Stirn. »Ich weiß.«

Ich verharre einen Moment lang so und genieße die Ruhe, die das mit sich bringt, egal wie kaputt dieses ganze Szenario ist – dieses vertrauliche Gespräch, während ich nackt bin und er mit Klebeband an seinen Computerstuhl gefesselt ist.

Schließlich ziehe ich seinen Kopf zurück und streiche mit den Fingerspitzen an seinen Lippen entlang. Er teilt sie, und ich lasse zwei Finger hineingleiten. »Saug dran, bitte.«

Er schließt die Lippen und lässt seine Zunge über meine Finger gleiten. Das Pochen zwischen meinen Beinen wird beinahe unerträglich, aber Erlösung naht. Nicht von der Sorte, die wir uns beide wirklich wünschen, denn ich sollte Kodiak die Motivation liefern, die er tatsächlich braucht.

»Genug«, sage ich zu ihm und ziehe meine Finger zwischen seinen Lippen hervor. Als ich ein paar Zentimeter zurückrutsche, um Platz für meine Hand zu schaffen, streiche ich mit meinen feuchten Fingern über meine Mitte, bevor ich sie in mich hineingleiten lasse.

Kodiaks Mund steht offen, und er atmet schwer, während er die Armlehnen umklammert. Ich bewege die Finger langsam hin und her und finde die Stelle, die so schwer zu erreichen ist, aber mir zugleich ein absolut entspanntes und überwältigendes Gefühl gibt. Als das Kribbeln zwischen meinen Schenkeln zu einem Schmerz wird, ziehe ich sie heraus. Während ich mit einer Hand noch immer seine Haare umklammere, halte ich die glänzenden Finger der anderen vor ihn hin. »Möchtest du wissen, wie ich schmecke?«

»Bitte. Verdammt. Ja.«

Ich lasse seine Haare los, und er zuckt nach vorn und umschließt meine Finger erneut mit seinem Mund. Seine Zähne bohren sich in den dritten Knöchel, womit er sie festhält, um daran zu saugen. Ein leises Stöhnen dringt aus seiner Kehle, und er gibt ein wimmerndes Geräusch von sich.

Ich greife nach dem Gleitmittel auf seinem Schreibtisch und bereite den Aqua-Dildo vor. Dann stehe ich auf, positioniere ihn und lasse mich darauf herabsinken.

Ich bin mit Stöhnen dran, sanft und leise.

Kodiak reißt die Augen auf und lässt meine Finger los. »Oh Gott. Heiliger Himmel.« Er zerrt an dem Klebeband, und die Armlehnen knarren.

»Schon hart, wenn man nicht bekommt, was man will und es direkt vor der Nase hat, nicht wahr, Kodiak?« Ich packe ihn an den Schultern, während ich hoch- und runtergleite.

Er nickt.

»Du hast mir das Gefühl gegeben, unerwünscht zu sein«, flüstere ich.

»Ich weiß. Es tut mir leid. Es tut mir so leid.« Seine Stimme ist tief und kehlig.

»Eine so furchtbare Lüge zu erzählen.«

»Das war es. Ist es. Ich wusste nicht, was ich sonst tun sollte. Ich weiß es noch immer nicht. Scheiße. Bitte. Ich lie-«

Ich verschließe seinen Mund mit der Hand. »Nicht. Du darfst diese Worte noch immer nicht zu mir sagen, nicht, nachdem deine Taten mir genau das Gegenteil vermittelt haben.«

Ich reite auf dem blöden Dildo, wobei sich meine empfindsamste Stelle jedes Mal, wenn ich mich herabsinken lasse, durch die graue Jogginghose an seinem Schwanz reibt. Ich lasse wieder einen Finger in seinen Mund gleiten, und er befeuchtet ihn mit seiner Zunge. Ich benutze ihn, um meine Mitte zu umkreisen, wobei sich die Erregung zwischen meinen Schenkeln steigert. Ich komme heftig, den Mund in einem stummen Schrei geöffnet, und mein gesamter Körper zittert.

Kodiak windet sich unter mir, während er *bitte, bitte, bitte* murmelt.

Ich lasse meine Hand in seine Jogginghose gleiten und umfasse seinen warmen, pulsierenden Schaft.

Meine Lippen streifen seine, aber er rührt sich nicht, um den Kuss zu vertiefen. Vielleicht weil er versteht, dass er das nicht haben kann, solange er nicht getan hat, worum ich ihn gebeten habe. Entweder das, oder er bestraft sich selbst, wie er es gerne tut.

Ich muss mit der Hand ganze zehnmal rauf- und runtergleiten, bis Kodiaks Kopf nach hinten schnappt, und er stöhnt, als er die Erlösung findet.

Er ist angespannt und blendend schön. Er zuckt zusammen,

als ich mit dem Daumen über die feuchte Spitze reibe und mir den Finger anschließend in den Mund stecke.

Wir keuchen beide und sind verschwitzt. Ich erwarte, dass sich ein Gefühl von Peinlichkeit und Unbehagen zwischen uns einstellt, was nicht passiert. Wir sitzen einfach da, atmen schwer, teilweise befriedigt.

Ich lege meine Arme um seine Schultern und stemme mich hoch.

Im Bad säubere ich mich, bevor ich mit einem Waschlappen seine Brust abwische und wieder mit wackligen Beinen in meine Kleider schlüpfe.

»Du lässt mich doch nicht so hier sitzen?«

Und da ist die Panik, auf die ich gewartet habe.

»Natürlich nicht.« Ich öffne seine Schreibtischschublade und greife nach einer Schere. Ich platziere sie in seinem Schoß, packe die Sachen in meine Tasche und lege das Klebeband zurück auf seinen Projekttisch, wo ich es gefunden habe.

»Komm schon, Lavender.« Er reißt an seinen Armfesseln.

»Einen Moment.« Ich mache den Reißverschluss meines Rucksacks zu und schnalle ihn mir auf den Rücken. Sobald ich zum Gehen bereit bin, schiebe ich vorsichtig die Schere zwischen Klebeband und sein rechtes Handgelenk. Ich tippe auf die Spitze des Dildos, der noch immer zwischen seinen Beinen klebt. »Den kannst du mir morgen zurückgeben, nachdem du mit Maverick gesprochen hast.« Ich küsse ihn auf die Wange und gehe, bevor er sich losschneiden und mich daran hindern kann.

27

Balance

Kodiak
Gegenwart

Die Anspannung vor dem Spiel ist heute besonders groß. Ich sitze auf der Bank in der Umkleidekabine und konzentriere mich darauf zu atmen. Mein Magen spielt verrückt. Meinem Kopf geht es nicht viel besser. Die gesamte Szene, wie Lavender gestern Abend in mein Zimmer kam, ist wie eine Endlosschleife in meinem Kopf, und meine halbe Erektion befindet sich in einem unangenehmen Winkel hinter meinem Tiefschutz. Schuld lastet schwer auf meinen Schultern wegen all der Dinge, die ich dieses Semester im Zusammenhang mit Lavender getan habe.

Aber ich versuche, mich davon freizumachen und einen klaren Kopf zu bekommen. Vielleicht habe ich nicht die Kontrolle, die ich brauche, doch Lavender ist auch nicht mehr das Mädchen, das sie einmal war. Sie ist stärker und viel selbstsicherer. Wir werden nie wieder so sein wie früher, weil sie mich nicht mehr so braucht wie damals. Aber ich bin wahnsinnig froh, dass sie mich anscheinend immer noch will, obwohl ich mich ihr gegenüber mies benommen habe. Es ist schwer, meine Erinnerungen an sie mit dieser neuen, starken Version in Einklang zu bringen, die sich in ihrer Haut wohlfühlt, so sehr Frau und kein unterwürfiges, unsicheres Mädchen mehr ist.

»Alles in Ordnung, K?«, fragt Maverick.

Ich nicke und halte meine wackelnden Beine still, um meine Schnürsenkel festzuziehen. Zum dritten Mal. Wenn die Anspannung besonders schlimm ist, werden meine Rituale zum Zwang. Ich tue das Gleiche wieder und wieder, beinahe bis zum Wahnsinn – wie mich zu vergewissern, dass meine Schnürsenkel auch fest genug gebunden sind.

»Wir werden nicht verlieren. Wir haben alle Videos gesehen. Wir kennen ihre Tricks. Bleib wenn möglich auf Benders linker Seite, denn von da sind seine Schüsse am schwächsten.« Er klopft mir auf den Rücken. »Wir schaffen das.«

»Wir schaffen das«, wiederhole ich.

Ich schiebe Schuld und Sorgen beiseite, packe sie weg, damit ich auf dem Eis Leistung zeigen kann. Ich stecke mir ein Jolly Rancher mit Wassermelonengeschmack in den Mund und ziehe mich fertig an. Das ist ein wichtiger Abend. Mein Dad hat mir gesagt, dass vielleicht ein paar Scouts da sind, und weil es das Team ist, bei dem wir in der Vergangenheit nur mit Mühe gewonnen haben, muss ich den Kopf hundertprozentig bei der Sache haben.

Die Arena ist voll, und ich entdecke meine und Mavericks Eltern auf der Tribüne. Sie tun das manchmal – tauchen bei den Spielen auf, weil sie es können. Mein Dad spricht mit einem Typen im Anzug. Mir dreht sich erneut der Magen um, aber er ist leer, weil ich bereits gekotzt habe. Es kommt nicht mehr sehr oft vor, aber vor Spielen passiert es noch.

Innerhalb der ersten drei Minuten schießt Bender ein Tor und beschert uns einen Minuspunkt. Doch anstatt unser Spiel zu erschüttern, treibt uns das dazu, klüger zu spielen, und am Ende des ersten Drittels hat Maverick den Ausgleich geschafft.

Zu Beginn des zweiten Drittels sitzen Mav und ich auf der Bank und schauen unseren Kameraden dabei zu, wie sie dominieren, und warten darauf, zurück aufs Eis zu kommen.

»Was hat meine Schwester hier zu suchen?«

Ich folge seinem Blick und bemerke, dass Lavender, Lovey, Lacey und BJ auf der Tribüne hinter unseren Eltern sitzen. Ich weiß nicht, wann sie gekommen sind oder ob sie schon die ganze Zeit dort gesessen haben, aber das ist definitiv etwas Neues für Lavender. Lovey und Lacey kommen gelegentlich und BJ ebenfalls, wenn er nicht gerade ein Schläfchen hält oder trainiert.

»Keine Ahnung. Vielleicht hat sie ja mit den Zwillingen was vor.« Ich hoffe jedoch nicht. Ich hatte irgendwie den Plan, heute Abend mit ihr ernst zu machen. Endlich.

Ich richte die Konzentration auf das Eis, aber ich kann Mavs Blick auf mir spüren. Er lacht stumm. Ich versuche, nicht in seine Richtung zu blicken, schaffe es aber nicht.

»Sieht so aus, als hättest du endlich den Arsch hochgekriegt.«

Ich habe keine Gelegenheit, etwas zu erwidern, weil wir wieder aufs Eis beordert werden. Das restliche Spiel ist verschwommen, aber ich schieße zwei Tore zusätzlich zu dem im ersten Drittel, und wir bleiben in Führung und gewinnen. Der Coach ist zufrieden mit unserer Performance, und ich ebenfalls.

Unsere Eltern bleiben nach dem Spiel nicht lang, weil es schon spät ist und sie noch nach Hause fahren müssen. Meine Mutter umarmt mich, obwohl ich ganz verschwitzt bin, und murmelt etwas von auf mich aufpassen und im Laufe der Woche telefonieren. Lavenders Dad macht eine Miene, bei der meine Eier sich am liebsten in meinen Körper zurückziehen würden, und ihre Mom grinst, als würde sie jeden einzelnen meiner Gedanken kennen.

Lavender hält sich zusammen mit Lovey, Lacey und BJ im Hintergrund, und sie errötet jedes Mal aufs Neue, wenn sich einer von den dreien zu ihr hinüberbeugt, um ihr etwas zuzuflüstern. Hinter verschlossenen Türen ist sie ein anderer Mensch, aber jetzt erlebe ich endlich, wie anders.

BJ sagt, sie gingen etwas essen, weil er am Verhungern sei, was immer der Fall ist, also trennen wir uns vorerst.

In der Umkleide ist es laut und ausgelassen wegen des Siegs, und ein paar von den Jungs wollen in die Kneipe und feiern.

Mav zieht sich sein Shirt über den Kopf und fährt sich mit den Fingern durch das nasse Haar. »Wann wolltest du es mir sagen?« Das klingt ganz beiläufig und nicht verärgert.

»Heute Abend. Nach dem Spiel.«

»Wie lange läuft das schon?« Er schmunzelt. »Ist wahrscheinlich eine sinnlose Frage, was?«

»Wie meinst du das?« Ich knöpfe meine Jeans zu.

Er schenkt mir einen tadelnden Blick. »Komm schon, Kody. Du warst bereits in Lavender verliebt, bevor du überhaupt wusstest, was das ist. Wir wussten es alle, unsere Eltern wussten es, und dann sind sie deswegen ganz paranoid geworden und haben es uns allen total schwer gemacht. Wir haben die ganze Zeit darauf gewartet, dass ihr zwei damit klarkommt.«

Ich bin verblüfft, weil er das noch nie angesprochen hat. »Wieso hast du nicht schon früher was gesagt?«

»Interessenkonflikt, Alter. Sie ist meine kleine Schwester; du bist mein bester Freund. Und ich wollte nicht in irgendwas reingeraten, also habe ich beschlossen, mich völlig rauszuhalten. Nicht dass das leicht gewesen wäre, weil ihr die halsstarrigsten und begriffsstutzigsten Menschen seid, die ich je im Leben getroffen habe. Abgesehen davon hat sich jeder in Lavenders Angelegenheiten eingemischt, auch wenn sie das nichts anging, und ich wollte nicht dazugehören. Sie kommt sehr gut allein klar, und das schon seit langer Zeit.«

Sein Ausdruck wird ernst. »Ich habe mir nie Sorgen gemacht, dass sie mit dir nicht umgehen kann. Das Problem warst immer du, wenn du mit ihr zusammen warst. Finde endlich deine Mitte, Kody. Und hör auf, dich für die Vergangenheit zu bestrafen. Es hilft keinem von euch beiden dabei weiterzukommen.«

Wir ziehen uns fertig um und gehen hinaus zum Wagen. Wir sind zusammen hergefahren, weshalb das Unbehagen um ein paar Grad ansteigt, als ich meine Nachrichten lese und eine von Lavender vorfinde, in der sie mir mitteilt, in welchem Diner sie sind.

»Soll ich dich zu Hause absetzen oder …«, ich beende den Satz nicht.

»Und diesen glorreichen Moment in unser aller Leben zu verpassen? Verdammt, nein.«

»Du musst wirklich nicht mitkommen«, sage ich zu ihm.

Mav lässt sich auf den Beifahrersitz gleiten. »So leicht kommst du mir nicht davon. Außerdem habe ich Zeit. Nach dem Fiasko mit dem echten Date-Abend habe ich das mit Carly beendet. Ich will nicht, dass sie sich Hoffnungen macht. Ich brauche keine Klette und den ganzen Stress, vor allem nicht in meinem letzten Jahr.«

»Du warst aber trotzdem aus. Wen triffst du also noch, wenn es nicht Carly ist?«

»Das ist nur so 'n Mädel. Sie gehört allerdings nicht zur Partyszene, das macht es leichter, es zwanglos zu halten.«

Der Frühstücksladen ist für den späten Abend wahnsinnig voll. Es ist Mitternacht, und obwohl nicht Wochenende ist, ist er ein beliebter Treffpunkt für die, die noch keinen Alkohol trinken dürfen und keine falschen Ausweise haben oder die,

die die Barszene nicht mögen. Ich gehöre zufällig zu Letzteren. Ich bin lieber bei mir zu Hause oder bei Mav, die anderen sind mir egal. Mav ist der Soziale von uns und hat gern viele Leute um sich.

Mindestens drei seiner ehemaligen »Freundinnen« sitzen an verschiedenen Tischen in dem Restaurant. Interessanterweise scheint er sich immer gut mit ihnen zu verstehen, obwohl er sie häufig wechselt.

Ich entdecke BJ, der es sich hinten in der Ecke in einer der Nischen gemütlich gemacht hat, zwei blonde Köpfe kaum sichtbar auf der gegenüberliegenden Bank. Meine Handflächen schwitzen, als wir zwischen den Tischen hindurchgehen und Mav alle fünf Sekunden stehenbleibt, um jemanden zu begrüßen. Ich mache mir nicht die Mühe, irgendjemandem Hallo zu sagen, weil die einzige Person, für die ich mich wirklich interessiere, bei BJ und den Zwillingen sein sollte. Mein Herz beginnt zu rasen, und meine Handflächen sind feucht, als ich endlich den Tisch erreiche. Es ist eine dieser runden Nischen, wo mindestens sechs Leute sitzen können, und Lavender sitzt hinten und nippt an etwas, das wie ein Smoothie aussieht.

»Hallo.«

Alle vier Augenpaare richten sich auf mich, als ich mich neben Lavender niederlasse.

Sie legt den Kopf zurück, sodass sie meinen Blick erwidern kann. Ihr Ausdruck ist zwischen amüsiert und leicht verschämt. Sie flüstert *Hi*.

Ich glaube nicht, dass es noch unangenehmer werden könnte, bis Mav sich uns gegenüber niederlässt und mich gegen das Schienbein tritt. Wahrscheinlich absichtlich.

»Was soll der Scheiß?« Ich werfe ihm einen wütenden Blick zu.

Er legt das Kinn auf seine verschränkten Hände und lächelt

irre. »Schaut nur, wie unbehaglich ihr beiden euch fühlt. Das ist großartig.«

Lavender schlürft laut ihren Smoothie und richtet einen strengen Blick auf ihren Bruder. »Das ist deine einzige Gelegenheit, dich wegen dieser Sache wie ein Arsch aufzuführen, also mach's richtig.«

Mavs Grinsen wird breiter. »Ich bin kein Arsch. Ich bin nur ehrlich. Ihr seid wie zwei Achtklässler, die versuchen, nicht zu lange Blickkontakt zu halten. Ihr berührt euch ja nicht einmal.« Er zeigt auf die wenigen Zentimeter Abstand zwischen uns. »Kody hängt halb aus der Nische und sieht aus, als würde er sich gleich in die Hose machen. Und du siehst aus, als wolltest du mit Lacey kuscheln.«

»Du glotzt uns an, als wären wir so 'ne Art Zirkusnummer«, sagt Lavender. »Was hast du denn erwartet? Kleine Herzen, die wundersamerweise über unseren Köpfen schweben?«

»Irgendwie schon, ja. Ich meine, dieser Sturm braut sich doch bereits zusammen, seit dieser Typ seinen ersten Ständer hatte.« Mav zeigt auf mich.

Lavender hebt ihre Hand. »Stopp. Wir werden keine Unterhaltung über Kodiaks Ständer in diesem Diner führen. Wir werden vielmehr nie ein Gespräch über Kodiaks Ständer führen, weil du mein Bruder bist und es ein paar gottverdammte Grenzen gibt, die nicht überschritten werden sollten.«

»Du hast wirklich vor, mir den Spaß gründlich zu verderben, was?« Mav seufzt. »Kody hat mir allerdings nie erzählt, was du getan hast, um ihn endlich rumzukriegen.«

»Vielleicht hab ich ja Lavender rumgekriegt. Schon mal daran gedacht?«, kontere ich.

BJ schnaubt und Lavender ebenfalls.

Ich werfe ihr von der Seite einen Blick zu. »Auf welcher Seite stehst du eigentlich?«

»Auf meiner.«

Die Bedienung kommt und nimmt unsere Bestellung auf. Es ist ein Typ, und er schaut die ganze Zeit zu Lavender, also strecke ich meinen Arm auf der Rückenlehne aus und zeichne ein Unendlichkeitssymbol auf ihre Schulter und lasse den Arm einfach dort, als er geht.

»Sieh nur, wie besitzergreifend du bist.« Mav grinst noch immer. »Weißt du, ich dachte ja, es wäre diese Sache mit dem Tanga gewesen, und dann ist Lavender plötzlich ausgezogen.«

»Warte, du weißt das mit dem Tanga?« Lavenders Augen sind riesengroß, und sie blickt von Mav zu mir und wieder zurück.

»Alle wissen davon. Mom hat mich neulich angerufen und mir einen Haufen Fragen gestellt, die ich auf keinen Fall beantworten wollte«, erwidert Mav.

»Was für Fragen?«, fragt Lavender.

»Welche, die ich aus meinem Gedächtnis zu löschen versucht habe.« Er schüttelt den Kopf. »Und schau nicht so überrascht. Sie hat diese Fake-Social-Media-Accounts, und sie hält sich für besonders raffiniert, aber wir alle wissen, dass sie es ist. Sie benutzt billige Stockfotos, die ich schon eine Million Mal gesehen habe.«

»Deine Mom hat Fake-Profile?« Ich weiß nicht, warum mich das überrascht. Violet ist irgendwie verrückt. Großartig, aber definitiv nicht normal. Mav hat seinen Sinn für Humor von ihr.

»Ich bin mir sicher, sie hat auch einen für deine Mom eingerichtet.« Mav sieht mich an und zieht eine Braue hoch. »Und für deine auch.« Er zeigt auf BJ.

»Woher weißt du, dass es deine Mom ist? Ich meine, es gibt eine Menge Fake-Profile«, sagt BJ.

Mav zieht das Telefon aus der Gesäßtasche, ruft seinen

Instagram-Account auf und klickt auf einen Post von ihm vom Anfang des Semesters mit einem Mädchen in seinem Schoß. Er scrollt durch die Kommentare und wählt das Profil einer Frau aus, die ein winziges Bikinioberteil trägt und eine Kusshand in die Kamera wirft. Jeder einzelne Post von ihr sieht aus wie von einem Fotoshooting, und es gibt Bildunterschriften wie »Sich hübsch fühlen«. Eine andere lautet »Einfach am Pool lesen«, wobei dasselbe Model sich mit einem kunstvoll neben ihrem Kopf platzierten Magazin auf einem Handtuch neben einem Pool ausgestreckt hat. Das Beste ist unterschrieben mit »Ich liebe Ananas«, und das Model umarmt eine Ananas, während es einen Bikini mit Ananasprint trägt. »Jetzt lies den Kommentar, den sie hinterlassen hat.«

Lavender schnappt sich das Telefon und lacht laut auf, bevor sie es an mich weiterreicht. Der Kommentar lautet: »So SEXY! Vergiss nicht, dein Würstchen einzuwickeln! XOXO #safesex.«

Mav hat den Kommentar geliked und geantwortet: »Danke für die Sorge um meine Kronjuwelen.«

»Weiß sie, dass du es weißt?« BJ krümmt sich vor Lachen.

»Ich glaube nicht, und ich werde es ihr nicht verderben.« Er lässt das Telefon wieder in die Gesäßtasche gleiten, als unser Essen kommt. »Weiß River denn Bescheid?«

»Noch nicht.« Lavender stochert an einem Stück Ananas herum, das in ihrem Smoothie schwimmt. »Dazu hätte ich ihn treffen müssen, aber in letzter Zeit ist er nur selten zu Hause.«

Mav sticht in seine Rühreier. »Ich hoffe, ich bin dabei.«

»Zum Glück können wir wahrscheinlich bald in unser Haus zurück, hm? Die Chancen sind so geringer, im Schlaf getötet zu werden.« BJ kichert.

Lovey stößt BJ in die Seite. »Das wird schon gut werden.«

Aber alle werfen sich Blicke zu.

28

Der Geysir

Lavender
Gegenwart

Es gefällt mir irgendwie nicht, dass Rivers Wagen in der Auffahrt steht, als wir an diesem Abend spät – oder früh – nach Hause kommen. BJ wünscht mir Glück, und Maverick ist ganz schön hämisch, als er den Code eintippt. Wenn River im Wohnzimmer ist, gibt es eine Auseinandersetzung – eine, die stattfinden muss, wenn Kodiak und ich wollen, dass das funktioniert.

Ich wappne mich für den bevorstehenden Ausraster, als Maverick die Tür öffnet und wir ihm hineinfolgen. Kodiak verschränkt seine Finger mit meinen und drückt meine Hand. Ich fühle mich ganz so, als würden wir in den Käfig eines wütenden Löwen hineinmarschieren.

River ist genau da, wo ich ihn erwartet habe, nämlich auf dem Sofa. Was ich nicht erwartet habe, ist, dass er einen meiner besonders zuckerhaltigen Cooler trinkt und sich eine alte Folge von *Vampire Diaries* anschaut, aber schließlich ist es das Jahr der unerwarteten Ereignisse.

Sein Blick wandert weg vom Fernseher direkt zu mir. Er macht schmale Augen, als er Kodiaks Nähe und unsere verschränkten Hände bemerkt.

Er verzieht die Lippen und zeigt mit einer Hand auf uns. »Was soll das?«

»Kannst du einen Augenblick warten, bevor du ausflippst? Ich brauche dafür Popcorn.« Maverick ist so erwartungsvoll, dass er einer geschüttelten Flasche Soda ähnelt, die gleich explodiert.

Ich werfe ihm einen ungerührten Blick zu. »Nicht hilfreich, und du bleibst deshalb auch nicht hier. Ich muss mich ohne Gaffer mit meinem Bruder unterhalten.«

»Tut mir leid. Ich halte den Mund.« Maverick sieht entsprechend verdrießlich aus.

»Ich glaube, wir müssen reden, Lavender, und zwar unter vier Augen.« Rivers Blick schnellt zwischen mir und Kodiak hin und her, und er bläht dabei die Nüstern.

»Ganz deiner Meinung, aber weil wir ein paar Dinge zu besprechen haben, die Kodiak betreffen, sollte er dabei sein.«

River knallt seine Flasche auf den Tisch und steht auf. »Das meinst du nicht im Ernst!«

Er stürmt durch das Zimmer, und ich stelle mich mit verschränkten Armen vor Kodiak. »Beruhige dich erst einmal.«

»Und du geh aus dem Weg, weil ich dem Mistkerl nämlich in den Hintern treten werde! Wie kannst du mit ihm zusammen sein? Er hat dir das Leben zur Hölle gemacht!«, brüllt River.

»Du doch auch!«, schreie ich zurück.

»Was?« River zuckt zurück, als hätte ich ihn geschlagen.

»Du beschuldigst Kodiak die ganze Zeit, alles kaputtgemacht zu haben, als wir Kinder waren, aber du warst genauso schlimm. Schau doch nur, was du gerade tust.«

»Ich wollte dich nur beschützen. Das werde ich immer wollen, vor allem vor jemandem, der dir wieder und wieder wehgetan hat.« River zeigt mit dem Finger auf Kodiak. Ich kann ihn hinter mir spüren, doch ich drehe mich nicht um, um seine Reaktion zu sehen.

»Ich liebe dich, River, das werde ich immer tun, aber diese gegenseitigen Schuldzuweisungen müssen aufhören. Das ist weder für dich noch für mich gesund, und damit schaffst du es nur, mich wegzustoßen, wenn diese Abneigung zwischen dir und Kodiak nicht aufhört.«

»Er war das gesamte Semester nur fies zu dir, und was tust du jetzt? Du kehrst zu dem zurück, was war, als ihr Kinder wart? Wie soll das gut für dich sein?«

»Wir sind keine Kinder mehr, River. Ich bin nicht mehr dasselbe Mädchen, und er ist nicht mehr derselbe Junge. Wir sind erwachsen, und wir sehen zu, wie wir klarkommen. An der Vergangenheit festzuhalten zieht uns beide runter.«

»Darf ich was sagen?«, fragt Kodiak.

River richtet seinen wütenden Blick auf ihn. »Brauchst du jetzt schon ihre Erlaubnis zum Reden?«, schnaubt er.

Kodiak seufzt. »Hör zu, River, du hast jedes Recht, mich für mein Verhalten dieses Semester zu hassen. Ich war ein völliger Arsch. Aber um es nicht noch schwerer zu machen, sollten wir wohl reinen Tisch machen, damit wir nach vorne blicken können, so wie Lavender es schon ihr ganzes Leben zu tun versucht.«

»Es geht nicht nur um dieses Semester«, faucht River.

»Ich weiß.«

»Du kannst Lavender das nicht mehr antun, was du ihr früher angetan hast. Ich lasse das nicht zu.« Sein Blick schnellt herum, wild und panisch. »Ich kann nicht dabei zusehen, wie sie das noch einmal durchmacht.«

Ich überlege, wie es für ihn gewesen sein muss, dabei zuzusehen, wie ich zusammenbrach, ohne etwas dagegen tun zu können, nur dass Kodiak fortwährend kam, um mich wieder aufzurichten. Bis er weg war. Die Zeit danach war nicht schön.

»Lavender ist nicht mehr dieselbe, und ich bin es auch nicht, River. Sie würde das nicht zulassen, und ich würde lieber sterben, als sie so runterzuziehen, wie ich es damals getan habe. Aber du musst verstehen, dass deine Art, damit umzugehen, nicht besser ist.« Kodiak drückt sanft meine Hand. »Wir haben alle ein schlechtes Gewissen wegen dem, was Lavender passiert ist, als sie klein war. Du und ich am meisten, glaube ich. Und ich will auch gar nicht so tun, als wüsste ich, wie schwer es für dich war, mich immer im Weg zu haben, aber ich weiß, dass ich lange Zeit eine Menge Schuld mit mir herumgetragen habe, und dass meine Art, es wiedergutzumachen mehr geschadet als genutzt hat.«

Sein Kiefer zuckt, doch er sagt nichts.

»Ich habe nicht zugelassen, dass es mich bestimmt, River. Und das darfst du auch nicht. Es war nie dein Fehler«, sage ich zu ihm.

River streicht sich mit den Händen durchs Haar. »Ich weiß nicht, wie ich anders sein soll. Ich kenne nur das.« Er zeigt auf mich. »So bin ich nun mal.«

Ich erkenne, was das eigentliche Problem ist. In unserem Leben ging es immer nur um mich – meine Beklommenheit, meine Kämpfe, meine Ängste, und wenn man die Augen davon abwendet, wohin sollte River sonst blicken als in sich hinein?

Ich schaue ihm in die Augen. »Kann ich eine Minute mit River haben?«, sage ich zu Kodiak.

»Natürlich.« Kodiak senkt den Kopf und streift mit den Lippen meine Schläfe. »Wir sehen uns oben.« Er geht um mich herum und bleibt vor River stehen. »Ich weiß, dass wir nicht viel gemeinsam haben, aber die Person, die wir beide lieben, ist zufällig ganz wesentlich für unsere Leben, also hoffe ich, wir können wenigstens zivilisiert miteinander umgehen.«

River nickt, wenn auch mit grimmiger Miene. »Ich arbeite daran. Aber wenn du's versaust, werde ich dir wahrscheinlich in den Hintern treten.«

»Dachte ich mir schon.« Kodiak verschwindet nach oben, und Maverick klopft River auf die Schulter, bevor er ihm folgt und mich mit meinem Zwillingsbruder allein lässt.

»Das passiert also tatsächlich?« Er reibt sich den Nacken. »Du und Kody seid jetzt zusammen?«

»Wir versuchen es.« Ich nicke in Richtung Sofa, und wir lassen uns beide darauf nieder. Ich lege meinen Kopf an seinen Oberarm. »Eigentlich geht es gar nicht um Kodiak.«

»Wie bitte?«

»Es geht um dich. Das Beschützen. Immer dafür zu sorgen, dass es mir gut geht.«

»Ich bin dein Zwillingsbruder. Das ist meine Aufgabe.«

»Ist es nicht, River. Natürlich willst du für mich da sein, aber ich glaube, es ist mehr als das.«

Er wendet rasch den Blick ab, und seine Kiefer zucken. »Ich weiß nicht, was du meinst.«

»Es war immer anders für dich. Maverick ist wie Dad, ich bin wie Mom, Robbie ist wie Gram-pot, aber du bist du, und manchmal hatte ich den Eindruck, du weißt nicht so richtig, wo du hingehörst. Und wenn du dich nicht auf *mich* konzentrierst, konzentrierst du dich auf *dich*. Ich hatte irgendwie gehofft, dass mein Jahr zu Hause dir die Chance geben würde, du selbst zu sein, anstatt immer nur für mich da zu sein. Wir werden auf ewig miteinander verbunden sein. Du wirst stets meine andere Hälfte sein, aber du musst dein eigenes Leben leben.«

River lässt den Kopf sinken. »Manchmal fühle ich mich, als wüsste ich nicht, wer ich bin.«

»Das ist wahrscheinlich völlig normal in unserem Alter, doch wenn du deine ganze Energie nicht auf mich richtest, bist du vielleicht in der Lage herauszufinden, was du willst.«

»Tut mir leid, dass ich es dir so schwer gemacht habe.«

Mein Herz krampft sich wegen meines armen Zwillingsbruders zusammen. Unsere Verbindung ist unvergleichlich. Ich liebe ihn so sehr wie er mich, aber manchmal fehlt uns die Balance. »Schon okay. Nichts, wofür es sich zu kämpfen lohnt, ist leicht zu haben. Und ich weiß, es kommt von einem guten Ort. Du bist mein Trampolin, und ich bin deins.«

»Kein harter Aufprall.«

»Nie.«

29

Unendlich

Kodiak
Gegenwart

Ich warte auf der obersten Treppenstufe vor Lavenders Tür.

Sie taucht auf dem Absatz auf und schenkt mir ein zaghaftes Lächeln. »Kein unerlaubtes Betreten diesmal?«

Ich grinse verlegen. Ich hätte das Schloss knacken können, aber auf sie zu warten schien für diese neue Version von uns symbolhaft zu sein. »Nach dem Gespräch dachte ich, es wäre besser, wenn du mich in dein Reich einlässt. Alles okay mit River?«

»Ich glaube schon. Er hat so viel Zeit seines Lebens damit verbracht, an mich zu denken, dass er sich nicht genug um sich selbst und seine Bedürfnisse gekümmert hat. Wir waren ein Jahr getrennt, was gut für uns beide war, aber jetzt, wo ich hier bin, ist es, als wäre alles beim Alten. Er muss herausfinden, was er für sich selbst will, so wie wir das für uns herausfinden müssen.«

Ich nicke. »So habe ich das, glaube ich, noch nie gesehen.« Aber es ergibt Sinn. »Jetzt, wo du nicht mehr aufpassen musst, hat sich alles geändert.«

»Er kommt schon damit klar. Wahrscheinlich hat er jemanden gebraucht, der ihm sagt, dass es okay ist, sein Leben zu leben anstatt das eines anderen.«

Sie streckt ihre Hand aus, und ihre Miene ist sowohl erwartungsvoll als auch ein klein wenig unsicher, bis ich aufstehe und meine Finger mit ihren verschränke. Die Verbindung, die wir schon immer hatten, fühlt sich stärker denn je an.

Sie schließt die Tür auf, und wir schlüpfen hinein. Die Lampe neben ihrer Nähmaschine ist das einzige Licht im Raum und wirft Schatten auf ihr Gesicht, was es mir erschwert, ihren Gesichtsausdruck zu entziffern. Sie verschränkt unsere Finger erneut, führt mich hinüber zu ihrem Bett und knipst die Lampe an, was die blasslila Tagesdecke in einen sanften Schimmer taucht. Sie schaltet die Musikanlage ein, und die leisen Klänge ihrer Lieblingsband erfüllen den Raum.

Lavender sagt nichts, während sie mich dazu veranlasst, mich auf die Bettkante zu setzen. Mein Herz pocht, und meine Handflächen sind feucht. Ich wische sie an meinen Oberschenkeln ab, spreize meine Beine, und sie tritt dazwischen. Ihre funkelnden blauen Augen begegnen meinen, während sie mit den Fingern durch mein Haar fährt. Ich spüre die Berührung im gesamten Körper.

»Ich habe dich so sehr vermisst«, flüstere ich. »Es war die Hölle, dir so nah zu sein und trotzdem das Gefühl zu haben, wir wären eine Million Kilometer auseinander.«

Sie nickt und atmet langsam ein, als sie näher tritt und ihre Arme um mich schlingt. Ich tue es ihr gleich, ziehe sie an mich und spüre das Pulsieren der Halsschlagader an meiner Wange, wobei ich ihren vertrauten Geruch einatme.

Lavender fährt an dem Unendlichkeitssymbol entlang und an meinem Nacken und meinem Rücken hinunter, und ich wiederhole das Muster zwischen ihren Schulterblättern. Unsere Atmung ist synchron, unser Herzschlag findet einen gleichmäßigen Rhythmus, und wir halten uns aneinander fest wie Anker und Boje.

Ich drehe ihr mein Gesicht zu, und ihr Puls pocht an meinen Lippen. Wir geben beide ein leises, verlangendes Geräusch von uns und lachen im selben Moment. Lavender setzt sich rittlings auf meinen Schoß und beginnt, auf quälende Weise an den Konturen meines Gesichts entlangzufahren, mit den Fingern, die sanft und warm sind, flüchtig meine Lippen und Augen zu berühren.

Ich umfasse ihr Handgelenk und küsse jede Fingerspitze und die verblassten Narben auf ihrer Handinnenfläche, bevor ich sie an meine Halsseite lege. Ich streiche ihr mit dem Daumen über die Unterlippe, über die Narbe, die einen Anfang und ein Ende bedeutet, das wir nicht vorhersagen konnten.

»Ich will jeden Schmerz, den ich verursacht habe, wegnehmen, aber ich weiß nicht, wie«, gestehe ich.

Sie umfasst mein Gesicht mit ihren warmen Handflächen. »Du kannst damit anfangen, die vielen kleinen Lügen durch Wahrheiten zu ersetzen.«

Es ist Lavender, die das Kinn anhebt und meinen Mund auf ihren zieht.

Mein gesamtes Universum kehrt zurück ins Gleichgewicht.

Sie öffnet die Lippen, und ich atme ihre Vergebung ein, als sich unsere Zungen sanft berühren. Ich präge mir diesen Moment ein: Ihr leichter Körper auf meinem Schoß, wie sich ihre Brüste an meinen Brustkorb schmiegen, die Wölbung ihrer Wirbelsäule, das Beben ihres Verlangens, das mich durchströmt, die ungleichmäßige Maserung ihrer Unterlippe, dort, wo die Narbe ist, der Wassermelonengeschmack von Jolly-Rancher-Bonbons, der Geruch ihrer Laken, ihr Lavendelshampoo und ihre Bodylotion mit Vanilleduft.

Alles an dem hier war unvermeidlich – unsere Verbindung, ein zum Reißen gespannter Draht, aber stark genug, um die Spannung auszuhalten. Wir haben uns in Form einer Acht bewegt, aneinander vorbei, bis wir schließlich das richtige Timing hatten und uns in der Mitte getroffen haben.

Die Ruhe, die ich seit Jahren nicht mehr empfunden habe, verbindet sich mit einem alles überwältigenden Verlangen, es fühlt sich an, als würde ich von innen heraus schmelzen. Lavender lässt ihre Hände unter den Saum meines Shirts gleiten und zieht es hoch. Sie unterbricht unseren Kuss und streift es mir über den Kopf, dann entledigt sie sich ihres Shirts. Ihr BH hat die gleiche Farbe wie ihr Name. Er ist aus Satin und Spitze, hübsch und zart.

Sie nimmt meine Hand und legt sie auf ihr Herz – was bedeutet, dass ich ebenfalls ihre Brust umfasse – und tut das Gleiche mit ihrer Hand. Sie verzieht einen Mundwinkel zu einem kleinen Lächeln und flüstert: »Dein Verlangen ist mein Verlangen.«

Das löst die starke Anspannung, die uns umgibt, aber nur für ein paar Sekunden, weil wir uns im selben Moment nach vorn beugen und unsere Münder sich wieder verbinden. Ich streiche über ihre Rundungen, die Kurve ihrer Taille, die Wölbung ihrer Brüste, dann greife ich zwischen ihre Schulterblätter und löse den Verschluss ihres BHs.

Ein Teil von mir hat es eilig, in sie einzudringen, um die Verbindung zu besiegeln, die sich nie aufgelöst hat, egal wie sehr ich mich bemüht habe, eine Mauer zwischen uns zu bauen. Man kann nicht das fernhalten, was ein Herz in erster Linie schlagen lässt. Aber ihre Berührungen sind langsam und sanft, und ich reagiere auf die gleiche Weise, als wir uns füreinander nackt ausziehen.

Sie schlägt die Decke zurück, und wir strecken uns auf ihren Laken aus, Beine ineinander verschränkt, Hände tastend, während unser Kuss immer tiefer wird. Ich streiche mit der Hand über ihren Bauch, und sie gibt ein leises Geräusch von sich, als ich zwischen ihren Schenkeln ankomme. Ich hebe den Kopf, erwidere ihren Blick, während ich ihre Klitoris umkreise, tiefer gehe und in sie hineingleite.

Sie zieht die Brauen zusammen und drückt dicht an der Narbe ihre Zähne gegen die Lippe. Sie legt eine Hand an meinen Hals und streckt die andere nach unten, um sie auf meine zu legen.

»Soll ich aufhören?«

Sie schüttelt den Kopf.

»Weitermachen?«

»Bitte.«

Ich krümme meinen Finger und sehe dabei zu, wie ihr Blick ganz weich wird und ihre Atmung flach und unregelmäßig. Sie bohrt die Fingernägel in meinen Hals, eine kleine Strafaktion, die ich hoffentlich morgen auf meiner Haut tragen werde.

Sie rollt mit den Hüften und drückt ihre Hand fest auf meine, damit ich tiefer eindringe. Ich bahne mir küssend einen Weg an ihrem Körper entlang und vergrabe mein Gesicht zwischen ihren Beinen, lecke sie von oben bis unten, will sie verschlingen und den Geschmack ihres Orgasmus auf meiner Zunge haben.

»Oh mein Gott!« Lavender saugt die Luft ein und drückt ihre Oberschenkel an meine Ohren, als ich an ihrer empfindsamsten Stelle sauge.

Ich packe sie an den Hüften, damit sie sich nicht entzieht. »Zu viel?«

Sie nickt, während sie mit den Fingerspitzen meine Wangen leicht berührt. »Sei sanft.«

Ich schmiege mich an sie, umspiele sie, lerne ihren Körper kennen und was sie mag, was ihre Erregung steigert und sie wieder abebben lässt. Ich weiß nicht, wie viel Zeit ich mit dem Gesicht zwischen ihren Schenkeln verbringe, aber als sie kommt, ist es mit einem köstlichen Stöhnen.

Mit Küssen bahne ich mir erneut meinen Weg zurück, und sie schlingt ihre Beine um meine Taille. Als sie meinen Mund auf ihren zieht, macht sie ein Geräusch zwischen einem Stöhnen und einem *Hmmm*, bevor sie den Kuss unterbricht.

»Gefällt dir, wie ich schmecke?« Sowohl ihre Worte als auch ihre Miene sind voller Neugier.

Ich lache stöhnend. »Ja, Lavender, mir gefällt, wie du schmeckst. So sehr, dass ich dich gern verwöhnen werde, wann immer du willst.«

»Das ist gut, denn das will ich bestimmt oft.« Sie packt meine Oberlippe mit den Zähnen und beißt sanft hinein. »Ich mag, dass deine Zunge viel weicher ist als meine Finger. Und diese Geräusche, die du machst, als hättest du Hunger auf mich.«

Ich streichle ihre Wange. »Den habe ich auch.«

Sie windet sich unter mir, und ein verlangendes Geräusch dringt aus ihrer Kehle. »Willst du in mir sein?«

Ich lasse meine Stirn gegen ihre sinken. »Wünschst du dir das denn?«

»Es ist ein Verlangen, kein Wunsch.«

Ich weiß nicht, warum mich ihre Worte so ernüchtern. »Bist du sicher?«

»Und ob, Kodiak.«

»Ich hol ein Kondom.« Ich greife nach meiner beiseitegeworfenen Jeans und hoffe, eins in meiner Brieftasche zu haben.

»Ich nehme die Pille.«

Ich erstarre und begegne ihrem fragenden Blick. Fragen, auf die ich kein Recht habe, liegen mir auf der Zunge.

Sie zieht herausfordernd eine Braue hoch. »Außer du hältst es für keine gute Idee.«

»Ich habe nicht … es war kein …« Ich war mit niemandem zusammen, seit sie in Chicago ist. Und ich habe immer Kondome benutzt, aber das will ich ihr nicht sagen müssen und damit riskieren, das hier zu ruinieren. »Kondome schützen«, stoße ich mühsam hervor. Doch als ich das äußere, bewege ich schon meine Hüften und gleite mit meinem Schwanz über ihre Mitte, rutsche etwas tiefer, bis ich in Position bin.

»Nur dieses erste Mal also.«

»Nur dieses Mal«, stimme ich zu. Ich senke den Kopf, um sie zu küssen, und lege meine Finger um ihren Nacken, sodass ich ihren Puls an meiner Handfläche fühlen kann. Sie tut das Gleiche, und ihre Atmung geht unregelmäßig wie meine auch.

»Okay?«, frage ich.

Sie nickt, und unsere Blicke sind fest aufeinander gerichtet, als ich Zentimeter für Zentimeter in sie hineingleite.

Lavenders Augen werden groß, und ihre Lippen formen die Worte *oh Gott*, als meine Hüften ihre berühren. Sie bohrt ihre Fingernägel in meinen Nacken und presst die Knie an meinen Körper.

Ich bin nicht darauf vorbereitet, wie es sich anfühlt, so vollkommen mit ihr verbunden zu sein. Mein gesamter Körper vibriert vor fremder Energie und leuchtet von innen wie ein Neonschild. Sie ist so warm und eng und feucht und weich.

»Geht's dir gut?«, bringe ich mühsam hervor.

»Ja. Und dir?« Mit den Fingern zieht sie eine Acht oben auf meinem Rücken.

Ich muss einen Moment lang meine Augen vor ihrem unschuldsvollen Blick verschließen und die Emotionen und Empfindungen in den Griff bekommen. Sex mit Lavender ist nicht nur etwas Körperliches; sämtliche Teile von mir und von ihr verschmelzen miteinander.

Wir waren schon immer auf eine Weise miteinander verbunden, die der Vernunft trotzt, und jetzt ist es, als würde ein Schaltkreis geschlossen. Emotionen wandern zwischen uns hin und her, voller Verlangen, elektrisch und gefährlich süchtig machend.

»Kodiak?« Sie streicht mit dem Daumen an meinem Kinn entlang, und ich öffne die Augen.

»Ich bin hier.«

»Ich weiß. Ich kann dich fühlen.« Sie zieht meinen Mund auf ihren. Jede Berührung ist eine weitere Verbindung zueinander. Ich verharre in einem Zustand gespannter Ruhe. Das Bedürfnis, meine Hüften zu bewegen, ist kaum zu leugnen, aber ich warte, bis Lavender mir sagt, dass sie bereit ist für mehr.

»Zeig mir deine Wahrheit«, flüstert sie.

Ich beginne mich zu bewegen, mit langen und langsamen Stößen. Lavender hebt ihre Hüften an, den Blick auf mein Gesicht gerichtet. Vernunft weicht einem ursprünglichen Verlangen. Der Wunsch, zu besitzen und besessen zu werden, überwältigt mich, während ich mich schneller bewege, tiefer eindringe und versuche, ihr noch näher zu sein.

Lavender flüstert ermunternde Worte an meinen Lippen, *mehr* und *ja* und *oh, genau da*. Ich lasse eine Hand unter sie gleiten und gehe auf die Knie, wobei ich sie mit hochziehe, sodass sie in meinem Schoß sitzt und wir Brust an Brust sind, die Haut feucht zwischen uns, die Atmung beschleunigt und schwer.

»Glaubst du, du kannst kommen?«, frage ich.

Sie packt meine Schultern. »Vielleicht. Ich weiß nicht.«

»Hilf mir, damit es klappt«, bettle ich.

Sie umfasst meinen Nacken mit einer Hand und lässt die andere zwischen ihre Schenkel gleiten. Ihre Fingerspitzen streicheln die Stelle, wo wir miteinander verbunden sind. Ich stöhne, und wir blicken beide hinab, während sie ihre erregte

Mitte umkreist. Ich bleibe tief in ihr, während ich sie hin und her wiege.

Ein leises Keuchen ist zu hören, und sie zieht sich um mich herum zusammen. Sobald sie ihre Augen erneut aufschlägt, packe ich sie an den Hüften und bewege sie hin und her, hebe sie an und senke sie wieder herab, hart und schnell, stoße mit meinem Schwanz in sie hinein, während mich mein eigener Orgasmus durchfährt – ein heftiger Energieschub, von dem mir kurz schwarz vor Augen wird, bevor mein Sehvermögen als Farbexplosion wiederkehrt.

Wir bleiben minutenlang eng umschlungen so sitzen, die Stirn an den Hals des anderen gepresst, während sich unser Herzschlag beruhigt. Ich fühle mich zu gleichen Teilen befriedigt und ausgehungert.

Schließlich drehe ich den Kopf und bahne mir küssend einen Weg zu ihren Lippen. Ich will die Verbindung nicht unterbrechen, aber wir können nicht für immer so bleiben.

Ich strecke die Hand zu ihrem Nachttisch aus und schnappe mir ein paar Taschentücher, wobei ich sie von mir herunterhebe, um sie abwischen zu können. Ich küsse sie flüchtig auf die Lippen und verschwinde im Bad, um mich um mich selbst zu kümmern, und bringe einen warmen Waschlappen für sie mit.

Sie schlägt die Decke zurück, und ich strecke mich neben ihr aus. Ihre Miene ist nachdenklich, als sie mir mit den Fingern durchs Haar fährt. »Ich verstehe jetzt.« Ihre Stimme ist rau und leise.

»Was?« Ich kann nicht aufhören, sie zu berühren, und meine Finger wandern an ihrem Rücken auf und ab, wobei ihr weiches, welliges Haar auf meinem Handrücken kitzelt.

»Wieso du gelogen hast.«

»Ich war nicht ganz bei mir«, gestehe ich.

»Keiner von uns war das«, erwidert sie. »Sie hatten recht damit, uns voneinander fernzuhalten, oder nicht?«

Ich würde gern widersprechen, aber ich kann nicht. »Das hier.« Ich fahre mit einer Fingerspitze an den Umrissen ihres Gesichts entlang. »Wie es sich anfühlt, mit dir zusammen zu sein, damit hätte ich damals gar nicht umgehen können. Ich brauchte es, dass du mich brauchst. Es war wie eine Droge, und ich glaube nicht, dass ich dazu in der Lage gewesen wäre, eine Art Gleichgewicht zu finden, als wir jünger waren.« Ich küsse sie auf die Stirn. »Ich habe eines Abends ein Gespräch meiner Eltern belauscht, nicht lange, nachdem sie uns mitgeteilt hatten, dass wir eine Auszeit bräuchten. Meine Mom hat irgendwas über toxische Beziehungen gesagt. Sie war besorgt darüber, wie es aussehen würde, wenn wir Teenager wären. Ich habe das damals nicht kapiert, aber als ich dich an Weihnachten wiedergesehen habe, wurde es klar.«

Ihre Hand ruht auf meiner Brust, und ich nehme sie in meine, während ich an früher denke und nach den Worten suche, um es zu erklären. »Das mit der Auszeit und der Trennung bedeutete gar nichts. Das hat die Sehnsucht nur verstärkt. Und dann warst du da, hast so wunderschön und stabil und heil ausgesehen. Da wusste ich, warum sie das getan hatten, weil ich dich selbst dann noch auf eine so unvernünftige Weise wollte, und ich wusste, dass ich nur noch mehr Schaden anrichten würde, wenn ich entsprechend reagiere. Es gab zu viel Distanz. Ich konnte sehen, wie alles den Bach runtergehen würde. Wie ich das mit uns kaputt gemacht hätte.«

»Und jetzt?«

»Jetzt bist du stark genug, die Nerven zu bewahren, und mir ist klar geworden, dass das viel besser ist. Ich bin stark genug, um dich nicht mit meiner Liebe zu zerstören.«

30

Was wir wissen

Lavender
Gegenwart

Ich hatte ein paar peinliche Gespräche über Safe Sex, seit Kodiak und ich offiziell zusammen sind. Das Schlimmste ist, als mich ausgerechnet mein Dad fragt, ob er mir einen Kontakt zu seinen früheren Sponsoren wegen Verhütungsmitteln machen soll.

Das Beste war, als Kodiak einen Anruf seiner Mom wahrhaftig zwei Minuten nach dem Sex erhielt und sie einen zehnminütigen Vortrag über Safe Sex hielt und ein einziges Mal ohne Kondom genüge, um schwanger zu werden.

Kodiak versichert ihr, dass wir aufpassen, während ich das Gesicht im Kissen vergrabe und nicht zu lachen versuche. Aber wir verhalten uns verantwortungsvoll. Ich nehme die Pille, und siebzig Prozent der Zeit benutzen wir Kondome. Bei den anderen dreißig Prozent beginnen wir ohne und ziehen auf halbem Weg eins über, damit er länger durchhält und es nicht so nass wird.

Letzte Woche ist Kodiak mit seinen Freunden wieder in sein Haus eingezogen. Nicht dass das irgendwas geändert hätte. Wir verbringen noch immer viel Zeit zusammen. Nur können wir jetzt zwischen meinem oder seinem Zimmer wechseln.

Wir gehen aus, lernen zusammen, treffen unsere Freunde. Es ist die Erwachsenenversion davon, wie wir als Kinder waren. Der Kampf gegen das Getrenntsein voneinander ist gefühlt nahtlos in eine neue Art der Liebe übergegangen.

Es ist nicht immer einfach, mit Kodiak eine Balance zu finden, denn wenn ihn etwas begeistert, geht er völlig darin auf. So ist es mit dem Eishockey und dem College. Und jetzt ist das so mit mir. Manchmal haben wir Mühe, uns genug Raum zu geben, aber wir kriegen es hin.

Im Hinterkopf behalte ich, dass er dieses Jahr seinen Abschluss macht und wahrscheinlich für die NHL nominiert wird. Dann ist da noch das Praktikum, für das ich mich beworben habe, aber die Chancen darauf sind verschwindend gering, weshalb ich mir keine Gedanken darüber zu machen versuche.

Ich suche die Bibliotheksregale nach dem Buch ab, das ich ausleihen will, und lasse dabei meine Finger über die Buchrücken gleiten. Ich liebe es, mich in Büchern zu verlieren, und auch wenn ich im Augenblick nicht viel Zeit habe, zum Vergnügen zu lesen, gefällt mir die Leseliste meines Psychologiekurses, und ich freue mich schon auf das Seminar in zeitgenössischer Literatur im nächsten Semester. Gerade suche ich nach einem Buch über Textilien. Es mag für manche langweilig klingen, aber ich finde es faszinierend.

Mein Handy in der Tasche vibriert fortwährend. Es ist Kodiak. Er schreibt nicht, er ruft an, obwohl er weiß, dass ich es nicht riskieren werde, in der Bibliothek beim Telefonieren erwischt zu werden. Schließlich hört es auf, sodass ich mich wieder konzentrieren kann. Es ist ablenkend, wenn er so einen Unsinn aus keinem anderen Grund macht, als wahrscheinlich gelangweilt zu sein und über Stellungen beim Sex oder sonst etwas reden zu wollen.

Oder darüber, als ich ihn mit Klebeband an seinen Computerstuhl gefesselt habe. Wie sich gezeigt hat, hat er eine leicht abgedrehte Seite (die zu meiner passt), und es gefällt ihm wirklich sehr, mit Klebeband an einen Stuhl gefesselt und angemacht zu werden, während ich auf einem künstlichen Schwanz komme. Es ist ein bisschen pervers, aber so sind wir eben.

Ich finde das Buch – es ist natürlich auf dem obersten Regal –, gehe auf Zehenspitzen und recke mich, so weit ich kann. Ich bin ungefähr fünf Zentimeter zu klein. Mein Telefon beginnt schon wieder zu vibrieren, und ich verdrehe die Augen. »Ich tue noch was ganz anderes, als dich an deinen verdammten Computerstuhl zu fesseln, wenn ich nach Hause komme«, murmle ich.

Ein Arm legt sich um meine Taille, und ich sauge erschrocken die Luft ein, als ich gegen einen festen Körper gezogen werde. Ich atme Kodiaks vertrautes Eau de Cologne ein und erschauere, als seine Lippen mein Ohr streifen. »Ich hoffe, das ist ein Versprechen *und* eine Drohung«, flüstert er.

Ich versuche, mich umzudrehen, aber er verstärkt seinen Griff um meine Taille und fährt mit den Lippen an meinem Kinn entlang. So warm und weich und mein. »Was tust du hier, und wie hast du mich gefunden?«, frage ich.

Mit der anderen Hand streicht er über meine Hüfte und glättet den Stoff meines Kleids. »Ich musste dich sehen, ein Zufallstreffer.«

Seine Stimme bebt leicht. Ich bedecke die auf meinem Bauch gespreizte Hand, und mein Körper wird von seiner Berührung warm. »Alles okay?«

»Mmm. Ich habe in einer Dreiviertelstunde eine Prüfung in Biochemie.«

»Oh.« Kodiak hat siebenundneunzig Prozent in Biochemie. Ich bin mir sicher, die drei fehlenden Prozent nagen an ihm, aber er wird es überleben. Er könnte die Prüfung wahrscheinlich stockbetrunken und high schreiben und noch immer eine gute Note bekommen. Abgesehen davon ist er besessen davon zu lernen und verlangt Anerkennung, wenn er die sich selbst gesetzten Ziele erreicht hat. Und es gibt viele Ziele und somit zahlreiche Belohnungen. Manchmal muss ich ihm Schuldscheine geben, wenn uns mein Stundenplan in die Quere kommt.

»Du willst dich also an mir reiben, weil es dir Glück bringt?«

Er wühlt sich durch mein Haar, und seine Lippen finden meinen Hals. »Mich an dir zu reiben ist ja nett, aber ich dachte, ich brauche eine kleine … flüssige Ermunterung.«

»Willst du ein Bier trinken gehen?« Ich bin verwirrt, vor allem, weil er seinen Ständer an meinem Rücken reibt und Endlosschleifen auf meinen Oberschenkel zeichnet.

»Nein, Baby.« Er lacht und saugt an meinem Hals.

»Was für eine flüssige Ermunterung meinst du dann, Kodiak?«

»Ich habe eine Theorie, die ich überprüfen muss.« Er lässt seine Finger unter meinen Rock gleiten und fährt mit ihnen an der Innenseite meines Schenkels hinauf. Ich trage Strumpfhosen, und wir stehen mitten zwischen den Bibliotheksregalen. Es ist nicht gerade abgeschieden.

»Kannst du das bitte so erklären, dass mein schlichter Verstand es versteht? Wovon redest du da eigentlich?«

»Erinnerst du dich noch an die Prüfung in Organischer Chemie, die ich letzte Woche hatte?«

»Klar.« Tue ich nicht, aber ich hoffe, das Ganze zu beschleunigen, damit er endlich zum Punkt kommt.

»Nein, tust du nicht.« Er knabbert an meinem Ohrläppchen.

»Du hast recht. Tue ich nicht. Was ist mit dem Test?«

»Ich habe eine Eins bekommen.«

»Großartig. Du verdienst es, an deinen Computerstuhl gefesselt zu werden«, sage ich mit ziemlichem Ernst.

Kodiak stöhnt an meinem Hals, und mein Rock wird ausgebeult, als er mich umfasst und durch die Stoffschichten hindurch seine Fingerspitzen auf meine Klitoris presst.

»Was tust du da? Jemand könnte vorbeikommen.« Ich tue nichts, um ihn zu stoppen.

»Macht dir das Angst?«

»Äh, ja.« Das *Klar* ist meinem Tonfall anzuhören.

»Mir auch«, gesteht er mir. »Aber es macht mich auch heiß. Das ist blöd, was?«

Ich zucke mit den Achseln, weil es mich ehrlich gesagt auch heiß macht.

»Weißt du, was kurz vor dem Test passiert ist?« Er macht langsame Kreisbewegungen durch meine Strumpfhose hindurch; es ist wunderbar und nicht annähernd genug.

»Keine Ahnung«, flüstere ich stöhnend.

»Ich habe dich geleckt, und du bist auf mein ganzes Gesicht gekommen.«

Ich kann spüren, wie meine Wangen heiß werden, zum Teil wegen der Erinnerung daran und zum Teil wegen meiner Nässe damals und jetzt. Anscheinend liegen üppige Körpersäfte bei uns in der Familie. Das weiß ich dummerweise, weil meine Gigi mir das erzählt hat.

»Ich kann an nichts anderes mehr denken, und ich muss mich wirklich auf diesen Test konzentrieren, um ihn gut zu machen.«

»Wir haben keine Zeit, um fürs Lecken nach Hause zu gehen, Kodiak.«

»Ich habe den Schlüssel zu einem Lernraum.« Er hebt die Hand und lässt einen Schlüssel an einer Kette von seinem Ringfinger baumeln.

Ich drehe mich in seinen Armen ruckartig um. »Im Ernst?«

Er beißt sich auf die Lippe. »Bitte sehr.«

»Du hast den Schlüssel für ein Lernzimmer, um mich zu lecken?« Ich weiß gar nicht, warum mich das so verblüfft. Schließlich reden wir von Kodiak. Er ist eigen, was Rituale angeht. Und es fällt auf, dass Lecken vor Prüfungen jetzt anscheinend dazugehört.

Er nickt. Ich weiß nicht, wie er nur so engelsgleich wirken kann und seine großen grünen Augen wie die eines Rehs aussehen. Er vibriert fast vor Erregung und Anspannung.

Ich sollte besser Nein sagen, denn ein bisschen abgedreht ist das schon. Aber ich will auch nicht, dass er sich verrückt macht und keine gute Prüfung schreibt, weil ich mich ihm verweigert habe.

Dass ich das überhaupt zu begründen versuche, ist wahnsinnig.

Und so nervös es mich auch macht, so aufregend finde ich es, einen Freund zu haben, der alles Erdenkliche tut, um mir einen Orgasmus zu verschaffen. Zu seinem Vorteil ist es natürlich auch, aber ich habe ebenfalls etwas davon.

Ich nicke einmal. »Okay.«

»Wirklich?« Seine Augen funkeln, als käme meine Zustimmung völlig unerwartet.

Ich strecke einen Finger in die Luft. »Aber nur dieses eine Mal.«

Er nickt eifrig. »Klar. Ja. Natürlich. Nur dieses eine Mal.« Er packt meine Hand und zerrt mich an den Regalen entlang.

»Warte.«

Seine Augen flackern panisch und ein wenig enttäuscht.

»Kannst du mir das Buch herunterholen?« Ich zeige zum obersten Regal. »Ich komme nicht ran.«

»Was immer du möchtest, Baby.« Er zieht es aus dem Regal,

verschränkt unsere Finger miteinander, und wir gehen den Flur entlang.

Mein Herz rast, als wir an den Lernräumen mit der Glaswand vorbeigehen. Unmöglich, das, was er vorhat, in einem dieser Räume zu tun.

Auf halbem Weg lässt er meine Hand los und schaut um die Ecke, als ein Wachmann aus dem Treppenhaus kommt. Es gibt viele von ihnen, mehr, als mir bisher bewusst war.

Er legt mir den Schlüssel in die Hand und schließt meine Finger darum. »Du gehst als Erste. Ich folge, wenn die Luft rein ist.«

Ich hole tief Luft, als meine Anspannung schlagartig zunimmt, aber nicht wie bei einem Zusammenbruch. Das hier ist eine ganz andere Art von Anspannung – eine, die mir nicht gänzlich missfällt.

Ich bin überrascht, als ich die Tür bereits unverschlossen vorfinde, und ich schlüpfe in Zimmer vierundvierzig und stelle meine Tasche auf den Schreibtisch, ziehe die Tür hinter mir zu, die allerdings nicht richtig schließt, was bedeutet, dass ein zwei Zentimeter breiter Spalt bleibt, durch den man hereinschauen kann. Vielleicht nur ein bisschen, aber trotzdem. Ganz zu schweigen von der Tatsache, dass es sich um eine mattierte Türfläche handelt, durch die hindurch man meine Silhouette sehen kann.

Eine Minute später öffnet Kodiak sie und schließt sie hinter sich wieder. Er runzelt die Stirn, als sie nicht richtig zugeht.

Ich will ihm sagen, dass das vielleicht keine gute Idee ist, aber er nimmt mein Gesicht in seine Hände und beugt sich herunter, um mich zu küssen. Es wäre wahrscheinlich viel einfacher für ihn, auf die Knie zu gehen, doch etwas an seiner Leidensfähigkeit, wenn es ums Rumknutschen mit mir geht, ist … beinahe rührend.

Wahrscheinlich ist es eine Art Strafe dafür, dass er mich jahrelang mies behandelt hat und es vielleicht auch genießt, den großen Beschützer zu geben. Junge Männer sind seltsame Wesen.

Nach mehreren aggressiven Zungenschlägen beiße ich ihn in seine. Es soll signalisieren, dass er aufhören soll, aber stattdessen bringt es ihn nur zum Stöhnen. Schließlich lege ich ihm eine Hand auf die Stirn und drücke ihn weg. »Man kann unsere Umrisse durch die Tür sehen«, flüstere ich.

Er blickt auf, und sein aufgeladenes Gehirn funktioniert endlich nicht nur auf dem Sex-Zylinder. Er wirft einen Blick durch den kleinen Raum. »Ich habe eine Idee.« Er lässt sich auf alle viere nieder und kriecht mit seinem riesigen Körper unter den Schreibtisch, schiebt den einzigen Stuhl zurück und klopft auf den Sitz.

Ich sehe ihn strafend an, denn das ist eine wirklich schlechte Idee.

Er legt den Kopf schräg und sagt stumm *Bitte*.

Ich habe keine Ahnung, wie er das bewerkstelligen will, aber in meinem Körper passieren seltsame Dinge, und ich bin neugierig, ob er das durchzieht. Ich schlüpfe aus meinem Mantel und hänge ihn an den Haken an der Tür, womit ich den Spalt verdecke. Dann setze ich mich, nehme meine Mappe heraus und lege sie so hin, als würde ich mich mit irgendetwas beschäftigen. Meine Tasche lehne ich an ein Stuhlbein, um Kodiaks mächtigen Körper zu verbergen, der unter dem Schreibtisch steckt.

»Das ist verrückt«, murmle ich.

Mein Gesicht fühlt sich an, als wäre es tausend Grad heiß.

Kodiak lässt seine Hände an den Innenseiten meiner Beine hinauf und unter mein Kleid gleiten. Ich spüre außerdem etwas Hartes und Kaltes, was meine Angst schürt.

»Was ist das?«, zische ich leise.

Ich bekomme die Antwort Sekunden später, als ich ein leises Schnipsen und das Reißen von Stoff höre, als er den Zwickel meiner Strumpfhose auftrennt.

Ich trete ihn unter dem Schreibtisch. Was, wenn er mich geschnitten hätte? Und warum hat er sie stattdessen nicht einfach heruntergezogen?

»Tut mir leid. Ist leichter so.« Ich kann lediglich seine Augen sehen, und leid tut ihnen gar nichts; sie sind voller flüchtiger Emotionen, von denen Verlangen die dominierende ist. Er lässt einen Finger unter den Saum meines Höschens gleiten und presst sein Gesicht gegen die Innenseite meines Oberschenkels, um ein Stöhnen zu unterdrücken. Ich umklammere die Tischkante und versuche, meine Atmung und die wilde Panik zu kontrollieren, die mein Herz rasen lässt.

Er lässt einen Finger in mich hineingleiten. Er ist schwielig und rau, aber ich ziehe mich um ihn herum zusammen. Ich weiß, dass er später am Abend in mir sein wird, mich ausfüllen und den Schmerz lindern wird, unsere neuen Obsessionen nähren wird, die zufälligerweise die magischen und beruhigenden Eigenschaften von Sex und Orgasmen umfassen. Er bewegt seinen Finger ein paarmal hin und her und murmelt etwas davon, wie weich und feucht ich sei.

Ich mache *Schhh*, und er knabbert an der Innenseite meines Oberschenkels. Sein Finger verschwindet, und ich beiße die Zähne zusammen, um ein Stöhnen zu unterdrücken. Er gibt ein leises Knurren von sich. Dann zieht er mich an die Stuhlkante, schiebt meine Schenkel auseinander und mit der Nase mein Höschen beiseite und reibt seine Lippen an mir, ähnlich einer Katze, die sich an ihrem Besitzer reibt, um ihr Gebiet zu markieren. Er leckt mich mit kreisenden Bewegungen, taucht in mich hinein und umspielt mich wieder. Ich halte mich noch immer mit einer Hand an der Tischkante fest, lasse die andere über seinen Kopf gleiten, packe ihn am Haar und führe ihn, um nicht mit den Hüften kreisen zu müssen.

Dieser eine Akt – so vulgär, so intim und von so überwältigender Sinnlichkeit – wird einer meiner liebsten sein. Ich liebe das Gefühl seiner Zunge auf mir, wie er mich an den Hüften packt, die Geräusche, die er macht, als könnte er nicht genug kriegen, als würde er sich nach meinem Geschmack verzehren.

Nur dass wir in einem Lernzimmer in der Bibliothek sind, weshalb die ganzen kleinen Geräusche, die er macht, ein Problem sind. »Sei gefälligst leise, Kodiak«, flüstere ich.

Er dreht den Kopf und beißt mich diesmal so fest in den Oberschenkel, dass ich meine Beine gegen sein Gesicht presse. Er schiebt sie wieder auseinander und taucht erneut ein, wobei er diesmal seine Zähne benutzt und saugt, und ich beinahe aus dem verdammten Stuhl hochfahre. Unter den gegebenen Umständen muss ich mir in die Faust beißen, um keine Geräusche zu machen. Währenddessen klopft mein Herz wie verrückt, weil wir bestimmt Bibliotheksverbot bekommen, wenn uns ein Wachmann im Vorbeigehen hört.

Doch anstatt davon abgeturnt zu sein, bringt es mich erst recht an den Rand der Klippe. Ich weiß nicht, wie Kodiak überhaupt noch atmen kann, so tief hat er sein Gesicht zwischen meinen Beinen vergraben. Einen kurzen Moment lang muss ich beinahe lachen, nur dass Wellen der Lust über mich hinwegschwappen und es unmöglich machen, etwas anderes zu tun, als sich dem Gefühl hinzugeben und das Stöhnen zu unterdrücken.

Kodiaks Hand schießt zu meinem Mund herauf. Er öffnet meine Lippen und gleitet mit zwei Fingern in meinen Mund. Ich sauge automatisch daran und drehe die Augen nach oben, wobei ich mir bewusst bin, dass ich keine Kontrolle mehr über meinen Körper habe, was seine Art ist, mich zum Leisesein zu ermahnen. Als der Orgasmus schließlich abebbt, sinke ich wie eine Stoffpuppe auf dem Stuhl zusammen.

Wir atmen beide so schwer, als wären wir zwanzig Stockwerke hinaufgerannt, gejagt von einem Dämon. Ich bin eigentlich dran, mich zu revanchieren, aber ich kann mich, glaube ich, nicht bewegen.

Er rollt den Stuhl ein paar Zentimeter zurück, zieht meinen Rock herunter und streicht ihn glatt. Meine Strumpfhosen sind ruiniert, mein Höschen ist durchnässt, und ich kann nicht klar denken. Ich würde gerne ein Schläfchen machen und dann mit Kodiak Sex bis zur Bewusstlosigkeit haben – nach seinem Test natürlich.

Ich bekomme nicht einmal ein paar Wörter heraus, also hoffe ich, dass ich das telepathisch vermitteln kann.

Als sein Kopf unter dem Tisch hervorkommt, lege ich ihm eine Hand auf die Stirn, damit er nicht näher kommt. »Du musst dir das Gesicht säubern.«

Er benutzt das untere Ende seines T-Shirts, um sich das Kinn abzuwischen. Aber eigentlich braucht er dringend eine Dusche. Kodiak ist ein bisschen mysophob, weshalb die Tatsache, dass er gern sein Gesicht zwischen meinen Schenkeln vergräbt, verrückt ist und ein großes Fragezeichen obendrein. Ich bin die Ausnahme seiner ganzen Psychosen.

»Du solltest zuerst gehen. Ich komme gleich nach. Tut mir leid wegen deiner Strumpfhose.« Er grinst, also tut es ihm nicht wirklich leid.

Ich bekomme langsam wieder meine Gliedmaßen unter Kontrolle, suche meine Sachen zusammen und stopfe sie in meinen Rucksack. Als ich aufstehe, bin ich erschrocken über die nassen Abdrücke auf dem Stuhl. Oh mein Gott, sage ich stumm zu Kodiak. Ich fahre mit den Händen hinten über mein

Kleid, und es ist tatsächlich ebenfalls feucht. Wie peinlich mir das ist.

Schlimmer noch ist, dass Kodiak auch noch schadenfroh ist.

Ich zerre meinen Mantel vom Haken und schlüpfe rasch hinein. Meine Beine sind noch immer wie Pudding. Ich zeige mit dem Finger auf ihn. »Niemals wieder.«

Er schüttelt den Kopf und nickt dann einmal lächelnd. »Niemals.«

Er wird das bei jeder sich bietenden Gelegenheit tun wollen.

Ich werfe mir den Rucksack über die Schulter und hole einmal tief Luft, bevor ich die Tür weit genug öffne, um hinauszuschlüpfen und sie hinter mir zuzuziehen. Ich halte den Kopf gesenkt und gehe zur nächsten Toilette. Ich bin völlig derangiert.

Ich tue mein Bestes, um mich wieder herzurichten, aber ich werde meine geröteten Wangen oder die fleckige Haut an meinem Hals nicht los. Kodiak wartet vor der Toilette auf mich und sieht wahnsinnig selbstgefällig aus und riecht sehr nach Eau de Vagina. Auf keinen Fall werde ich durch den Haupteingang hinausgehen, so wie ich aussehe und wie er dreinschaut. Ich lasse das Buch, das ich ausleihen wollte, dort. Ich muss es holen, wenn ich nicht ganz so beschämt bin.

Ich gehe dicht an Kodiak vorbei, und er verschränkt automatisch seinen kleinen Finger mit meinem. »Wohin des Wegs?«

»Zu einem der Seiteneingänge. Das ist näher zu deinem Seminarraum, wo du …« Ich zeige auf die Wanduhr, »in sechzehn Minuten sein musst, wenn die Uhr da richtig geht.« Der Ausgang wird nicht oft benutzt, weshalb wir wahrscheinlich niemandem begegnen. Außerdem habe ich vorhin ein paar Mädchen getroffen, die ich aus dem Psychologiekurs kenne, und ich würde ihnen in meinem post-orgasmischen Zustand gern aus dem Weg gehen.

Ich erklimme die Treppe, so schnell es meine kurzen Beine erlauben, während Kodiaks kleiner Finger mit meinem verschränkt ist. Als wir den letzten Absatz erreichen, schaue ich durch das Geländer und erhasche einen Blick auf ein Pärchen, das anscheinend gerade leidenschaftlich knutscht. Bei näherem Hinsehen bin ich mir relativ sicher, dass einer davon Josiah ist. Sie sind so ineinander versunken, dass sie uns bestimmt nicht hören.

»Wann ist dein Seminar zu Ende?«, frage ich ziemlich laut, als wir den letzten Treppenabsatz hinuntersteigen.

Sie fahren auseinander, und ich stolpere fast die letzten vier Stufen hinunter. Denn die andere Hälfte des Pärchens ist mein Zwillingsbruder.

Zu viert stehen wir sekundenlang da und starren einander an. Nun, ich nehme an, dass Kodiak sie anstarrt, denn er steht hinter mir, weshalb ich mir nicht sicher bin. Er beugt sich herunter und küsst mich auf die Wange, wobei er mir ins Ohr flüstert: »Ich muss ins Seminar. Alles okay bei dir?«

Ich nicke, weil ich weiß, dass er eine Prüfung hat und nicht zu spät kommen darf.

»Wir sehen uns danach bei dir. Schick mir eine Nachricht, wenn du mich brauchst.« Er zeichnet eine Unendlichkeitsschleife auf meinen Hals, hebt mein Kinn an und drückt seine Lippen auf meine. »Josiah, River.« Er nickt ihnen zu und tritt durch die Tür hinaus in die Sonne und lässt mich mit meinem Bruder und Josiah allein, die beide völlig ertappt aussehen.

River beginnt: »Lav, es ist nicht …«

Josiahs Kopf schnellt in seine Richtung und durchbohrt ihn mit dem gleichen Blick, mit dem er auch Kodiak angesehen hat, als dieser in meinem Zimmer meine Dildos auf den Boden geworfen und sich benommen hat wie ein besitzergreifendes Arschloch.

River, im Widerstreit mit sich selbst, blickt gequält.

»Ich will nicht irgendein Geheimnis sein, für das du dich schämst«, sagt Josiah leise. Er wendet sich zu mir um. »Ich wollte es dir erzählen, doch River wollte es unbedingt selbst tun.« Er macht zwei Schritte in Richtung Tür. »Ruf mich an, wenn du genug davon hast, dich zu verstecken.«

»Bis bald.« River streckt den Arm aus, aber Josiah schüttelt den Kopf, und River lässt den Arm schlaff herabsinken.

»Tut mir leid, Lavender. Ich wollte nicht, dass du es so herausfindest.« Josiah geht hinaus und lässt mich und River allein im Treppenhaus, wo es nach Schuldgefühlen, Scham, Verlangen und Eau de Cologne riecht.

Ich lehne mich ans Geländer und schiebe meine Gefühle darüber, dass River und Josiah das vor mir verheimlicht haben, beiseite, um mich mit meinem Bruder nicht zu streiten. »Dir ist schon klar, dass das keine Überraschung ist, stimmt's?«

River richtet seinen Blick auf mich. Wie es ihm gelingt, die Stirn zu runzeln und große Augen zu machen, ist mir ein Rätsel.

Ich hebe einen Finger. »Ich bin überrascht, dass es Josiah ist, aber nicht, dass du schwul oder bi oder sonst was bist.«

Sein Blick schnellt hin und her, bevor er ihn wieder auf mich richtet. »Schwul. Ich bin schwul.«

Nach Josiahs Reaktion zu schließen, ist das keine bloße Affäre. »Du weißt schon, dass du dich nicht vor mir zu verstecken brauchst. Ich werde dich immer lieben und akzeptieren, egal was ist.«

Er nickt, aber das Geräusch einer sich öffnenden Tür irgendwo auf der Treppe über uns hält ihn davon ab zu antworten.

»Willst du einen Kaffee?«, frage ich.

»Shots wären besser.«

»Ich habe keine Seminare mehr, also können wir nach Hause gehen, du genehmigst dir Shots, und wir reden?«

Er nickt.

Zwanzig Minuten später sind wir zu Hause. Ich trage keine zerrissene Strumpfhose und feuchte Unterwäsche mehr, und mein Bruder und ich sitzen auf meinem Bett und trinken beide Cooler, obwohl es erst mitten am Nachmittag ist.

»Wann ist das mit Josiah und dir passiert?« Ich fange mit den leichteren Fragen an.

»Ungefähr zwei Wochen nach Semesterbeginn. Ich habe ihn letztes Jahr auf einer Party getroffen, aber daraus hat sich eigentlich nichts ergeben, bis ich ihn wiedergesehen habe. Er hat ziemlich schnell herausgefunden, dass wir verwandt sich, weil mein Name eher selten ist.« Er nimmt einen kräftigen Schluck von seinem Cooler und seufzt. »Tut mir leid, dass ich es dir nicht erzählt habe. Ich habe mich deswegen mies gefühlt – tu ich noch immer –, aber es ist so verdammt kompliziert.«

»Wieso kompliziert? Soweit ich das sehe, ist es ziemlich einfach. Du magst ihn, er mag dich, das war's.«

»Wir leben in einer Gegend mit haufenweise Hockeyspielern und Sportskanonen, Lavender. Was glaubst du, wie das ankommt, dass ich einen Freund habe und im Footballteam bin?«

»Sollten wir diese altmodische Denke nicht längst hinter uns gelassen haben?« Ich frage nicht, um gemein zu sein; ich habe wirklich keine Antwort darauf.

»Sollten wir? Ja. Haben wir? Nein. Es ist schon besser geworden, aber es ist noch immer nicht einfach.«

»Nichts, worum es sich zu kämpfen lohnt, ist einfach, River.«

»Ich weiß.«

Er streckt seinen Zeigefinger aus, und ich verschränke meinen mit ihm. »Doch es gibt ein Aber?«

»Was, wenn unsere Freunde das nicht locker nehmen? Was ist mit Mom und Dad?«

»Wenn unsere Freunde das nicht locker nehmen, waren sie eigentlich keine guten Freunde. Und unsere Eltern wollen nur, dass wir glücklich sind. Mom ist das sowieso egal, aber bestimmt wirst du ein Gespräch über sicheren Analverkehr oder so was voll Peinliches führen müssen. Und was Dad betrifft, glaube ich, dass er mehr als alles andere dich verstehen und einen Draht zu dir haben will. Ich weiß, dass das nicht leicht ist. Gibt ihm eine Chance. Gib uns allen eine Chance. Wir lieben dich bedingungslos. Lass es uns beweisen.«

»Tut mir leid, dass ich es dir nicht früher erzählt habe.«

»Ich dachte, du würdest es tun, wenn du bereit dazu wärst.« So vieles der letzten Monate ergibt jetzt einen Sinn – das Wegbleiben von zu Hause, seine extreme Zurückgezogenheit, die Distanz zwischen uns. »Und jetzt, wo ich es weiß, können wir vielleicht mal ein Doppel-Date organisieren. Oder wenigstens kannst du Josiah mitbringen.« Ich richte mich kerzengerade auf. »Oh mein Gott. An dem Abend, als Josiah hier war, um mir mit Ökonomie zu helfen, war da schon was zwischen euch?«

River wird rot. »Äh, ja. Ich war überrascht, ihn zu sehen, um ehrlich zu sein … und besorgt, er würde mich outen.«

»Wow.« Ich lasse mich gegen mein Kissen sinken. Ein Teil von mir wäre am liebsten gekränkt, weil sie mich während der ganzen Zeit hintergangen haben, aber ich verstehe, warum es für River schwierig war. Er wurde ständig von unserem Dad überwacht. Ich dachte immer, es wäre wegen mir, doch mir wird klar, dass es da noch viele andere Dinge gibt, die er all diese Jahre versteckt hat. »Bist du denn in Josiah verliebt?«

River zuckt mit den Achseln. »Ich weiß nicht. Vielleicht?

Ich mag ihn sehr, und er war wirklich geduldig mit mir. Bis jetzt jedenfalls.«

»Wenn du willst, dass es funktioniert, solltest du ihn vielleicht anrufen und hierherbitten, damit ihr das durchsprechen könnt.«

Seine Finger umschließen meine fest. »Du meinst hier?«

Ich drücke seine ebenfalls. »So zeigst du ihm, dass du es ernst meinst und wichtig nimmst, oder nicht?«

»Bist du in der Nähe, falls was schiefläuft?«

Mir bricht das Herz, weil mein Zwillingsbruder stets die Erwartungen der anderen und seine Furcht zu scheitern und zu enttäuschen wie eine schwere Last mit sich herumträgt. Und jetzt verstehe ich besser denn je, warum es leichter für ihn war, sich auf mich zu konzentrieren. Auf diese Weise musste er sich nicht seiner eigenen Wahrheit stellen.

»Natürlich«, sage ich zu ihm. »Aber ich denke, wenn er bisher geduldig mit dir war, wird er auch bereit sein, dich anzuhören.«

»Okay, ich lade ihn hierher ein.« Er gibt mir eine feste Umarmung und murmelt: »Trampolin.«

»Sturzsicher.« Ich freue mich, dass ich ausnahmsweise einmal der weiche Landeplatz für ihn bin.

31

Süß-salzig

Lavender
Gegenwart

Die Wochen vergehen, Weihnachten kommt rasch näher. So sehr ich mich auch auf die Pause freue, bin ich nicht wirklich begeistert von der Vorstellung, zwei Wochen lang nicht neben Kodiak schlafen zu können. Wir sind es gewohnt, die meisten Nächte gemeinsam zu verbringen, mit Ausnahme seiner Auswärtsspiele oder meinen gelegentlichen Übernachtungen bei Lovey und Lacey – was häufig zusammenfällt.

Die Abschlussprüfungen stehen ins Haus, und sogar mit Kodiaks Hilfe schaffe ich mein Ökonomieseminar nur knapp. Aber wenigstens bestehe ich und muss nie wieder eins besuchen. Es ist ein kalter Dezembermorgen, und Schnee wirbelt im eisigen Wind umher, als ich auf den Collegehof zueile. Lovey und Lacey sitzen bereits im Café, und Kodiak und BJ sind mit uns auf einen Kaffee verabredet, bevor wir alle in den nächsten Unterricht gehen.

Ich senke den Kopf, um mein Gesicht vor dem eisigen Wind zu schützen. Tränen steigen mir in die Augen dank der Kontaktlinsen, die am liebsten auf meinen Augäpfeln festfrieren wollen. Denn ich schaue auf den Boden und nicht in die Richtung, in die ich gehe. Ich stoße mit jemandem zusammen und muss meinen Rucksack loslassen, der über meiner Schulter hängt.

»Es tut mir leid.« Ich beuge mich hinunter, um ihn aufzuheben, aber ein Fuß tritt auf den Riemen.

Ich erblicke einen für dieses Wetter ziemlich unpassenden Stiefel mit Absatz. Überall ist es vereist und voll Streusalz.

»Das wird es gleich, Miststück.«

Die vertraute Stimme jagt mir Schauer über den Rücken, und ich richte mich widerstrebend auf, um bestätigt zu bekommen, was ich sowieso schon weiß. Mir steht eine längst überfällige Konfrontation mit Bethany bevor, meiner kurzzeitigen Mitbewohnerin und eins von Kodiaks Bunnys.

Kodiak hat mir nie genau erzählt, was passiert ist, angesichts seiner voyeuristischen und leicht kinky Vorlieben jedoch kann ich es mir ganz gut vorstellen.

Ich habe Bethany einige Male auf dem Campus gesehen, war aber immer mit anderen zusammen. Wenn ich mit Lovey und Lacey unterwegs bin, wirft sie mir böse Blicke zu, doch bei Kodiak und mir tut sie so, als existierten wir nicht. Heute ist sie mit zwei Freundinnen unterwegs. Sie tragen eine Art College-Uniform – obwohl sie inzwischen wohl eher dem Rugbyteam folgen.

»Du hast mir ganz schön übel mitgespielt, nein, uns dreien.« Sie zeigt auf ihre Freundinnen.

Ich antworte nicht. Nicht weil ich es nicht könnte, sondern weil ich nicht weiß, was ich dazu sagen soll. Ich verstehe nicht, weshalb irgendjemand gern das Sexspielzeug für eine gesamte College-Sportmannschaft sein möchte. Wahrscheinlich liegt das an der geringen Selbstachtung, aber darauf hinzuweisen, hilft mir aller Voraussicht nach nicht.

»Kody hat mir gehört. Ich habe ihn zuerst kennengelernt. Es gibt hier ein System, und du hast es durcheinandergebracht, und jetzt dürfen wir nicht mehr zu den Hockey- und Footballpartys. Du bist wirklich nichts Besonderes. Sie werden sich mit dir langweilen. Und Kody wird sich nie mit dir allein abfinden. Er mag Abwechslung. Stimmt's?« Sie blickt nach Zustimmung heischend zu ihren Freundinnen.

Sie nicken bekräftigend. »Wir wissen das. Wir hatten alle das Vergnügen«, sagt die auf der rechten Seite.

»Also das ist irgendwie … übertrieben und wahrscheinlich auch nicht wahr.« Ich erschauere bei dem Gedanken. Kodiak ist bestimmt kein Heiliger, aber er ist auch zu mysophob, um bei dem Häschen-wechsel-dich-Spiel mitzumachen.

»Nennst du uns etwa Lügnerinnen?« Bethany redet unnötig laut.

Ich zucke mit den Achseln. »Wem der Schuh passt …«

»Wie auch immer. Glaub mir oder nicht, doch irgendwann hat er genug von dir, dann sind wir alle da, um ihn wieder aufzubauen.«

Ihr Ausbruch zieht Aufmerksamkeit auf sich – von der peinlichen Sorte. Ich schäme mich für sie und für mich selbst, denn eine solche Selbsterniedrigung in aller Öffentlichkeit ist ziemlich schrecklich. Aber mir wird auch klar, dass nichts anderes zu erwarten war. Wenn Kodiak demnächst von der NHL rekrutiert wird, werden die Gerüchte noch viel schlimmer werden. Dinge werden aus dem Kontext gerissen; Bilder werden manipuliert. Ich kenne das, weil meine Mom nie verheimlicht hat, was sie und mein Dad zu Beginn ihrer Beziehung mitgemacht haben.

Meine Beziehung zu Kodiak wird bestimmt auf die Probe gestellt.

Darüber denke ich nach, während Bethany lauthals verkündet, gewillt zu sein, ihren Team-Bunny-Status zurückzuerobern.

»Was ist hier los?«

Kodiaks Stimme ist eine große Erleichterung und sorgt gleichzeitig für Anspannung. Ich will nicht, dass er diesen Mädchen öffentlich die Meinung geigt.

»Kody! Oh, hallo! Wir haben uns nur unterhalten. Stimmt doch?« Bethany setzt ein falsches Lächeln auf.

Ich starre sie ungläubig an. Ich tue aber nicht so, als hätten wir eine nette, zwanglose Unterhaltung geführt.

»Lavender?« Kodiak legt auf überbeschützende Weise einen Arm um mich. »Lass meine Freundin in Ruhe.«

»Das war von Mädchen zu Mädchen.« Bethany wirft ihr Haar zurück und zeigt zwischen uns hin und her. »Wir haben uns Geschichten erzählt, weil wir wissen, wie du bist.«

Ich kann sie nicht länger ertragen. »Hör zu, Bethany, ich kenne Kodiak schon mein Leben lang, also egal, welche Chancen ihr euch bei ihm ausrechnet, ihr bekommt sie nicht. Er gehört mir. Das war schon immer so und wird auch immer so sein. Ende der Geschichte.«

Ich zerre an Kodiaks Arm. Ich muss weg von diesen Mädchen und dieser Szene, bevor sie etwas noch Demütigenderes sagen oder uns auf eine Weise bloßstellen, die ich lieber nicht erlebe. Ich bin so wütend, dass ich zittere.

Kodiak schlingt seinen Arm fest um mich, als wir den Collegehof bis zum nächsten Gebäude überqueren. Ein Student kommt aus dem Treppenhaus, und Kodiak hält die Tür fest, bevor sie zufallen kann, und zieht mich hinein. Er drückt mich an seine Brust, umarmt mich und sagt mir, wie leid es ihm tue, während er meinen Rücken reibt. Ich lasse ihn machen, denn es ist kalt draußen, und er ist warm, und es fühlt sich schön an, im Arm gehalten zu werden.

Jemand murmelt *Entschuldigung*, und Kodiak geht beiseite und lässt mich dabei los. Er weicht mit einem Sprung zurück, als hätte ich mich in eine giftige Spinne verwandelt, die Augen schreckgeweitet. »Scheiße. Du zitterst ja. Alles okay? Ich vermassle es, ja? Ich sollte das nicht tun.«

»Was nicht tun?« Ich bin völlig verwirrt.

Er fährt sich mit der Hand durchs Haar. »In alte Muster verfallen.«

»Alte Muster?«

»Zu versuchen, dich vor einer Panikattacke zu beschützen.«

Ich verdrehe die Augen. »Ich habe keine Panikattacke, Kodiak.«

»Aber Bethany hat dich angemacht, und du zitterst, und ich dachte, du gerätst wegen der vielen Leute vielleicht in Panik.«

»Ich zittere, weil ich wütend bin.«

»Auf mich?«

»Nein, auf sie und ihre beschissenen Freundinnen. Ich bin völlig von der Rolle wegen ihrer fehlenden Selbstachtung und weil sie so versessen darauf ist, das Sexspielzeug der restlichen Mannschaft zu sein, wenn du mit mir fertig bist.«

»Oh.« Er sieht verlegen aus. »Nun, das wird nie passieren. Keines dieser Dinge.«

»Ich weiß. Deshalb habe ich ihr auch gesagt, dass du mir gehörst.« Ich massiere die Stelle zwischen den Augen. »Ich habe gelernt, damit umzugehen, wie du ebenfalls, Kodiak.«

»Ich weiß. Ich … Es hat mich wohl an die Zeit mit Courtney erinnert, danach war dann alles so verkorkst, und ich habe dich für ein halbes Jahrzehnt verloren, was ich nicht noch einmal erleben will.«

Ich nehme seine kalte Hand, drücke sie an meinen Hals und tue das gleiche mit meiner. »Wer hat jetzt Panik?« Es ist halb im Scherz gemeint.

Er lacht schnaubend. »Ich.«

»Vergiss nicht, dass ich mit Mav, dem Superplayboy, und

River, dem Bindungsphobiker, aufgewachsen bin. Es geht uns gut, Kodiak. Du schaffst keine Abhängigkeit, nur weil du für mich da sein willst, und es ist nicht nötig, dass du mich rettest, aber es ist schön, sich beschützt und geliebt zu fühlen.« Ich ziehe ihn fester an mich, und er schlingt erneut seine Arme um mich.

Ich gebe mich der Zuneigung hin und bin mir bewusst, dass er sie genauso braucht wie ich.

Vielleicht sogar mehr.

Vielleicht war das schon immer so.

32

Ängste, die uns hemmen

Lavender
Gegenwart

Das Herbstsemester endet, und das Wintersemester beginnt, bringt kältere Temperaturen mit sich, mehr Schnee und das Bedürfnis, in Winterschlaf zu gehen. Hockey und Lernen nehmen immer mehr von Kodiaks Zeit in Anspruch. Er hat regelmäßig Gespräche mit seinen Eltern darüber, eine Balance zwischen Sport, Lernen und Freunden zu finden – etwas, worin er nie wirklich gut war und es noch immer nicht ist. Ich weiß, wann er mit seinem Dad gesprochen hat, denn das sind die Nächte, in denen er besonders verlangend ist im Bett.

River schafft es, sich mit Josiah auszusöhnen, und er lädt ihn sogar zu uns ein, aber er muss noch mit unseren Eltern reden. Er hat es vor, doch er sagt, er müsse noch rausfinden, wie. Wenngleich ich sicher bin, dass sie zu ihm stehen werden, weiß ich auch, dass er das im eigenen Tempo tun muss.

Von den Partys, wie wir sie zu Jahresbeginn gefeiert haben, bleibt fast nichts übrig. Alle sind mit Lernen beschäftigt, vor allem nachdem Maverick in zwei Fächern, in denen er sonst hervorragend ist, nur mit Ach und Krach bestanden hat.

Das veranlasst auch meine Eltern zu einem Besuch, bei dem meine Mom mit mir und River mittagessen geht, während mein Dad Maverick ermahnt, verantwortungsvoll zu sein und nicht den Mädchen den Vorzug vor dem Studium zu geben. Eigentlich ist es meine Mom, die die Bemerkung über »Studium kommt vor Sex« macht, bevor sie uns hinauskomplimentiert. Sie gehört nicht zu denen, die Dinge beschönigen, außer wenn es um mich geht. Ich versuche, River davon zu überzeugen, dass jetzt ein guter Zeitpunkt ist, um das mit Josiah zu sagen, aber er meint, er wolle nicht noch ein Gespräch über Safe Sex und Verantwortung provozieren. Das Timing scheint mir ziemlich passend zu sein, ich dränge ihn jedoch nicht, also bleibt Mom während unseres Mittagessens beim allgemeinen »zuerst die Arbeit, dann das Vergnügen«.

Kodiak nimmt das sowieso sehr ernst. Sex ist stets eine Belohnung für stundenlanges Lernen. Eine häufige Belohnung. Obwohl er als Genie gilt, verbringt Kodiak übertrieben viel Zeit damit, seine Notizen durchzugehen, immer auf der Suche nach Perfektion. In dieser Hinsicht beneide ich ihn nicht. Es wäre schwierig, ständig nach dem Unmöglichen zu streben.

Nachdem im Wintersemester ein paar Wochen ins Land gegangen sind, fragt mich meine Professorin von der Kostümklasse, ob ich bei der Winterproduktion aushelfen könnte. Trotz meines vollgepackten Stundenplans kommt es nicht infrage, diese Gelegenheit zu versäumen.

Ich nehme außerdem eine Teilzeitstelle in der Bibliothek an. Nicht dass ich das Extrageld bräuchte. Wenn ich meine Eltern bitte, überweisen sie mir bestimmt Geld auf mein Konto, aber ich mag die Unabhängigkeit und die friedliche Atmosphäre, von Büchern umgeben zu sein. Es gefällt mir, dass ich hier am College das schüchterne, wortkarge Mädchen meiner Jugend ablegen und der Vergangenheit entfliehen kann, die mich ausgemacht hat, und eine vertrauensvollere, fähigere und weniger ängstliche Version meiner selbst sein kann. Es ist nicht einfach, doch es gibt mir Selbstvertrauen, und ich habe das Gefühl, ich kann endlich zeigen, was in mir steckt.

Der Job ist mir eigentlich zugeflogen. Ich war zwischen den Seminaren in die Bibliothek gegangen, um zu lernen, und jemand hatte Bücher auf dem Tisch liegenlassen. Eine halbe Stunde später waren sie noch immer da, also habe ich mir die Mühe gemacht, sie einzusortieren. Eine andere Studentin hat mich für eine Bibliotheksmitarbeiterin gehalten und gefragt, wo sie ein Buch über Bioverfahrenstechnik finden könne, also habe ich es ihr gezeigt. Zufällig hat die Frau, die für Einstellungen zuständig ist, dabei zugesehen und wollte wissen, ob ich einen Job möchte. Ich habe Ja gesagt.

Es ist Freitagabend, und Kodiak hat ein Auswärtsspiel. Das bedeutet, er ist erst spät am Abend wieder zu Hause, was gut ist, weil ich an einem der Kostüme für die bevorstehende Produktion arbeiten muss. Das Mädchen, das die Hauptrolle spielt, hat aus Stress zu viel gegessen und hatte gestern Abend einen Zusammenbruch, weil ihr Kostüm zu eng war.

Ich habe die Schuld auf mich genommen und ihr gesagt, dass ich die Nahtzugabe falsch berechnet hätte – habe ich nicht – und das Problem auf jeden Fall beheben könnte. Das tue ich also.

Es ist kurz vor zehn, als Professorin Martin den Kopf hereinsteckt.

Ich ziehe meine Ohrstöpsel heraus. »Ich bin fast fertig mit den Änderungen.«

Sie wirft einen Blick über die Schulter, bevor sie sagt: »Sie sind ein Engel, dass Sie das tun.«

Ich winke ab. »Der Star der Show darf sich doch nicht unwohl fühlen, das würde die gesamte Aufführung in Mitleidenschaft ziehen.« Außerdem mag ich sie. Sie hat großen Respekt vor denen, die gern hinter der Bühne sind, und sie war immer nett zu mir.

Sie nickt zustimmend. »Ich habe Neuigkeiten für Sie.«

Ihre Miene verrät nichts. »Oh?«

»Es geht um das Praktikum, über das wir gesprochen haben.«

»Das bei der Off-Broadway-Kompanie? Ich habe sowieso nicht damit gerechnet, es zu bekommen, weil ich erst im zweiten Jahr bin, aber ich freue mich, dass Sie mich gebeten haben, mich zu bewerben.«

Das meine ich so. Professorin Martin hat mich nie verwöhnt. Sie weiß nicht, dass ich den Großteil meines Lebens überbeschützt war und von der Liebe meiner Familie erdrückt worden bin. Schön, dass es jemanden gibt, der mich für fähig und kompetent hält. Und jetzt empfinde ich tatsächlich so.

Sie deutet ein Lächeln an. »Was, wenn ich Ihnen sagen würde, dass man Sie für das Praktikum haben möchte?«

Ich brauche einen Moment, bis ich die Nachricht verdaut habe. »Im Ernst?«

Ihr Lächeln wird breiter. »Ganz im Ernst, Lavender.«

»Oh, wow.« Ich lasse mich auf meinem Stuhl zurücksinken und atme einmal tief durch. Innerhalb von Sekunden ist mein Kopf voll mit Überlegungen. Was, wenn ich nicht gut genug bin? Wo werde ich wohnen? Wie komme ich allein mit der Stadt zurecht? Werde ich mit der U-Bahn fahren müssen? Was werden meine Eltern sagen? Was ist mit Kodiak? »Das ist eine große Sache, was?«

Professorin Martin setzt sich auf die Tischkante. »Sie wären die jüngste Praktikantin, die sie je hatten, doch wenn Sie glauben, dass Sie noch nicht bereit sind, können wir es nächstes Jahr erneut versuchen.«

»Aber es gibt keine Garantie, dass ich es nächstes Jahr bekomme.«

»Ich denke schon, allerdings kann ich das natürlich nicht wissen. Jedes Jahr ist anders, und es ist sehr begehrt. Sie haben unglaubliches Talent, Lavender. Es wird noch andere Gelegenheiten für Sie geben, doch die hier ist besonders.«

»Wie toll. Ich dachte, die Chance, es zu bekommen, war verschwindend gering.«

Mein Dad wird sich aus Angst in die Hose machen. Ich liebe ihn über alles, aber Gott, er kommt kaum damit klar, dass ich mal eine Stunde weg bin, während ich mit meinen Brüdern zusammenlebe. Und die ganze Sache mit Kodiak war noch ein Grund mehr für ihn auszurasten. Mom musste intervenieren und ihm sagen, dass es nicht sehr hilfreich für unsere Beziehungspläne sei, dem Sohn seines besten Freundes mit Kastration zu drohen. Ich will für so etwas bereit sein, doch es gibt so viele Unbekannte.

»Wieso schicke ich Ihnen nicht die ganzen Informationen, und Sie besprechen das mit allen, die davon betroffen sind? Ich will nicht, dass Sie sich unter Druck gesetzt fühlen, aber wir müssen bis Ende nächster Woche Bescheid geben.«

Ich nicke. »Bis dahin habe ich mich entschieden.«

Das Haus ist leer. River ist mit Freunden unterwegs, und Maverick ist mit Kodiak beim Spiel. Obwohl es bereits kurz vor elf ist, rufe ich meine Mom an.

Sie nimmt nach dem zweiten Klingeln ab. »Wie geht es meiner Lieblingstochter? Und wieso um alles in der Welt rufst du mich am Freitagabend an? Solltest du nicht irgendwo über die Stränge schlagen und Dinge tun, an die ich gar nicht denken will?«

Ich lache. »Ich mache dieses Wochenende eine Ausnahme. Stör ich dich bei was?«

»Wenn du damit meinst, dass dein Dad schnarcht, während

ich mir eine schlechte Reality-TV-Show ansehe, dann ja. Was gibt's? Ist bei dir und Kody alles okay?«

»Mit Kodiak ist alles bestens.« Was auch stimmt. Ihn zu lieben ist so viel einfacher, als ihn zu hassen.

»Ich bin froh, das zu hören. Und du fühlst dich geborgen und all das, stimmt's?«

»Ja, Mom. Wir fühlen uns beide geborgen.«

»Ich kann regelrecht hören, wie du die Augen verdrehst. Du weißt, es ist meine mütterliche Pflicht, bei dir nachzubohren. Aber du rufst bestimmt nicht an, damit ich dir peinliche Fragen stelle.«

»Damit hast du recht.« Ich berichte ihr von dem Praktikum und bringe ihr in Erinnerung, dass es in New York ist und ich dort zwei Monate verbringen würde. Ich schließe mit den Worten: »Es ist eine einmalige Gelegenheit.«

»Klingt ganz so. Es klingt außerdem so, als wärst du dir nicht sicher, ob du zusagen sollst, obwohl es großartig ist. Wieso erzählst du mir nicht, was deine Bedenken sind?«

Ich liebe es, wie leicht meine Mom es einem macht, über Dinge zu sprechen. »Dad flippt aus, wenn ich es annehme.«

»Ich kümmere mich um deinen Dad, Schätzchen. Und ich glaube keine Sekunde, dass er der eigentliche Grund für deine Unentschlossenheit ist. Machst du dir Sorgen, auf dich allein gestellt zu sein?«

Ich seufze. »Ein bisschen schon, New York ist riesig.«

»Es ist eine größere, härtere und aufregendere Version von Chicago und nichts, womit du nicht klarkämst. Das hast du dieses Jahr bewiesen.«

»Es gibt Unterkünfte, wo ich mit anderen Praktikanten zusammenwohnen könnte, was es weniger beängstigend macht«, sage ich zu ihr.

»Für uns alle, einschließlich Dad.« Ihre Stimme klingt sanft.

»Falls es um Kody geht, sag es einfach, und wir überlegen uns etwas.«

»Ich will nicht ohne ihn sein.«

»Natürlich nicht. Ihr wart so viele Jahre voneinander getrennt, und ihr lernt gerade erst, wieder zusammen zu sein. Nicht ohne ihn sein zu wollen, ist völlig nachvollziehbar. Aber frag dich eins: Was wäre langfristig gesehen schwerer – zwei Monate getrennt zu sein, während du deinen Traum lebst und etwas tust, wofür du brennst, oder die Gelegenheit sausen zu lassen und sich immer fragen zu müssen, ob es ein Fehler war, den du nicht mehr rückgängig machen kannst?«

»Beides ist schwer, aus unterschiedlichen Gründen.«

»Du hast absolut recht. Ganz zu schweigen von dem Stress, den das mit sich bringt, doch Kody macht dieses Jahr seinen Abschluss. Seine Berufung wurde bereits zweimal verschoben, und sie sind ganz wild darauf, ihn ins Team zu holen. Würdest du wollen, dass er Nein zu seinem Traum sagt, wenn sich die Gelegenheit ergibt?«

»Natürlich nicht. Wenn er berufen wird, soll er auf jeden Fall gehen.«

»Glaubst du nicht, er würde das Gleiche für dich wollen?«

Sie bestätigt, was ich sowieso schon weiß, obwohl es mir schwerfällt, mich dem zu stellen. Wäre es umgekehrt, würde ich Kodiak drängen, die Gelegenheit zu ergreifen. »Ich muss das Praktikum machen, oder?« Mein Magen krampft sich vor Freude und Angst zusammen.

»Du musst gar nichts tun, was du nicht willst, außer dafür zu sorgen, dass du geschützten Verkehr hast. Aber in diesem Fall glaube ich, dass du das wirklich willst, und ich will es für dich. Ich würde ja sagen, du bist noch jung, und die Freunde kommen und gehen, allerdings weiß ich nicht, ob das auf Kody und dich zutrifft. Ihr zwei habt schon eine Menge überstanden, und das hier übersteht ihr auch. Liebe ist ein unglaubliches Geschenk, aber manchmal tut sie weh, was ihr leider nur zu gut wisst.«

33

Lass nicht los

Kodiak
Gegenwart

Es ist fast ein Uhr, als wir vom Spiel zurückkommen. Maverick geht mit ein paar von den Jungs noch in die Kneipe, aber ich will nur zurück zu Lavender. Obwohl wir das Spiel gewonnen haben, ist mein Körper noch immer voller Anspannung. Ein paar Scouts waren da. Es gibt eine Menge Gerede in letzter Zeit über die Auswahl für die Berufungen und Vertragsangebote, die Ende des Jahres kommen – Dinge, über die ich nicht allzu viel nachdenken will, vor allem, weil mehr als ein Team an der Westküste mich im Auge hat.

Ich mache einen Zwischenstopp zu Hause, um meine Ausrüstung abzuladen und Wäsche zu waschen. Außerdem nehme ich eine Dusche, um weniger nach Busfahrt zu riechen. Dann gehe ich das kurze Stück die Straße entlang zu Lavender.

Die Nächte, in denen ich nicht bei ihr schlafe, sind selten. Sie hat kein besonders breites Bett, aber mir macht der Platzmangel nichts aus, weil sie sich so immer an mich schmiegt. Ich steige die Stufen hinauf, und das komische Gefühl in der Magengrube nimmt noch zu, je näher ich ihr komme. Es ist spät, und wenn sie schläft, will ich sie nicht wecken, also schlüpfe ich in ihr Zimmer, ohne zu klopfen.

Ich bin überrascht, dass das Licht neben ihrem Bett noch brennt, obwohl sie manchmal beim Lesen einschläft. Sie setzt sich auf, und das komische Gefühl im Magen breitet sich im ganzen Körper aus und ist, als wären meine Zellen aus Blei.

Mit drei großen Schritten durchquere ich den Raum. Meine Haut juckt vor Panik, als ich ihre geröteten Augen und ihr zitterndes Kinn bemerke. Ich umfasse ihre warmen, feuchten Wangen, aber es hilft nicht dabei, sie zu beruhigen, vor allem wenn zwei Tränen aus ihren Augenwinkeln quellen. »Was ist los? Was ist passiert?«

»Ich muss dir was erzählen«, flüstert sie.

Sofort denke ich das Schlimmste. Sie will mich nicht mehr. Es gibt einen anderen. Sie ist schwanger. Ich lasse mich neben ihr auf das Bett sinken und muss mich dazu zwingen zu atmen. »Okay. Ich höre zu. Fällt mir zwar schwer, aber ich höre zu.«

»Es tut mir leid.« Sie bedeckt meine Hände mit ihren. »Es ist nichts Schlimmes, nur macht es alles komplizierter.«

Ich nicke und warte.

»Man hat mir für diesen Sommer ein Praktikum für Kostümdesign bei einer Off-Broadway-Kompanie angeboten.«

Ich mache große Augen, doch fast augenblicklich treten Freude und Stolz an die Stelle des dunklen Gefühls, das ich den ganzen Abend mit mir herumgeschleppt habe. »In New York?«

»Ja.« Sie schluckt schwer, und noch mehr Tränen fließen.

»Den kompletten Sommer?« Ich brauche nicht zu fragen, warum sie so aufgelöst ist. Wir hatten vor, zumindest einen Teil des Sommers gemeinsam zu verbringen. Sie wollte in der Bibliothek arbeiten und an einem Seminar teilnehmen, und ich wollte Kinder beim Hockey coachen, wie ich es während der meisten Sommer tue, und trainieren. Und jetzt wird sie weit weg sein, zu weit, um sie mit dem Auto zu besuchen. Wir haben das andere Unausweichliche – die Berufung in ein Team Ende Juni – geflissentlich ausgeklammert, aber vor dem hier gibt es kein Entrinnen.

»Es sind zwei Monate. Es geht im Grunde los, wenn wir mit den Klausuren fertig sind, und ich wäre den ganzen Juni und Juli dort.«

Ich versuche auszurechnen, wie oft ich zu ihr fliegen kann. Egoistischerweise möchte ich, dass sie hier bei mir bleibt und etwas in der Gegend findet, damit es nicht so kompliziert wird. Doch ich darf nicht egoistisch sein, wenn es um ihre Zukunft geht. Lavender ist wahnsinnig talentiert, und sie wird großartige Dinge tun.

»Du musst annehmen.« Ich ziehe sie auf meinen Schoß.

»Ich weiß.« Sie zeichnet eine Unendlichkeitsschleife auf meine Brust. »Aber es wird nicht leicht zu gehen.«

»Was, wenn ich mitkomme?« Ich überlege fieberhaft nach einer Möglichkeit, damit wir zusammenbleiben können.

»Nach New York?«

»Wir könnten eine Wohnung mieten. Ich suche mir einen Job, und du bist nicht ganz allein. Wir können trotzdem den Sommer zusammen verbringen.« Ich will mich nicht mit der Sache beschäftigen, die mir am meisten Kopfzerbrechen bereitet – das, was nach dem Sommer passiert. So viel ist noch ungewiss, doch ich habe sie gerade erst zurückbekommen. Ich will sie nicht loslassen.

Ihre Augen leuchten hoffnungsvoll auf, aber nur für einen kurzen Moment. »Was ist mit dem Hockey? Du spielst den ganzen Sommer.«

»Es gibt Trainingscamps in New York. Ich kann mit meinem Dad sprechen, mal schauen, ob wir mich dort irgendwo unterbringen können.«

»Was, wenn es nicht funktioniert?«

»Das sehen wir dann. Aber du musst annehmen, Lavender.« Ich zwinge mich zu den Worten, obwohl ich den Schmerz körperlich in meiner Brust spüren kann.

Sie fährt mir mit den Fingern durchs Haar und lächelt traurig. »Ich weiß. Mir gefällt die Vorstellung, dass du mitkommst. Doch selbst wenn nicht, muss ich es tun. Ich will es nicht bereuen müssen, nicht gegangen zu sein, und ich will es auch nicht bereuen müssen, das zu verderben, was ich habe. Nicht, nachdem wir so viel durchgemacht haben, um wieder zusammenzufinden.«

»Wir kriegen das hin, egal wie.«

Mir ist bewusst, dass wir dieses Gespräch wahrscheinlich noch öfter führen werden, früher, als uns lieb ist. Zwei Monate in New York sollten machbar sein. Aber ich mache mir Sorgen wegen der Entfernung, die uns ab Herbst unvermeidlich bevorsteht.

Doch ich äußere mich nicht dazu. Stattdessen bedecke ich ihren Mund mit meinem und verliere mich darin, sie zu lieben.

34

Stellung beziehen

Lavender
Gegenwart

Am nächsten Morgen spricht Kodiak das Thema, mit mir nach New York zu kommen, bei seinen Eltern an, was zu deren kurz entschlossenem Besuch führt. Wir haben ausreichend Zeit, uns den Sexgeruch abzuduschen und das Wohnzimmer aufzuräumen, bevor die Eltern eintreffen.

Ich schicke River eine Warnung, falls er beschließen sollte, nach Hause zu kommen. Er ist viel positiver, seit wir uns ausgesprochen haben, was nicht heißt, dass ich mir keine Sorgen darüber mache, wie er auf New York reagiert. Er ist noch immer River.

Kodiaks und meine Eltern kommen zusammen gegen zwei Uhr in einem brandneuen Riesentruck an. Immerhin sitzt Lainey hinter dem Steuer. Ich liebe Kodiaks Mom fast genauso wie meine. Sie und ich haben vieles gemeinsam, nur dass ich kein Genie bin. Zu sehen, wie diese winzige Frau hinter dem Steuer eines so mächtigen Trucks hervorkommt, ist großartig.

Meine Mom nimmt mich in die Arme und flüstert: »Ich verspreche, es wird alles gut. Gib deinem Dad einfach das Gefühl, gehört zu werden.«

Ich dachte mir schon, dass nicht gleich jeder es für eine fabelhafte Idee halten würde, dass Kodiak und ich den Sommer über nach New York gehen.

Lainey und meine Mom haben genug zu essen mitgebracht, um ein gesamtes Hockeyteam zu verköstigen. Sie decken eine Tafel mit Fleisch- und Wurstwaren, während unsere Dads den Bierkühlschrank plündern.

»Sollen wir das im Wohnzimmer oder am Esstisch machen?«, fragt mein Dad und leert mit zwei großen Schlucken die Hälfte seines Biers.

Oh ja, er steht definitiv unter Stress.

»Ich würde sagen Wohnzimmer, allerdings ist das der Ort, wo die Jungs abhängen und Videospiele spielen, also kann man nicht wissen, was zwischen den Sofakissen steckt.« Vor zwei Wochen hat es hier drin zum Himmel gestunken. Ich habe die Jungs gezwungen, ihren Krempel aufzuräumen, weil ich nicht einmal mehr an dem Raum vorbeilaufen konnte, ohne zu würgen. Wie sich herausstellte, war es ein vergammelter Hotdog, der unter dem Liegesessel gelandet war.

»Wir machen's im Esszimmer.«

Kodiak bringt mir einen Cooler, wahrscheinlich aus Gewohnheit. Außerdem ist Wochenende. Ich setze mich neben ihn. Er klopft mit dem Fuß auf den Boden und schluckt und blinzelt die ganze Zeit.

Unsere Moms sitzen uns gegenüber und die beiden Dads an den Tischenden. Es erinnert mich sehr an die Familientreffen, die wir nach dem Zwischenfall mit Courtney hatten, als wir noch Kinder waren.

Ich verschränke meine Finger mit denen von Kodiak unter dem Tisch.

»Ist das Alkohol?«, fragt mein Dad mit einem Nicken in Richtung der Flasche in meiner Hand.

»Es ist ein Cooler, und es sind zweieinhalb Prozent. Ich müsste einen ganzen Kasten trinken, um auch nur einen Schwips zu bekommen.«

»Du bist noch nicht alt genug.« Er blickt demonstrativ zu Kodiak.

»Tu so, als wären wir in Kanada, Dad. Ich wette, du hast auch ab und zu was getrunken, als du so alt warst wie ich.«

»Ich habe in Kanada gelebt, als ich so alt war wie du.«

»Genau.«

»Sie macht keinen Handstand auf einem Bierfass, Alex. Lass gut sein«, sagt Mom.

Er lehnt sich stirnrunzelnd in seinem Stuhl zurück. »Ist es das, was in New York passiert? Besorgt Kody dir Alkohol? Du weißt, dass die Leute viele falsche Entscheidungen treffen, wenn sie was getrunken haben.«

Meine Mom schnaubt. »Wie Hockeyspieler, die in der Öffentlichkeit rumknutschen, wo die Leute Fotos schießen können, die bis in alle Ewigkeit im Internet sein werden?«

Ich beiße mir auf die Zunge, um nicht zu lachen oder etwas zu sagen, was die Situation nur schlimmer machen würde.

Mein Dad wirft meiner Mom einen bösen Blick zu. »Das ist nicht hilfreich, Vi.«

Sie zwinkert und zieht dann eine Braue hoch. »Das war auch nicht mein Ziel.«

Mein Dad wendet sich an Rook, so als sollte er ebenfalls seinen Senf dazugeben. »Nun, Kody hat stets bewiesen, dass er ziemlich verantwortungsvoll ist, und Lavender ist noch nie in Schwierigkeiten geraten, soweit ich weiß. Ich kann mir also nicht so recht vorstellen, wie mein Sohn eure Tochter nur so zum Spaß betrunken macht.«

Mein Dad scheint zu kapieren, dass das kein guter Gesprächseinstieg ist und schaltet um. »Zusammenzuziehen ist ein großer Schritt, auch wenn es nur für kurze Zeit ist. Sein Leben mit jemandem zu teilen hat seine Tücken, und in eine große Stadt zu ziehen ist eine weitere große Veränderung.«

Er verschränkt die Hände und legt die Unterarme auf den Tisch, beugt sich nach vorn und benutzt seine sanfte Dad-Stimme, die er immer dann zum Einsatz bringt, wenn ich eine besonders schlimme Panikattacke habe. »Vielleicht wäre es besser, noch zwei Jahre zu warten, bis du ein bisschen älter bist, Lavender. Das ist das erste Mal, dass du fort von zu Hause bist, und New York ist zu weit weg, um mal eben hinzufahren. Ich möchte nicht, dass du etwas auf dich nimmst, wofür du noch nicht bereit bist.«

Ich habe erwartet, dass er diese Position einnehmen und die *Du-bist-noch-nicht-so-weit*-Karte ziehen würde. »Ich weiß deine Sorge zu schätzen, Dad, aber ich habe das Gefühl, ich bin so weit. Das ist eine einmalige Gelegenheit, und ich bekomme diese Chance vielleicht nicht wieder. Was das Zusammenziehen betrifft, kann ich sagen, dass Kodiak und ich während dieses Semesters so gut wie zusammengelebt haben. Und falls ihr euch erinnert, ihr wart alle damit einverstanden, dass er nach dem Brand hier bei mir und Maverick und River einzieht.« Ich ziehe eine Braue hoch.

»Das war, bevor ihr beide wieder zusammen wart«, wendet Dad ein.

Kodiak drückt meine Hand, weshalb ich ihn anschaue und denke, er bietet mir stumm moralische Unterstützung, aber er sieht aus, als würde er sich gleich in die Hose machen.

Ich sehe ihn vorwurfsvoll an, bevor ich wieder zu meinem Dad blicke. »Ach, komm schon, Dad. Er wohnt ein Stück die Straße rauf. Wir sind erwachsen, und wir sind verantwortungsvoll. Und seien wir doch mal ehrlich, ich bin letztes Jahr zu Hause geblieben, weil du und Mom das wolltet und nicht, weil ich das Gefühl hatte, noch nicht so weit zu sein.« Ich zeige auf unsere Umgebung. »Und ich wäre auch gern in das Studierendenwohnheim gezogen, wenn du und River deswegen nicht einen Herzinfarkt erlitten hättet.«

Mein Dad verschränkt die Arme vor der Brust. »Du hast das mit dem Studierendenwohnheim ausprobiert, und es hat nur zwei Tage gedauert.«

Mom hat ihm nichts von meinem kurzen Ausflug ins Studierendenwohnheim erzählt, bis Dad die Kontobewegungen gesehen hat, die Abhebung und Rücküberweisung. Zu dem Zeitpunkt wohnte ich schon wieder im Haus, und mit Kodiak hatte sich alles geändert, aber trotzdem versucht er, es irgendwie gegen mich zu verwenden.

»Meine Mitbewohnerin war eine Spinnerin. Hätte ich mich gleich zu Anfang für das Wohnheim beworben, hätte ich ein Einzelapartment bekommen können, und es hätte keine Probleme gegeben. Jedenfalls gehört das nicht zur Sache. Es läuft gut im College. Ich komme klar, und ich habe noch immer monatliche Sitzungen mit Queenie. Ich verstehe, dass ihr das vielleicht nicht erwartet habt, doch euer Zögern hat weniger etwas damit zu tun, dass ich nicht so weit bin, als vielmehr damit, dass ihr nicht so weit seid, mich loszulassen. Schon klar, dass ich immer euer kleines Mädchen sein werde, aber das heißt nicht, dass ich noch immer ein kleines Mädchen bin. Ihr müsst mir erlauben, erwachsen zu werden und meine eigenen Entscheidungen zu treffen.«

»Sie hat recht, Alex«, sagt meine Mom.

Er blickt sie mit gerunzelter Stirn an, was ihm sehr viel Ähnlichkeit mit River verleiht. »Ich weiß, dass du kein kleines Mädchen mehr bist.«

»Dann gib mir ein wenig Raum, mich auch wie eine Erwachsene zu verhalten.«

Dad fährt sich mit der Hand durch die Haare. »Ich dachte, den Raum hast du bereits. Was ist mit kleinen Schritten?«

»Das war der kleine Schritt.«

»Nun, mit deinem Freund nach New York zu ziehen, scheint mir ein großer Sprung zu sein.«

»Für dich bestimmt, aber es ist ja nicht so, dass du Kodiak nicht kennen würdest. Wir sind zusammen aufgewachsen. Er ist Mavericks bester Freund.« Ich hole tief Luft und spüre mit dem Ausatmen meine wachsende Frustration. »Ich führe diese Unterhaltung nur, weil ich eure Unterstützung haben möchte. Ich bitte allerdings nicht um Erlaubnis. Keiner von uns.« Ich zeige zwischen Kodiak und mir hin und her.

»Tun wir nicht?« Er macht große Augen.

Ich verdrehe meine. »Nein. Tun wir nicht.« Ich stoße einen Seufzer aus. »Hört zu, ich hab's kapiert. Meine Kindheit war für uns alle traumatisch, und ich weiß, dass ihr euer Bestes getan habt, um alles auf die Reihe zu kriegen, aber glaubt ihr nicht, dass es an der Zeit ist, uns selbst um unseren Kram zu kümmern?« Ich schaue jedem Erwachsenen am Tisch in die Augen.

Rook und mein Dad lassen sich langsam auf ihren Stühlen zurücksinken, und Lainey und meine Mom schenken mir traurige, aber stolze Blicke.

»Du weißt, sie hat recht, Alex. Wir haben uns wohl genug eingemischt, wenn es um die beiden geht. Vielleicht wäre es eine gute Idee, ihnen endlich zu vertrauen, anstatt Gründe zu suchen, es nicht zu tun«, sagt Mom.

Mein Dad reibt sich das Kinn und murmelt: »Ach, zum Teufel.« Er nickt langsam. »Muss es New York sein?«

»Dort ist das Praktikum, also ja, Dad, es muss New York sein. Warum siehst du es nicht so: Du hast deinen Job erledigt. Du hast geholfen, eine kompetente, selbstsichere junge Frau großzuziehen, und ich will diese großartige Chance wahrnehmen und meinen Traum verwirklichen. Und ich bin klug genug, jemanden mitzunehmen, der dabei zu hundert Prozent hinter mir steht und bestimmt dafür sorgt, dass es mir gut geht.«

»Es tut mir so leid, dass wir es dir so schwer gemacht haben«, sagt Lainey leise.

»Ihr habt getan, was ihr für richtig hieltet«, erwidert Kodiak mit genauso sanfter Stimme.

»Rook und ich kennen Leute in New York. Wir kümmern uns darum, dass du während des Sommers dort in ein Trainingscamp kommst«, sagt mein Dad. »Aber nur wenn du willst, dass wir ein paar Anrufe machen.«

Ich schaue Kodiak an.

»Äh, ja, das wäre toll, Alex. Ich meine, Sir.«

»Ich habe deine Windeln gewechselt, Kody. Du musst mich nicht Sir nennen.« Mein Dad schenkt mir ein entschuldigendes Lächeln. »Ich will nur das Beste für euch.«

»Ich weiß. Ihr hättet nicht das ganze Geld in Therapie und Nähmaschinen und ein Atelier gesteckt, wenn es nicht so wäre.«

Das bringt sie alle dazu, leise zu lachen.

Die Alarmanlage vom Haus beginnt zu piepen, ein Zeichen dafür, dass entweder Maverick oder River nach Hause kommen.

Alle drehen sich um, als River ruft: »Wessen fetter Truck steht da in der Einfahrt …« Er bleibt wie angewurzelt stehen, als er mit Josiah ins Esszimmer kommt. »Was ist hier denn los?«

River richtet den Blick starr auf mich, und ich zucke entschuldigend mit den Achseln. »Ich habe dir eine Nachricht geschickt.«

»Ah. Okay. Ich habe meine Nachrichten nicht gelesen.«

Mom steht auf, umarmt ihn und schenkt ihm ein fragendes Lächeln. »Willst du uns nicht deinem Freund vorstellen?«

»Was?« Er blickt zu Josiah, und ich bemerke den Moment, als er beschließt, ihn nicht zu enttäuschen.

Kodiak drückt meine Hand.

River räuspert sich und sein Blick schnellt von mir zu Dad und dann zu Mom. »Das ist Josiah. Und, äh …« Er blickt Josiah an. »Er ist mein fester Freund.«

Und einfach so ist mein und Kodiaks Umzug nach New York nicht mehr die größte Neuigkeit.

Mom nickt wissend. »Das dachte ich mir. Besorgen wir den beiden Jungs doch Stühle, damit wir Josiah besser kennenlernen.«

Drei Stunden und einen Riesenberg leckeres Essen und überraschend lockere Konversation später packen unsere Eltern ihre Sachen und sind zum Aufbruch bereit.

Dad umarmt mich. »Aus dir ist wirklich eine unglaubliche Persönlichkeit geworden, Lavender. Es ist schwer, dich gehen zu lassen.«

»Ich weiß, und dafür liebe ich dich, aber ich verspreche dir, ich kann mich inzwischen behaupten.«

Er küsst mich auf den Scheitel. »Das weiß ich doch, und ich weiß auch, dass Kody ein guter Partner für dich ist. Sonst wird er sich vor mir verantworten müssen.«

Ich lache, denn was soll ich sagen. Er ist mein Dad, und ich werde immer sein kleines Mädchen sein.

Mom legt ihren Arm um meine Taille. Wir sind beinahe gleich groß. Wir beobachten, wie sich Dad und River flüsternd unterhalten.

»Wusstest du, dass River schwul ist?«, frage ich.

Sie zuckt leicht mit einer Achsel. »Ich habe es vermutet. Ich meine, wenn wir zum Strand gefahren sind, waren es nie die Mädchen, denen er hinterhergestarrt hat.«

Sie hat recht.

Dad legt River eine Hand auf die Schulter, und die Miene, die er aufsetzt, ist mir vertraut. Ich habe es mal sein Marshmallow-Gesicht genannt, als ich klein war, als er ganz weich und warmherzig und mitfühlend wurde. Was er zu River sagt, lässt diesen den Kopf senken. Dad gibt ihm eine Umarmung – und zwar keins von diesen männlichen Rückenklopfdingern, sondern eine echte Umarmung. Ich kann die Emotionen, die darin liegen, spüren.

Sie haben das gebraucht.

Wir alle.

35

Ein wenig Frieden

Lavender
Gegenwart

Sobald die Abschlussprüfungen vorbei sind und Kodiak und Maverick das Studium beendet haben, packen Kodiak und ich unsere Sachen und ziehen zur Untermiete in eine Wohnung, die unsere Eltern für uns in New York City gefunden haben. Obwohl im Rahmen des Praktikums auch Unterkünfte angeboten waren, haben mein Dad und Kodiaks Mom die statistisch sichersten Gebiete in Gehweite zu meiner Praktikumsstelle und zu Kodiaks Trainingslager recherchiert. Daher die Mietwohnung.

New York ist geschäftig und laut und überwältigend. Das Gewimmel lässt mein Herz rasen, aber das Praktikum lohnt sich wirklich. Nach vierundzwanzig Stunden am Theater komme ich bereits zu dem Schluss, dass das hier mein Traumjob ist.

Meine Mentorin Priscilla verhätschelt mich nicht. Und mehr noch, alle, mit denen ich zusammenarbeite, fragen mich nach meiner Meinung. Sie reizen meine kreativen Möglichkeiten aus und testen meine Fähigkeiten. Es gefällt mir in jeder Hinsicht. Zum ersten Mal in meinem Leben verstehe ich, was es bedeutet, sich richtig wohl in seiner Haut zu fühlen.

Kodiak und ich lernen, unser gemeinsames Leben zu meistern. Es klappt nicht immer nahtlos oder ist perfekt, aber es ist real und ehrlich, und es sind wir. Er ist ein extremer Putzteufel, und ich nehme es nicht so genau damit, alles immer gleich wegzuräumen, sobald ich es nicht mehr brauche.

Ungeachtet unserer Differenzen bringen wir einander auf ein Level, das tief in die Seele reicht. Sicher, wir sind jung, unser ganzes Leben liegt noch vor uns, und so viele Dinge könnten sich ändern. Aber in diesen fünf Wochen bauen wir uns hastig eine Existenz auf, und ich bin mit der Vergangenheit und damit im Reinen, wie wir hierhergekommen sind, an diesen Ort, wo wir völlig ineinander verliebt sind.

Ich bin heute Abend lang im Theater geblieben, um einen besonders kniffligen Teil eines Kostüms fertigzustellen. Priscilla war so hilfsbereit, immer da, um Fragen zu beantworten und mir Tricks beizubringen, die die Arbeit erleichtern. Es ist beinahe acht Uhr, als ich in unsere wahnsinnig hübsche Zweizimmerwohnung im zwanzigsten Stock zurückkehre.

Ich hoffe, Kodiak ist in Stimmung für ein bisschen Spaß und Stressabbau heute Abend. Manchmal frage ich mich, ob ich sexsüchtig werde, aber dann sage ich mir, dass Kodiak ein zweiundzwanzig Jahre alter Athlet ist – sein Geburtstag war bereits – und nichts falsch daran ist, einen starken Sexualtrieb zu haben. Außerdem zählt Sex als Gymnastik. Und Orgasmen sind ein großartiges, natürliches Entspannungsmittel.

Kodiak hat tatsächlich danach recherchiert, als ich einen Scherz über unser leicht hyperaktives Sexleben machte, aus Angst, dass wir es vielleicht zu oft tun. Dann hat er zwei Bücher über Sexsucht gelesen. Und noch eins über Bondage und Voyeurismus.

Sie bewirkten lediglich, dass er noch schärfer wurde und bestätigen, dass wir völlig normal sind.

Ich schließe die Wohnung auf, und meine freudige Erwartung bekommt einen Dämpfer, als ich ihn reden höre. Vielleicht ist einer der Jungs da, mit denen er Hockey spielt. Er hat ein paar Freunde gefunden, wie ich auch, aber er hat keinen Besuch erwähnt. Ich schlüpfe aus meinen Schuhen, gehe den Flur entlang und halte inne, als ich ihn mit dem Handy in der Hand im Wohnzimmer auf und ab gehen sehe.

Er trägt lediglich ein Paar Sporthosen, und die kräftigen Muskeln auf seinem Rücken spannen sich an, als er sich mit der Hand durchs Haar fährt. »Ich will nicht nach Vancouver.«

Er hat den Lautsprecher eingeschaltet, doch die Stimme seines Dads ist leise und gedämpft, weshalb ich die Antwort nicht mitbekomme.

»Es muss eine andere Möglichkeit geben. Das kann nicht das einzige Team sein, das mich will. Kannst du nicht ein paar Strippen ziehen? Was ist mit Chicago?«

»So funktioniert das nicht, Kodiak.« Rooks Stimme ist nüchtern, aber freundlich.

»Du hast auch das mit dem Trainingscamp diesen Sommer arrangiert. Du musst doch etwas tun können! Das ist zu weit weg. Lavender geht noch zwei Jahre aufs College, und dann gehen wir gemeinsam irgendwohin.«

»Du weißt ja gar nicht, was in zwei Jahren ist, und du kannst diese Entscheidung nicht von einer einzigen Person abhängig machen. Außerdem wissen wir nicht, ob Vancouver nicht die einzige Option ist.«

»Es ist die einzige, von der ich erfahre! Ich trenne mich nicht noch einmal von ihr. Du hast ja keine Ahnung, wie das ist. Ich bin nicht du. Ich kann die Person, die ich liebe, nicht einfach allein lassen und ein Jahr lang damit klarkommen. Ich würde den Verstand verlieren!«

Jemand sagt irgendwas am anderen Ende der Verbindung,

und auf einmal ist seine Mom am Telefon, und ihre Stimme ist sanft, aber kräftig. »Kodiak, denke daran, dass deine Worte Wirkung auf die Menschen haben, an die du sie richtest, und jemandem die Vergangenheit ins Gesicht zu schleudern ist nicht der angemessene Umgang mit deinen Emotionen.«

Die Veränderung in seinem Verhalten geschieht unmittelbar. »Du verstehst nicht, Mom.«

»Du hast recht, das tue ich nicht. Ich werde nie genau verstehen, wie das für dich oder für Lavender ist, weil es nicht *meine* Erfahrung ist. Du kannst wütend sein auf die Vergangenheit, aber irgendwann musst du loslassen und in der Gegenwart leben. Ich weiß, dass du dir Sorgen darüber machst, einen Vertrag zu unterschreiben, der dich von Lavender trennt, doch du darfst dich nicht an sie ketten oder dich nur auf sie für dein Lebensglück verlassen. Andernfalls entwickelst du dich zurück.«

»Aber es geht uns gerade so gut miteinander. Ich will das nicht verlieren.«

»Das sagt auch niemand, dass du das musst, Kodiak.«

»Wie soll das funktionieren, wenn ich weit weg bin? Ich werde neun Monate im Jahr unterwegs sein.« Er reibt sich die Stelle zwischen den Augen.

»Vertrau darauf, dass deine Beziehung stark genug ist, um das zu überstehen«, sagt sie zu ihm.

»Was, wenn *ich* nicht stark genug bin?«, fragt er leise, als ich ins Wohnzimmer trete. Er registriert die Bewegung und erblasst. »Lavender ist da. Ich muss Schluss machen. Ich liebe dich, Mom. Sag Dad, dass es mir leidtut. Bis in ein paar Tagen.« Er beendet den Anruf und wirft das Handy aufs Sofa. »Wie viel davon hast du mitbekommen?«

Es gibt keinen Grund zu lügen. »Vancouver will dich.«

Er schüttelt den Kopf. »Das mache ich nicht. Ich nehme das Angebot nicht an.«

Ich verkleinere die Kluft zwischen uns, indem ich unsere kleinen Finger miteinander verschränke, und führe ihn zum Sofa. Er sinkt schwer auf die Kissen und stützt die Unterarme auf seine Oberschenkel.

»Wir wussten, dass das passiert.« Ich streiche ihm das Haar aus der Stirn, und er senkt den Kopf.

»Ich gehe nicht an die Westküste. Ich trenne mich nicht von dir.« Er wackelt mit den Knien, obwohl er sie stillzuhalten versucht.

»Sieh mich an, Kodiak.« Er blickt kurz zu mir herüber, und alles, was ich sehe, ist Angst. Das sind die Zeiten, in denen ich ihn um sein Superhirn nicht beneide. Er geht jedes Szenario genau durch und findet einen schlechten Ausgang, der ihn in einen seelischen Abgrund reißt.

Ich setze mich rittlings auf seine Oberschenkel und lege meine Hand an seinen Hals. Sein Puls pocht heftig. »Ich weiß, dass du Angst hast, aber du musst das Angebot annehmen.«

»Ich will es nicht riskieren, dich zu verlieren«, flüstert er.

»Wieso denkst du das?«

»Es ist auf der anderen Seite des Landes. Ich werde dich kaum sehen.« Sein Gesicht ist schmerzverzerrt. »Was, wenn du zu dem Schluss kommst, dass es zu schwer ist? Was, wenn du nicht damit klarkommst?«

»Natürlich wird es schwer, aber vertraue darauf, dass *wir* damit klarkommen.« Ich streichle seine Wange und hasse es, dass ich das tun muss. »Du musst mir versprechen, dass du den Deal annimmst, Kodiak, auch wenn es die Westküste ist. Du würdest nicht wollen, dass ich eine Gelegenheit verpasse, meinen Traum zu leben, und ich werde das genauso wenig zulassen.«

»Das ist nicht das Gleiche. Das ist ein zweimonatiges Praktikum, nicht ein Vertrag, der dich vier Jahre lang an ein anderes Land bindet.«

Ich seufze und überlege, wie ich das angehen soll. »Ich lasse nicht zu, dass du dein Talent aus Angst vor dem Unbekannten vergeudest. Und ich weigere mich, den Rest meines Lebens eine solche Schuld mit mir herumzutragen. Wir wissen bereits, wie das ist.«

Seine Panik lodert wieder auf, und trotz der Tatsache, dass ich auf seinen Beinen sitze, hüpfen sie noch ein paarmal, bevor er sie ruhig halten kann. »Was meinst du?«

»Du kannst dein Leben nicht auf Eis legen. Du *musst* dieses Jahr bei einem Team unterschreiben.«

Sein Blick wird ausdruckslos, und er beißt die Kiefer zusammen. Ich hoffe, wir rüsten uns nicht für einen Kampf. »Was, wenn ich das gar nicht will? Was, wenn ich stattdessen lieber auf die Graduiertenschule gehen würde?«

Ich verziehe das Gesicht. »Dann hättest du dich beworben, aber das hast du nicht. Deine Mom postet das Video, in dem du Hockey in deinem Kinderbett spielst, jedes Jahr an deinem Geburtstag. Du hast schon gespielt, bevor du richtig laufen konntest. Du bist dafür geboren, und du wirst herausragend sein, egal in welchem Team und wo du eingesetzt wirst. Aber du wirst auf jeden Fall für ein Team spielen.«

Angst und Wut vermengen sich. »Das klingt sehr nach einem Ultimatum, Lavender.«

Ich streichle seine Wange; meine Angst ist ein Spiegel seiner. »Was glaubst du, was mit uns passiert, wenn du alles wegwirfst, wofür du so hart gearbeitet hast, um in meiner Nähe zu sein? Fallen wir damit nicht in alte Abhängigkeitsmuster zurück, die wir unbedingt überwinden wollten? Wo soll das enden?«

Er legt seine Hand auf meine und schließt die Augen. Er

atmet tief ein und langsam wieder aus, um sich zu beruhigen, während er meinen Worten lauscht. Ich lasse zu, dass er in die Vergangenheit zurückkehrt, jeden Moment noch einmal durchlebt, als er versuchte, mich vor mir selbst zu beschützen, es aber nicht konnte. Er war sehr gut darin, mich im Nachhinein zu beruhigen, doch nur ich selbst konnte mich retten. Jetzt ist es an mir, ihn vor mir zu beschützen.

Als er die Augen wieder öffnet, flüstert er. »Schlecht, es würde schlecht enden.«

Ich nicke und schenke ihm ein schwaches, trauriges Lächeln. »Wir kriegen das hin, egal, wohin du gehst.« Ich hoffe, das ist keine kleine Lüge, denn in meinem Herzen glaube ich fest daran.

Wozu wäre sonst das ganze Leiden gut gewesen?

In den nächsten Tagen herrschen Anspannung und Besorgnis. Ich versuche, meine Verstörtheit nicht zu zeigen, wenn ich im Theater bin, aber das ist schwer. Ich behalte die Uhr im Auge, zähle die Stunden, bis ich wieder bei Kodiak sein kann.

In dem Augenblick, in dem einer von uns zur Tür hereinkommt, stürzen wir uns aufeinander. Wir lassen uns kaum Zeit zum Abendessen oder Schlafen, zu beschäftigt damit, so viel Nähe wie möglich zu bekommen, bevor er am Wochenende nach Chicago fliegen muss.

Er ist nur ein paar Tage weg, aber es gibt ein Gefühl von Dringlichkeit, das in dem Maße zunimmt, in dem die Tage zu Stunden zusammenschnurren.

Donnerstagmorgen sieht mir Kodiak dabei zu, wie ich mich für die Arbeit fertig mache. Ich ziehe eins von meinen leichten Sommerkleidern an und binde meine Haare zu einem Pferdeschwanz zusammen. Aktuell benutze ich weder Kontaktlinsen noch Make-up.

»Fragst du dich, ob es leichter gewesen wäre, wenn ich in Chicago geblieben und du allein hierhergekommen wärst?« Er sitzt auf der Bettkante, in einem Poloshirt und schwarzen Hosen, sein Koffer steht gepackt neben der Eingangstür.

»Dann wüssten wir ja nicht, wie es wäre zusammenzuleben«, antworte ich.

»Du bist meine Definition von Zuhause, und wenn mich ein Team an der Westküste auswählt, fühle ich mich heimatlos.«

Kodiak war schon immer dazu in der Lage, seine Gedanken zu filtern und nur die zum Ausdruck zu bringen, die ihm am wichtigsten sind. Ich durchquere das Zimmer und stelle mich zwischen seine Beine. Wir sind schon seit vier Uhr auf und hatten seither dreimal Sex, und noch immer erregt seine Nähe meinen Körper.

Ich nehme seine Hand und lege sie an meinen Hals, während er das Gleiche mit meiner tut. Das ist einfach unser Ritual. »Wir werden uns daran gewöhnen. Was denkst du, wie unsere Eltern das in den Jahren, als unsere Dads so oft unterwegs waren, durchgestanden haben? Es ist ein Anpassungsprozess. Und um deine ursprüngliche Frage zu beantworten, ich weiß nicht, ob es einfacher gewesen wäre oder nicht. Und wir können an der gemeinsamen Zeit, die wir hatten, festhalten, wenn das Getrenntsein zu schmerzhaft wird.«

»Ich wünschte, ich hätte nicht so lange gebraucht, dich lieben zu lernen, ohne dich zu vereinnahmen.«

Ich nehme sein Gesicht in meine Hände. »Du sagst das, als wärst du an allem schuld. Wir waren Komplizen bei unserem Absturz. Manchmal muss man eine Niederlage erleiden, um wieder gestärkt daraus hervorzugehen.« Ich presse meine Lippen auf seine, löse mich aber von ihm, bevor der Kuss tiefer wird. »Versprich mir, dass du einen Vertrag unterschreibst.«

»Ich versprech's.« Er macht ein X auf meinem Herzen, steht auf und besiegelt es mit einem heißen, verlangenden Kuss.

Wir gehen gemeinsam ins Erdgeschoss hinunter, und Kodiak machte eine Show daraus, mich zum Abschied viel länger zu küssen, als es angemessen ist. Danach stehe ich auf dem Bürgersteig und sehe zu, wie sein Taxi im morgendlichen Verkehr verschwindet, und spüre, wie das Band, das uns verbindet, fester wird, je weiter er sich entfernt. Ich muss mich erst daran gewöhnen.

Es gelingt mir, mich während der Arbeit zusammenzureißen, aber als ich abends die leere Wohnung betrete, breche ich in Tränen aus. Nachdem ich den ganzen Tag darüber nachgegrübelt habe, befürchte ich nun, dass er vielleicht recht damit hat, dass wir mit dem Getrenntsein nicht klarkommen, falls er von einem Team an der Westküste berufen wird.

Ich bin kaum zwei Minuten zu Hause, als es an meiner Tür klopft. Die ältere Dame am Ende des Flurs hat manchmal Probleme mit ihrem Schlüssel, also wische ich die Tränen weg und versuche, mich wenigstens so weit zusammenzureißen, dass ich ihr behilflich sein kann.

Doch als ich die Tür öffne, steht da nicht meine Nachbarin.

»Überraschung!« Meine Mom macht Jazz-Hände und schlägt dabei Lacey beinahe ins Gesicht. Diese duckt sich und stößt gegen Loveys Brust. Hinter ihnen stehen River und Josiah, die sich, im Gegensatz zu den Zwillingen, in sicherem Abstand zu meiner Mom befinden.

Es gibt eine Runde Zerknirschung und gegenseitige Entschuldigungen, bevor sich alle wieder mir zuwenden.

»Was tut ihr denn hier?«

»Als ob wir dich dieses Wochenende hier allein lassen würden«, sagt meine Mom.

Und natürlich breche ich in Tränen aus, weil es eben ein

Tag dafür ist. Meine Kehle ist so zugeschnürt, dass ich kein Wort herausbringe. Sie kommen in die Wohnung und schließen mich gemeinsam in die Arme.

»Wir sind für dich da, Lavender.« Meine Mom drückt mich fest. »Du musst da auf keinen Fall allein durch.«

36

Die Distanz überwinden

Kodiak
Gegenwart

Mein Dad holt mich am Flughafen ab. Er überrascht mich damit, dass er mich umarmt. Und nicht nur mit einem Rückenklopfen – eine richtige, rippenquetschende Umarmung.

»Alles in Ordnung? Wo ist Mom?«

Er lässt mich los und lächelt schief. »Oh ja, alles in Ordnung. Deine Mom musste Dakota zu seinem Leichtathletikwettkampf fahren, und Aspen ist im Robotik-Kurs und entwirft irgendeinen Kampfroboter, aber sie müssten alle wieder zu Hause sein, wenn wir ankommen.« Er drückt meine Schulter. »Schön, dass du zu Hause bist, mein Junge.«

Ich nicke und stoße die Luft aus. »Um ehrlich zu sein, kommt es mir komisch vor, zu Hause zu sein.«

Er lacht. »Ich weiß, doch deine Mom vermisst dich, und deine Geschwister ebenfalls. Tu also so, als wärst du begeistert, wenn du sie siehst.«

»Keine Sorge, bis wir zu Hause sind, bin ich wieder gut drauf.«

Wir gehen zum Ausgang. »Alles okay mit Lavender?«

»Äh, ja. Größtenteils.« Ich reibe mir den Nacken. Ich musste mich wirklich zusammenreißen, um mich auf dem zweistündigen Flug nicht in das Flugzeug-WLAN einzuwählen und einen neuen Deal mit ihr auszuhandeln. Nachvollziehbar? Nein. Verzweifelt? Ja.

»Größtenteils?«

»Sie hat das Gespräch, das wir neulich Abend hatten, mitangehört.«

»Ah. Sie weiß also, dass Vancouver dich im Visier hat?«, fragt mein Dad.

»Ja.«

»Es tut mir leid, dass ich dir das nicht leichter machen kann, mein Junge.«

»Mir tut es leid, dass ich die Fassung verloren habe.«

Er legt mir einen Arm um die Schulter und drückt sie. »Wenn sich jemand entschuldigen sollte, dann ich. Manchmal vergesse ich, dass du und deine Mom recht ähnlich tickt. Gleichzeitig ähnelst du auch mir, nur dass du eine ganze Ecke schlauer bist.«

»Dafür, dass ich angeblich so schlau bin, stelle ich einen Haufen dummes Zeug an.«

»Du bist zweiundzwanzig. Du sollst sogar Fehler machen. Wir lernen daraus. Trotzdem tut es mir leid, dass ich dir das hier nicht leichter machen kann.«

»Ich wäre ohne die Aussicht, so weit weg zu sein, viel weniger hin- und hergerissen.« Ich reibe die Stelle zwischen Mittel- und Ringfinger meiner linken Hand, wo das Unendlichkeitssymbol eintätowiert ist. Rückblickend ist das keine gute Stelle für ein Tattoo, aber ich war nicht gerade in bester geistiger Verfassung, als ich es habe machen lassen.

»Weil du nicht von Lavender getrennt sein willst?« Seine Stimme klingt besorgt.

Er schließt den Kofferraum seines SUV auf, und ich werfe meine Tasche hinein.

»Sie hat mir sozusagen ein Ultimatum gestellt.« Ich gehe auf die Beifahrerseite und lasse mich auf den Sitz gleiten.

Er runzelt die Stirn. »Was für ein Ultimatum?«

»Im Grunde, dass sie mit mir Schluss macht, falls ich mich nicht bei einem Team verpflichte, während ich hier bin.«

Mein Vater richtet seinen Blick auf meine zitternden Beine, bevor er meinen Blick erwidert und langsam nickt. »Sie ist kein zaghaftes kleines Mädchen mehr, was?«

»Sie war noch nie zaghaft. Sie hat nur mehr durchgemacht als andere Kinder und erlebt die Welt in überwältigender Klarheit. Wir wussten damals nicht, wie wir damit umgehen sollten, aber jetzt schon.«

»Und offensichtlich weiß sie mit dir umzugehen.« Er legt den Gang ein und fährt vom Parkplatz.

Ich muss wegschauen, denn eine Million wirklich unangemessener Bilder tauchen in meinem Kopf auf – wegen dem, was gestern Abend alles passiert ist, und wegen der Tatsache, dass mir zwei Streifen Haare auf beiden Unterarmen fehlen. Ich räuspere mich.

»Offensichtlich.« Ich klinge noch immer zwei Oktaven höher als sonst, und mein Gesicht fühlt sich heiß an.

Mein Dad lacht. »Hey, Junge, du bist wohl in Schwierigkeiten?«

»Was soll das heißen?«

Er grinst und zerzaust mein Haar. »Sorg nur dafür, dass ihr auf Nummer sicher geht.«

»Herrgott, Dad. Wir gehen auf Nummer sicher. Mom sagt das auch jedes Mal, wenn ich mit ihr rede.«

»Einmal ohne Schutz genügt.«

»Ja, du musst es ja wissen, oder?« Ich zeige auf mich selbst.

Ich bin das Produkt einer ungeplanten Schwangerschaft. Meine Eltern hatten für einen Sommer in Alaska eine, wie sie es nennen, »stürmische Romanze«. Was bedeutet, sie hatten eine längere Affäre. Mein Dad musste wegen eines Notfalls in der Familie weg, und sie verloren sich eine Zeit lang aus den Augen, fanden später jedoch wieder Kontakt zueinander. Zu der Zeit war ich bereits geboren.

»Und ich bereue es keine Sekunde, denn ohne dich wäre deine Mutter womöglich gar nicht Teil meines Lebens. Aber wir sind beide älter und stehen nicht am Beginn unseres Lebens. Du und Lavender seid jung und sucht noch euren Weg, also macht es euch nicht durch ungeplante Schwangerschaften schwer.«

»Okay, können wir bitte das Thema wechseln? Es ist ziemlich seltsam, darüber zu sprechen, wie ich zustande gekommen bin.«

»Das ist es nur, wenn du es dazu machst, mein Junge.«

»Nein, es ist seltsam, weil du auf eine Art über meine Mom redest, an die ich nicht einmal denken will.«

»Notiert. Wie geht's dir mit morgen?«

»Ich bin gespannt. Aufgeregt. Eingeschüchtert, dass ich einen Vertrag mit Vancouver unterschreibe und auf der anderen Seite des Landes bin, während Lavender hierbleibt. Allein daran zu denken, lässt bei mir beinahe die Sicherungen durchgehen.«

Er schweigt einen Moment lang, bevor er schließlich sagt: »Es ist nicht leicht, nicht wahr? Wenn man alle Seiten gleichzeitig sehen kann?«

»Es macht einen ganz verrückt. Und lähmend ist es auch. Ich gehe jeden möglichen zukünftigen Weg durch, und ich kann genau erkennen, was passieren könnte, wenn ich die falsche Entscheidung treffe. Nur wenn ich auf dem Eis oder mit Lavender zusammen bin, kann ich völlig abschalten. Ich will nicht eins davon aufgeben müssen, um das andere zu haben, aber sie gibt mir keine Option. Ich habe das Gefühl, dass ich sie so oder so verlieren werde.« Ich reibe mir die Brust, um den Schmerz zu lindern.

»Ich weiß, du neigst dazu, dir das Schlimmste auszumalen, aber warten wir's ab und sehen, was morgen passiert. Nur weil Vancouver ein Auge auf dich geworfen hat, heißt das nicht, dass es nicht noch andere Optionen gibt.«

Ich nicke, will mir jedoch keine falschen Hoffnungen machen.

Im Haus herrscht ein reges Treiben, als wir hineingehen. Aspen will mir den Roboter vorführen, den sie entworfen hat, und Dakota zeigt mir seine Abzeichen, die er beim Leichtathletikwettkampf gewonnen hat. Ich bin die perfekte Mischung meiner beiden Eltern, sowohl körperlich als auch mental. Aber meine Schwester ist zu hundert Prozent eine Miniaturversion meiner Mom, und Dakota ist wie mein Dad. Sie sind beide viel jünger als ich, Aspen ist im ersten Jahr in der Highschool, und Dakota geht in die siebte Klasse.

Aspen hat einen Übernachtungsgast, und als ihre Freundin kommt, verschwinden sie kichernd und flüsternd nach oben in ihr Zimmer. Dakota beschließt, seine zweite Dusche zu nehmen, denn er riecht wie vier Tage alte Socken. Mein Dad muss zu einem Geschäftstreffen, verspricht allerdings, dass es höchstens zwei Stunden dauert.

Sobald Mom und ich allein sind, geht sie in den Modus über, ihren Nachwuchs füttern zu wollen. Ich habe nichts gegen ihre Fürsorge. Sie und ich waren uns immer nah – die gleiche Art zu denken und sich Sorgen zu machen, haben dafür gesorgt.

Sie stützt sich mir gegenüber auf die Theke. »Wie geht es dir?«

Ich zucke die Achseln. »Ich sollte mich freuen, aber hauptsächlich habe ich Angst.« Ich erzähle ihr von Lavenders Ultimatum. Der Drohung. Was es auch immer sein mag.

Meine Mom bedeckt meine Hand mit ihrer viel kleineren und drückt sie. »Sie ist ein kluges Mädchen.«

Ich nicke. »Ich weiß, dass sie recht hat, aber es gefällt mir nicht.«

Sie stützt ihr Kinn auf ihre verschränkten Hände. »Das Leben besteht nicht nur aus Alles-oder-nichts-Entscheidungen, Kody. Wären die Wege, die wir beschreiten, alle schnurgerade ohne Kurven und Durststrecken, würden wir die Hochs zwischen den Tiefs und die einfachen Abschnitte nicht genießen.«

»Was, wenn ich nur Hockey oder Lavender haben könnte, aber nicht beides?«

»Wie kommst du darauf?«

»Ich habe mich so sehr bemüht, sie nicht zu lieben.« Ich starre auf die Theke. »Es ist, als hätte sie sich in mein Herz eingebrannt, als wir Kinder waren. Ich durfte sie nicht lieben. Also habe ich alles versucht, damit sie mich hasst. Ich habe furchtbare und verletzende Dinge gesagt und getan.«

»Hat sie dir verziehen?«

»Ja.«

»Aber du hast dir selbst nicht verziehen.«

Ich zucke die Achseln.

Meine Mom tätschelt meine Wange und zwingt mich aufzuschauen. »Du bist ein guter Mensch, mit einem guten Herzen, und du liebst intensiv. Manchmal ist so ein Maß an Liebe verwirrend und beängstigend, und deshalb kämpfen wir dagegen an. Doch Lavender kennt dich, so wie du sie kennst. Sie hat dir bereits einen Vorschuss gegeben. Jetzt bist du damit dran.«

Das Wochenende ist ziemlich stressig, aber zumindest bin ich nicht allein damit, denn Maverick ist in der gleichen Situation. Interessanterweise hat die Tatsache, dass ich jetzt mit seiner

Schwester zusammenlebe, unsere Freundschaft nicht beeinträchtigt. Es gibt keinerlei Umkleidekabinen-Gespräche, aber das ist sowieso nicht mein Stil, und seiner auch nicht.

Als das Wochenende fast vorbei ist, habe ich getan, was ich gesagt habe und einen Vertrag bei einem Team unterschrieben.

Mein Dad strahlt über das ganze Gesicht, und wenn Regenbogen aus seinem Hintern schießen könnten, würden sie das.

»Wir sprechen bald wegen des Trainigscamps, und wir machen einen Termin nächsten Monat, damit du rauskommen und dir die Anlage ansehen kannst«, sagt der Manager. »Du wirst eine tolle Ergänzung für das Team sein.«

Ich schüttle seine Hand und murmle nervös irgendwelchen Unsinn darüber, wie sehr ich mich freue, Teil des Teams zu sein und dass ich es gar nicht erwarten könne, ins Trainingscamp zu kommen, doch am meisten denke ich daran, dass Lavender nun ihre Drohung, mit mir Schluss zu machen, nicht in die Tat umsetzen muss.

37

Zugeständnis

Lavender
Gegenwart

Meine Mom und ich sind immer bei Tagesanbruch wach, egal um welche Zeit wir ins Bett gehen, also lassen wir die anderen am Sonntagmorgen schlafen, und ich nehme sie ins Theater mit, damit sie sehen kann, wo ich arbeite und womit ich beschäftigt bin. Auf dem Weg dorthin holen wir uns Kaffee und Gebäck. Ich zeige ihr, wo ich mit Kodiak gern hingehe, und wo ein paar der anderen Praktikanten wohnen.

Meine Mom verzieht das Gesicht. »Das erinnert mich irgendwie an meine Wohnung damals, bevor mich dein Dad dazu überredete, bei ihm einzuziehen.«

»Ich dachte, du hättest in Gigis Poolhaus gewohnt.«

»Eine Zeit lang, um Geld zu sparen, damit ich mir was Eigenes leisten konnte, aber du kennst ja Gigi. Sie meint es gut, hat allerdings keine Vorstellung davon, was Privatsphäre ist, und weiß nicht, wie man klopft.«

Ich kann nur vermuten, wie das war. Gigi benimmt sich im besten Falle unangemessen, doch wenn sie mit Grandma Daisy zusammen ist, sind sie eine echte Katastrophe.

»Danke, dass du dein Bestes getan hast, um mich nicht fortwährend in peinliche Situationen zu bringen.«

»Das hebe ich mir für Maverick auf, der hat es wirklich verdient.«

»Wo ist er wohl nächstes Jahr?« Ich war so auf das fixiert, was mit mir und Kodiak passiert ist, dass ich die Tatsache völlig ausgeklammert habe, dass mein Bruder in der gleichen Situation ist.

»Schwer zu sagen. Dein Dad hält es für möglich, dass er in Nashville landet, aber man weiß es nie genau. Und Mav nimmt die Dinge, wie sie kommen, weshalb er mit jedem Team zufrieden sein wird. Meine größte Sorge ist, ehrlich gesagt, sein ausschweifender Lebensstil.«

»Machst du dir Sorgen, dass ihm sein Ruhm zu Kopf steigt?«, frage ich.

»Er vergnügt sich … ein bisschen zu sehr und nimmt die Dinge nicht so ernst, wie er sollte.«

Er hat sich ins Zeug gelegt, nachdem ihn mein Vater wegen der vielen Partys und seiner schlechten Noten im ersten Semester ins Gebet genommen hatte, und hat es geschafft, seinen Abschluss mit Auszeichnung zu machen. »Er war im zweiten Semester besser. Vielleicht wird er ja erwachsen, sobald er professionell spielt.«

»Das hoffen wir.«

Die Probe findet erst später am Tag statt, weshalb das Theater ruhig und beinahe leer ist, als wir ankommen. Ich nehme sie mit in die Räume hinter der Bühne, wo ich arbeite, und zeige ihr ein paar der Kostüme, die ich bereits fertiggestellt habe, und ebenfalls dasjenige, an dem ich in den letzten Tagen gearbeitet habe. Ich erkläre gerade, wie die Farben und Strukturen des Stoffs mit dem Bühnenbild zusammenwirken, damit die Schauspieler deutlich hervorstechen, als sie mich fest umarmt.

»Mom?«

»Ich bin so stolz auf dich.« Nachdem sie mich wieder losgelassen hat, wischt sie sich über die Augen. »Du hast nichts mehr von dem scheuen Mädchen, das nur im Flüsterton spricht.«

»Ich hatte viel Therapie und Unterstützung und dich, was enorm hilfreich war.«

»Ich weiß, wir waren total überbeschützend, und drei Brüder zu haben, hat es auch nicht einfacher gemacht, aber du warst immer ganz du selbst, und ich bin so froh, dass du deinen Weg, von dem ich schon immer überzeugt war, gefunden hast.«

Ich wedle mit der Hand vor meinem Gesicht. »Sei nicht so rührselig! Wenn ich anfange zu weinen, ist es deine Schuld.«

Priscilla steckt den Kopf herein. »Ich dachte, ich hätte Stimmen gehört! Lavender, ich habe dich heute nicht erwartet. Aber dein Timing könnte perfekter nicht sein. Ich wollte gern etwas mit dir besprechen. Oh! Hallo.« Ihr Blick schnellt zwischen mir und meiner Mom hin und her.

»Hallo, ich bin Violet. Lavenders Mom.« Sie streckt ihre Hand aus.

»Oh, das ist nicht zu übersehen.« Sie lächelt strahlend und schüttelt meiner Mom die Hand. »Sie müssen wahnsinnig stolz auf Lavender sein. Ich muss sagen, sie ist zweifellos die beste Praktikantin, die wir je hatten, und genau darüber wollte ich sprechen, obwohl ich bis morgen warten kann, wenn dir das lieber ist.« Sie blickt zwischen mir und meiner Mom hin und her.

»Von mir aus gerne jetzt.« Das Lob macht mich ganz verlegen.

Ihr Lächeln wird noch breiter. »Das Produktionsteam hat darüber gesprochen, wie großartig du warst, und wir wollen gerne, dass du bleibst.«

»Bleibst?« Ich komme mir vor wie eine Idiotin, weil ich sie nachäffe, aber ich bin erst seit ein paar Wochen hier. Ich muss mich verhört haben. »Soll das heißen, ihr wollt mich nach dem Juli als Praktikantin behalten?«

»Nicht als Praktikantin, allerdings als Mitglied unserer Kompanie. Du hast unglaubliche Fähigkeiten, Lavender. Ich weiß, du studierst in Chicago, aber hier in New York gibt es großartige Programme, zu denen zu wechseln könntest, und viele akzeptieren Teilzeitstudierende. So könntest du dein Studium fortsetzen, während du bei uns arbeitest.«

»Oh. Wow. Das … ist eine große Ehre.« Dass ich überhaupt ein paar Worte herausbringe, ist überraschend, wenn man bedenkt, dass ich richtiggehend überwältigt bin.

»Du bist ein seltenes Talent«, fährt Priscilla fort. »Ich würde das gern unterstützen. Natürlich wirst du erst einmal darüber nachdenken müssen. Ich wollte dir Zeit dafür geben.«

»Das klingt nach einer wunderbaren Gelegenheit.« Meine Mom hakt sich bei mir unter und drückt mich. »Das klingt, als hätte Lavender für den Herbst ein paar wichtige Entscheidungen zu treffen.«

Ich bin mir gar nicht sicher, ob sie das tatsächlich für eine wunderbare Entscheidung hält, aber ich bin froh, dass sie redet, weil ich das im Augenblick wohl gar nicht könnte.

»Das tut sie, und es besteht überhaupt keine Eile. Ich wollte es nur gesagt haben. Egal wie du dich entscheidest, Lavender, es gibt immer einen Platz für dich hier.«

Meine Mom wartet, bis wir das Theater verlassen haben, bevor sie mich am Arm packt und mich umdreht, sodass wir einander gegenüberstehen. »Bauchgefühl, ohne nachzudenken – willst du in New York bleiben?«

»Ja, aber …«

Sie hebt einen Finger. »Warte mit dem Aber. Aus welchen Gründen möchtest du in New York bleiben?«

»Ich mag, was ich tue, ich mag dieses Theater, alle haben mich freundlich aufgenommen, und ich habe die richtigen Leute gefunden. Ich bin nicht merkwürdig oder anders. Es ist in Ordnung, dass ich manchmal schweigsam bin. Die Leute mögen meine Ideen, und wir inspirieren uns gegenseitig. Und zu meiner Überraschung mag ich die Stadt. Aber die U-Bahn nervt.« Ich laufe lieber, als öffentliche Transportmittel zu benutzen.

Meine Mom kräuselt die Nase. »Abgase und Urin sind keine besonders angenehme Geruchskombination.«

»Wohl wahr. Abgesehen davon habe ich Freunde gefunden, die nicht meine Verwandten sind, und es fühlt sich an, als hätte ich echte Unabhängigkeit erlangt und etwas gefunden, worin ich wirklich gut bin. Robbie hat seine Botanik, River ist super im College und im Football und wütend auf das Leben, und Maverick ist super in Hockey und Kurzzeitbeziehungen.«

»Ist das überhaupt ein Thema für Maverick? Weißt du was? Antworte mir erst gar nicht. Es ist ohne Bedeutung für dieses Gespräch, und wir können später darauf zurückkommen. Oder auch nicht. Und jetzt erzähl mir von dem Aber. Also, was hält dich ab?«

»Es ist so weit weg von zu Hause und von euch und den Freunden.«

»Wir sind nur einen kurzen Flug voneinander entfernt, und ich gehe gern shoppen, also werde ich dich ganz oft besuchen und Leute mitbringen, die du liebst und gemeinsam mit mir vermisst.«

»Kodiak ist im August im Trainingscamp, also bin ich hier allein auf mich gestellt.«

»Du hast Freunde gefunden, und er war sowieso immer unterwegs, Schätzchen. So wie ich das sehe, hast du zwei Möglichkeiten. Entweder du kommst nach Chicago zurück und beendest das College dort, oder du bleibst hier und ergreifst diese großartige Gelegenheit, um etwas zu tun, für das du brennst.«

»Was wird Dad wohl dazu sagen?«

»Er wird sagen, die Immobilie ist eine gute Investition, sobald ich ihn beruhigt habe. Mach dir keine Sorgen wegen Dad, Lavender. Er will, dass du glücklich bist, und damit das passiert, darf er nicht helikoptern oder dich verhätscheln. Du bist aus einem bestimmten Grund hierhergekommen. Für mich sieht das so aus, als würde dir das Universum etwas anbieten, wofür es sich zu bleiben lohnt.«

Meine Mom, Lacey, Lovey, River und Josiah brechen am Nachmittag zum Flughafen auf. Kodiak wird erst am späteren Abend zurück sein, also sitze ich an meiner Nähmaschine, unfähig, mich zu entspannen. Wir haben vereinbart, dass er mir erst erzählt, wohin er geht, wenn er zu Hause ist. Aber er hat mir ein Foto von seiner sauberen Unterschrift unter dem Vertrag geschickt.

Was zu gleichen Teilen Erleichterung und Furcht mit sich bringt.

Jetzt muss ich mich auf das vorbereiten, was als Nächstes kommt, was große Veränderungen für uns bedeutet.

Es ist beinahe neun Uhr, als er erschöpft zur Tür hereinkommt. Er lässt die Tasche fallen und breitet die Arme aus. Ich trage Socken, weshalb ich über den glatten Holzfußboden an seine harte Brust schlittere.

Er schlingt seine Arme um mich. »Ich habe dich so wahnsinnig vermisst.«

»Ich dich auch.« Ich atme ihn ein – sein Eau de Cologne, den Geruch seines Waschmittels, muffiges Flugzeug und vielleicht irgendeine Pizza. Sein Herz pocht, und meins fällt in den beschleunigten Rhythmus ein.

Er umfasst mein Gesicht mit seinen Handflächen, biegt meinen Kopf zurück und bedeckt meinen Mund mit seinem.

Ich gebe mich minutenlang dem Kuss und der Vorstellung hin, dass das hier nicht in einem Monat endet, dass er jeden Tag durch diese Tür kommen und mich für den Rest unseres Lebens so küssen wird, dass ich nicht wochenlang ohne ihn auskommen muss.

Schließlich mache ich mich los. »Du bist bei einem Team unter Vertrag.«

Er nickt. »Für drei Jahre.«

Mein Herz setzt mehrere Schläge aus. Das wird sich wie eine Ewigkeit anfühlen. »Wir kriegen das hin.«

»Wir haben Saisonpause, und der Flug nach Chicago ist nicht so weit. Wir können …«

»Ich werde nicht in Chicago sein.«

»Warte. Was?« Er runzelt die Stirn.

Ich schlucke meine Ängste hinunter. »Während du weg warst, habe ich ein Angebot von der Kompanie bekommen. Sie wollen mich behalten.«

»Hier? In New York?«

Ich nicke. »Es gefällt mir wirklich, Kodiak. Ich mag, was ich tue, und wenn du sowieso auf der anderen Seite des Landes bist, macht das Sinn.« Ich lasse meine Hand über seine Brust gleiten, um mich ein wenig zu beruhigen, denn meine Nerven liegen blank. »New York und Chicago sind beide fast gleich weit weg von Vancouver.«

»Ich gehe nicht nach Vancouver.« Er streicht mit dem Daumen unter meinem Auge entlang, um eine Träne wegzuwischen.

Mein Herz klopft unregelmäßig. »Wohin dann?«

»Ich bleibe in der Nähe.« Ein breites Grinsen erscheint auf seinem Gesicht, und mit ihm seine Grübchen, die ihn so jungenhaft aussehen lassen. »Ich habe in Philly unterschrieben?«

»Philadelphia? Das ist wirklich nah.«

»Mit dem Auto erreichbar«, stimmt er zu und senkt die Stimme zu einem Flüstern. »Das klappt schon, Lavender. Wir kriegen das hin.«

Ich breche vor Erleichterung in Tränen aus. »Ich hatte solche Angst davor, dass du auf der anderen Seite des Landes sein würdest.«

Er hebt mich hoch und trägt mich hinüber zum Sofa, wo er mich auf seinen Schoß setzt. »Ich hatte schreckliche Angst.« Er streicht mir das Haar aus dem Gesicht. »Ich wollte nicht so weit weg sein von dir.«

»Ich auch nicht, aber ich durfte nicht zulassen, dass du deinen Traum aufgibst.«

Er nickt mit weichem, warmem Blick. Er nimmt mich schützend in seine starken Arme und küsst mich, bis ich atemlos bin. »Danke, dass du nicht zugelassen hast, dass ich das mit uns vermassle.«

»Ich liebe dich zu sehr, als dass ich zulassen würde, dass räumliche Distanz uns auseinanderbringt, doch ich muss zugeben, ich bin wirklich froh, dass du nicht weit weg bist.«

»Nun, ich bin immer genau hier.« Er zeichnet eine Acht auf meinem Herzen. »Aber es ist mir lieber, wenn ich fühlen kann, wie es für mich schlägt.«

EPILOG

Hüter meines Herzens

Kodiak
Achtzehn Monate später

Es ist nach Mitternacht, als ich nach Hause komme. Und mein Zuhause ist nicht mehr Philly. Die Planeten fliegen auf derselben Umlaufbahn, und ich wurde am Ende der letzten Saison eingetauscht. Aber zu Hause ist für mich sowieso kein Fleck auf der Landkarte. Es ist nicht das zweistöckige Brownstone mit einem Garten voller violetter Blumen im Sommer und einer Tür in der Farbe des Namens meiner Freundin.

Zuhause ist das Gefühl, das ich bekomme, wenn das Flugzeug in New York City landet. Es ist die kurzzeitige Angst, gemischt mit Vorfreude, wenn ich mich auf den Rücksitz des Taxis gleiten lasse und weiß, dass ich mit jeder Meile der Person näher komme, die mir das Gefühl gibt, vollständig zu sein.

Zuhause ist, wo Lavender auch immer ist.

Und im Augenblick liegt sie zusammengerollt auf dem Sofa, wo sie beim Häkeln eingeschlafen ist.

Bei der Freundin ihres Bruders Robbie ist es bald so weit, und Lavender hat beschlossen, bevor ich zu einer Reihe von Spielen aufgebrochen bin, dass sie sich Häkeln beibringen würde, *wegen der vielen niedlichen Sachen!*

Eins ihrer Lieblingsalben läuft, wahrscheinlich zum wiederholten Mal. Sie tut das manchmal, spielt dasselbe Album unendlich oft ab, wenn sie sich zu konzentrieren versucht. Sie sagt, sie hört es dann gar nicht mehr, und es übertönt den Lärm in ihrem Kopf.

Angesichts des Regenbogens aus Hasen auf der Sofalehne zu ihren Füßen war die Mission wohl ein voller Erfolg – entweder das, oder die Häkelhasen haben sich von selbst vermehrt.

Ich nehme mir einen Moment Zeit, um Lavender dafür zu bewundern, dass sie bereit ist, es mit meinem verrückten Leben aufzunehmen. Ich liebe sie so inbrünstig, dass es manchmal fast zu viel ist – für uns beide. Aber wir haben eine eigene Version der Balance gefunden. Es ist nicht immer leicht, und die langen Zeitspannen, während ich weg bin, stellen mich mehr auf die Probe als Lavender, doch wir kommen zurecht. Sie hat sich in dieser Hinsicht als die Stärkere und Widerstandsfähigere von uns beiden erwiesen.

Ich tappe in die Küche zurück, um die Sachen, die ich auf der Theke habe liegen lassen, zu holen und sorgfältig auf dem Beistelltisch zu arrangieren, bevor ich mich neben ihr hinknie.

Ihr Mund ist leicht geöffnet, die Narbe aus ihrer Kindheit eine stete Erinnerung an den Abend, an dem unsere Seelen zusammengekittet wurden. Egal wie weit weg ich bin, ich empfinde diese Verbindung wie einen Generatorschalter, eine unsichtbare Energie, die zuzunehmen scheint, je länger wir zusammen sind.

Ich streiche mit dem Daumen über ihre Unterlippe, und sie seufzt und dreht den Kopf in meine Richtung. Sie streicht sich unkoordiniert über das Gesicht, und als ihre Hand meine findet, verschränkt sie ihren kleinen Finger mit meinem.

»Bist du wach, Baby?« Ich küsse ihre Schläfe und bedecke anschließend ihre Wange mit Küssen.

Sie legt ihre Handfläche seitlich auf meinen Hals und murmelt leise: »Kodiak.«

»Sprichst du mit mir im Schlaf?« Ich bin dicht über ihrem Mund.

»Ich habe versucht, wach zu bleiben.«

»Du und deine Hasen?«

»Mmm. Ich und meine Hasen.« Sie leckt sich die Lippen. »Ich brauche ein Pfefferminzbonbon, bevor du mich zur Begrüßung küsst.«

»Nein, tust du nicht.« Ich presse meinen Mund auf ihren und öffne ihre Lippen mit meiner Zunge.

Sie gibt einen Protestlaut von sich, der sich in ein erregtes Stöhnen verwandelt. Sie schmeckt nach Jolly-Rancher-Wassermelone, also kann sie noch nicht so lange geschlafen haben. Wir küssen uns, bis klar wird, dass Lavender mehr möchte. Sie kickt die Decke weg und will meine Hand vorn in ihre Schlafshorts schieben.

»Noch nicht.« Ich lächle an ihren Lippen. »Ich habe etwas für dich.«

»Ein Orgasmus wäre mir lieber.«

Ich lache leise. Lavender ist immer ein bisschen mürrisch, wenn sie geweckt wird, und das ist das perfekte Beispiel dafür.

»Ich verspreche dir, du bekommst ihn danach, aber ich habe etwas Besonderes für dich, weil es schließlich dein Geburtstag ist.« Ich lehne mich zurück und neige den Kopf in Richtung Sofaende, wo Heliumballons und eine Flasche Champagner stehen. »Das Alkoholverbot gilt nicht mehr für dich. Wird bestimmt schwer, dein absolut gesetzeswidriges Verhalten aufzugeben.«

»Würden wir in Kanada leben, dürfte ich schon seit zwei Jahren Alkohol trinken.« Sie packt mein Shirt und versucht, meinen Mund wieder auf ihren zu ziehen. »Danke für die

Ballons und den Champagner. Trinken wir ihn, nachdem du in mir warst.«

»Das ist nicht das Geschenk.« Ich küsse ihre Nasenspitze.

»Ich habe dich vermisst«, flüstert sie heiser. »Die Sonne scheint nicht so hell, wenn du nicht da bist.«

»Ich habe dich auch vermisst.« Ich gönne ihr einen kurzen, züchtigen Kuss, während ich eine kleine Schachtel hinter meinem Rücken hervorzaubere. »Herzlichen Glückwunsch zum einundzwanzigsten, Baby.« Ich gehe auf ein Knie und schlucke meine Angst hinunter, als ich die Schachtel aufklappe.

Lavender schüttelt die restliche Schläfrigkeit von sich ab und setzt sich hastig auf. »Kodiak?«

Die Diamanten funkeln im gedämpften Licht. »Mein Herz gehört schon mein Leben lang dir, Lavender, und auch als ich deins verletzt habe, war dir meins trotzdem nicht egal. Es tut mir leid, dass ich so lange gebraucht habe, dich zu lieben, wie ich es sollte, und ich weiß nicht, ob ich dich je verdient haben werde, aber ich will es versuchen. Ich will dieses Leben mit dir. Bitte lass mich dein Herz behalten.«

Sie streichelt meine Wange. »Es hat schon immer dir gehört.«

»Verbinde deine Seele mit meiner.« Ich nehme den Ring aus der Satinschachtel und schiebe ihn ihr über den Finger. In der Mitte ist ein helllila Diamant und links und rechts davon sind mit Diamanten besetzte Unendlichkeitssymbole.

»Sie sind schon seit Langem verbunden, doch ich heirate dich trotzdem.« Ihr Lächeln wird sanft, als ich ihr Gesicht in meine Hände nehme. »Er ist wunderschön und einfach perfekt, und ich liebe dich mehr, als es an den meisten Tagen vernünftig ist.«

»Und ich liebe dich wie wahnsinnig.«

»So sehr, dass wir uns beinahe zerstört haben.«

Ihr Kuss ist meine Gnade. Lavender ist die Hüterin meines Herzens. Sie ist die einzige Wahrheit, die zählt.

Ende

Sobald sie aufeinandertreffen, fliegen die Funken

Helena Hunting
SWEET ON ME
Aus dem amerikanischen Englisch von Beate Bauer
352 Seiten
ISBN 978-3-7363-1656-0

Monatelang hat Blaire darauf hingearbeitet, ihren Traum zu verwirklichen: die Cupcake- und Cocktailbar »Buttercreme and Booze«. Doch dann muss sie feststellen, dass nebenan eine Sportsbar eröffnet – und dass der attraktive Besitzer Ronan zum Problem werden könnte. Schafft er es doch, mit seinem Charme ihre Kundschaft abzuwerben. Aber das lässt sich Blaire nicht gefallen! Sie mag zwar süß und harmlos aussehen, doch sie ist bereit zu kämpfen. Allerdings muss Blaire bald feststellen, dass der Kleinkrieg mit Ronan ihr mehr Spaß macht, als er sollte ...

»Ihr werdet euch in Ronans und Blaires Geschichte verlieben.«
L.J. SHEN, *SPIEGEL*-Bestseller-Autorin

LYX

Wenn dein Herz in tausend Scherben liegt ...

Julie Johnson
WE DON'T TALK
ANYMORE
Aus dem amerikanischen
Englisch von
Anika Klüver
400 Seiten
ISBN 978-3-7363-1666-9

Josephine und Archer sind unzertrennlich, obwohl sie unterschiedlicher nicht sein könnten: Während Josephine mit Privilegien aufwächst, muss Archer für seine Chancen und Erfolge kämpfen. Doch als aus ihrer Freundschaft Liebe wird, ändert sich alles zwischen ihnen. Archer und Josephine halten ihre Empfindungen verborgen. Zu groß ist ihre Sorge, einander verlieren zu können. Und dann ist da noch ein Schatten in Archers Umfeld, der all ihre Träume zerstören könnte ...

»Julie Johnsons Geschichten sind voller wundervoller, atemberaubender und teils auch schockierender Momente, in die sie viel Liebe und Weisheit gesteckt hat.« @CHAPTERSABOUTISY

LYX